Retime 005

基督山恩仇記 ❷

LE COMTE DE MONTE-CRISTO VOL.2

大仲馬 (Alexandre Dumas)◎著
韓滬麟、周克希◎譯

高寶書版集團

「世界上最美好、最偉大、最崇高的事，就是報恩與懲罰。」

基督山伯爵

第二冊主要人物介紹

弗朗茲．德．埃皮奈男爵（Baron Franz d'Epinay）—為人冷靜、理性、果敢，對人的分析力也強。在基督山島受邀進入水手辛巴達的祕密洞窟作客。與友同遊羅馬時結識基督山伯爵。對基督山伯爵抱有好奇卻敬而遠之的態度。

艾伯特．德．馬瑟夫子爵（Vicomte Albert de Morcerf）—弗南特與美茜蒂絲的獨生子。身為巴黎貴族子弟，生活悠閒喜好時尚，天生樂觀胸無城府，並相信錢為萬能。與朋友弗朗茲男爵同遊羅馬時結識基督山伯爵並在強盜劫持後為其所救。

水手辛巴達（Sinbad the Sailer）—寫信給朱莉．摩萊爾並提供摩萊爾幫助的神祕人物。在基督山島擁有傳說中的神祕華麗洞窟。周遊列國並與沿海走私犯或是水手、海盜等都有交情。

基督山伯爵（the Count of Monte Cristo）—鄧蒂斯重生後的身分。擁有廣大的資產，成為上層社會好奇與議論的對象。在羅馬結識艾伯特後便以此為契機進入巴黎的社交圈，並以新的身分接近仇家。

馬西米蘭・摩萊爾（Maximilian Morrel）—法老船主摩萊爾先生之子，現為北非騎兵軍團上尉，與妹妹和妹夫同住巴黎。在艾伯特邀請基督山伯爵的早餐會上與其結識並成為朋友。為人正直善良，與其妹一直未忘記當年神祕人物的恩惠。

馬瑟夫伯爵（the Count of Morcerf）—弗南特在取得戰功與爵位隱藏出身並以貴族自居，現為貴族院議員，與美茜蒂絲育有一子，艾伯特。因基督山伯爵在羅馬幫助過艾伯特，故在自宅中與基督山伯爵見面。

爾圖喬先生（Bertuccio）—基督山伯爵的管家，做事俐落並且使命必達。其過往的秘密以及曾在卡德魯斯旅店目睹的案件，提供了基督山伯爵復仇計畫的重要資訊。

鄧格拉斯男爵—銀行家並身兼貴族院議員。與妻子育有一女，歐仁妮，並與馬瑟夫一家訂下婚約。因基督伯爵在其銀行開設無限信貸帳戶而結識。

德・維爾福檢察官—過往的政治經驗使他成為法國極為重要的檢察官。為人嚴肅，極少出入公眾社交場所。與第一任妻子生有一女，瓦朗蒂娜。與現任妻子育有一子。因妻子與兒子在一次馬車意外中為基督山伯爵所救，因此相互結識。

第三十一章　義大利：水手辛巴達

一八三八年初，兩位巴黎上流社會的年輕人來到佛羅倫斯。一位是艾伯特・德・馬瑟夫子爵，另一位是弗朗茲・德・埃皮奈男爵。他倆決定去羅馬參加當年的狂歡節[1]。弗朗茲住在義大利有三、四年之久，將充當艾伯特的導遊。

不過，到羅馬參加狂歡節可不是一件容易的事，尤其是當您不想睡在民眾廣場或是在瓦奇諾市中心廣場上過夜。於是，他們便寫信給位在西班牙廣場上倫敦旅館的帕斯特理尼老闆，請他為他倆留一間舒適的套房。帕斯特理尼老闆回信說，他只有三樓的兩間臥室和一間書房空著，租價低廉，每天只要一個路易。兩個年輕人接受了。他們還想充分利用節慶前的多餘時間，於是，艾伯特先出發到那不勒斯，而弗朗茲就留在佛羅倫斯。弗朗茲領略了美第奇家族[2]天堂般的生活情調，也在佛羅倫斯高貴的主人家裡作過兩、三次客。他忽然心血來潮，想到自己既然已見識過波拿巴的搖籃科西嘉，何不再去拿破崙的棲息地厄爾巴島看看？

1　亦譯「嘉年華會」。歐洲民間的一個節期，一般在基督教大齋節前三天舉行。因封齋期間教會禁止肉食和娛樂，故人們在此節期舉行各種宴飲跳舞，盡情歡樂。

2　美第奇家族，中世紀義大利佛羅倫斯的著名家族。代表人物有柯西莫（一三八九—一四六四），羅棱佐（一四四九—一四九二）等。十六世紀起，其族人先後受封為佛羅倫斯公爵，托斯坎尼大公，並有兩人當選為教皇。佛羅倫斯為義大利文藝復興的中心之一。

就在一天傍晚，他解開繫在來亨港港口鐵環上的一艘小船，裹著披風睡進艙底，對水手們只講了一句話：「去厄爾巴島。」小船像海鳥離巢似的從港口出發，次日便把弗朗茲送到了費拉約港。他在踏遍了那位偉人在島上留下的足跡之後，橫穿過這個帝王之島，又登船向瑪律西亞那駛去。離岸後兩小時，他在皮亞諾薩島上了岸，因為水手有把握地說，那裡有滿天飛著的紅山鶉在等著他。打獵的成績不理想。弗朗茲才射殺幾隻山鶉，如同所有收穫甚微的獵手一樣，他悻悻然地再次登上小船。

「啊！若閣下願意，」船主對他說，「有個地方是可以盡興打獵的。」

「哪裡？」

「您看見那座島了嗎？」船主伸手指向在靛藍海面中央兀立著的一塊巨大錐形礁岩說。

「嗯，那是什麼島？」弗朗茲問。

「基督山島。」

「我沒有在那島上的打獵許可。」

「閣下無需許可，該島荒無人煙。」

「喔！是嗎？」年輕人說，「在地中海中央居然有一座荒無人煙的小島，真是不可思議。」

「其實再自然不過了，閣下。全島是一大片暗礁，島上的可耕地也許還不到一阿爾邦[3]。」

3　舊時法國的土地面積單位，阿爾邦約合二十至五十公畝不等。

「基督山島歸屬哪個省？」

「歸屬托斯卡尼。」

「我在那裡能找到什麼獵物呢？」

「成千頭野山羊。」

「牠們靠舔石頭為生嗎？」弗朗茲不信任地笑著問。

「不，山羊啃歐石南、香桃木和黃連木為生，這些植物都生長在岩石縫中。」

「那麼我睡哪兒呢？」

「睡在島上的岩洞裡，或是裹著披風睡到船上來。再說，若閣下願意，我們在打獵後馬上就可以出發。您知道我們的船在夜間與白天一樣能行駛，如果無法用帆，我們可以划槳。」

既然弗朗茲在與同伴會合前還有不少時間，在羅馬投宿一事又不用再操心，於是他接受了這個提議，想把第一次狩獵的損失補回來。

水手們聽到他同意了，相互間低聲交談了幾句話。

「怎麼，」他問，「現在出了什麼問題？難道臨時有什麼困難嗎？」

「不是，」船主接著說，「不過我們得事先警告閣下，那座島是個是非之地。」

「這是什麼意思？」

「就是說，基督山上由於無人居住，有時就成了從科西嘉、薩丁島或是非洲來的走私販和海盜的避難所。如果有人舉報我們在島上待過，那麼當我們回到來亨港時，就必須接受六天的隔離防疫檢查。」

「見鬼！這不就打亂計畫了嗎！六天！上帝創造世界也不過用了六天。這也太長了吧，太久了。」

「可是誰會說出閣下去過基督山呢？」

「總不會是我吧！」弗朗茲大聲說。

「也不會是我們。」水手們異口同聲說。

「這樣的話，就去基督山吧。」

船主下達命令，船頭轉向小島的方向前進。弗朗茲等著船駛向新的航程，風帆鼓起，四名水手各就各位——三名在前，一名掌舵——此時，他才又開口。

「加埃塔諾，」他對船主說，「我想，您剛才對我說，基督山島是海盜的藏身之地。我覺得除了山羊之外還有另一種獵物了。」

「是的，閣下，確實如此。」

「我原本就知道有走私販，不過我想，自從攻占阿爾及爾和攝政時期[4]結束之後，海盜只能存在庫珀[5]和馬里亞特上尉[6]的小說裡了。」

「閣下真是錯了，海盜是存在的。雖然強盜像是已被教皇萊翁十二世完全消滅，可事實上他們每天都在搶劫旅客，連羅馬的城門口都會發生這種事。您難道沒有聽說，才在六個月

4　指一七一五年至一七二三年法國奧爾良公爵攝政的時期。

5　Cooper（一七八九—一八五一），美國作家。以美國邊疆冒險小說和海上冒險小說的創始者而聞名。

6　Captain Marryat（1792—1848），英國小說家。十四歲參加皇家海軍，以寫冒險小說出名。

前，法國駐羅馬教廷代表就在離韋萊特裡[7]五百步遠的地方被搶劫了嗎？」

「聽說了。」

「那好，若閣下像我們一樣居住在來亨港，您會不時聽說一條滿載貨物的小船或是一艘漂亮的英國遊艇沒有返回。人們在巴斯蒂亞港、費拉約港或是在奇維塔韋基亞港等著，沒人知道它發生了什麼事。他們會猜想多半是撞上什麼礁岩粉身碎骨了吧。只是，現在那座礁岩其實是一條又矮又窄的小船，上面有七、八個人。他們在一個月黑風高的夜晚，在某個荒無人煙小島的灣口攔住了它，並把它洗劫一空。這跟盜匪在森林的角落攔路搶劫一輛郵車是一樣的道理。」

「不過，」弗朗茲仍然平躺在船艙裡接著說，「遇到了這樣的意外情況，這些人怎麼不去投訴並要求法國、薩丁島或是托斯卡尼政府對這些海盜採取行動呢？」

「為什麼沒有呢？」加埃塔諾微笑著問。

「是呀，為什麼？」

「因為，他們會先把遊艇或商船上所有值錢的東西都先搬運到自己的小船上，再把被劫船上所有人的手腳都捆綁起來。他們會在每個人的脖子上繫上一顆二十四磅的鐵球，又在商船的龍骨上鑿一個酒桶大小的洞，然後跑上甲板，關閉艙口，再跳回自己的小船。十分鐘後，商船開始喊叫、呻吟並且慢慢地沉下去。起初，船的一側下沉，接著就是另一側。忽然，它

7 Velletri，義大利一城市，旅遊勝地。

往上躍了一下後又繼續往下沉，愈沉愈深。突然，響起一聲放炮似的巨響，這是艙內空氣爆裂甲板的聲音。此時，商船像一個拚命掙扎的溺水者般晃動著，每動一下，船體就更加往下沉。很快地，艙間的水壓過大，水從每個裂口處噴射出來，酷似巨大的抹香鯨從鼻孔裡噴出的水柱。臨末，它喘出最後一口氣，自轉了最後一個圈子，沉了下去，在海底捲起一個碩大漏斗狀的旋渦。旋渦轉動片刻，漸漸密合，就不復存在了。就這樣，五分鐘過後，只有上帝才能在平靜的海底找到失蹤的商船了。

「現在您明白，」船主笑著補充說，「為什麼商船回不到碼頭，船員不出面投訴了吧？」

如果加埃塔諾在遠航前就先提起這個話題，也許弗朗茲還會考慮一下。然而，他們已經出發了，他覺得退縮是怯懦的行為。他是這樣的一個人，雖不願平白無故去冒險，但當危險臨頭時，他就會冷靜地迎上前去。他是屬於既冷靜又果敢的那種人，把生活中的危險只視為決鬥中的對手。他會記下對手的招式，估計他的力量，閃開只為了喘口氣，但絕不會顯得自己膽怯。他一眼就能看出自己的優勢，只需一劍便能結束對方。

「算了吧！」他接著說，「我走遍西西里島和卡拉布里亞[8]，並且在愛琴海周遊過兩個月，我從未見過一個強盜，或是海盜的影子。」

「我說這些並不是為了讓閣下放棄這趟旅行。」加埃塔諾說，「閣下既然問我，我就如實回答，如此而已。」

8 Calabria，義大利南部的地區名。

「好吧，親愛的加埃塔諾，您這番話非常有趣。因此，我想盡可能長時間地回味一下，那就往基督山駛去吧。」

此刻，小船已接近這趟航行的終點。風勢很大，小船以每小時六至七浬的速度行駛。船越駛越近，小島似乎是從大海脫穎而出、視野清晰，他們可以分辨層層疊在一起的岩石輪廓，就像火藥庫裡一個個堆疊放置的圓形炮彈。在岩層的縫隙間，生長著綠色的樹與灌木。水手們雖然表面上十分鎮靜，但顯然地，他們正提高警覺，注視著他們航行其上平滑如鏡的海面。海上只有幾條漁船揚起白色的風帆，排列在地平線上，如同擦浪翻飛的海鷗在輕輕晃動。

當他們到離基督山十五浬處時，夕陽開始在科西嘉島的後面沉落。群山在天穹上勾勒出鋸齒狀的身影，而一堆堆岩石如同巨人阿達馬斯托[9]，齜牙咧嘴地聳立在小舟之前，把殘陽藏在身後，使小船陷入他的陰影之中。慢慢地，海面上升起了黑影，似乎要驅散本日結束前的最後一抹餘輝。日光終於被推到錐形岩礁的峰巔，在那裡稍事停留，把山頂染得血紅，如同燃燒著的火山峰頂一樣。陰影從它侵略的岩山底漸漸上升，終於慢慢侵吞了峰頂，整個小島成了一座灰濛濛的大山，顏色越變越陰暗。半小時後，天色完全變黑了。

幸好水手們是在他們熟悉的海域航行，他們對托斯卡尼群島了若指掌，認得島上的每一塊岩石。置身於包圍小船的濃重黑暗之中，弗朗茲並非沒有一點顧慮。科西嘉已完全消失了，基督山島也看不見了，但是水手們個個似乎都長著一對山貓的眼睛，能夠在黑暗中辨認方

9 Adamastor，葡萄牙詩人卡蒙恩斯（一五二四—一五八〇）所作敘事詩《魯西亞德》（意為「葡萄牙人」）中的幽靈。該詩描寫葡萄牙航海家達．伽馬發現印度航路的經過。

向，而掌舵的舵手也沒有半點猶豫不決的樣子。

太陽下山已經將近一個小時了，突然，弗朗茲在左側四分之一浬處感覺看見一個黑色的龐然大物，但他根本分辨不出那是什麼東西。因為擔心自己會把幾片浮雲看成是陸地，而招來水手們的嘲笑，於是他保持沉默。突然地，在岸邊出現了一簇火光。陸地也許會像是一片黑雲；火光可不會是轉瞬即逝的流星。

「那亮光是什麼？」他問。

「噓！」船主說，「是火。」

「可您說過，島上沒人住。」

「我只是說，沒有人常住，但我也說過，這是走私販的躲藏地。」

「還有海盜！」

「還有海盜。」加埃塔諾重複弗朗茲的話說，「就因為這樣，我才下令駛過小島，因為，正如您看見的，火光在我們的後面。」

「可是這火光與其說讓我們擔心，還不如說是安全的信號。那些人如果害怕被人發現，就不會點火了。」弗朗茲接著說。

「哦！這不能說明什麼。」加埃塔諾說，「若您在黑暗裡能判斷島的方位，您就會看見，這火光的位置從海岸線上看不見，從皮阿諾紮島的方向也看不見，只有從海上才看得到。」

「這麼說，您擔心這火光代表著有壞人嗎？」

「這正是要弄清楚的。」加埃塔諾接著說，他的視線始終注視著那顆陸地上的星星。

「怎麼弄清楚？」

「您待會兒就看到了。」

說完，加埃塔諾與他的夥伴商量起來，他們討論了五分鐘，就悄悄地行動了。一眨眼工夫，船頭調了頭，他們又沿原來的航向折回原路，幾分鐘之後，火光被一處隆起的地面遮住，不見了。這時候，舵手又轉舵把小船駛向一個新的方向。小船正快速地接近小島，不久就駛到了離岸約五十步的海面上。加埃塔諾落下帆，小船停止。這一切都是在寂靜無聲之中進行的，而且，自船轉調方向後，船上再無人說話了。

加埃塔諾自從提出遠遊之後，就把責任全部攬在自己身上。四名水手目不轉睛地看著他，一面備好槳，隨時準備划出去，在黑暗中，這樣做並不困難。至於弗朗茲，他以我們已經熟悉的冷靜態度察看著武器，他有兩支雙筒槍和一支步槍。他把三支槍都裝上子彈，檢查了一下，靜靜等著。在此期間，船主把他的背心和襯衫脫下，把褲腰紮緊，他本來就赤著腳，因此無鞋襪可脫。一旦變成了這副裝束，他就把一個手指頭放在嘴上，示意大家保持絕對的安靜，自己則潛入水裡，極為謹慎地向岸邊游去，誰也聽不見一點聲響。只有他的動作泛起的粼粼水紋，他們可以依此追隨他的蹤跡。很快地，水紋也消失了，顯然加埃塔諾已上了岸。小船上的所有人都靜候了半個鐘頭，之後，他們又看見在岸邊出現了同樣銀光閃閃的水紋，並向小船靠近。不一會兒，加埃塔諾猛划兩下，便爬上了船。

「怎麼樣？」弗朗茲和四個水手齊聲問。

「怎麼樣！」他說，「都是西班牙走私販，其中只有兩名科西嘉強盜。」

「那麼這兩名科西嘉強盜與西班牙走私販混在一起幹什麼？」

「啊，我的老天！」加埃塔諾以最慈悲口吻接著說，「人們總要相互幫助啊。這些強盜常常在陸地上被憲兵和海關人員逼得走投無路。好了，他們發現有條小船，船上有幾個像我們這樣的好心人。他們跑來請求上我們的船。拒絕幫助一個被追逐的可憐人是不應該的！我們收容了他們，為了安全起見，我們出海了。我們並未損失什麼，卻救了一條命，至少是讓他獲得了自由。等機會來了，這位好夥伴會記得我們給他的恩惠，會為我們指出一塊安全的地方讓我們寄存貨物，而且不會受到侵擾。」

「哦，原來如此！」弗朗茲說，「您有時也是走私販嗎？加埃塔諾？」

「閣下！我們總得過日子啊。」他帶著一種難以形容的微笑說。

「那麼您認識此刻在基督山逗留的那些人了？」

「差不多。我們這些水手，就如共濟會的會員[10]，打幾個暗號就彼此相識啦。」

「您認為我們如果上岸就沒什麼好怕的，是嗎？」

「絕對沒問題，走私販不是盜賊。」

「不過那兩名科西嘉強盜？」弗朗茲接著說，他已預先盤算著遇到各種危險的可能性了。

「他們當了強盜，可錯不在他們，該怪罪的是當局。」加埃塔諾說。

「怎麼回事？」

10　Freemasons，共濟會是分布在世界各地的祕密組織，源自西元八世紀泥瓦匠的行業組織，以互助互愛為宗旨。

「當局追捕他們是因為他們撂倒了個人，彷彿報復不是科西嘉人的天性似的！」

「『撂倒了個人』是什麼意思？暗殺了一個人嗎？」弗朗茲繼續追根究柢。

「我的意思是說殺了一個仇敵，」船主接著說，「兩者可大有區別。」

「那好吧！」年輕人說，「去請求走私販和強盜接待我們吧。您認為他們會同意嗎？」

「毫無問題。」

「他們共有多少人？」

「四個，閣下，加上兩名強盜，一共是六個。」

「我們正好也是這個人數。若這些先生居心不良，我們旗鼓相當，應該可以制止他們。那麼，我再說最後一遍，去基督山吧。」

「是的，但閣下能允許我們採取一些預防措施嗎？」

「盡一切辦法吧！請像涅斯托耳[11]那樣明智，像尤利西斯[12]那樣謹慎吧。我不只允許您，更鼓勵您這樣做。」

「那好！安靜！」加埃塔諾說。

大家都不出聲了。

對於像弗朗茲那樣的能正面看待一切的人來說，當前的處境雖不能說是危險，但也不能等閒視之。眼前，他孤身一人在黑暗的海上，身邊的人是不甚了解的水手，而他們也沒有理

11 Nestor，希臘神話中的英雄，荷馬史詩中把他描寫成一位深謀遠慮的軍事首領。

12 Ulysses，即希臘神話中的英雄奧德修斯，傳說中解古城特洛伊之圍的木馬計就是他提出的。

由忠誠於他。他們只知道他腰帶裡藏著幾千法郎。有很多次，他們盯著他那幾件漂亮的武器，即便不是出於羨慕，也是出於好奇。但從另一方面看，他除了這幾個人之外，並沒有其他的保護。他即將上岸的小島，雖然有著宗教色彩的名字，不過弗朗茲覺得那些走私販和強盜並不會給他仁慈的待遇。那個鑿底沉船的故事，他在白天聽起來似乎是誇大其詞，但在夜裡卻覺得真實可信了。他此刻身在這個也許只是想像出來的雙重危險之中，眼睛緊盯著這些人，手裡緊握著武器。這時，水手們升起了風帆，又駛上了他們剛才已經來回過一次的航道。

弗朗茲已經有點習慣黑暗了，穿過夜色，他能辨別出小船和與之擦邊而過的花崗岩巨人。當船再次駛過一塊岩石的尖角時，他終於看見了火光，比先前更加明亮，並且有五、六個人圍坐在火堆旁。火堆的反光延伸到百步之內的海面上。加埃塔諾順著火光行駛，但始終讓小船位於陰暗處。接著，當小船駛到那堆火的正面時，他就把船頭直接對著它，駛進光圈之內，嘴上哼起一首漁歌，他領唱，而他的夥伴則齊唱副歌的部分。圍著火堆而坐的人一聽到歌聲都站了起來，走近小碼頭，緊緊盯著小船，顯然，他們想弄明白來船的實力和意圖。他們似乎很快就摸清底了，除了留下一人站在岸邊而外，其他人又都重新圍著火坐下，火堆上正烤著一整隻羔羊。當小船駛到離岸二十步遠時，站在岸邊的那個人，提著步槍，彷彿哨兵在等待巡邏隊般機械地做了一個手勢，並用薩丁島的土話喊道：「是誰來啊？」

弗朗茲冷靜地扣上雙筒槍的扳機。加埃塔諾與那個人交換了幾句話，弗朗茲雖然一句也聽不懂，但能肯定與他有關。

「閣下，」船主問，「您願意報上姓名還是維持匿名？」

「我的姓名應該完全保密，」弗朗茲接著說，「所以您只要告訴他們，我是個法國遊客，到此地來遊玩。」

加埃塔諾轉達了這句話之後，哨兵向坐在火堆旁邊的一個人吩咐了幾句，那個人立即站起來，在一堆岩石之間不見了。一時間誰也不作聲，似乎每個人都被某事佔去注意力——弗朗茲下船，水手收帆，走私販子繼續烤羊。只是，大家表面上雖漫不經心，實際上卻還在互相打量著。走遠的那個人突然又出現了，他是從剛才離去的那條路的對面返回的，他向那個哨兵點頭示意，哨兵轉向他們這邊，只說了這麼一句話：「S'accommodi」。「S'accommodi」這個義大利語是無法翻譯的，可以同時被理解成：請來、進來、歡迎您、別客氣、您是這裡的主人。它就像莫里哀[13]說的那句土耳其話一樣，以豐富的涵義而使醉心於貴族的小市民驚嘆不已。水手們沒等他說第二遍就像前猛划了四下，小船便靠了岸。加埃塔諾跳上沙灘，又低聲向哨兵交談了幾句，而他的夥伴一個接一個走下船，弗朗茲是最後一個。他把一支槍斜背在肩上，加埃塔諾拿了另一支，一名水手提著他的來福槍。他那身服裝一半像藝術家，一半像時髦公子，沒使人起疑，因而也沒使他們不安。他們把船停泊在岸邊，向前走出幾步想尋找一個合適的露營地。然而，他們前往的地點使那個走私販覺得不妥，因為他對加埃塔諾大聲喊叫道：「不，請別往那裡去。」

加埃塔諾咕噥著道歉了一句，也不再堅持，就往相反方向走去，而另外兩名水手為了照

13 Moliere（一六二二—一六七三），十七世紀法國劇作家。他運用喜劇傳統形式創造了新的喜劇風格。他的作品中有一部名為《醉心於貴族的小市民》。

路，走到篝火旁去點火把。他們約莫走了三十步，停在一片被圍在岩石中間的小空地上，岩石上鑿出幾個座位的模樣，有點像哨崗。在四周的岩石縫隙中，生長著幾株矮小的橡樹和枝繁葉茂的香桃木。弗朗茲放低火把，從一堆灰燼上看出，他不是第一個發現這個舒適地點的人，也許它是基督山島上那些流浪來訪者一個常來駐足的地方。他先前作的種種假設已經被打消。自他上岸後，看見主人的接待雖不能說友好，但至少是冷淡卻平和，他的戒備心理也就消除了。當他聞到鄰近的露營地正在烤的羊肉香味時，他的注意力又集中到食欲上了。他跟加埃塔諾提了兩句，船長回答他，他們在船上備有麵包、葡萄酒、六隻山鶉，還有一盆可以烤熟它們的旺火，要準備一頓飯是再簡單不過了。

「若是閣下覺得烤山羊的香氣實在誘人，我可以用兩隻飛禽向我們的鄰人換一片肉。」他補充說。

「您天生就是個真正的外交家。」弗朗茲說，「去換吧。」

這期間，水手們已經折下了幾大把歐石南，紮了幾捆香桃木和橡樹幼枝，在上面點上火，於是篝火就升起來了。

弗朗茲鼻子不停地嗅著烤山羊的香味，等待著船主歸來，正等得不耐煩時，船主出現了，他神色不安地向弗朗茲走來。

「怎麼了？」他問，「有什麼消息？他們不同意嗎？」

「恰恰相反，」加埃塔諾說，「他們老大聽說您是位年輕的法國人，他就邀請您與他共進晚餐。」

「那麼，」弗朗茲說，「既然他們的老大是個文明人，我看不出有什麼理由要拒絕，何況，我還要帶一份菜去呢。」

「哦！問題不在這裡。他有吃的東西，而且夠您吃的，但是，他提出要答應一個古怪的條件才讓您去他家裡作客。」

「他家裡？」年輕人接著說，「莫非他蓋了一幢房子？」

「不是，但他有一個相當舒適的住所，至少他們是那麼說的。」

「您認識這位老大嗎？」

「我只是聽人說過。」

「是好是壞？」

「兩種說法都有。」

「怪了！那是什麼樣的條件呢？」

「就是您得蒙上眼睛，當他親口請您解開時，您才能把蒙眼布取下來。」

弗朗茲認真地探究著加埃塔諾的神情，想知道這個建議背後有什麼名堂。

「哦！」他看出了弗朗茲的心思，接著說，「我明白，這是件嚴重的事。」

「您要是處在我的位子上會怎麼辦？」年輕人問。

「我？我一無所有，我會去的。」

「您會接受邀請？」

「是的，就算是出於好奇也會去。」

「這麼說，在這個老大的家裡有些稀奇古怪的東西？」

「請聽著，」加埃塔諾壓低了聲音說，「我不知道人家說的是不是真的……」他停下來，看看是否有人在偷聽。

「人家說什麼呢？」

「人家說，這個老大住的地下室，連碧提[14]的府邸與之相比也算不上什麼。」

「胡扯！」弗朗茲說，他又坐了下來。

「哦！這可不是胡說八道，」船主繼續說，「這可是個事實！卡瑪，聖費迪南號上的舵手，有一天進去過，出來時心醉神迷，連聲說只有在神話故事裡才會有那樣的寶藏。」

「您知道嗎，」弗朗茲說，「照您這麼說，我不就是要去阿里巴巴的寶窟了？」

「我只告訴您我所聽到的。」

「那麼，您是勸我接受了？」

「啊！我可沒這麼說！閣下愛怎麼做就怎麼做。我不想在這種場合向您提出什麼建議。」

弗朗茲思索了片刻，下了幾個結論：此人既然如此富有，就不可能對他安什麼壞心眼，也不會在乎他身上的小錢。他在這次會面中頂多是吃一頓豐盛的晚餐，於是他接受了。加埃塔諾便離開去回話。

正如我們說過的，弗朗茲是個小心謹慎的人，他想對這位奇怪而神祕的主人盡可能的了

14　Pitti，義大利佛羅倫斯著名世家。該家族的府邸建於一四四〇年，藏畫豐富，很有名聲。

解。剛才他跟船主談話時，有一名水手帶著忠於職守的自豪感，在認真地拔山鶉毛，於是他向這個人轉過身子，問他：「周圍既看不見舢板，也看不見帆船，那麼那些人是用什麼交通工具靠岸的呢？」

「我可不擔這個心，」水手說，「我認得他們使用的那艘船。」

「那艘船漂亮嗎？」

「我期盼閣下有那麼一艘船去周遊世界。」

「它能載重多少？」

「將近一百噸。何且，那艘船挺有浪漫氣息，照英國人的說法是稱作遊艇。它在建造時就考慮到在任何氣候條件下都能在海上航行。」

「它是在哪兒建造的？」

「我不知道。不過我想是熱那亞的船。」

「走私販的一個老大又怎麼敢在熱那亞港讓人建造一艘用來讓他營生的遊艇呢？」弗朗茲繼續問。

「我沒有說那艘遊艇的主人是個走私販呀。」水手說。

「您沒說過，不過加埃塔諾似乎提過。」

「加埃塔諾只是遠遠地看見那些人，他還從未與船上的人說過話哩。」

「不過，如果此人不是走私販頭子的話，他又是什麼人呢？」

「一位富有的老爺，高興時就旅遊。」

「算了吧，」弗朗茲想道，「既然說法都不一樣，這號人物也只能越說越玄了。」

「他叫什麼名字？」

「每當有人問他時，他總是回答說，他叫水手辛巴達。不過我懷疑這不是他的真名。」

「水手辛巴達？」

「是的。」

「他住在哪兒呢？」

「在海上。」

「他是什麼國家人？」

「我不知道。」

「您見過他嗎？」

「見過幾次。」

「他是什麼樣的人？」

「待會兒閣下自己判斷吧。」

「他要在哪裡接待我？」

「大概就在加埃塔諾向您講起的那個地下宮殿裡。」

「那麼當您停泊在這裡，發現小島沒有人時，您從未產生過好奇心，設法去看看那座迷人的宮殿嗎？」

「啊！有過的，閣下，」水手接著說，「還不止一次呢。可是我怎麼找也找不到。我們到處搜尋岩洞，連最小的通道也沒找到。不過，有人說，門不是用鑰匙打開的，而是用咒語開啟的。」

「行啦，」弗朗茲喃喃自語道，「我肯定走進了《一千零一夜》的童話故事裡。」

「他在恭候您。」在他後面一個聲音說，他聽出是哨兵的聲音。

新來者後面還跟著遊艇上的另外兩個人。

弗朗茲二話不說就抽出手帕，把它交給對他說話的那個人。

那些人也沒多說，小心翼翼地替他蒙住眼睛，這說明他們擔心他會做出什麼冒失的事情。蒙好後，他們又要他發誓在任何情況下，絕不會把罩布取下來。

他發了誓。

此時，有兩個人各挽住他一條手臂，於是他由他倆帶著走，哨兵在前面開路。走了三十多步，烤羊的味道越來越濃香誘人了，他感覺到他經過了那個露營地。接著，他們又讓他走了五十多步，顯然是朝著加埃塔諾先前被禁止前往的方向。他現在明白剛才不准他們往這兒走的原因了。沒多久，空氣不一樣了，他知道他已走進地洞，接著，又走了幾分鐘，他聽見一陣嘎嘎的響聲，感到氣味有了變化，變得潮濕而芬芳。最後，他覺得雙腳落到一張厚實而柔軟的地毯上，陪同的人都離開他了。

安靜了片刻以後，一個人用正確的法語說話了，雖說夾著外國人的口音：「歡迎您光臨寒舍，先生，您可以取下蒙眼的手帕了。」

不難想像，弗朗茲沒讓他說第二次就拿掉了手帕。他看見面前站著一位三十八到四十歲之間的男子，身穿一套突尼斯服裝，換句話說，戴著一頂飾著長長的藍色絲綢流蘇的紅色無邊圓帽，穿著一件鑲金邊黑色外套和一條又寬又鼓的深紅色長褲，同樣顏色的護腿套也與外套一樣繡著金邊，穿著一雙黃色拖鞋，一條華麗的克什米爾大圍巾裹紮在他的腰間，腰帶上還插著一把彎彎的刀刃鋒利的小刀。

雖說此人臉色白裡透青，面容卻俊美無比。他的目光靈活而銳利，鼻子挺拔，幾乎與前額齊平，純屬希臘型的。他的牙齒顆顆白得像珍珠，在一圈黑鬍鬚烘托下，顯得非常耀眼。不過他臉色蒼白得有點非比尋常，彷彿是一個人被長期囚禁在墓穴裡之後，難以恢復常人的膚色了。他長得雖不高大，但身材十分勻稱，如同南方人那樣，手腳都很小巧。弗朗茲剛才還把加埃塔諾的敘述當成是癡人說夢，現在卻使他驚訝不已，因為室內陳設果然是豪華典雅。整個房間掛滿了用金花點綴的深紅色土耳其織錦。在房間的一個凹處，有一個像長沙發的東西，上面放著幾柄阿拉伯寶劍，劍鞘是鍍金的，劍柄鑲嵌著一顆顆晶瑩奪目的寶石。天花板上垂吊了一盞威尼斯琉璃燈，外型和色彩都很迷人。他腳下踩的是能陷至腳踝的土耳其地毯。數道門簾垂落在弗朗茲進入的那扇門前，另有一扇門通向第二個房間，裡面似乎被照耀得富麗堂皇。主人給了弗朗茲時間讓他從震驚中恢復，而且，他也可用來觀察弗朗茲，視線始終沒從他身上移開。

「先生，」他終於開口對弗朗茲說，「他們把您帶到我這裡來是為謹慎起見，對您多有冒犯，我萬分抱歉。由於島上大部分時間無人居住，若此處的祕密洩露的話，無疑的，當我再次返回時，這個臨時落腳地將會變得十分糟糕。我對此將會感到氣惱，倒不是因為這會造成我的損失，而是我若想再次與世隔絕，恐怕就難以如願了。現在，我將努力使您忘掉這小小的不愉快。我會提供您絕對料想不到的東西，就是一頓說得過去的晚餐和一張差強人意的睡床。」

「說實在的，親愛的主人，」弗朗茲答道，「不必為此抱歉。我總是看到那些進入神奇宮殿裡的人被蒙上眼睛。您看，《胡格諾教徒》裡的拉烏爾不就是這樣嗎。說真的，我沒什麼可抱怨的，因為您將讓我看到的是《一千零一夜》的續集啊。」

「天哪！我要像盧庫盧斯[15]那樣對您說：『假使我早知道能有幸接待您，我就該有所準備。』我的隱居之處雖未加打掃，但仍請您隨意使用。我的晚餐雖如往常，但仍請您賞光。阿里，我們可以用餐了嗎？」

聲音剛落，門簾掀起，一名努比亞黑奴，皮膚黑得像一塊烏木，穿著一身簡便的白色長袍，向他的主人示意，可以到餐廳去了。

「現在，」陌生人對弗朗茲說，「我不知道您是否同意我的看法，不過我覺得，我們面對面待上兩、三個小時，彼此不知道對方的名字和頭銜，也不會妨礙我們什麼的。請注意，我非常尊重待客之道，絕不會冒昧詢問您的名字和頭銜。我只是請求您隨便提供我一個稱呼，這樣，有助於我和您說話。至於我，為了使您說話方便些，我想告訴您，大家通常叫我水手辛巴達。」

15 Lucullus（約西元前一一七—前五十八／前五十六），羅馬大將，曾參加從蘇拉向羅馬的進軍。

「我呢，」弗朗茲接著說，「我要對您說，與阿拉丁的境遇相比，我只缺少那盞著名的神燈，因此您此刻若稱我為阿拉丁，我也不會有異議的。這樣的稱呼能讓我們不至於從這東方世界裡走出去，而我在想，我是被某個善良的神靈力量帶到這裡來的。」

「好吧！阿拉丁先生，」神祕的晚宴主人說，「您已經知道，我們可以用餐了，那麼請勞駕去餐廳吧。您謙卑的臣僕將在您前面為您引路。」辛巴達說完，掀起門簾，真的走到弗朗茲前面帶路了。

弗朗茲從一處奇景走到另一處妙境，他看見餐桌上擺滿了珍饈佳餚。他確信了這個重點後，就開始環顧四周。餐廳與他剛剛離開的小客廳同樣富麗堂皇。整個房間都鋪上大理石，裝飾著價值連城的古代淺浮雕。在長方形的餐廳兩端，各站立著兩尊精美的雕像。她們的雙手把花籃托在頭上。籃子裡有許許多多鮮美的水果，堆成金字塔狀。它們有西西里的鳳梨、馬拉加的石榴、巴厘阿里群島的甜橙、法國的桃子和突尼斯的椰棗。晚餐上的菜肴有，烤野雞配上科西嘉烏鶇、凍野豬腿、芥末蛋黃醬羊肉、珍貴的大口鰜和特大龍蝦。在一道道大菜中間，還穿插著不同的甜食小碟。碟子是銀製的，而餐盤則是日本瓷器。

弗朗茲揉著眼睛，想確信自己沒有在做夢。只有阿里一人在一旁侍奉，並且服務得極盡完美。賓客向他的主人不住地稱讚他。

「是的，」主人一邊落落大方地殷勤款待客人，一邊接著說，「這個可憐蟲對我非常忠誠，並且竭盡報效之心。他沒忘記是我救了他的命。由於他非常珍惜自己的腦袋，因此他對我保住了它而感激在心。」

阿里走近他的主人，拿起他的手親吻。

「辛巴達先生，」弗朗茲說，「若我問您是在什麼樣的情況下完成這個善舉，您不會覺得過於唐突吧？」

「喔，事情非常簡單。」主人回答，「這個傢伙在突尼斯大公的後宮周圍閒晃時過於靠近了，對他這樣膚色的小夥子是不被允許的。因此大公判處要除去他的舌頭、手和頭。第一天割舌頭，第二天剁手，第三天砍頭。我一直想要一個啞奴來伺候我，所以我等他的舌頭割下來之後，就跑去向大公提議用我一支漂亮的雙筒長槍換取他。原因是，在第一天晚上，我發現這把槍似乎引起了陛下的興趣。他猶豫了，因為他很想讓這個可憐蟲一命歸天。可是我除了長槍之外又加上一柄英國獵刀。我曾用這把刀把陛下的土耳其彎刀輕而易舉地砍成兩段。於是，大公決定饒了他的手和頭，條件是他永遠不能再踏上突尼斯的國土。這個告誡是多餘的，因為這個異教徒只要從遠處瞥見非洲海岸，就會躲進艙底，一直要等到看不見這世界第三大洲後，才能把他從裡面叫出來。」

弗朗茲默默地沉思片刻，對於主人剛才講述這個故事時一半和善一半冷酷的態度，一時間不知該作何感想。

「您的名字裡有『水手』兩個字，」他改變了話題說，「那麼您是否像那位可尊敬的水手那樣一生在周遊四方呢？」

「是的，這是一個心願。那是在我以為不大可能實踐時許下的。」陌生人笑著說，「像這樣的心願我許下好幾個，我希望能一一實現。」

雖然辛巴達在說這幾句話時非常冷靜，然而他的眼睛裡卻迸出異常兇猛的光芒。

「您受過很多苦嗎，先生？」弗朗茲問他。

辛巴達一震，死死地盯著他看。

「您怎麼看出這一點的？」他問。

「從各方面，」弗朗茲答道，「從您的聲音、眼神、蒼白的臉色，甚至從您所過的生活本身。」

「我！我過的是我所知道最幸福的生活，一個真正的帕夏過的生活。我是萬物之王。我覺得一個地方好玩，就留下；我厭倦了，就走。我像飛鳥一樣自由，像牠一樣有著雙翅。我周圍的人，只見我一個小小的示意，就會照辦不誤。我不時還喜歡與人類的法律尋開心，把他們找到的某個強盜，或是追捕的某個罪犯劫走。然後，我會行使我自己的法律，同時擁有低等和高等審判權，沒有緩刑，無須上訴。有時嚴加懲治，有時從輕發落，任何人也管不著。真的！若您嘗試過我的生活，您就不願再過其他形式了。您永遠不願再回到人世間，除非您有某項重大計畫需要完成。」

「譬如說復仇！」弗朗茲說。

陌生人注視著年輕人，這樣的目光能看透人的心靈和思想最隱蔽的角落。

「為什麼是復仇呢？」他問。

「因為，」弗朗茲接著說，「我看您的神態，覺得您像是一個受到社會迫害，有深仇大恨要與它清算的人。」

「啊哈！」辛巴達帶著奇特的笑容，露出一口雪白而尖利的牙齒說，「您說錯了。我就如您現在所見，我算是個哲學家。也許有天我會去巴黎和阿佩爾[16]先生和身穿藍色小外套的人[17]競爭。」

「那將是您第一次旅行到巴黎嗎？」

「是的。我看上去似乎太缺乏好奇心了。不過我向您保證，我遲遲不去巴黎，可不是我的過錯。我遲早有一天會去的！」

「您打算很快就成行嗎？」

「我還不清楚，一切取決於當時的情況，而這又受到種種的變化所牽制。」

「我希望您到那裡時我也在。我希望能盡我所能做到的來回報您在基督山給予我的盛情款待。」

「我非常樂意接受您的邀請，」主人接著說，「不過，不幸的是，即使我去，恐怕也不能公開我的身分。」

其間，晚餐繼續進行，但似乎是專為弗朗茲一個人而擺設的，因為陌生人只用舌尖輕輕沾了一、兩樣送到他面前的珍饈，而他的不速之客卻吃得津津有味。最後，阿里送上了甜點，或者更確切地說，從兩尊雕像的手中取下了花籃，並把它們放到餐桌上。他在兩個花籃之間，

16 Appert（一七五〇—一八四一），法國廚師、糖果製造商、制酒商。曾以論文所得的獎金，建立第一個商業罐頭廠。

17 此處暗指國王路易十八。

放上了一只小小的鍍金銀杯，由一個同樣材質的蓋子蓋著。阿里把這只銀杯端來時的莊重的神色，令弗朗茲大為好奇。他掀起杯蓋，看見一種淡綠色的膠凍，有點像當歸醬，不過他從未見過。他又把蓋子放上。與掀開蓋子之前一樣，他仍然不知道杯裡盛的是什麼東西，於是他的視線移向主人，看見他正微笑地望著自己失望的模樣。

「您猜不出來，」主人對他說，「這個容器裡究竟盛著什麼，是嗎？」

「沒錯，我真的猜不出。」

「那好吧，這種綠色的果醬正是赫伯[18]送到朱庇特[19]餐桌上的神品呢。」

「不過這種神品，」弗朗茲說，「經過凡人的加工，肯定已失去它的神名而得到了人間的稱謂。用凡人的語言來說，不知它是如何稱呼的？不過說實話，我並不怎麼想品嘗它。」

「啊！這一來我們世俗的根源就露出來了。」辛巴達大聲說，「我們常常從幸福旁邊擦身而過，卻沒看它一眼，更沒注意它。或者，我們確實看到了、注意了，卻認不出它。

「若您是個講究實際的人，金錢便是您的神明，那麼您就嘗嘗這個吧。祕魯、古紮拉特和戈爾康達的礦藏將會為您打開。

「若您是一個富於想像的人或是一位詩人，那麼還是請您嘗嘗。一切可能的障礙就會消失，無窮的宇宙將會打開，您將在無垠的夢幻境界裡遨遊，心靈開放、靈魂自由。

「若您是一個野心勃勃的人，您想追逐人間的榮華富貴，還是請您嘗嘗。過一個鐘頭，

18 Hebe，赫伯是宗教中主神宙斯和他的妻子赫拉所生的女兒，在荷馬史詩裡，多以眾神的侍酒者身分出現。
19 Jupiter，古羅馬神話中的主神，是天空的主宰，相當於希臘神話中的宙斯。

您就會變成國王，不是藏在歐洲的一角，諸如法國、西班牙或英國那樣的小王朝的國王，而是世界之王、宇宙之王、萬物之王。您的御座將安放在撒旦劫走耶穌的那座山上。您不必向撒旦頂禮膜拜，無須親吻牠的魔爪，您就是世上所有王朝的至高君主。我向您展示的這一切，難道無法使您躍躍欲試？請說吧，只須嘗一口就行了。難道這還不容易嗎？請看。」

他說完這些話，親自打開那只盛有被讚美不已的鍍金小銀杯的蓋子，舀了一匙神奇的果醬，送到嘴邊，半閉著眼睛，頭微微後傾，慢慢地品味著。

弗朗茲看著主人慢慢地品味完他心愛的美味。當他看見他從陶醉中有些清醒過來時，便問：「說來說去，這樣珍奇的食物究竟是什麼東西呢？」

「您曾聽說過，」主人反問，「山中的老人，就是想派人暗殺菲力普．奧古斯都[20]的那個人？」

「當然聽過。」

「那就好！您知道，他統治著大山俯視著的一片富庶谷地，他富有詩意的名字也源自於此。在這個山谷裡，有著許多這位哈桑．本．薩巴老人培植的華麗花園，在這些花園裡有著一座座孤立的亭臺樓閣。他讓他選定的人進入的就是這些亭臺樓閣。

「照馬可波羅的說法，在那裡，他讓他們食用一種草藥，可以使他們升入天堂，生活在常年開花的植物、永遠成熟的水果和青春永駐的處女之中。然而，這些享受極樂的年輕人視

---

20 Philip Augstus（一一六五—一二二三），一一八〇年至一二二三年為法國國王。

為現實的一切，卻是個夢境。只是夢境是那麼溫馨，那麼醉人，那麼快樂，以至他們寧願出賣自己的靈與肉給提供他們夢境的人。

「他們服從他的命令就如同聽從上帝的旨意，願意走遍天涯海角去追殺他所指定的犧牲者。他們即使在嚴刑拷打下已奄奄一息也不會有半句怨言，因為他們腦子裡只有一個想法，就是他們所面臨的死亡僅僅是到達仙境的一種過渡，那裡的聖草曾給予他們想像中的滋味。現在，這種聖草就呈現在您的面前。」

「那麼，」弗朗茲大聲叫喊道，「這是印度大麻！是啊，我知道這種東西，至少聽說過。」

「沒錯，您說對了，阿拉丁先生，這就是印度大麻，是亞歷山卓城[21]所出品最好、最純的大麻，是阿布戈爾製成的大麻。此人是世界上唯一偉大的製大麻專家，我們應該為他建造一座宮殿，刻上這樣的銘文：「**感恩不盡的世人獻給出售幸福的人**。」

「您知道，」弗朗茲對他說，「我很想由自己來判斷您的讚美之詞是實至名歸，還是過度誇張？」

「您自己判斷吧，我的貴賓，請嘗試吧。不過，請不要迷信第一次經驗。如同一切事物，應該要使感官習慣於新的印象，不論它是溫和的還是辛辣的，悲傷的還是愉悅的。人的天性與這種神賜的物質是有衝突的。人生來不是為了享受快樂，而是與痛苦同在。天性應該在爭鬥中屈服，現實該讓位給夢幻。這時，夢幻就能掌控一切，於是夢幻就變成了生活，生活就

21 Alexandria，埃及一個大港，食品工業發達。

變成了夢幻。

「可這有何變化？只要把現實存在的痛苦與虛幻存在的快樂相比較後，您就會一天也不肯再回到現實；會希望永遠生活在夢幻之中。當您離開屬於您的世界而回到凡夫俗子所處的人間，您會覺得像從那不勒斯的春天回到了拉普蘭[22]的冬天，會覺得告別了天堂回到了塵世，從天堂下到了地獄。請嘗嘗印度大麻吧，我的貴賓！請嘗嘗吧！」

弗朗茲二話不說，舀了一匙這妙不可言的膠凍，分量與主人剛才舀的差不多，把小匙放入嘴裡。

「哦！」他吞食了這神賜的醬凍之後說，「我還不知道效果是否如您所說的那樣令人心曠神怡，不過這東西似乎沒像您說的那麼鮮美可口。」

「那是因為您的味覺神經還分辨不出這樣東西的妙處。請您告訴我，您是否第一次就愛吃牡蠣、茶、黑啤酒、塊菌，那些所有您日後才喜歡上的食物呢？羅馬人燒野雉時用阿薩弗達[23]作佐料，中國人吃燕窩，您對他們能理解嗎？是的！無法理解！這就跟印度大麻是一樣的道理。

「您只要連續吃上一個星期，就會覺得世界上再也沒什麼食物可以與這精緻的美味相比，可您現在似乎還覺得它沒有味道，甚至噁心。現在，我們就到旁邊的房間去，也就是到您的臥室去吧，阿里馬上就要為我們端上咖啡，送來菸斗了。」

22 Lapland，斯堪的納維亞半島北部地方，那裡異常寒冷。
23 Assafoetida，一種藥名。

這兩個人同時起身，正當自稱辛巴達的人，也就是我們不時借用這個名字以便像他的客人那樣可以對他有個稱呼的這個人，在向他的僕人下達命令時，弗朗茲走進了隔壁的房間。

這間房間雖說同樣奢華，但陳設簡單了些。房間呈圓形，四周圍了一圈沙發。沙發、牆壁、天花板和地板上都鋪了華美的獸皮，如同最柔軟的地毯一樣綿柔鬆軟。其中有鬃毛雄偉的阿特拉斯獅皮、條紋斑斕的孟加拉虎皮、在但丁筆下出現過的、斑點華麗的開普敦[24]豹皮，還有西伯利亞的熊皮、挪威的狐皮。所有的獸皮都是一張一張隨意地疊起來，以至走在上面彷彿就像踏在厚厚的草地上，或是躺在最柔軟光滑的床上。

這兩人都在長沙發上躺下。一支支茉莉吸管琥珀嘴的長筒菸斗伸手可得，一切都準備得有條不紊，同一支菸斗無需使用兩次。他倆每人拿了一支。阿里點燃了菸絲後，退出端咖啡去了。

兩人一時沉默無語。期間，辛巴達不知不覺陷入了沉思，即使在交談時，他似乎也沒有拋開那些思緒。弗朗茲的神智則開始感到虛無飄渺，人們在抽上等菸草時，幾乎無一不陷入此境。這種菸草能使大腦裡的所有煩惱都隨同它的陣陣青煙嫋嫋而去，並為吸菸者換來腦中的種種夢幻。

阿里端來了咖啡。

「您偏好的咖啡是？」陌生人問，「法式的還是土耳其式的？濃些還是淡些？加糖還是不

24　Cape，今為南非共和國的一個港口，在非洲大陸最南端。

加糖？現沖的還是煮沸的？一切都是現成的，任您選擇。」

「我喝土耳其式的。」弗朗茲回答。

「您是有道理的，」主人大聲說，「這證明您具有適應東方生活的天性。沒錯！東方人，您瞧，只有他們才是懂得生活的人！說到我本人，」他補充說，嘴角上掛著一絲奇特的微笑，年輕人看在眼裡了。「當我把在巴黎的事辦完之後，我就到東方度過餘生。若那時您想見我，就得到開羅、巴格達或是伊斯法罕[25]去找我了。」

「天啊，」弗朗茲說，「這將是世上最容易辦到的事。因為我想，我身上長出了一對鷹的翅膀，憑著這對翅膀，我只要二十四小時就能環遊世界了。」

「哦！那是印度大麻在發揮效力啦。好啊！張開翅膀吧，您就飛到超凡入聖的境地去吧。什麼也不用害怕，我們在照顧您。若您的雙翅如同伊卡洛斯[26]翅膀在太陽下融化的話，由我們來接住您。」

這時，他對阿里說了幾句阿拉伯語，僕人做了一個聽從的手勢，就退了出去，但沒走遠。至於弗朗茲，他的身上發生了奇異的變化。白天累積的身體勞累與晚上的種種奇遇在他精神上造成的緊張，都漸漸消失了。如同沉睡前的淺眠狀態，大腦仍有些清醒，但已感到睡眠來臨了。

---

25 Isaphan，伊朗一城市，在德黑蘭的南面。

26 Icarus，希臘神話中的人物，他用蠟把翅膀粘在身上逃出囹圄，但因太靠近太陽，蠟化後翅翼落下，他墜入海裡。

他的身體幾乎變得輕飄飄的，思想似乎前所未有地開闊，感官也變得加倍地敏銳。他的視野不斷地在擴大，不是他在熟睡前所看見那種彌漫著不可名狀之恐懼的昏暗天地，而是一條藍色、透明、寬廣的地平線，蘊含著大海的蔚藍、太陽的金輝和清風的芬芳。

接著，水手們的歌聲四起，聲音明澈、清亮，如果可以記錄下來，幾乎能譜成一組天堂的和聲。他看見基督山島漸漸顯露，它不再是陰森森地屹立在波浪之上的一塊巨礁，而是沙漠中的一片綠洲。不久後，隨著小船駛近，歌聲變得更加激昂，因為，一組動人而神祕的和聲從這個島嶼升往蒼天，如同某個像洛勒萊[27]的仙女，或是某位像安菲翁[28]的神奇音樂家，想引誘一個靈魂，或是在那裡建造一座城市。

最後，小船靠岸了，無聲無息，沒有震動，如同上唇與下唇的密合。他回到了岩洞裡，而美妙的音樂仍在回蕩。他走了下去，或者說他覺得他往下走了幾級階梯，呼吸著清新而溢著芳香的空氣。這種氣息與彌漫在瑟西[29]山洞裡的空氣相似，它芳香撲鼻，讓人沉思遐想，卻又是如此刺激，讓人感官躁動。於是，他又重新看到了睡前所見的一切，從神祕的主人辛巴達，到沉默的僕人阿里。

接著，一切似乎都消失，在他的眼前變得模糊了，如同一盞神燈熄滅時的最後光暈。他

27 Loreley，傳說洛勒萊原是一個少女，由於對不忠的情人感到絕望而投河自盡，後變成一個用歌聲引誘漁船觸礁沉沒的海妖。

28 Amphion，希臘神話中宙斯的兒子，後成為歌手和音樂家，巨石聽到他的豎琴聲便自動築成城牆。

29 Circe，希臘傳說中的一個女巫，她能用藥物和咒語把人變成狼、獅子和豬。

又置身在立著雕像的臥室裡，室內僅有一盞古色古香、光線柔和的燈，在沉沉的黑暗中，這盞燈在照看著他的安眠或是淫樂。這些原來的雕像，形態優美、高貴典雅、詩情盎然，眼神含情脈脈，笑容春意蕩漾，髮式儀態萬千。她們就是三位享有盛名的交際花——芙裡奈[30]、克麗奥佩特拉[31]和梅薩珊利娜[32]。接著，在她們之間，又冒出一個聖潔的形象，一個安詳的靈魂，一個柔美的幻影，一縷純潔的光輝，如同一位在奧林匹斯山的迷霧中出現的基督天使。她似乎羞於看見這些淫蕩的大理石雕像，把她貞潔的額頭遮掩起來了。

這時，他覺得這三尊雕像好似都為了他這位唯一的男子傾注她們全部的愛。正當他昏然欲睡之際，她們一起走近他的床前，白色長裙遮住了雙腳，頸脖裸露著，頭髮像波浪似的在飄動。她們的妖媚、嬌嗔連天神也抵擋不了，只有聖人才能抗拒。她們的眼神專注而熾熱，如同毒蛇逼視著小鳥。終於，他的身心完全像是被擁抱般透不過氣，也被如接吻般的欲望眼神捕擄過去。

弗朗茲覺得在他閉上眼睛之前，向周圍瞥視最後一眼時，依稀看見這些雕像又變得純潔了。她們把自己完全遮掩起來。接著，他的雙眼合上，再也看不見真實的物體，而他的感官正在領受無比美妙的歡愉。此刻，無止盡的淫樂，毫不間歇的愛戀開始了，一如穆罕默德許諾他的選民。於是，所有石雕的嘴唇都顫動起來，她們的酥胸也都變得溫暖。當弗朗茲感覺

30 Phryne，芙裡奈（西元前四世紀），希臘妓女，美豔絕倫。
31 Cleopatra，克麗奥佩特拉（西元前六十九—前三十）：埃及著名女王，即埃及豔后。
32 Missalina，梅薩珊利娜（約二十二—四十八），羅馬皇帝克勞狄的第二個妻子，以淫亂和陰險著名。

到這些雕像如同蛇的身軀般柔軟，冰涼的雙脣貼住他那張貪婪的嘴時，他平生第一次感受到印度大麻的威力。只是這種愛情幾乎是一種痛苦，而淫樂也近乎是一種酷刑了。然而，當他的兩隻手臂越是試圖抗拒這陌生的愛情時，他的感官越是感受到這種神祕夢境的魅力。以至於在經過一場要用靈魂去拚搏的爭鬥之後，他毫無保留地沉醉其中了。

在這些大理石情婦的熱吻下，在這場海市蜃樓般的夢幻挑逗下，他氣喘吁吁，精疲力盡，因縱欲過度而昏迷過去了。

第三十二章 甦醒

當弗朗茲醒來時，外界的事物彷彿是他夢境的延續。他好像置身於墳墓之中，日光如同一道憐憫的目光，幽幽地鑽了進來。他伸出手去，感覺到岩石的存在。他支起身子，發現他正裹著斗篷，睡在一張鋪上乾燥歐石南的床上，柔軟溫暖，香氣氤氳。一切幻覺都消失了，彷彿那些雕像只是在他夢中從它們的墳墓裡鑽出來的幽靈，當他甦醒時，它們又逃逸得無影無蹤了。

他向日光透進來的缺口邁出幾步，此時，夢中的興奮與不安全感都被現實的寧靜所取代。他發現自己待在岩洞裡，他往出口走去，穿過拱形的門，看見了碧海藍天。空氣和海水在清晨的陽光下閃閃發光。岸邊，水手們坐著，邊聊邊笑。在海上十步遠處，下錨的小船悠悠地晃動著。這時，涼爽的海風輕拂他的額頭，他深呼吸了幾口清新的空氣，聆聽著海浪微弱的拍打聲。海浪衝向岸邊，在岩石上留下了一圈如同碎銀般的白色浪花。他不再思考，不再回想，任憑自己醉心於大自然萬物中蘊含的聖潔嫵媚，尤其是當人們走出神奇的幻境後更會如此。接著，如此安靜、如此純淨、如此偉大的外界生活，漸漸地使他懷疑起昨夜的夢境是否真實了。

記憶開始慢慢回到他的大腦裡。他想起了來到島上的情景，想到自己被介紹給一名走私販老大，想到金碧輝煌的地下宮殿、豐盛的晚餐和那一匙印度大麻。不過，面對著光天化日之下的現實，他覺得這些事情至少過去一年了。只不過，夢境在他的腦海裡仍栩栩如生，在他的心裡留下深刻的印象。因此，在他的想像裡不時覺得那些夜間給予他無數熱吻的倩影中，有一個就坐在水手們中，或在穿越岩洞，要不就是在小船上隨波晃動。不管怎樣，他的頭腦完全清醒了，身體也得到徹底的休息。他的腦袋不再昏昏沉沉，整個身心感到輕鬆舒坦。他從未像現在這樣快暢地呼吸空氣和享受陽光。

他高高興興地向水手們走去。當他們一看見他，都站起來，船長朝他走去。

「辛巴達老爺託付我們向閣下轉達他的敬意，並要我們代為向閣下致歉，他不能親自與大人告別了。」船長對他說，「不過，他希望當閣下知道是一件十萬火急的事讓他必須立即動身去馬拉加的時候，您可以原諒他。」

「如此的話，加埃塔諾，」弗朗茲說，「這一切都是事實了。也就是說，真的有這麼一個人在這座島上接待我，並把我奉為君王一樣精心款待，而且在我睡著時離開了？」

「都是事實，您看，那裡有一艘遊艇，張滿了風帆漸漸遠去。若閣下願意拿起望遠鏡，您很可能會看見您那位主人在他的船員們之中。」

加埃塔諾邊說邊伸手往小船的方向指去，小船正揚帆駛向科西嘉的南端。弗朗茲拉長望遠鏡，調整焦距，向所指的地方望去。加埃塔諾沒有說錯。神祕的陌生人站在遊艇的尾端面對著他，像他一樣手中拿著一架望遠鏡。他仍穿著昨天晚上接待賓客時的衣服，正在揮著手帕向他告別。於是弗朗茲也掏出手帕，像他一樣揮舞著，向主人表示敬意。一秒鐘之後，一縷輕煙在船尾冒出來，在船的後面嫋嫋升起，漸漸地融入了天空。接著，弗朗茲聽見一聲輕微的炮聲。

「聽啊，您聽見了嗎，」加埃塔諾說，「他在向您道別！」

年輕人拿起步槍，對天放了一槍，不過，他對這槍響能否從岸邊傳到遊艇上並不抱多大希望。

「閣下有何吩咐？」加埃塔諾問。

「首先，您給我點燃一支火把。」

「啊，好的，我明白，」老大回話說，「那是為了尋找魔宮的入口吧。只要您高興，我非常樂意效勞，閣下，我這就給您送上您要的火把。我也曾產生過您現在的想法。我異想天開的想過三、四次，但最終不得不放棄。喬瓦尼，」他補充說，「點一支火把，把它交給閣下。」

喬瓦尼照辦了。弗朗茲拿起火把，鑽進地道，加埃塔諾則跟在後面。他認出他醒來時睡的那張床，上面鋪的歐石南草還是皺巴巴的。他舉著火把沿著岩洞的外表照來照去，但一無所獲，他除了從煙灰的痕跡上認出之前有其他人已經試圖探索之外，什麼也沒發現。這些岩牆像未來一樣不可捉摸，每一吋牆面他都仔細檢查，絕不放過。他每看見一處裂縫，都要用他的獵刀尖刃插進去試探，每發現一個突起處，都要在上面敲敲打打，希望它是虛掩的，然而，一切都徒勞無功。他為搜尋浪費了兩個小時卻毫無所獲。最後，弗朗茲不想再尋找了；加埃塔諾得勝了。

當弗朗茲再次回到沙灘上時，遊艇在地平線上只剩下了一個小白點，他用望遠鏡看，不過，已分辨不出什麼了。加埃塔諾提醒他說，他來基督山島是為了獵山羊的，而他早已把此事置之腦後了。於是他提起槍，開始在島上打獵，觀其神色，與其說是悠閒遊玩，還不如說是在完成一件義務。一刻鐘後，他殺死了一頭山羊，兩隻羊羔。雖然這些山羊是野生的，而且像羚羊一樣輕捷靈敏，但與飼養山羊幾乎無異，弗朗茲並不把牠們視為獵物。

他的腦海裡只縈繞著另一些想法，而且要強烈得多。從前一天晚上起，他真的成了《一千零一夜》神話故事裡的主人公，他的思緒不由自主地又回到了那個岩洞。於是，雖然首次搜索失敗了，但他交代加埃塔諾烤一隻小山羊之後，又開始了第二次探索。這次的時間稍長，因為當他返回時，羔羊已烤好了，午飯也已準備就緒。弗朗茲坐在昨晚神祕的主人派人邀請他去吃晚飯時的那個地方。他遠遠地仍能看見小遊艇如在浪尖上翱翔的海鷗那樣，繼續向著科西嘉的方向行駛。

「您對我說，辛巴達先生是去馬拉加，」他對加埃塔諾說，「可我覺得，他正在向波托韋基奧駛去。」

「您忘記了？」船主接著說，「在他的團隊之中，我對您說過有兩個科西嘉強盜。」

「沒錯！他要把他倆送到那個島上去嗎？」弗朗茲問。

「正是。」加埃塔諾大聲說，「啊，聽人說，他不怕神不怕鬼，他為幫一個可憐人的忙，能繞道五十浬。」

「不過，幫這種忙會使他與地方單位發生衝突的，因為他是在他們的轄區內發揚這種博愛精神啊。」弗朗茲說。

「當局對他有什麼辦法！」加埃塔諾笑著回說，「他才不在乎他們！讓他們去追追看吧。

首先，他的遊艇不是一條船，而是一隻鳥。一艘三桅戰船每走十二浬就會被它甩出三浬。再說，他只要上了岸，不就到處都是他的朋友了嗎？」

在所有的一切中，有一點是最清楚不過的，就是邀請弗朗茲的主人辛巴達有幸與地中海沿岸的走私販和強盜有著良好的關係，這就使他處於一種非常奇特的地位。對弗朗茲來說，基督山島再也沒有什麼使他流連忘返的了，他已完全喪失了揭開岩洞祕密的希望。於是便匆匆用餐，並命令這些水手準備好小船，待他吃完飯即可動身。

半小時後他已登上了小船。他向遊艇望了最後一眼，船在波托韋基奧海灣漸漸消失。他發出啟航的信號。正當小船開始起動時，遊艇消失不見了，昨夜間最後的情景也隨之漸漸褪去。對弗朗茲來說，晚餐、辛巴達、印度大麻和雕像，全都融進同一個夢境之中了。小船航行了一天一夜，次日，當太陽升起時，基督山島也消失得無影無蹤了。

弗朗茲一上岸，至少暫時忘記了不久前才發生的事情，他在佛羅倫斯了結了尋歡作樂、拜訪親友等事後，就一心想要與在羅馬等待著他的同伴會合。於是他出發了，星期六傍晚時分，他搭乘郵車到達海關廣場。

我們已經介紹過，房間早先已預訂了，只需找到帕斯特理尼老闆的旅館就行了。然而，事情並不那麼簡單，因為大街小巷裡已擠滿了人群。每當盛大的節日來臨之前，羅馬的氣氛便已開始群情激昂、喧鬧異常了。在羅馬，一年裡就有四件大事——狂歡節、聖週[33]、聖體

33　上帝教的節日，在復活節前的一週。

瞻禮和聖彼得[34]節。在一年的其他日子裡，整個城市則是病懨懨了無生氣，介於不死不活之間，如同陽陰兩界的中轉站。這個中轉站是一個崇高、富有詩意和個性的歇腳地，弗朗茲已經去過五、六次了，每一次，他都覺得那裡比前一次更加美妙，更加浪漫。

他終於穿過人數越聚越多、情緒越來越激動的人群，來到旅館。他才開口打聽，就被回覆，倫敦旅館已經沒有空房了。每當馬車已有人預訂，或是客房住滿人時，這種無禮的態度在車伕和客棧老闆之中早就司空見慣。於是他遞上名片，請人轉交給帕斯特理尼老闆，並交代要找艾伯特．德．馬瑟夫這個人。這一招奏效了，帕斯特理尼老闆親自跑來，連聲道歉說讓閣下久等了，斥責侍者，從正向這位旅客兜生意的導遊手中奪下蠟燭盤。當他正準備要領他去見德．艾伯特時，想不到他已走向前來了。

這間預訂的套房，包括兩間臥室和一間書房。兩間臥室面向大街，對這一點帕斯特理尼老闆再三強調，彷彿這是給套房增添了極其寶貴的優點似的。同一層樓的其他房間都已出租給一個很富有的人。此人看上去像是西西里人或是馬爾他人，旅館主人也說不準這位旅客是屬於哪一個民族的。

「很不錯，帕斯特理尼老闆，」弗朗茲說，「不過我們今晚需要立即用餐，隨便吃點什麼都行，明天及往後幾天需要一輛敞篷馬車。」

「晚餐，」旅館主人答道，「馬上就準備，至於馬車……」

34 他是基督十二使徒之一，六月二十九日是他的節日。

「什麼至於馬車？」艾伯特大聲說，「等等，等等！別開玩笑了，帕斯特理尼老闆！我們必須有一輛四輪大馬車。」

「先生，」旅館主人說，「我將盡一切努力為您準備一輛。我能說的就這些。」

「我們什麼時候能得到回音？」弗朗茲問。

「明天上午。」旅館主人回答。

「活見鬼！」艾伯特說，「我們可以多付錢，不就是這回事嘛。在特拉克或是阿隆車行，平常一天只要二十五法郎租金，星期天和節日是三十到三十五法郎。我們每天可以再加上五法郎的傭金，總共是四十法郎，別再討價還價了吧。」

「我很擔心即使給他們給雙倍的傭金，也無法弄到馬車。」

「那麼就把馬套在我的馬車上好了，旅途顛簸，車子有些損傷，但並無大礙。」

「馬也找不到。」

艾伯特望著弗朗茲，像是不能理解這句回話的意思似的。

「您不明白嗎，弗朗茲！沒有馬。」他說，「可是驛車上的馬呢，我們不能租那些馬嗎？」

「兩個星期前就都租出去啦，現在，剩下的幾匹都是業務上絕對不能少的。」

「您看怎麼辦呢？」弗朗茲問。

「我說，當一件事情超出我的智力範圍時，我的習慣是不再抓著這件事不放，而是去考慮另一件事。晚餐準備好了嗎，帕斯特理尼老闆？」

「準備好了，閣下。」

「那好，先吃飯去吧。」

「那麼四輪敞篷馬車和馬呢？」弗朗茲問。

「放心吧，親愛的朋友，這些都會不召自來的，只要開高價就行。」

馬瑟夫認為，只要他錢包滿滿的，天下任何事都難不倒他。他就是帶著這樣令人驚嘆的人生哲學吃飯、睡覺，且高枕無憂。他在夢中看見自己坐著一輛六匹馬拉著的豪華馬車去參加狂歡節了。

第三十三章　羅馬強盜

翌日，弗朗茲先醒，他剛醒就拉鈴。鈴聲尚在響著，帕斯特理尼老闆就親自來了。

「您好，閣下！」旅館主人沒等弗朗茲問他，便得意地說，「昨天我沒肯貿然答應您們，因我料到您們太晚規劃了。在狂歡節的最後三天，羅馬是連一輛馬車都找不到的。」

「是啊，」弗朗茲接著說，「也是最最要緊的那幾天。」

「什麼事？」艾伯特走進來問，「沒有馬車嗎？」

「沒錯，親愛的朋友，」弗朗茲答道，「您一下就猜對了。」

「說真的！您們名垂千古的城市，真是個美好的地方。」

「換句話說，閣下，」帕斯特理尼老闆接著說，他想讓這兩位遊客對基督教世界的首都保持某種尊敬。「從星期天上午一直到下星期二的晚上都沒有馬車了，不過，從現在起到星期天上午之前，只要您願意，找五十輛都行。」

「啊！這還像句人話。」艾伯特說，「今天是星期四，從現在起到星期天，誰知道會發生什麼事情？」

「會有一萬到一萬兩千名遊客湧來。」弗朗茲說，「這些人一來，就大大增加了困難度。」

「我的朋友，」馬瑟夫說，「還是享受眼前吧，別為未來操心了。」

「至少，」弗朗茲問，「我們總能租到一個觀景窗吧？」

「面對什麼地方？」

「面對伏流街。」

「哦！一個窗口！」帕斯特理尼老闆驚呼，「不可能，完全不可能！多裡亞宮還剩有六層樓的一個觀景窗，也以每天二十西昆[35]的價格租給一名俄國親王了。」

兩位年輕人過於驚訝而面面相覷。

「哦，親愛的朋友，」弗朗茲對艾伯特說，「您知道我們最好做什麼？就是到威尼斯過狂歡節。如果我們在那裡雇不到馬車，至少可以租一條貢朵拉[36]。」

「哦！絕不！」艾伯特大聲說，「我已打定主意在羅馬參加狂歡節，我一定要在這裡看，哪怕要踩高蹺也行。」

「是啊！」弗朗茲大聲說，「這是個絕妙的主意，尤其是吹起蠟燭來方便極了。我們可以化裝成滑稽的吸血鬼，或是朗德[37]的居民，我們就會取得驚人的成功。」

「兩位閣下想包租一輛馬車一直到星期天為止嗎？」

「當然！」艾伯特說，「難道您認為我們會像法院辦事員那樣徒步在羅馬街頭橫衝直撞嗎？」

「我馬上就遵照兩位閣下的吩咐去加緊辦理。」帕斯特理尼老闆說，「不過我先要說一

35 Sequin，古代威尼斯金幣。
36 Gondola，平底狹長的威尼斯輕舟。
37 Landes，法國西南部阿基坦盆地的森林地區。過去曾是一片廣闊的沼澤和荒野。

聲，兩位包租一輛車每天要花六個皮阿斯特。」

「我說，親愛的帕斯特理尼先生，」弗朗茲說，「我可不是我們的鄰居，那位百萬富翁。我也先告訴您，我是第四次來羅馬了。我知道平時、星期天和節日馬車分別是什麼價格。今天、明天和後天我們總共給您十二個皮阿斯特，這樣，您還能賺不少錢呢。」

「不過，閣下……」帕斯特理尼老闆說，他還想討價還價一番。

「算了吧，親愛的老闆，夠了，」弗朗茲說，「要不然我就親自與您的關係人講價錢去了。我也認識他，他是我的老朋友。他這麼些年來已經騙去我不少錢，而且還希望繼續騙下去，所以開價會比我現在給您的低，若是如此，您就會損失一筆錢，這只能怪您自己了。」

「別費心了，閣下，」帕斯特理尼老闆的嘴角上帶著義大利投機商認輸時常有的微笑說，「我盡力而為，並且希望您會滿意。」

「好極啦！這樣才像話。」

「您們什麼時候要車子？」

「一小時後。」

「一小時後，車子將候在門口。」

果然，一小時後，馬車已在等待著這兩個年輕人。這是一輛普通的出租馬車，由於情況特殊，已被抬高身價，儼然被當成一輛豪華四輪馬車。雖說這輛車外觀簡陋，但兩個年輕人在狂歡節的最後三天還能找到這麼一輛交通工具，也就夠高興的了。

「閣下！」導遊看見弗朗茲把頭伸出窗口，就大聲喊道，「要把豪華馬車駛近王宮嗎？」

雖然弗朗茲對義大利人的言過其實早已習以為常，但他仍本能地朝周圍看了看，這句話確實是對著他說的。

弗朗茲就是閣下，出租馬車就是豪華馬車，而倫敦旅館就是王宮。這個民族的吹捧天分全都在這句話中顯現出來了。

弗朗茲和艾伯特走下樓來。豪華馬車駛近王宮。他們在座位上伸直了腿，導遊跳上後座。

「兩位閣下想去哪兒？」

「先去聖彼得大教堂，再去競技場。」艾伯特以正宗巴黎人的口氣說。

然而艾伯特不明白一件事，光看聖彼得大教堂就需要一天時間，研究它也需要一個月，因此，一天時間僅夠看這座教堂而已。

這兩位朋友突然覺得日已西沉。弗朗茲掏出懷錶，已經四點半了。於是他們立即往回旅館的路上走。到了門口，弗朗茲吩咐車伕八點鐘要用車。他想讓艾伯特觀賞一下月光下的競技場，就如白天帶他參觀聖彼得大教堂一樣。當一個人向他的朋友導覽他已觀光過的城市時，這分熱情真不亞於介紹一位曾經是他情人的女子。因此，弗朗茲給車伕指出了一條路線——馬車將從波波洛門出發，沿著外城牆走，再從聖喬瓦尼門進入。這樣，他們就會不顯得是專程去參觀競技場，而卡皮托利山丘[38]、古羅馬廣場[39]、塞普蒂姆—塞凡爾凱旋門[40]、安東尼

38　The Capitol，這是羅馬七大山丘之一，朱庇特神殿在這個山丘上。
39　The Forum，古羅馬城市舉行集會均在此。
40　The Arch of Septimus Severus，古羅馬皇帝塞普蒂姆．塞凡爾（一四六—二一一）戰勝帕爾希人後所建的一座城門。

烏斯和福斯蒂納神廟[41]以及聖山[42]也就不會成為一個個路過的景點，最終反而使競技場黯然失色了。

他們開始用餐。帕斯特理尼老闆曾答應為他的貴賓們準備一頓豐盛的晚宴，其實，他只是給他倆吃了一頓僅說得過去的晚飯，對此也沒什麼可說了。晚餐結束時，他親自走了進來，弗朗茲起初以為他來是為了聽恭維話的，就準備說上幾句，但還沒說幾句，老闆便打斷了他的話。

「閣下，」他說，「我得到您的贊許十分榮幸，但我不是為此才來找您們的……」

「是不是來告訴我們您找到一輛馬車了？」艾伯特點燃了一支雪茄問。

「那就更不是了，閣下，您最好別再想車子啦，並請趁早拿定主意。在羅馬，事情要麼辦得到，要麼辦不到。當別人對您說辦不到時，那麼就完了。」

「在巴黎，可容易通融得多，當事情不好辦時，只要付雙份錢，立即就辦妥了。」

「我聽到所有的法國人都是這麼說的，」帕斯特理尼老闆說，他有點被激怒了，「這就使我不明白他們為什麼要外出旅遊了。」

「所以囉，」艾伯特一邊漫不經心地向天花板上噴煙，一邊翹起椅子的兩條前腿，晃動著身體說，「只有像我們這樣的瘋子和傻瓜才外出旅遊；聰明人才不會離開他們在埃爾代街的

41　The Temple of Antoninus and Faustina，為古羅馬皇帝安東尼烏斯（八十六—一六一）及其後福斯蒂納所建造的神廟。

42　The Via Sacra，羅馬近郊的一座山，西元前四九三年，羅馬平民為逃避暴虐統治，曾躲在此山中。

公館、根特林蔭大道和巴黎咖啡館。」

不須多說，艾伯特就住在上述的街上，每天散步出出風頭，常常到那家唯一可以吃飯的咖啡館去用餐，當然，這還得和侍者搞好關係才行。

帕斯特理尼老闆沉默了片刻，顯然，他在思索這個回答。無疑地，他覺得這個說詞還不是十分清楚。

「說到底，」弗朗茲打斷旅館主人對地域觀念的思考說，「您來總是有什麼目的，您願意把您的來意說明一下嗎？」

「啊！對！是這樣的，您們訂了一輛華麗馬車，八點鐘要用，是嗎？」

「完全正確。」

「您們有意去瞻仰 **il Colosseo**[43]？」

「您是說競技場嗎？」

「完全是同件事。」

「是的。」

「您們要車伕從波波洛門出去，繞城牆轉一圈，再通過聖喬瓦尼門回來是嗎？」

「這是我親口說的。」

「那麼，這條路線不能走。」

43 義大利文，鬥獸場。

「不能走！」

「或者應該說是很危險。」

「危險！為什麼？」

「因為有鼎鼎大名的路易吉．萬帕。」

「首先，我親愛的老闆，這個大名鼎鼎的路易吉．萬帕是什麼人？」艾伯特問，「在羅馬他可能很有名，但我得告訴您，在巴黎可無人知曉。」

「什麼！您不認識他？」

「我沒有這個榮幸。」

「您從來沒有聽人提起過這個名字？」

「從來沒有。」

「那好！他是個強盜，與他相比，德瑟拉裡和加斯帕羅內的強盜幫就像是唱詩班的毛孩子。」

「小心啊，艾伯特！」弗朗茲大聲說，「終於碰上了一個強盜啦！」

「我得預先告訴您，親愛的老闆，您要對我們說的話，我可一句也不會相信的。我們之間先說明白這一點，接下去您愛怎麼說就怎麼說吧，我聽著。『從前從前，有個……』是什麼，快說吧。」

帕斯特理尼老闆轉向弗朗茲，他覺得在兩個年輕人之中，他比較明白事理。這裡，我們得為這個誠實的人說句公道話——在他一生中，接待了許多法國人，但從未能理解他們頭腦裡的某些想法。

「閣下，」他神情十分嚴肅地對弗朗茲說，「若您把我看成是個騙子，我也沒有必要把我想對您說的話說出來了。不過，我可以肯定地說，這完全是為兩位閣下著想。」

「艾伯特沒說您是個騙子，親愛的帕斯特理尼先生，」弗朗茲接著說，「他只是對您說他不相信您要說的話，如此而已。不過我呢，我相信您，您大可放心，請說吧。」

「不過，閣下，您知道，假如有人對我的誠實有所懷疑的話……」

「親愛的老闆，」弗朗茲接著說，「您比卡珊德拉[44]更加多心了。她是個女預言家，還沒有人聽她的話呢。而您，您至少有一半的聽眾相信您。來吧，請坐下，快告訴我們萬帕先生是什麼樣的人。」

「我已經向您說過了，閣下，他是一個強盜。自從名聞遐邇的馬斯特里拉時代以來，還沒見過那麼厲害的盜匪啊。」

「那好！這個強盜與我吩咐車伕從波波洛城門出再從桑吉奧伐尼城門進去，這兩者之間有什麼關係呢？」

「關係在於，」帕斯特理尼老闆回答，「您完全可以從那個城門出去，但我懷疑您是否能從另一個城門進來。」

「為什麼呢？」弗朗茲問。

44 Cassandra，希臘神話中特洛伊的公主，被授予預卜吉凶的本領。

「因為天黑之後，離城門五十步遠就不安全了。」

「此話當真嗎？」艾伯特大聲問。

「子爵先生，」帕斯特理尼老闆說，艾伯特對他的誠實總抱有疑慮，深深地刺傷了他的自尊心。「我不是對您說的，而是向您的旅伴說的，他熟悉羅馬，知道這些事情是不能開玩笑的。」

「親愛的朋友，」艾伯特對弗朗茲說，「這倒是一次現成的絕妙冒險。我們在馬車裡裝滿手槍、霰彈槍和雙筒槍。路易吉．萬帕來抓我們，我們就逮住他。我們把他帶到羅馬，獻給教皇陛下以表示我們的敬意。

「教皇陛下會問以什麼來報償我們的豐功偉績，這時，我們就直截了當地提出要一輛四輪馬車和他的馬廄裡的兩匹馬。

「於是，我們就可以乘馬車去觀賞狂歡節了。還不說羅馬老百姓也許還會感謝我們，在卡皮托利山丘為我們加冕。如同對待庫爾提烏斯[45]和獨眼賀拉斯那樣，稱我們是他們祖國的救星呢。」

正當艾伯特說著這個建議時，帕斯特理尼老闆的臉部表情是無法描述的。

「首先，」弗朗茲對艾伯特說，「您到哪裡去弄到這些要塞滿我們馬車的手槍、霰彈槍和雙筒槍呢？」

45　Curtius，神話中的古羅馬英雄。據說當羅馬廣場出現深淵時，他縱馬奔向深淵，深淵遂閉合。

「在我的裝備裡確實沒有，」他說，「因為在特拉契納，小偷連我的短刀都偷走了。您呢？」

「我麼，在阿加邦唐特，也遭到了同樣的命運。」

「哦！親愛的帕斯特理尼老闆，」艾伯特用第一支的菸蒂點燃了第二支，說，「您知道，這個辦法對付小偷非常合適，與他們有點異曲同工的味道吧？」

帕斯特理尼老闆大概覺得這個玩笑開得有點過分了，因為艾伯特對這個問題只回答了一半，於是他轉向弗朗茲把他當成是唯一能通情達理的人，覺得與他尚能溝通。

「閣下該明白，遇到強盜襲擊，通常就不反抗了。」

「什麼！」艾伯特叫了起來，他想到自己被人洗劫一空還不能吭一聲，一時衝動。「什麼叫不能反抗？」

「不能！因為任何自衛都是沒有用的。當一打左右的強盜從地溝、破房子或是下水道裡鑽出來，並且一起用槍瞄準您時，您能幹什麼呢？」

「該死的！我寧可他們把我殺了！」艾伯特大聲說。

旅館主人轉身面向弗朗茲，神情彷彿在說：「閣下，您的同伴肯定是瘋了。」

「親愛的艾伯特，」弗朗茲接著說，「您的回答是高尚的，與老高乃依[46]的那句臺詞『**讓他去死吧**』一樣珍貴。不過，當賀拉斯這樣回答時，那是為了拯救羅馬，這樣做是值得的。

46 Gorneille（一六〇六—一六八四），法國古典主義戲劇大師。賀拉斯是他的著名同名戲劇中的主人公。

至於我們，您想想，這只是一時的心血來潮。想去遊玩，卻因一時的興致拿生命去冒險是荒唐可笑的。」

「啊，per Bacco！[47]」帕斯特理尼老闆高聲說，「說得好，這才說到重點上了。」

艾伯特自斟了一杯 lacryma Christi[48]，小口啜飲著，嘰裡咕嚕地說了幾句含糊不清的話。

「好了！帕斯特理尼老闆，」弗朗茲接著又說，「您瞧，現在我的同伴平靜下來了，您也看出我的性格是很隨和的。現在，請說說看，路易吉．萬帕是個什麼樣的角色？他是牧童還是貴族？年輕或是年長？矮或高？請為我們描繪一下吧。假如日後我們偶然在人群裡碰見他，如同看見妖怪約翰和萊拉[49]那樣，我們至少可以認出他來。」

「要知道詳情，您問我就對了，閣下，因為我在路易吉．萬帕小時候就認識他了。有天，我從費倫蒂諾[50]到阿拉特裡[51]去，自己也落到他的手中。我真走運，他想起了我與他是舊識，就放我走了，不僅沒有要求贖金，還送我一只相當精緻的錶，並且把他的身世講給我聽了。」

「讓我們看看這只錶吧。」艾伯特說。

帕斯特理尼老闆從他的褲腰袋裡掏出一只製作精細的布雷蓋[52]懷錶，上面刻著製造者的

47 義大利文，哎呀！
48 義大利南部產的一種麝香葡萄酒。
49 Bugaboo John，英國詩人拜倫（一七八八—一八二四），同名敘事長詩中的人物。
50 Ferentino，義大利拉齊奧區城鎮和主教區。
51 Alatri，義大利拉齊奧區的一城市。
52 Breguet（一七四七—一八二三），十八到十九世紀初法國第一流的鐘錶製造家，享有世界聲譽。

名字、巴黎的印記和一頂伯爵的冠冕。

「就是它。」他說。

「哦！」艾伯特驚呼說，「我恭喜您，我有一只相似的，」他從背心口袋裡也掏出一只錶。「值三千法郎呢。」

「讓我們聽聽他的故事吧。」弗朗茲說，並且示意帕斯特理尼老闆坐下。

「兩位閣下允許嗎？」旅館主人問。

「當然了！」艾伯特說，「您不是布道神父，親愛的老闆，用不著站著說話。」

旅館主人各向兩位聽眾恭敬地鞠躬，意思是說他已準備向他們原原本本地講述有他們想知道關路易吉．萬帕的全部情況，然後就坐了下來。

「喔對了！」正當帕斯特理尼老闆要開口之際，弗朗茲阻止了他。「您說您在路易吉．萬帕小時候就認識他了。這麼說來他還是個年輕人？」

「什麼，年輕人！那當然，他剛剛才滿二十二歲！啊！他是個大有前途的小夥子，等著瞧吧。」

「您怎麼看，艾伯特？二十二歲就已經出名了，不賴嘛！」弗朗茲說。

「是阿，亞歷山大、凱薩和拿破崙這些人在世上嶄露頭角時，也沒像他這麼年輕啊。」

「這麼說，」弗朗茲面向旅館主人說，「故事的主角只有二十二歲？」

「是的，剛滿。」

「他是高是矮？」

「中等高度，與閣下的身材差不多。」旅館主人指著艾伯特說。

「謝謝您用我來和他比較。」艾伯特欠身說。

「說下去吧，帕斯特理尼老闆。」弗朗茲又說，他對他朋友的敏感報以微笑。「他屬於什麼社會階層呢？」

「他原先只是德．聖費利切伯爵農莊上的一個牧童。這座農莊介於帕萊斯特裡納和加布裡湖之間。他出生在邦皮納拉，五歲就為伯爵工作了。他的父親也在阿納尼牧羊，他有一小群羊，把羊毛、擠的羊奶拿到羅馬去賣，以此為生。

「小萬帕幼年時脾氣就很特別。在七歲那年，有一天，他去找巴萊斯特裡納的堂區牧師，哀求他教他讀書。

「這可不是件容易的事，因為小牧童是不能離開他的羊群的。不過那時，好心的堂區牧師每天都會到一個貧窮的小鎮去做彌撒。這個鎮太小了，花不起錢養一位牧師，它甚至沒有名字，大家都叫它博爾戈。

「他建議路易吉在他回程的半路上等他。他會幫他上課，並告訴他，上課時間很短，因此他得用心記住。孩子高高興興地接受了。

「之後每天，路易吉會把羊群趕到帕萊斯特裡納到博爾戈的大路旁放牧。上午九點，當堂區牧師經過時，就會和孩子坐在溝渠上，小牧童就用堂區牧師的祈禱書當課本。三個月下來，他已能識字了。還不止於此，接下來他該學寫字了。

「堂區牧師請羅馬的一位寫字教師寫了三套字母，一套大號的，一套中號的，一套小號的。他對他說，他可以用一個鐵尖頭，在石板瓦上照這些字母描，學著寫字。

「當天晚上，羊群回到農莊之後，小萬帕就跑到帕萊斯特裡納的鎖匠那裡，拿起一根大鐵釘，燒紅，錘打，鍛圓，製成了一根富有古味的鐵筆。次日，他又收集了一大堆石板瓦，開始描字。三個月過後，他學會了寫字。

「堂區牧師對他的絕頂聰明深感驚奇，並為他的天賦所感動，送了他幾本簿子、一盒鉛筆和一把削鉛筆刀。他又重新開始學習，不過與第一次截然不同。一個星期後，他使用鵝毛筆就如使用鐵筆一樣自如了。

「堂區牧師向聖費利切講述了這段趣事，伯爵招來了小牧童，讓他在他面前讀書寫字，並吩咐他的管家讓孩子與家僕一起吃飯，每月給他兩個皮阿斯特。

「路易吉用這筆錢買了書本和鉛筆。

「果然，他對所有的事物都表現出他模仿的天賦。如童年的喬托[53]一樣，他在石板上畫綿羊、樹和房子。接著，他用削筆刀開始削樹木，把樹切削成各種形狀。民間雕刻家平內利就是這樣開始他的創作生涯的。

「一個六、七歲的小姑娘，也就是比萬帕略年幼一些，在帕萊斯特裡納附近的農莊也看管一群羊。她是孤兒，出生在瓦爾蒙托納，名叫泰蕾莎。

「兩個孩子相遇了，緊挨著坐下來，讓各自的羊群混雜在一塊兒，一起吃草，而他倆又

53　Giotto（一二六六—一三三七），14世紀義大利畫家。

說又笑又是玩耍。到了傍晚，他們把聖費利切伯爵和德．切爾韋特裡男爵的羊群分開，分手後再各自回到自己的農莊，互相許諾第二天再會面。翌日，他們恪守諾言，就這樣，他倆同時長大了。

「萬帕到了十二歲時，泰蕾莎十一歲。這時，他們的天性都在發展。路易吉在孤獨中可以充分發揮自己的藝術天賦，但另一方面，他不時會低潮一陣或是心情煩躁，遇到什麼事就會激動異常，還喜歡耍性子發脾氣，對什麼都愛嘲弄一番。邦皮納拉、帕萊斯特裡納或是瓦爾蒙托納的小孩子，不僅沒有一個能對他有所影響，甚至沒人成為他的小夥伴。

「他的個性很強，永遠要求別人做這做那，自己卻不願作出任何讓步，因此，沒有人想與他親近，也沒有人對他表示同情。唯有泰蕾莎，只要一句話、一個眼神、一個手勢便能使這個人服服帖帖。他對一個女人言聽計從，但對男人，不論那人是誰，他都是寧死不屈。

「與他相反，泰蕾莎總是活潑、輕鬆、高興的，但不至於賣弄風情。每個月路易吉從聖費利切伯爵的管家給的兩個皮阿斯特，以及他在羅馬玩具商那裡出售的所有雕刻小物的所得，通通變成了珍珠耳環、水晶項鍊和金別針了。

「所以說，泰蕾莎靠了她的年輕朋友的慷慨大方，成了羅馬市郊最漂亮、最高雅的農家女。

「這兩個孩子一天天長大，每個白天都廝守在一起，任憑各自的天性自由發展，卻從不發生矛盾。所以，在他倆的談話中，在互相祝願或是幻想時，萬帕總是把自己當成了船長、將軍或是省長；泰蕾莎則看見自己很有錢，穿著最華麗的裙子，有一群穿制服的僕人隨侍左右。

「當他倆度過了整個白天，為他們的未來編織一幅幅不可思議、五光十色的阿拉伯裝飾圖案之後，便各自帶著羊群回到自己的羊圈裡。於是，他們便從空中樓閣重新墜落到他們卑微的現實處境之中。

「一天，年輕的牧羊人對伯爵的管家說，他曾看見一隻狼從薩皮納[54]的群山中跑出來，在他的羊群周圍環繞。管家給了他一支長槍，這正合了萬帕的心意。

「這支長槍正巧是布雷西亞[55]產的，槍管很好，打出子彈與英國步槍同樣準確，只是有一天，伯爵猛擊一隻受傷的狐狸時，把槍托砸碎了，於是這把槍就報廢了。

「這對像萬帕這樣的雕刻家來說並非難事。他察看了舊槍托，計算了一下如何修改以適應他的瞄準距離，做成了另一個槍托，並在上面刻上極為美麗的花紋。若他想到城裡只把槍托賣掉，他肯定也能賺得十五到二十個皮阿斯特。但他可不這樣做，有支槍可是年輕人長久以來的願望。

「在所有以獨立替代了自由的國家裡，任何一名意志堅強、體魄健壯的人，首先需要就是一件武器——它既能出擊，又能自衛，能使攜帶者變得可怕，變得令人生畏。

「從此，萬帕把所有餘暇都用來練習射擊。他買了火藥和子彈，一切都成了他射擊的目標。譬如一棵長在薩皮納山坡上的枯瘦、乾巴巴、灰嘛嘛的橄欖樹枝幹，夜晚從洞穴裡鑽出

54 Sabine，義大利中部地區，境內多山。
55 Breschia，義大利北部亞平寧山麓城市，十六世紀時很繁榮。

來獵食的狐狸或是在天空翱翔的老鷹。

「不多久，他就能百發百中了。泰蕾莎起初聽到槍聲就膽戰心驚，後來也不害怕了，並且還喜歡看她的年輕同伴射擊，想打什麼就能打到什麼，其準確程度，就像他是用手把子彈放到目標上似的。

「一天晚上，一隻狼真的從松樹林裡鑽出來了，這對年輕人正在這林子附近消磨時間。狼在平地上還沒走上十步就倒斃了。萬帕對這漂亮的一槍得意極了，他把狼扛在肩上，帶回農莊裡。這些情況讓路易吉在農莊周圍有了一定的聲望。強者不論在哪裡，總會吸引一大幫崇拜者。

「在附近，人們把這名年輕的牧羊人稱做是方圓十哩內最機靈、最強健、最勇敢的**contadino**[56]。雖然泰蕾莎在更廣的範圍被公認是薩皮納地區最美麗的姑娘，但沒有人敢對她說一句表達愛慕的話，因為他們都知道萬帕喜歡她。

「不過，這兩個年輕人彼此從不互道愛慕之心。他們如同兩棵樹一般緊挨著長大，根鬚在地底下虯縈盤結，枝芽在地面上纏繞交錯，花香在天空中氤氳混和。不過，他倆彼此相見的願望成了一種需要，同時也明白，一天不見面還不如死去。

「泰蕾莎十六歲了，而萬帕是十七。那個時候，人們開始議論在萊皮尼山上正在形成的一幫盜匪。在羅馬附近，土匪搶劫現象並未真正地斬根滅絕。有時土匪中會缺少首領，但如

56 義大利文，農民。

果有人站出來，一般來說，他倒是不會缺少一幫嘍囉的。

「著名的庫庫默托曾在那不勒斯作亂，在阿布魯茲被人追捕圍堵，又被趕出那不勒斯公國。於是，他像曼弗雷德[57]那樣，越過加里利亞諾山，來到松尼諾和朱貝爾諾交界處，在阿馬西納河畔藏身匿跡。就是他重新組織了一支隊伍，步上德瑟拉裡和加斯帕羅內的後塵，並希望自己很快就超越他們。

「帕萊斯特裡納、弗拉斯卡蒂和邦皮納拉的好幾個年輕人都失蹤了。起初，大家為他們擔心，不過很快，人們就知道他們參加庫庫默托的匪幫了。

「又過了一些時候，庫庫默托成了普遍關注的話題，大家都在談論這個匪幫首領膽大包天和桀驁不馴的個性。一天，他劫走了一位少女，她是弗羅齊諾內的土地丈量員的女兒。

「強盜的法律是嚴明的——少女先歸劫持她的人所有，然後其他人抽籤輪流享有，直到不幸的少女被整個匪幫玩夠了，被他們拋棄或是死亡為止。

「若親屬相當富有可以贖回女兒的話，他們就派一名送信人去談贖金，肉票的頭顱足以保證信使的安全。若對方不願付贖金，肉票就無可挽救地要喪命了。

「這名少女的戀人就在庫庫默托的隊伍裡，名叫卡利尼。當她認出年輕人後，就向他伸出雙手，以為可以得救。不過當可憐的卡利尼認出她時，同時心也碎了，因為他知道會有什麼樣的命運在等待著他的戀人。

57　Manfred，英國詩人拜倫同名詩劇的主人公。

「不過，他是庫庫默托的寵信，三年來他與他出生入死，共度難關。他曾一槍結束一名憲兵的命，當時他正舉起軍刀準備砍下首領的腦袋，所以，他希望庫庫默托能對他能有所關照。

「於是，他把首領拉到一邊，這時，少女坐著靠在林中空地的一棵參天大松樹的樹幹上，讓羅馬農家女的優美的髮飾披掛下來，遮住自己的臉，以擋住強盜們灼灼發亮的目光。

「年輕人把首領拉到一旁之後，便把事情從頭對他說了一遍，說他與女俘的戀情，他倆的海誓山盟，還有自他們一夥人來到附近安營之後，每夜，他們又是如何在一個廢墟裡幽會的。

「就在那天晚上，正巧庫庫默託派卡利尼到一個鄰近的村子裡去，他沒能赴約，而照庫庫默托的說法，他碰巧路過那裡，於是就把少女劫來了。

「卡利尼哀求首領看在他的面子上破例一次，請他尊重麗塔，並對他說，少女的父親很有錢，可以付出一筆可觀的贖金。看來庫庫默托對他朋友的請求深表同情，要他去找一個牧羊人，可以派他到弗羅齊諾內去給麗塔的父親報信。

「於是卡利尼歡歡喜喜地來到少女身邊，告訴她，她得救了，並請她寫一封信給她的父親，把自己的遭遇告訴他，向他說明，她的贖金定為三百個皮阿斯特。他們給對方十二小時的最大期限，也就是說到次日上午九點為止。

「信寫成後，卡利尼立即帶著信，奔到山下去找送信人。他看見一個牧羊人正把羊群趕進羊圈裡。牧羊人是強盜的送信人，他們生活在城市和山地之間，也介於蠻荒生活和文明生活之間。年輕的牧羊人立刻出發，答應在一個小時之內到達弗羅齊諾內。

「卡利尼回來時開心地去找他的戀人，要告訴她這個好消息。他看見那一幫人在林間空地上，高高興興地在享用強盜們向農民勒索來的，僅僅作為貢品的食物。在這些興高采烈的食客當中，他尋找庫庫默托和麗塔，但沒有找到。他問他們兩人在哪兒，強盜們爆發出一陣狂笑作為回答。

「卡利尼的額上沁出了冷汗，他慌亂不安，驚恐得頭髮根根豎起。他又問了一遍。一名食客斟了一杯奧爾維埃托葡萄酒，遞給他，並對他說：『為勇敢的庫庫默托和美女麗塔的健康乾杯！』

「這時，卡利尼聽到一個女人的慘叫聲，他一切都明白了。他抓起酒杯向那個遞酒的頭扔了過去，接著便向發出喊叫聲的方向衝過去。

「在百步遠處的一個灌木叢的轉角，他看見麗塔昏死在庫庫默托的懷抱之中。庫庫默托看見卡利尼，雙手各拿著一把短槍站了起來。兩名強盜對峙了片刻，一個嘴角上淫蕩地獰笑著；另一個的臉顯出死一般的蒼白。

「人們以為在這兩人之間將要發生火拚，可是，卡利尼的表情漸漸放鬆了，他一隻手原本握住掛在腰帶一柄手槍上，在身邊垂落了下來。

「麗塔平躺在兩個人之間。一輪皓月照亮了這一幕情景。

「『嗯，』庫庫默托對他說，『您去辦了那件事了？』

「『是的，老大，』卡利尼回答，『明天九點之前，麗塔的父親就把錢帶來了。』

「『好極了！在此之前，我們可以快活一個晚上。這個少女非常迷人，說真的，您的眼力不錯，卡利尼兄弟。我不是自私自利的人，所以我們這就回到夥伴那裡去，抽籤決定她現在歸誰所有。』

「『這麼說，您決定按常規處理她了？』卡利尼問。

「『為什麼要為她破例呢？』

「『我原以為我的請求……』

「『您比其他人強在哪呢？』

「『說得對。』

「『不過請放心吧，』庫庫默托接著說，『遲早您也會輪到的。』

「卡利尼緊緊地咬著牙關，幾乎要把牙齒咬碎了。

「『走吧，』庫庫默托向食客們邁出一步說，『您要來嗎？』

「『我隨後就來。』

「庫庫默托走了，但老盯著卡利尼，因為，他擔心年輕人會從背後襲擊他。不過，那名強盜並未表現出敵意，他交叉著手臂，站在麗塔身邊，她始終昏迷不醒。

「一時間，庫庫默托頭腦裡閃出個念頭，他以為年輕人是想把她抱起來，帶著她逃走。但此刻，一切對他都無所謂了，他已從麗塔身上得到他所要的。

「至於錢，三百個皮阿斯特經手下的人一分，自己所得無幾，他才不在乎，於是，他向林中空地走去。可是，大大出乎他的意料的是，卡利尼幾乎與他同時到達。

「『抽籤！抽籤！』強盜們看見老大來到了，齊聲叫喊起來。

「所有人的眼睛都是醉意蒙矓，閃動著淫蕩的目光，而篝火又把他們照得全身通紅，使他們酷似一個個魔鬼。他們的要求天經地義，因此首領點頭表示同意了他們的請求。

「他們把所有人的名字都寫在紙上，放在一個帽子裡，卡利尼的名字也在其中，隊伍中最年輕的一個從臨時票箱裡取出一張紙，上面寫著迪亞伏拉西奧的名字。

「此人正是建議卡利尼為首領的健康乾杯、而卡利尼把酒杯扔到他的臉上作為回答的那一位。他的額角到嘴上砸開了一個傷口，鮮血汨汨地滴下來。迪亞伏拉西奧看見自己如此走運，發出一陣大笑。

「『老大，』他說，『剛才卡利尼不肯為您的健康乾杯，現在請建議他為我的健康乾杯吧，也許他對我不像對您那麼高傲。』

「在場的每個人都以為卡利尼會發作，然而讓大家意外的是，他一手端起酒杯，另一隻手拿起一瓶酒，把酒杯斟滿。『祝您健康，迪亞伏拉西奧，』他異常鎮靜地說。說完，他一口就把酒灌進肚裡，手連抖都不抖一下。之後，他靠近篝火坐了下來。

「『我的那份飯呢？』他說，『我剛剛跑了一大圈，餓壞了。』

「『好樣的，卡利尼！』強盜們大聲呼喊道。

「『好啊，這才夠意思，講義氣。』

「所有的人都在篝火旁圍成一圈，而迪亞伏拉西奧走開了。卡利尼吃著、喝著，彷彿什麼事也沒發生過似的。強盜們驚訝地看著他，對他的冷漠困惑不解，突然，他們聽到身後有人踏著沉重的步伐走過來了。

「他們回過頭來，看見迪亞伏拉西奧雙臂抱著少女。她的頭向後仰著，長長的秀髮垂到地面上。當他倆走近篝火的光照範圍之內後，他們才發現少女和強盜都面無血色。他們的出現得那麼異乎尋常，那麼肅穆莊重，每個人都情不自禁地站起來，除了卡利尼，他仍然坐著，照舊吃喝，彷彿在他周圍並未發生什麼事似的。

「迪亞伏拉西奧在一片死寂中繼續向前走了幾步，把麗塔放在首領的腳下。這時，大家才知道少女和強盜都面無血色的原因了——一把尖刀插進麗塔的左胸下方，深至刀柄處。所有的人都把視線轉向卡利尼，只見他腰帶上的刀鞘是空的。

「『哦！哦！』首領說，『現在我明白為什麼卡利尼要留在我後面了。』

「任何一個生性野蠻的人都會高度評價一樁勇敢激烈的行為，雖然或許沒有一個強盜能幹得出卡利尼剛才所做的事，但大家都能理解他的做法。

「『怎麼樣！』卡利尼說，他也站了起來，走近屍體，把手放在一把槍的槍把上，『還有誰想與我爭奪這個女人嗎？』

「『沒有了，』首領說，『她是屬於您的！』

「這時，卡利尼把她摟在懷裡，帶她走出篝火映照的光圈。

「庫庫默托像往常一樣布置了哨兵，強盜都一個個裹著披風，圍著篝火躺下了。半夜，哨兵發出警報，剎那間，首領和他的夥伴都起來了。來者是麗塔的父親，他把女兒的贖金親自送來了。

「『拿去！』他把錢袋遞給庫庫默托，對他說，『這裡是三百個皮阿斯特，把孩子還給我吧。』

「但首領沒去接錢，只是向他示意跟他走。老人照辦了。兩人在樹叢下走著，一輪圓月從樹枝隙間篩落下一綹綹月光。最後，庫庫默托收住腳步，伸出手，指著一棵樹下纏在一起的兩個人，對老人說：『去向卡利尼要您的女兒吧，他會跟您說清楚的。』說完，他就回到他的夥伴中間。

「老人站著不動，兩眼直視前方。他感覺到有什麼他尚未料到、不可想像的巨大災難籠罩在他的頭上。他終於向那兩個模糊的人影邁出幾步，他看不清究竟是誰。

「卡利尼聽到有人向他走來的聲音，抬起頭，這時老人才逐漸看清了那兩個人的形體。一個女人躺在地上，頭枕在一個坐著的男人的膝上，那男人向她俯下身子。當他直起身子時，才露出了女人的臉，他把她緊緊壓在自己的胸前。老人認出了女兒，卡利尼認出了老人。

「『我一直在等您，』強盜對麗塔的父親說。

「『壞蛋！』老人說，『您在幹什麼？』

「他驚恐地看著麗塔，她臉色蒼白，一動不動，渾身是血，胸前插著一把刀。月光照在她的身上，潔白的月光把她照亮了。

「『庫庫默托強姦了您的女兒，』強盜說，『我愛她，所以我把她殺了，因為，在他之後，她將成為整幫人的玩物。』

「老人一句話也沒說，不過，他的臉色白得與死人無異。

「『現在，』卡利尼說，『如果我做錯了，您就為她報仇吧。』

「說著，他拔出插在少女胸脯上的尖刀，站起來，用一隻手把刀交給老人，他用另一隻手撕開上衣，向他露出赤裸的胸膛。

「『您做得對，』老人聲音低沉地對他說，『擁抱我吧，我的兒子。』

「卡利尼哭著撲向他戀人父親的懷裡，這位血性男子是生平第一次落淚。

「『現在，』老人對卡利尼說，『幫我把我的女兒埋葬吧。』

「卡利尼去找了兩把鏟子，父親和戀人開始在一棵橡樹下挖坑。橡樹濃密的枝葉可以把少女的墳塋蓋沒。墓穴挖成後，父親先抱吻了她，繼而是戀人。接著，一個抓住她的雙腳，另一個捧起她的雙肩，他們把她安放在墓穴內。

「他倆分別又在墓穴的兩面跪下，為死者的亡靈祈禱。他們祈禱完畢後，便把泥土堆到屍體上面，直到墓穴填滿為止。這時，老人向卡利尼伸出一隻手。

「『我謝謝您，我的兒子！』老人對卡利尼說，『現在，讓我一個人待一會兒吧。』

「『可是……』另一個囁嚅著說。

「『您去吧，我命令您這麼做。』

「卡利尼服從了，走回到夥伴們身邊，裹上披風，很快就與其他人一樣沉沉入睡了。

「當夜他們就決定要換個紮營地。破曉前一個小時，庫庫默托叫醒了他手下的人，命令大家出發。可是卡利尼不肯離開森林，他要知道麗塔父親的情況。他向跟老人分手的那個地方走去。他發現老人吊死在遮蔽他女兒墳塋的那棵橡樹的一根樹枝上。

「這時，他在一個屍體前，又在另一個的墓穴上立下了要為他們報仇雪恨的誓言。只是他未能實現誓言，因為兩天後，在與羅馬步槍兵的一次交火中，卡利尼被打死了。

「不過，令人驚訝的是，他面對敵人，卻在背後中彈。其中一個強盜提醒自己的夥伴說，當卡利尼倒下時，庫庫默托正站在他身後十步遠的地方，於是大家也就不覺得奇怪了。在他們從弗羅齊諾內森林出發的當天早晨，他就暗中跟蹤卡利尼，聽見了他立下的誓言，於是這個富於心計的人，就先發制人了。

「人們還敘述著有關這個可怕的匪幫首領另外十幾個故事，每個都與這一個同樣驚恐。就這樣，從豐迪到貝魯斯，所有人只要聽到庫庫默托這個名字就會嚇得發抖。而這些傳聞軼事也常常是路易吉和泰蕾莎的話題。

「少女聽到這些傳說嚇得要命，然而，萬帕卻面露微笑安慰她。他拍打著他那枝好槍說它能百發百中。倘若她還不放心，他就向她指著百步之外棲息在一根枯樹枝上的一隻烏鴉，瞄準牠，放了一槍，禽鳥被擊中，掉到樹底下。

「時光就這樣流逝著，兩位年輕人決定，等萬帕二十歲，泰蕾莎十九歲時，兩人就結婚。他倆都是孤兒，只需得到各自的主人同意就行了，他們提了出來，並獲得准許。一天，正當他倆談論著未來的計畫時，突然聽到兩、三聲槍響，接著，一個人突然從他們平常放牧羊群的林子裡冒出來，並向他們奔過來。

「那人跑到他們能聽見說話的距離後，便對著他們叫喊道：『有人追捕我！您們能把我藏起來嗎？』

「兩個年輕人一眼便看出逃亡者很可能是個強盜。在農民和羅馬盜匪之間有一種天然的同情心理，所以前者總是隨時準備為後者出力。萬帕什麼也沒說，向堵在他們熟悉的岩洞口上的一塊大石頭奔去，把石頭移開，露出洞口，示意逃亡者躲進這個無人知曉的隱蔽處，然後又推上石頭，回到泰蕾莎身旁坐下。

「幾乎同時，四名騎馬憲兵出現在林邊，其中三名似乎在搜尋逃亡者，第四名掐住一個被俘獲的強盜的後頸推著他往前走。

「三名憲兵向周圍掃視了一眼，看見這對年輕人，便策馬向他們奔來，盤問他們。他們說什麼也沒看見。

「『這真糟糕，』隊長說，『因為我們搜尋的那個人是個首領。』

「『庫庫默托？』路易吉和泰蕾莎禁不住異口同聲地大聲問。

「『是的，』隊長回答，『他的腦袋被懸賞一千個羅馬埃居，假使你們能幫助我抓住他，其中五百就歸您們所有。』

「兩位年輕人交換了一個眼色。隊長一時間抱持了希望。五百個羅馬埃居相當於三千法郎，這對兩個即將結婚的可憐孤兒來說可是一筆財富。

「『可惜，真的很糟糕，』萬帕說，『不過我們沒看見他。』

「這時，幾個憲兵又分頭去搜尋，但一無所獲。隨後，他們一個個都走了。於是，萬帕走上前移開石頭，庫庫默托鑽了出來。

「他通過石頭的縫隙早已看到兩個年輕人與憲兵們在交談。他大致猜到了他們談話的內容，並從路易吉和泰蕾莎的臉部表情看出他倆絕不會把他交出去的，於是就從口袋裡掏出一個塞滿金子的錢袋，把它送給他倆。

「萬帕高傲地抬起頭，但是泰蕾莎呢，她想到用這只裝滿金子的錢袋可以買到漂亮的首飾和華貴的衣服時，兩隻眼睛閃閃發亮了。

「庫庫默托是一個老奸巨猾的惡魔。他只是披了強盜的外衣，實際上是一條毒蛇。從她的眼神，他看出泰蕾莎天性虛榮如同夏娃的女兒。當他回到森林裡去時，一路上他回頭看她好幾次，藉口是向這兩位救命恩人致意。

「好幾天又過去了，庫庫默托再沒露面，也未聽見誰再談論起他。狂歡節臨近了。聖費利切伯爵宣布要舉辦一個盛大的化裝舞會，全羅馬最高貴的人都在被邀請之列。泰蕾莎非常想去見識舞會的盛況。

「路易吉請求管家，即他的保護人，請求他允許泰蕾莎與他可以混在眾多的侍僕中間，一睹舞會的場面。他得到了准許。

「伯爵舉辦這個舞會的主要動機是為了取得他所鍾愛的女兒卡爾梅拉的歡心。卡爾梅拉與泰蕾莎的年齡和身材正巧相仿，而泰蕾莎與卡爾梅拉同樣俏麗。

「舞會的當晚，泰蕾莎穿上了她最漂亮的衣裝，戴上了她最華美的別針，別上了她最絢麗的彩色玻璃小飾物，這是弗拉斯卡蒂婦女的穿戴。

「路易吉也穿著羅馬農民每逢過節的日子穿的那種異常鮮麗的衣裝。這兩個人既然已得到准許，就混雜在僕役和農民之中。

「節日是豐富多彩的。不僅別墅裡燈火通明，在花園的樹枝上還掛有幾千盞彩色宮燈。不多久，府邸裡擠不下的來賓就到露臺上，又從露臺擠到走道上。在每一個交叉通道處，都有一個樂隊，並備有酒菜櫃和飲料，來賓可隨時停下來，組成四對舞組，愛在哪兒跳就在哪兒跳。

「卡爾梅拉穿著索尼諾婦女的服裝。她的無邊軟帽上綴了一圈珍珠，頭髮上的別針是金子和鑽石鑲製的，腰帶是土耳其絲綢做成的，上面還繡著大朵大朵的花，外套和裙子是純羊毛的，圍裙是印度平紋細布做的，胸衣上的鈕扣都是寶石製品。她女伴中的兩位，一位穿著內圖諾婦女的服裝；另一位穿著裡恰婦女的服裝。

「出身於羅馬最富有、最高貴門第的四位年輕男子，以世上絕無僅有的義大利式瀟灑風度伴隨在她們左右。他們分別穿著阿爾巴諾、韋萊特裡、契維塔卡斯特拉納和索拉的鄉間服裝。

「無須多說，農夫的服裝，如同農婦一樣，也都是珠光寶氣、披金掛銀的。

「卡爾梅拉突然想跳一組清一色的四對舞，但缺少一個女伴。卡爾梅拉環顧四周，女賓中沒有一個穿著跟她和她女伴相配的服裝。聖費利切伯爵向她指出了混在一群農婦之中的泰蕾莎，此時她正挽著路易吉的手臂。

「『您允准嗎，父親？』卡爾梅拉問。

「『當然，』伯爵答道，『我們不就是在過狂歡節嗎！』

「卡爾梅拉就向一個伴隨她，並與她交談的年輕男士說了幾句話，並用手指向那名少女。年輕人的眼睛順著那隻纖巧的小手所指的方向看去，做了一個服從的手勢，走去邀請泰蕾莎在伯爵女兒領舞的一組四對舞上亮相。

「泰蕾莎感到臉上火熱地在燃燒。她用眼神探問路易吉，顯然，他已經無法拒絕了。路易吉本挽著泰蕾莎的手臂，慢慢地讓它抽回去；泰蕾莎由高雅的舞伴帶領著走開了，神采奕奕地在貴族式的四對舞中占了一個位置。

「當然了，在藝術家的眼光裡，泰蕾莎那身端莊、古板的服裝與卡爾梅拉和她女伴的服飾相比自有一番別緻的情趣，然而，泰蕾莎本是一個輕佻、虛榮的少女，平紋細布的刺花繡邊、腰帶上的棕櫚飾花、閃亮的克什米爾早使她眼花繚亂，而藍寶石和鑽石的粼粼光澤更使她魂不守舍了。

「路易吉呢，他感到內心升起了一種陌生的情感。像一陣刺痛先是吞噬著他的心，然後又震動著波及他的全身。

「他的視線追隨著泰蕾莎和她舞伴的每一個微小動作。當他倆的手相碰時，他感到頭暈目眩，血管劇烈地跳動著，彷彿鐘聲在他的耳畔震顫。

「當他倆說話時，雖說泰蕾莎雙眼低垂，羞怯地聽著她舞伴在侃侃而談，但路易吉從俊俏年輕人熾烈的眼神裡猜出這些話都是讚美之詞。他覺得大地在他腳下旋轉，地獄裡所有的聲音都在向他耳語，勸誘他去謀殺、去暗算。

「這時，他擔心自己會不由自主地作出瘋狂之舉，於是就用一隻手抓住他背靠著的綠籬，另一隻手卻緊張地握緊掛在腰帶上、手柄上刻著花紋的匕首。他甚至有幾次不知不覺地把短刀整個從刀鞘裡拔出來了。

「路易吉嫉妒了！他感到泰蕾莎生性風流，愛慕虛榮，她一衝動，很可能會離他而去。

「年輕的農婦剛才還是靦腆，甚至膽怯，現在完全恢復了常態。我們說過，泰蕾莎是名美女，可她不止美，還很優雅，帶有野味的優雅，這與搔首弄姿、矯揉造作的媚態相比，自有另一種魅力。她幾乎在四對舞中獨領風騷了。

「如果泰蕾莎對聖費利切伯爵的女兒羨慕不已的話，我們可不敢斷言卡爾梅拉對她就不懷幾分妒意。她那英俊的舞伴把她送回到他剛才邀請她，同時路易吉正在等著她的原位時，說了一大堆恭維的話。

「在跳四對舞時，有兩、三次，少女瞥向路易吉，每一次，她都看見他臉色蒼白，臉繃得緊緊的。甚至有一次，他的短刀的利刃已一半出了鞘，在她的眼前晃動，彷彿是一道不祥之光。因此，當她重新挽起她戀人的手臂時，幾乎全身都在發抖。

「四對舞獲得巨大成功，顯然，應該再來一次。只有卡爾梅拉一個人反對，可是，聖費利切伯爵溫柔地請求他的女兒，最後她還是同意了。立即有人走上前去想邀請泰蕾莎，缺少她，四對舞就跳不起來。可是少女已經不見了。

「事實是路易吉感到無力再忍受第二次考驗了。他半是勸慰半是脅迫，終於把泰蕾莎拖到了花園的另一頭。泰蕾莎雖說心裡不願意，還是作出了讓步。剛才，她看見了年輕人惶恐不安的表情，現在他雖默不作聲，卻時而焦慮地打顫。

「她看出並且明白了，在他心中一定產生了什麼非同小可的想法。她的內心也激動不已，雖說她沒做出什麼越矩之事，但她知道路易吉是有權責備她幾句的。但是責備什麼？她也不清楚，只是，她仍然覺得如要責備她，也是完全應該的。

「不過，使泰蕾莎大為訝異的是，路易吉不發一語，在晚上餘下的整個時間裡，一句話也沒從他的嘴裡冒出來。但是他卻也等到夜晚的涼氣把花園裡的賓客趕走，別墅的幾道門都關上，晚會改在室內進行時，才送泰蕾莎回家。當她將要回到自己的住所時，他開口說：『泰蕾莎，當您在年輕的德·聖費利切小姐對面跳舞時您在想什麼？』

「『我在想，』少女以赤裸裸的坦誠態度回答，『我寧願用一半的生命換得她穿的那身衣服。』

「『您的舞伴對您說什麼？』

「『他對我說，只要我願意就能得到，我只要開口就行了。』

「『他說得對，』路易吉說，『您真的像您所說的那麼想要得到那套衣服嗎？』

「『是的。』

「『好的，您會有的！』

「少女大吃一驚，抬起頭想問他什麼，可是，他的臉色是那麼陰沉、那麼可怕，話沒說出口就卡住了。況且，路易吉說完這幾句話後就離開了。泰蕾莎在夜色中一直目送著他，直到看不見他為止。當他消失後，她嘆了一口氣回到自己的住所。

「當夜，發生了一件大事。也許是某個僕人粗心大意，忘了滅燈，聖費利切的別墅失火了，正巧燒著了美麗的卡爾梅拉的套房隔壁的幾間偏房。

「深夜竄出的熊熊火光把她驚醒，她跳下床，穿上睡袍，想奪門而出，可是，她要經過的走廊也已經著火，於是她又回到自己的臥室，大呼救命。突然地，她那扇離地面二十呎高的窗戶打開了，一個年輕的農民衝進套房，把她抱在懷裡，以非凡的力量和敏捷，把她抱到綠地的一塊細密的草坪上，她昏了過去。當她恢復知覺後，她的父親在她身邊，所有僕人都圍著她，照料她。

「別墅一翼的房間全部燒毀，這又何妨，只要卡爾梅拉安然無恙就行了。人們到處尋找救她的人，但他沒有再露面。他們又向其他人打聽，也沒有人看見過他。說到卡爾梅拉，她當時神志不清，根本沒看清此人的模樣。

「再說，伯爵家貲萬貫，卡爾梅拉只是受到一些驚嚇，由於她奇跡般地死裡逃生，在他看來，與其說是一件災禍，還不如說是上帝又一次的恩寵。因為，火災造成的損失對他來說是微不足道的。

「次日，兩個年輕人按時在林邊會面了。路易吉先到，他興高采烈地迎向少女，他似乎把昨晚發生的事全忘了。

「泰蕾莎顯然心事重重，但當她看見路易吉心情愉快的樣子，也就裝出輕鬆坦然的態度。只要不受情緒的干擾，她的本性就是這樣的。路易吉挽住她的手臂，一直把她帶到岩洞的進口處。他停了下來。少女知道要發生什麼不同尋常的事情，直愣愣地望著他。

「『泰蕾莎，』路易吉說，『昨天晚上，您對我說，您寧願獻出世上的一切以換取一套像伯爵女兒穿的那樣的衣服，是嗎？』

「『對，』泰蕾莎驚訝地說，『可我那是瘋了，才這麼說的。』

「『那麼我當時答覆您：好的，您會有的！』

「『是的』少女接著說，路易吉越往下說，她就越訝異，『可您這麼回答我，大概是想讓我高興吧。』

「『我辦不到的事情，我可從來不會答應您的，泰蕾莎。』路易吉志得意滿地說，『進山洞去，穿衣服吧。』

「他說完這幾句話後，就搬移石塊，向泰蕾莎指了指洞口，洞內有一面漂亮的鏡子，鏡子兩旁各點著一支蠟燭，把洞穴照亮了。在路易吉自己製作的一張土裡土氣的桌子上，放著一串珍珠項鍊、幾枚鑽石別針，在旁邊的一張椅子上，放著那套衣飾的其他部分。

「泰蕾莎興奮得大叫一聲，也不問這套衣飾從哪裡來的，甚至來不及向路易吉道謝，便衝進改裝成梳妝室的岩洞裡。路易吉在她身後把巨石推上了。

「他在所處的位置與帕萊斯特裡納之間隔著一個小山丘。剛剛看見山丘頂上有一名旅人騎著馬停頓了一下，彷彿不知道要走哪條路似的。此人的身影在藍天的襯托下，輪廓顯得異常清晰，這是南部地區觀遠景的特有現象。

「旅人發現路易吉，便策馬向他跑來。路易吉沒猜錯，這名遊客從帕萊斯特裡納要到蒂沃利去，但走錯了路。年輕人把方向指給他看，可是，這條路再往前走四分之一哩，又分成三條岔道，旅人在那裡還是會迷失方向的，於是他請路易吉充當他的嚮導。

「路易吉脫下外套，放到地上，把槍扛在肩上，一身輕裝，走在旅人的前面帶路，他那山裡人敏捷的步伐，馬也只是勉強才能跟得上。十分鐘後，路易吉和旅人走到了那個岔路口。

到了那兒，路易吉就像皇帝那樣，威嚴地揮了一下手，向旅人指出了該走的其中一條小路。

「『您走這條路，大人，』他說，『現在您不會再錯啦。』

「『那麼您呢，這是您的報酬。』旅人說著，向年輕的牧羊人遞過去幾枚小角子。

「『謝謝，』路易吉邊縮手邊說，『我這是幫忙，不是討錢。』

「『可是，』旅人說，他似乎早就習慣城裡人卑躬屈膝與山區人高傲態度之間的差異了，『如果您拒收一份謝酬的話，那麼至少可以接受一件禮物吧！』

「『哦！可以，這是另一回事了。』

「『那好，』旅人說，『拿著這兩枚威尼斯西昆吧，把這錢送給您的未婚妻，可以換回一對耳墜子。』

「『那麼請您收下這把短刀吧，』年輕的牧羊人說，『您從阿爾巴諾到契維塔卡斯特拉納再也找不到一把刀柄雕刻得如此精美的小刀了。』

「『我收下，』旅人說，『可是這樣一來，我又欠您的情了，因為這把刀不止值兩個西昆呢。』

「『從商人那裡買，也許是的。但這，這是我自己雕刻的，所以至多值一個皮阿斯特。』

「『您叫什麼名字？』旅人問。

「『路易吉．萬帕，』牧羊人說，其神色就像在回答：我是馬其頓國王亞歷山大。『那麼您呢？』

「『我，』旅人說，『我叫水手辛巴達。』」

弗朗茲．德．埃皮奈驚呼了一聲。「水手辛巴達！」他說。

「對，」敘述者接著說，「這是旅人報給萬帕的名字。」

「怎麼了！您對這個名字有什麼意見嗎？」艾伯特打斷他的話說，「這個名字相當漂亮，叫這個名字的這位先生，我得承認，他的種種冒險故事我在童年時是覺得很有趣的。」

弗朗茲不再多說了。不難理解，水手辛巴達這個名字，在他的腦子裡喚起了一大堆記憶。

「請說下去，」他對旅館主人說。

「萬帕高傲地把兩枚西昆放進口袋，慢慢地往原路回去。他走到離山洞兩三百步遠處，似乎聽到了叫聲。他停下腳步，聆聽叫聲從哪兒傳來的。一秒鐘後，他清楚地聽到有人在呼喚著他的名字。叫聲是從山洞方向傳來的。

「他像一頭羚羊那樣蹦跳起來，邊跑邊把子彈壓上槍膛，不到一分鐘便跑到了與他看見旅人的那個小山丘對面的一個山丘頂上。幾聲向他發出的救命呼喊，他聽得更清晰了。

「他俯身向山丘下掃了一眼，只見一個人正劫持著泰蕾莎，如同半人半馬的涅索斯劫走特伊阿尼拉[58]似的。那個男人加速跑向樹林裡，並且已跑過從山洞到林子之間的四分之三的路程了。

「萬帕目測了距離。那個人至少超前他兩百步遠，在他到達林子之前，不可能追上他了。年輕的牧羊人停下來，彷彿他的雙腳在地上生了根似的。他用肩抵著槍托，朝劫持者的方向

58 Nessus and Dejanira，希臘神話裡的人物。涅索斯想奪走海克力斯的妻子特伊阿尼拉，結果被箭射中。

慢慢舉起槍，槍口追隨那人約有一秒鐘，然後開火。

「劫持者猛地站住，雙膝下跪，拖著泰蕾莎一起倒了下。不過泰蕾莎隨即站了起來，而那個劫持者仍舊躺著，在臨死前的抽搐中掙扎。萬帕立即衝向泰蕾莎，因為她跑出離垂死者十步遠處，雙腿一軟，又跪倒下來。

「年輕人擔心他的子彈在擊中敵人的同時也擦傷了他的未婚妻。幸好什麼事也沒有，泰蕾莎只是因為受了驚嚇才癱倒在地的。當路易吉確信她安然無恙後，就轉向那個受傷的人。

「那個人雙拳緊握，嘴巴痛苦地歪扭在一邊，臨死前冒著滿頭大汗，頭髮根根豎起，他剛嚥下最後一口氣。但是，他的雙眼仍然睜開著，凶相畢露。萬帕走近屍體，認出是庫庫默托。自從兩個年輕人救了強盜一命之後，他就愛上了泰蕾莎，並發誓要把少女占為已有。

「從那天起，他就一直在窺視著她，趁她的戀人撇下她去為旅人帶路的空檔，把她劫走。正當他以為她已歸自己所有時，萬帕的子彈借助年輕人百發百中的眼力，射穿了他的心臟。

「萬帕注視了他片刻，臉上毫無表情，相反，泰蕾莎卻還在發抖，她只敢一步步慢慢地靠近死去的強盜，從她戀人的肩膀上遲疑不決地向屍體看了一眼。過了一會兒，萬帕轉身面向他的戀人。

「『哦！哦！』他說，『好了，您穿上了，現在輪到我去換裝了。』

「果然，泰蕾莎從頭到腳都穿戴上聖費利切伯爵女兒的衣裝了。萬帕抱起庫庫默托的屍體，把他帶進岩洞，這回輪到泰蕾莎留在洞外了。

「如果這時有第二名旅人路過，他將會看到一個十分罕見的情景——一個牧羊女在放羊，身上卻穿著喀什米爾裙子，戴著耳環、珍珠項鍊、鑽石別針和由藍寶石、綠寶石及紅寶石製成的鈕扣。他大概會以為回到了弗羅裡安[59]時代，返回巴黎時，他會明確地說，他遇上了阿爾卑斯山的牧羊女坐在薩賓山[60]的山腳下。

「一刻鐘後，萬帕也從岩洞走出來。他的衣飾相對來說一點也不比泰蕾莎遜色，同樣相當的華麗。他穿著一件帶鏤金鈕扣的石榴紅絲絨上裝，一件繡滿花的絲綢背心，脖子上圍著一條羅馬三角巾。

「紅綠絲質子彈袋上整個兒嵌滿了金豆。淡藍色天鵝絨馬褲在膝蓋下方用鑽石環扣扣緊。護腿套是用麂皮做的，綴滿了多姿多彩的阿拉伯圖案。帽子上飄動著五顏六色的綢帶。他的腰帶上掛著兩塊錶，子彈袋上還插著一把精美絕倫的短刀。泰蕾莎發出一聲讚美的驚嘆。

「萬帕這身穿戴裝束酷似李奧波德．羅伯特[61]或是西奈茲[62]畫中的人物了。他換上了庫庫默托的全套裝束。年輕人發覺他已在自己的未婚妻身上產生了效果，嘴角上露出了得意的微笑。

「『現在，』他對泰蕾莎說，『您準備與我同生死共患難嗎？』

「『啊，是的！』少女充滿熱情地叫喊道。

59 Florian（二三二—二七六），羅馬皇帝。
60 Sabine Hill，薩賓山民在西元前二二〇年歸順羅馬人。這句話隱喻古老的神話又再現了。
61 Leopold Robert（一七九四—一八三五），出生在瑞士，是法國畫派的畫家。
62 Schnetz（一七八七—一八七〇），法國畫家。

「『我到哪兒您就跟到哪兒？』

「『天涯海角也跟去。』

「『那麼，您就挽著我，我們出發吧，因為我們不能再浪費時間了。』

「少女把手伸進戀人的手臂裡，甚至都不問他要把她帶到哪裡去。因為，此時此刻，她覺得他英俊、神氣、有力量，和天神無異。

「他倆向樹林走去，幾分鐘後，他們已越過林子的邊緣。不用說，萬帕熟悉山裡的每一條小徑，因此，他直接走進樹林，沒有絲毫猶豫，雖然眼前沒有一條現成的路可走，但他只要察看大樹和灌木叢便能認出他要走的小徑。

「他們兩人就這樣步行了將近一個半小時。這段時間，他們已經走到樹林最茂密的深處。一條河床乾涸的河道向深谷延伸而去。河道夾在兩岸之間，籠罩在兩岸巨松濃密的樹蔭下。若不是這條河順流通暢，倒像是維吉爾所說的阿凡爾納湖[63]的湖床了。

「可是萬帕偏偏就選擇了這條離奇古怪的路走。泰蕾莎看到這麼荒僻的野地又變得膽戰心驚了，她緊貼著她的嚮導，一句話也說不出來。可是，她看見他始終邁著平穩的步伐向前走，臉上又顯現出鎮定自若的神情，也就增添了勇氣來掩飾自己的不安情緒。

「突然，離他們十步遠處，有個人從他藏身的樹後跳出來，把槍對準萬帕。

「『站住！』他叫喊道，『要不就打死您。』

---

63 Avernus，阿凡爾納是義大利的一個湖，在古代被看成是陰曹地府的入口處。

「『算了吧，』萬帕抬起手輕蔑地揮了一下說，而泰蕾莎卻掩飾不住自己的恐懼，緊緊靠著他。『難道狼與狼還要相互殘殺嗎？』

「『您是誰？』哨兵問。

「『我是路易吉．萬帕，聖費利切農莊的牧羊人。』

「『您要幹什麼？』

「『我想與您在羅卡比安卡山坳裡的夥計說話。』

「『那麼就隨我來吧，』哨兵說，『既然您知道往哪兒走，那麼您就走在前頭吧。』

「萬帕笑了，顯露出對強盜的過於謹慎不屑一顧的樣子，帶著泰蕾莎走在前面，用與剛才走來時同樣堅定而自信的步伐繼續往前走。五分鐘後，強盜向他倆示意停下來。兩個年輕人順從了。強盜學著烏鴉的叫聲連叫了三遍。另一邊響起烏鴉呱呱的叫聲與這三聲相呼應。

「『好了，』強盜說，『現在您可以繼續往前走了。』

「路易吉和泰蕾莎又往前走去。他倆越往前走，泰蕾莎就越提心吊膽，於是更緊緊地依偎在她的戀人身上。透過樹木的間隙，可以隱隱約約地看見一些武器和長槍閃閃發光的槍身。

「羅卡比安卡山坳是在一座小山的頂部，昔日這座小山應該是一座火山，在瑞莫斯和羅慕路斯[64]離開阿爾帕[65]並興建羅馬之前，這座火山便熄滅了。泰蕾莎和路易吉爬到山頂，幾

64 Remus and Romulus，羅慕路斯是傳說中羅馬城的建設者。據說他和瑞莫斯都是戰神瑪律斯生的孿生兄弟，長大成人後奪取阿爾伯城，並在臺伯河畔建一新城，即羅馬城。

65 Alba，阿爾帕是義大利古地區拉丁姆的一座古城，被摧毀後，大部分居民逃往羅馬。

乎就在同時，他們面前出現了二十來個強盜。

「『這個人要找您們，並想與您們說話。』哨兵說。

「『您想和我們說什麼？』其中一個人問，沒有首領期間，由他暫時負責。

「『我想說我討厭再幹牧羊這一行了。』萬帕說。

「『是，我理解，』臨時的老大說，『您來請求我們讓您入夥嗎？』

「『歡迎他入夥！』來自費呂齊諾、邦皮納拉和阿納尼地區的好幾個強盜齊聲叫喊道，他們都認得路易吉．萬帕。

「『好，不過，我除了來入夥，還要求您們另一件事。』

「『您還要向我們要求什麼？』強盜們驚訝地問。

「『我要求當您們的老大。』年輕人說。

「強盜們爆發出一陣大笑。『您憑什麼要這個榮譽呢？』臨時的老大問。

「『我殺死了您們的首領庫庫默托，這就是他身上的衣服，』路易吉說，『我還放火燒了聖費利切的別墅，為了讓我的未婚妻穿上結婚的禮服。』

「一小時過後，路易吉．萬帕被選為首領，替代庫庫默托。」

「啊哈，親愛的艾伯特，」弗朗茲轉身向他的朋友說，「現在，您對公民路易．萬帕有什麼想法？」

「我說這是一個神話，」艾伯特回答，「根本就沒這回事。」

「神話是什麼意思？」帕斯特理尼問。

「要向您解釋話就多了，親愛的旅館老闆。」弗朗茲說，「您說現在萬帕先生正在羅馬附近以他那個工作營生？」

「而且是放開膽子在做。在他之前，沒有一個強盜像他那樣做過。」

「這麼說，警方對他也束手無策，抓不到他了？」

「有什麼辦法？他與平原的牧羊人、臺伯河[66]的漁民和海岸的走私販都相處得很融洽。他們在山上搜尋他，他就逃到河上。他們追趕到河上，他已溜到大海上去了。當他們以為他躲在季利奧島、加努蒂島和基督山島上的時候，他突然又在阿爾巴諾、蒂沃利和裡契阿冒出來了。」

「他對遊客的態度如何呢？」

「哦！上帝啊！再簡單不過啦。根據旅客離城距離的遠近，他給他們八小時、十二小時、一天的時間交付贖金，若時間過了，他會再放寬一個小時。到了這個小時的第六十分鐘，若他還沒拿到錢，就一槍讓肉票的腦袋瓜開花，或是在他的胸口捅上一刀，一切就結束啦。」

「那麼，艾伯特，」弗朗茲向他的同伴問著，「您還堅持從城外的大路去觀瞻競技場嗎？」

「當然了，」艾伯特說，「只要路上風景更美一些就行了。」

這時，九點鐘敲響，門開了，馬車伕出現了。

「兩位閣下，」他說，「車子準備好了。」

66 Tiber，義大利的一條河，流經羅馬。

「好，」弗朗茲說，「這樣的話，就去競技場吧。」

「兩位閣下是出波波洛門還是穿過大街小巷？」

「穿巷子走，該死的！穿巷子走！」弗朗茲嚷嚷道。

「啊！我親愛的朋友！」艾伯特站起來，點燃了第六支雪茄。他說：「說實在的，我本以為您比現在更勇敢些呢。」

說著，兩個年輕人走下樓梯，登上了馬車。

第三十四章　競技場

弗朗茲找到了一個折衷辦法，既可讓艾伯特參觀競技場，又可不先經過任何一個古代的遺跡，這樣，遊客就不會因對其他古蹟心理上已慢慢適應，而對這座巨大建築物恢宏的氣勢有所貶低。這條路線是順著西斯蒂尼亞街走，在聖瑪麗—馬熱爾教堂前橫切過去，穿過烏爾巴納街和聖彼得羅街進入凡科利街，然後直達競技場街。此外，這條路線還有一個好處，就是帕斯特理尼老闆向弗朗茲敘述的故事裡居然還捲進了他那神祕的基督山主人。這在他腦子裡刻下了深深的印象，而這樣的走法，就絕不會讓他分心了。

於是他在車廂的一角，雙手托住下巴，苦苦思索他不斷對自己提出來的一大堆疑問，卻沒有一個問題能得到滿意的答案。再說，還有一件事也讓他想起了他的朋友水手辛巴達，就是強盜和水手之間的神祕關係。帕斯特理尼老闆說，萬帕在漁民和走私販的船上都能找到安身之處，這使弗朗茲聯想到了與那兩個科西嘉強盜及小遊艇的船員共進晚餐的事。

還有，若只是為了把那兩人送走，那艘遊艇有需要特地繞道開到波托韋基奧港去嗎？倫敦旅館的老闆也曾提到了基督山的主人報上的那個名字，這就向他說明——他不僅在科西嘉、托斯卡尼和西班牙沿海地區，而且在皮翁比諾、奇維塔韋基亞、奧斯蒂亞和加埃特海岸，扮演了同一個樂善好施的角色。就弗朗茲的記憶所及，他本人也曾說到過突尼斯和巴勒摩[67]，這也證明他的交遊非常廣泛。

雖然年輕人全部身心沉浸在種種回憶之中，但當競技場遺蹟那碩大、烏黑的輪廓矗立在他眼前時，這些想法就立即化為烏有了。月光透過競技場上一個一個洞口，傾瀉而下綿綿不絕、皎白的光芒，真像是從幽靈鬼魂的眼睛裡投射出來的。馬車在**Mesa Sudans**[68]前幾步遠的地方停下來。馬車伕走上去打開車廂門，兩個年輕人跳下馬車，迎面站著一個導遊，彷彿是從地下鑽出來的。

由於旅館的導遊是跟著他倆一起來的，這下他們就有了兩位了。其實，在羅馬，無法避免同時雇用幾個導遊的情況——當您踏進旅館大門時，普通導遊就會找上您，一直跟到您出城的那天為止。除此之外，每一處名勝還有專項導遊，甚至可說在每個景點上都有，更何況是老少皆知的競技場，導遊還少得了嗎？

連馬提雅爾[69]都說過：「孟菲斯[70]不必再向我們吹噓它那野蠻的奇蹟——金字塔了。人們也無須再歌頌巴比倫的奇觀異景了。它們與凱薩子孫建造的圓形劇場[71]那嘆為觀止的工程相比，一切都得讓位。大家應該集中所有的讚美語言來頌揚這座建築。」

弗朗茲和艾伯特並不想逃避這些導遊的剝削。更何況，只有這些導遊才有權拿著火把參

67 Palermo，義大利城市，西西里島的首府。
68 義大利文，蘇丹臺地。
69 Martial（約三十八／四十一—約一〇四），羅馬著名銘辭作家。
70 Memphis，埃及古王國都城，位於尼羅河兩岸。孟菲斯墓地有埃及著名的金字塔獅身人面像。
71 指羅馬競技場。

觀這座名勝，不用他們麻煩將會更大。因此，他們未作任何抵抗，任憑這些帶路人隨意處置了。弗朗茲已經來過七、八次，他懂得如何觀賞。可是，他的同伴是個新手，又是初次踏進弗拉維．韋斯巴鄉[72]的這座古跡，但必須承認是該誇他幾句，儘管幾個導遊在一旁無知地聒噪不休，他仍然對它留下了深刻的印象。

事實上，要不是親眼目睹，誰也想不到這麼一個遺蹟居然還能如此雄偉壯觀。南方的月光就如西天落日的餘輝，在它神祕的光芒照耀下，所有參差不齊的殘垣斷壁彷彿放大了一倍。因此，當陷於沉思的弗朗茲在古蹟的內廊走了百來步後，他就讓艾伯特跟著導遊走，自己則登上一個殘缺不全的梯級。所幸這些導遊不會放棄那一成不變的權利，會指引艾伯特仔細地參觀獅子溝、鬥士休息室和凱薩家族的看臺。他見他們悠哉地一路往前走，就走到一根面向缺口的廊柱陰影下坐下來，這樣，壯觀的大理石建築便一覽無遺了。

弗朗茲在那兒坐了有一刻鐘，把自己埋進一根廊柱的陰影裡，不時看看艾伯特。子爵在兩名手持火把的人陪同下，剛剛從競技場另一端的一道門出來，這一行人如同緊跟著一簇磷鬼火的幽靈似的走下一級級臺階，向護火貞女[73]專用的休憩處走去。忽然，他似乎聽見從遺蹟深處有一塊石頭滾落下來，這塊石頭是從他選定的臺階對面的階梯上滾落的，正巧掉在他坐的地方。當然，一塊年代久遠的石頭鬆動了，一直滾到底並不值得大驚小怪，可是這一次，他覺得這塊石頭是某人用腳踩下來的，雖然踩動石頭的那個人盡量放輕腳步，但他仍然

72 Flavius Vespasian（九—七十九），羅馬皇帝，弗拉維王朝創立者，羅馬大競技場即為他在位時建造的。

73 Vestal vergins，指專司家庭生活貞潔的女神維斯太的神廟中的侍女。

聽到腳步聲靠近了。果然不久後，一個人出現了，他順著臺階往上爬，他的身影也就越來越清晰，因為弗朗茲對面的上方開口處有月光照亮著。

那名陌生人或許像他一樣是個遊客，也寧願獨自深思而不愛聽導遊那喋喋不休的無聊話，因此，那個人的出現也沒什麼可以使他感到驚訝的。可是，看他走上最後幾級臺階時那遲疑不決的樣子，又看見他走上平臺之後停下來，似乎在聆聽什麼的神態。顯然，他來這裡有著特殊的動機，他是在等候什麼人。弗朗茲不由自主地盡量縮到廊柱的背後。離他倆待著的地面十呎高處，穹頂開裂，露出一個圓洞，大小與一口井相仿，從那裡可以看見布滿星星的夜空。也許幾個世紀以來，這個洞口一直為月光打開了一個通道。在它周圍，生長著一叢叢荊棘，在深藍色的蒼穹之下，浮現出它綠色的纖巧身影，而粗壯的青藤和一束束常春藤從高高的平臺上垂掛下來，在穹頂下，如同飄動的纜繩，輕輕搖曳。

來者神祕地出現引起了弗朗茲的注意，此刻他待在半明半暗處，弗朗茲雖看不清他的臉，但光線還不至於太暗，所以他尚能辨別出來者的穿著。此人裹著一件寬大的褐色披風，下擺的一角掀起搭在他的左肩上，把他的下半張臉遮住了，而他的寬簷帽則蓋住了他的上半張臉。從洞口射進來的斜斜月光只能照亮他的下半身衣履，因此可以分辨出他穿著一條黑色的長褲，褲管掖在一雙時髦、雪亮的皮靴裡。

顯然，這個人即便不是貴族，至少也是上層社會的一員。他在那裡站了幾分鐘，開始顯現出不耐煩的樣子，突然，在上面的平臺上，響起了輕微的聲響。此時，一個黑影截斷了光線，原來是洞口中間出現了一個人，他以銳利的眼神向黑暗處探索，看見了身穿披風的人。

他立即抓住了一把垂掛著的常春藤，順著飄蕩的藤往下滑，到了離地面三、四呎時，便輕巧地跳下來。此人穿著羅馬臺伯河右岸的特朗斯泰凡爾人穿的全套服裝。

「請原諒，閣下，」他用羅馬方言說，「我讓您久等了。不過，我只遲到了幾分鐘。拉特朗教堂鐘樓剛剛敲過十點。」

「是我早了，而不是您遲了，」陌生人用純粹的托斯卡尼方言說，「別客氣了。若您讓我等了，我料到您也是身不由己，另有要事纏身吧。」

「真是如此，您說對了，閣下。我從聖仙堡來，費了好大勁才與貝波談了一次。」

「貝波是什麼人？」

「貝波是監獄的管理員，我給他開了一小筆定期年金才打聽到教皇陛下堡內的情形。」

「哦！哦！我看出您是個十分細心的人，親愛的朋友。」

「有什麼辦法呢，閣下！誰也不知道會發生什麼事情，也許，我本人有朝一日也會像這個可憐的佩皮諾一樣被抓進去，那時，我也需要有一隻老鼠來咬斷我的牢房上的鐵絲網哩。」

「長話短說，您了解到了什麼情況了？」

「在星期二的兩點鐘要處死兩個人，每當重大節日開始之際，羅馬總有這套規矩。一個犯人被判錘刑[74]，他是個壞蛋，殺死了撫養他的神父，根本不值得同情。另一個被處斬刑[75]，他就是可憐的佩皮諾。」

---

74 原文為義大利文，mazzolato。
75 原文為義大利文，décapito。

「那有什麼辦法呢，親愛的朋友，您不僅使教皇政府驚恐萬分，而且也使鄰近的王國人心惶惶，他們正需要殺一儆百。」

「可是佩皮諾甚至沒加入我的隊伍啊。他是個可憐的牧羊人，要說有罪，也只是提供了我們一些糧食罷了。」

「這就完全可以把他當成您的同謀了。所以您瞧，他們對他格外優待，假如哪一天他們抓住您，您也知道，他們是會判您錘刑的，而對他不是這樣，只是判他上斷頭臺。再說，這也能使老百姓多看點熱鬧，欣賞節目的口味各有不同嘛。」

「還沒算上我為他們準備的一個節目，那可是他們沒料到的。」

「親愛的朋友，請允許我對您說一句，」穿披風的人又說，「我覺得您正準備做一件蠢事。」

「為了使那個可憐蟲免受死刑，我可以不惜一切，他為了幫助我，現在處於困境。聖母在上，如果我不為這個好心的小夥子做點什麼，我就要把自己也看成是一個懦夫了。」

「那麼您要幹什麼呢？」

「我將在斷頭臺周圍安置二十來人，當他被帶上去時，我發出暗號，我們就手握匕首，撲向押送兵，再把他劫走。」

「這個辦法看來很玄，我以為我的計畫肯定比您的強。」

「您的計畫是什麼，閣下？」

「我把一萬個皮阿斯特給某個我熟悉的人，讓他同意把佩皮諾的死刑推延到明年執行，然後，在這一年裡，我再把一千個皮阿斯特給另一個我熟悉的人，讓他幫助佩皮諾越獄。」

「您確信能成功嗎？」

「Pardieu[76]！」穿披風的人用法語說。

「您說什麼？」另一個人問。

「我說，我的夥伴，我一人用金錢收買，要比您和您手下的人用刀、短槍、步槍和火槍有用得多。讓我去做吧。」

「至少對我沒有損失，可要是您失敗了，我們還是隨時準備開打的。」

「如果您願意，就隨時做好準備吧，不過請相信，我會拿到他的緩刑令的。」

「請您注意，後天就是星期二了。您只有一天的時間。」

「那又怎樣！一天有二十四個小時，每小時有六十分鐘，每分鐘有六十秒，用八萬六千四百秒可以做成許多事。」

「若您成功了，閣下，我們如何能知道呢？」

「很簡單。我租了羅斯波利咖啡館[77]的最後三個窗口。如果我得到了緩刑令，轉角處的兩個窗戶會掛上黃色錦緞，而中間的會掛上白色錦緞，上面還有一個紅十字。」

「好極了。那麼您讓誰遞交緩刑令呢？」

「您派一個化裝成苦修士的手下給我，我會把緩刑令交給他的。他靠那身裝扮，可以一直走到行刑臺下面，把公文送給苦修士行列的領班，再由他轉交給劊子手。在這之前，請把這

76　法文，當然啦。

77　Café Rospoli，下文又有「羅斯波利宮」之說，其實指的是一個地方。

個消息告訴佩皮諾，避免他恐懼至死或變成瘋子，否則，我們可要為他白花一筆冤枉錢了。」

「請聽我說，閣下，」那個人說，「我對您絕對忠誠，您對此深信不疑，是嗎？」

「至少希望如此。」穿披風的人回答。

「好！如您把佩皮諾救出來，今後我對您就不僅是忠誠，而是絕對服從了。」

「您可要好好考慮您剛才說的話，我的好朋友！也許有天，我真的會提醒您，因為也可能在某天，我本人也需要您……」

「沒問題啊，閣下。您在需要我的時候儘管找我，就如現在我需要您的時候找您一樣。到那時，哪怕您在世界的另一個盡頭，您只須給我寫上這麼一句：『做這件事或那件事』，我就去做，我發誓……」

「噓！」陌生人說，「我聽到了聲音。」

「是遊客拿著火把參觀競技場吧。」

「沒有必要讓他們看見我們在一起。這些導遊都是密探，會認出您來的。雖說您的友誼彌足珍貴，我親愛的朋友，但如果他們知道我們關係親密的話，那麼我還真擔心這多少會使我喪失信譽。」

「那好吧，如果您得到緩刑令？」

「那麼中間窗戶就掛上帶紅十字的白色錦緞。」

「如果您拿不到？」

「三個緞面都是黃色的。」

「那時怎麼辦？」

「到那時，親愛的朋友，您可以隨意動刀，我允許您這樣做，到時我也會在場看您動武的。」

「再見，閣下，我依靠您了，您有事也包在我身上吧。」說著，特朗斯泰凡爾人在梯級上不見了，而那名陌生人用披風把臉遮得更嚴實些，從離弗朗茲兩步遠處離開，順著外圈階梯而下，走到比武場上了。

一秒鐘後，弗朗茲聽見他的名字在穹頂下回響著，是艾伯特在叫他。他等那兩人走遠了，不讓他們知道剛才有個第三者在偷聽。雖然他沒有看清他們的臉，卻沒漏掉他們交談的每一句話。等解除了這層顧慮之後，他才去答了艾伯特。十分鐘後，弗朗茲乘在馬車上直奔倫敦旅館，一邊心不在焉地聽著艾伯特依據普林尼[78]和卡爾皮爾尼烏斯[79]作品內容，大談特談鐵絲網如何防止猛獸撲向觀眾的問題。他讓他盡情發揮，不去反駁他。他只急著想獨自待著，以便集中精神去思索剛才在他眼前發生的那幕情景。

在那兩人中，一個肯定是陌生人，他第一次看見他，聽到他說話。但是，另一個人情況就不同了。雖然弗朗茲沒有看清他那張一直埋在黑暗中或是藏在披風裡的臉，但他的嗓音在他第一次聽見時就印象極深，所以只要再聽見這聲音，他就能認出來。尤其是在他那略帶嘲諷的語調裡總摻有一種尖利的、金屬般的聲音，這聲音使他不寒而慄。上次在基督山山洞裡

78 Pliny，羅馬自然學家，西元二十三年出生。
79 Calpurnius，西元三世紀左右出生於西西里的一位田園詩人。

是如此，這次在競技場的遺蹟裡亦是如此。因此，他越想越能肯定，那個穿著披風的人，不是別人，正是「水手辛巴達」。

既然這個人已引起他如此大的好奇心，如果在其他情況之下，他肯定會去打招呼的。但是這一次，他剛才聽到的談話過於機密了，所以不得不克制自己。他有理由擔心他的出現會讓那個人不高興。因此，正如我們已看到的，他看著他離開而沒去叫他。不過，他暗下決心，如果下一次再見到他，他不會再像第一次那樣錯過機會了。弗朗茲心事重重，無法安睡。整夜，他都在腦子裡一遍又一遍地重溫與山洞的人和競技場的人有關的種種細節。這些細節都自然而然地把這兩者聯繫在一起變成是同一個人。弗朗茲越往下想，這個看法就越加堅定。拂曉時分，他迷迷糊糊地睡著了，所以他醒得特別晚。

艾伯特作為道地的巴黎人，已經為當晚的活動作了安排。他派人到阿根廷劇院去訂一個包廂。弗朗茲有好幾封信要寫，所以整個白天馬車都由艾伯特去支配。下午五點鐘，艾伯特回來了。他身上帶著幾封引薦信出去，因而得到了參加所有晚會的請柬，並且（根據他的說法）已經把羅馬的名勝瀏覽了一遍。是的，一個白天足以讓艾伯特辦妥他那位認真的同伴一星期才辦得到的事了。他甚至還有時間打聽到當晚阿根廷劇院要上演的戲以及演員陣容。

歌劇的名字叫《巴里西娜》，演員的名字分別是——科塞利、莫里亞尼和拉斯貝施。很清楚的，兩位年輕人實屬幸運，因為他們即將觀賞到《拉默莫爾的未婚妻》[80]作者最優秀的一

80 司各特的小說，題材與《羅密歐與茱麗葉》相仿。

個劇本，而且是由義大利最著名的三位藝術家演出。艾伯特始終沒能習慣在山那邊的[81]劇院裡看戲，譬如觀眾不能接近樂隊一步，劇院裡既無樓座又無敞頂包廂，這對一個在巴黎的戲院總有一席隔開的單人專座以及在巴黎歌劇院享有包廂的人來說未免太艱苦了。儘管如此，艾伯特每次都仍打扮得花俏時髦上劇院去。但是，他那身優雅裝束算是白穿了，因為，使這位堪稱代表時尚的人物難堪的是，他在義大利四處闖蕩了四個月，居然還沒碰上一次豔遇。

有時，艾伯特也試著為此說幾句笑話，但是，他在心裡感到屈辱不堪。他，艾伯特·德·馬瑟夫，巴黎最受愛慕與歡迎的年輕人，居然會落到這麼尷尬的地步。按照法國同胞謙虛的習慣，艾伯特在離開巴黎時確信無疑，他在義大利將獲得巨大的成功。回去後，他將可以把他的種種風流韻事介紹一番，好好轟動巴黎八卦圈。但是，如今落到這一步，他就更加惱火了。

哦！可憐的艾伯特！完全沒讓他遇上有趣的事。可愛迷人的熱那亞、佛羅倫斯和那不勒斯的伯爵夫人們不僅忠於她們的丈夫，更忠於她們的情人。艾伯特不得不承認這個殘酷的事實——義大利女人至少比法國女人多一個優點，這就是對她們的不忠貞卻是忠誠的。

當然他還是不放棄希望，義大利正如其他哪個國家一樣，總有例外。而且，艾伯特不僅是一個優雅英俊的年輕男子，也是擁有相當的才智與能力，更何況，他還是個子爵，一個新的貴族階層。在今天，人們不再去追本溯源了，是一三九九年的還是一八一五年的都無傷大雅！除此之外，艾伯特·德·馬瑟夫還有五萬法郎的年金，完全足以使他成為巴黎的時髦名

81　意為在阿爾卑斯山南邊的；此處指義大利的。

人。因此，在他遊覽過的任何一個城市中，居然還沒有一個女人正眼注意過他，確實多少有點委屈了。所以說，他打算在狂歡節把損失補回來。節慶的幾天是極樂縱欲的日子。世界上所有的國家對這個值得稱道的民間習俗都要慶祝一番。因為羅馬正是能讓是最聰智或最正經的人都會拋開平時的規範與生活，享受這段時間的自由與放縱之處。

既然狂歡節在次日開始，那麼艾伯特在開幕前大做廣告是至關重要的。出於這個考量，艾伯特在劇院租了一個最顯眼的包廂，出發前，把自己打扮得光鮮亮麗。他坐在第一排，相當於法國的樓座。不過，前三排都是清一色的貴族，因此，人們稱之為「貴族包廂」。還有，這兩個朋友租下這個坐上一打人也不顯得擁擠的大包廂，其費用卻比巴黎音樂戲劇院的四人座包廂還便宜些。

艾伯特還抱有另一個希望，就是若他能在一位羅馬美女的心中占有一席之地的話，那麼他就自然能在她的馬車上占有一個posto[82]，進而能高踞在貴族專車上或是在親王的陽臺上俯視狂歡節的盛況了。這些想法使艾伯特興奮異常，他以前可從未這樣激動過。他背對演員，讓自己的上半身傾出包廂之外，用他那六寸長的雙筒望遠鏡窺視所有的漂亮女人。只是，無論艾伯特如何擺弄，沒有一個美女對他回看一眼，甚至連一點好奇的表示也沒有。

原來，每個觀眾都在談論自己的瑣事、戀情、娛樂、次日開始的狂歡節和下星期的聖週，一刻也沒注意過演員和戲的本身。當然，也有些例外情況，到那時，大家又都回過頭來，

82 義大利文，座位。

不是靜聽科塞利朗誦一段，或是為莫里亞尼某個精彩的動作鼓掌，就是為拉斯貝施喝彩叫好。過後，臺下形形色色的交談又會繼續進行。到第一幕接近尾聲時，一個一直空著的包廂門被打開了。弗朗茲看見一個女人走進去。他曾有幸在巴黎被人引見給她，並且一直以為她還在法國。艾伯特看見那個女人出現時他的朋友輕顫了一下，便朝他轉過臉來。

「您認識那位夫人嗎？」他問。

「是的，您覺得她怎麼樣？」

「非常迷人，氣色真好。啊！多麼令人豔羨的頭髮啊！她是法國人嗎？」

「不，是威尼斯人。」

「您如何稱呼她？」

「G伯爵夫人。」

「啊！我知道她的芳名，」艾伯特大聲說，「有人說她的智慧不亞於她的美貌。在最近一次德．維爾福夫人舉辦的舞會上，她也在，我本可以請人把我介紹給她的，但錯過了機會，每次想到這，我直怪自己愚不可及。」

「您願意我來幫您彌補這個損失嗎？」弗朗茲問。

「我親愛的同伴，您與她如此熟悉，竟能把我引薦到她的包廂裡去？」

「我之前十分榮幸地與她交談過三、四次，因此，如您所知，有這樣的交往，引見一下不會顯得唐突無禮的。」

這時，伯爵夫人看見了弗朗茲，向他做了一個優美的手勢，他謙恭地點了一下頭以示回敬。

「我說啊！我覺得您和她挺情投意合的。」艾伯特說。

「您這樣就想就錯了。」弗朗茲平靜地回答，「您也落入我們國人常犯的謬誤之中。我指的是，我們總愛以巴黎人的觀點去看待一切。其實在西班牙，特別是在義大利，永遠不要把男女之間的親密友誼看成曖昧關係。我與伯爵夫人之間只是互有好感而已。」

「若是真是這樣，我的好同伴，請告訴我，這是心靈上的好感？」

「不，只是喜好。」弗朗茲認真地答道。

「在什麼情況下形成這樣的好感？」

「在伯爵夫人參觀競技場的時候，就如昨晚我們一起在月下參觀時一樣。」

「就您跟她？」

「是的！」

「您跟她說了些什麼？」

「我們談到某人著名的死亡，其壯麗的崩毀可算是光榮的紀念碑了。」

「我說啊！」艾伯特大聲說，「您還是真個非常有意思的同伴。跟這樣一位美麗的夫人在如此感傷的競技場，您們不說別的、居然談論死亡！我要說的是，如果我有幸能有那樣的機會，活人將是我的主題。」

「那您也許就選錯主題了。」

「但是。」艾伯特說，他回到之前的話題。「別管發生過的事了，先看眼前的狀況。您願意像剛才許諾過的那樣，把我介紹給她嗎？」

「當然，等帷幕落下就去。」

「第一幕也太長了點。我打心靈深處相信，他們似乎不想結束。」

「喔，他們會的。聽聽這最後一段吧，科塞利唱得相當精彩。」

「嗯，可是身段太差！」

「那您怎麼看拉斯貝施呢？您曾見過比她演得更維妙維肖、天衣無縫的人嗎？」

「那個，您知道的，我的好同伴，當人們聽過松塔[83]和馬利布蘭[84]歌唱的話，您就不會再對其他人印象深刻了。」

「至少，您會讚嘆莫里亞尼的風格與恰到好處的詮釋。」

「我不喜歡棕色頭髮的人扮演金黃色頭髮的角色。」

「啊！親愛的朋友，」弗朗茲轉過臉去說，而艾伯特卻繼續用望遠鏡在看。「說真的，您決心不給任何認可，您真的難以取悅。」

帷幕終於落下，德．馬瑟夫子爵感到非常欣慰，他拿起帽子，迅速整了整頭髮、領結和袖口，向弗朗茲表示他已整裝待發。

伯爵夫人看見弗朗茲用眼神在詢問，便做了一個手勢，讓他明白他是受歡迎的，於是弗朗茲為滿足等不及的艾伯特，不想再延誤時間，便繞過一個半圓形的圈子，前去叩了伯爵夫

---

83 Sontag（一八〇六—一八五四），德國女高音歌唱家。

84 Malibran（一八〇八—一八三六），西班牙女中音歌唱家。

人所在的第四號包廂的門。他的同伴跟隨其後，在路途中，他趁機平整了一下起身時在襯衣領口和上衣翻領上所形成的皺痕。按照義大利習俗，在包廂前面緊挨著她坐著的年輕人立即起身，讓位給新來者，如果再有人來訪，則新來者同樣應該讓位。

弗朗茲向伯爵夫人介紹艾伯特時，說他以其社會地位和才能，是當今最出眾的青年之一。其實他話沒說錯，因為在巴黎，在子爵生活的圈子裡，他的確是個無可挑剔的模範。他還補充說，艾伯特沒能趁伯爵夫人在巴黎逗留的機會讓人引薦給她，感到非常失望，因此就委託他彌補這個過失，所以，他請求伯爵夫人原諒他的唐突，讓他完成這趟使命，儘管他本人還需要別人的引薦。伯爵夫人一面向艾伯特嫵媚地笑著作為回答，一面把手伸給弗朗茲。艾伯特在她的邀請下，在前面的空位上就座，而弗朗茲則在伯爵夫人後面的第二排入座。

艾伯特找到了一個絕妙的話題，就是巴黎。他向伯爵夫人談到了他們都熟悉的地方。弗朗茲看到他已拿出看家本領，就隨他了，自己只是向他要來了巨大的雙筒望遠鏡，也開始在觀眾席上掃視。在他們對面第三排的一個包廂裡，有一個貌美絕倫的女子獨自坐在前座。她穿著一套希臘服裝，顯得悠然自得，看得出這是她平時穿著的便服。在她身後，有個人影坐在暗處，無法看清他的面容。弗朗茲打斷了艾伯特和伯爵夫人的談話，問夫人是否認識那位美麗的阿爾巴尼亞女子[85]，說她不僅該得到男士們的青睞，也值得女士們注意。

「不認識，」她說，「就我所知，她這個季初就在羅馬了。因為在戲劇節開場那天，我就

85 Albanian，阿爾巴尼亞境內多希臘族人。

看見她坐在現在的位子上，一個月來，她每場必到，有時由一名男子陪著——此刻他正與她在一起——有時後面只是跟著一個黑奴。」

「您覺得她如何，伯爵夫人？」

「絕代佳人。聖母大概很像她。」

弗朗茲和伯爵夫人彼此笑了笑。她又重新與艾伯特交談下去，弗朗茲則繼續用望遠鏡看他的阿爾巴尼亞美女。帷幕升起，芭蕾舞出場。這是義大利最優秀的芭蕾舞之一，由著名的亨利搬上舞臺，他作為編舞者，在義大利享有盛名。在這場芭蕾中，所有的演員，上至主角下至最次的配角都積極配合，以致一百五十多人舉手投足動作一致而且整齊。這場芭蕾舞名叫《波利斯卡》。弗朗茲則完全被希臘美女吸引了，因此無論芭蕾舞如何精彩，他也無心顧及。而她顯然對這場舞有著濃厚的興趣，與陪伴她的男子漫不經心的態度形成鮮明的對比。男子在這場舞蹈傑作演出時，沒動過一次身子。無論樂池裡的喇叭聲、鐃鈸聲和中國小鈴笠聲如何喧鬧，他似乎仍在平靜、香甜地打瞌睡，享受天賜的閒情和恬適。芭蕾舞結束了，在如癡如醉的觀眾瘋狂的掌聲中，帷幕徐徐落下。

義大利歌劇院有個傳統，在兩場之間穿插一段芭蕾舞，這樣，在幕間舞台上空場的時間就很短，而當舞蹈表演者在抬腿、轉圈之際，歌劇演員就可以休息和換裝了。

第二場的序曲開始了。琴弓才拉幾下，弗朗茲就看見小寐者緩緩地抬起身子，傾向希臘美女，女子回過頭來與他說了幾句話，雙肘又靠到包廂前沿的欄杆上了。交談者的臉龐一直在暗處，弗朗茲一點也看不清他的容貌。帷幕拉起，弗朗茲不可抗拒地被演員們吸引住了，他的眼睛一時離開了希臘美女，轉向舞臺。

讀者都知道，第二場是由「睡夢」的二重唱作為引子的。巴里西娜睡著了，在睡夢中向阿佐洩露了對烏哥的愛慕之心。受騙的丈夫妒火中燒、怒不可遏，他確信他的妻子對他不忠，把她叫醒，並向她宣稱他要報復。這一段二重唱是唐尼采蒂[86]筆下眾多的傑作中最震撼心靈、最富於表現力，也是最優美的一段。

弗朗茲雖聽第三次了，但這一段，如泣如訴地表達著丈夫與妻子間不同的哀傷與熾熱，讓他的靈魂受到震撼，這感動與第一次無異。有別於他平實的從容鎮定，他站起來正要與大廳的其他觀眾一起鼓掌喝彩，但是，就在他要鼓掌的瞬間，突然，他的雙手沒法合上，喝彩聲剛剛想從嘴裡衝出去，就是叫不出聲。

那個包廂裡的男子站起來，他的臉暴露在燈光下了。弗朗茲認出他就是基督山上那個神祕的居民。就在昨天晚上，在競技場的遺蹟裡，也認出了他的形體和聲音。再也沒有疑慮，那位奇特的旅遊者就住在羅馬。那個人的出現，引起弗朗茲的混亂也許明顯地表現在他的臉上，因為伯爵夫人注視著他，笑出聲，並問他是怎麼回事。

「伯爵夫人，」弗朗茲答道，「剛才我問您是否認識那位阿爾巴尼亞女子。現在，我還要問您，是否認識她的丈夫？」

「不，」伯爵夫人回答，「我對他的認識不比您多。」

86 Donizetti（一七九七—一八四八），十九世紀義大利多產的歌劇作曲家，在歌劇發展上起過重大作用。

「您從來沒有注意過他？」

「這可是一個法國式的問題！您不是不知道，對我們義大利女人來說，世上除了我們所愛的男人之外，其他的男人都是不存在的！」

「這是事實。」弗朗茲回答。

「不管怎麼說，」她邊把艾伯特的望遠鏡罩在眼睛上移向那個包廂邊說，「他大概是某個剛從地底下掘出來的人，某個得到掘墓人允許從墳墓裡鑽出來的死人。因為，我覺得他的臉白得全無人色。」

「他一向如此。」弗朗茲說。

「那麼您認識他了？」伯爵夫人問，「這麼說，該由我來問您他是誰了。」

「我想我曾經見過他，而我覺得他應該認得我。」

「這我能理解，」她聳了聳美麗的雙肩，彷彿她的全身上下打了一個寒顫似的說。「不論誰只要見過這個人一面，就再也忘不了他了。」

所以說，弗朗茲的印象並非個人主觀，因為另一個人也有同樣的感覺。

「那麼！」當伯爵夫人第二次把望遠鏡對準他時，弗朗茲向伯爵夫人詢問，「您認為這個人怎麼樣？」

「我覺得他活像個有血有肉的魯思文勛爵。」

這個新被提起拜倫筆下的人物為弗朗茲的臉上帶來笑容。不過，若真有人能使他聯想到夜裡從墳墓裡出來的吸血鬼，就是在他面前神祕出現的那個人了。

「我絕對要弄清此人是誰。」弗朗茲站起來說。

「啊，不！」伯爵夫人說，「不，別離開我，我打算請您送我回家，我不能允許您離開。」

「怎麼！」弗朗茲向她傾身耳語，「您當真害怕？」

「聽著，」她對他說，「拜倫向我發誓他相信魔鬼。他對我說他親眼見過，並向我描繪了他們的模樣。啊！與他一模一樣——黑頭髮，一對大眼睛裡閃爍著古怪的光還面無血色。還有，請注意，他不是與普通的女人在一起，而是和一個外國女子……一個希臘女子，一個分裂派教徒……她大概與他一樣是個巫師……我求求您了，別走吧。明天，您如果樂意，盡可以去找他，不過今天，我對您說，我得留住您。」

弗朗茲仍不讓步，有許多理由讓他無法等到隔天。

「聽著，」她站起來說，「我要離開了。我不能等到散場，我家裡有一大堆客人。您不至於如此無情，會拒絕陪送我吧。」

弗朗茲無話可說了，他所能做的只是拿起帽子，打開門，向伯爵夫人伸出手臂。很明顯的，伯爵夫人真的十分緊張不安，而弗朗茲本人也不能免除內心對迷信的恐懼。如果說伯爵夫人只是出自本能的感受，那麼對他來說，一連串的往事更使他有理由覺得害怕了。他感覺到她上車時在發抖。當他把她送回到家中時，屋裡空無一人，沒有人在等她，於是他責備了她幾句。

「說真的，」她對他說，「我不大舒服，需要出來一個人待著，可是剛才看見的那個人，使我嚇得魂不附體。」

弗朗茲勉強地笑了笑。

「別笑吧，」她對他說，「再說從您的表情也明顯表示您不想笑。答應我一件事情如何？」

「什麼事？」

「一定要答應我。」

「您說什麼我都答應，只是要我不去弄明白此人是誰我辦不到。我想知道他是誰，從哪兒來，到哪兒去，我有我的動機，只是不能對您說罷了。」

「他從哪兒來，我不清楚，可是，他要到哪裡去，我可以告訴您。他肯定走向地獄。」

「還是說說您要我答應什麼事吧，伯爵夫人。」弗朗茲說。

「那好！就是直接回到旅館，今晚別再想設法去見那個人。因為我們剛剛離開的人與我們即將會面的人之間是有某種聯繫的。

「請別在此人與我之間充當連絡人吧。明天，只要您願意，您就去見他，不過，若您不想嚇死我的話，就永遠別把他介紹給我。就這樣，晚安。好好睡一覺吧。至於我，我知道我是睡不著的。」

說完，伯爵夫人離開弗朗茲，讓他無法確定她究竟是在拿他開玩笑，還是如她表現的那樣，真的感到害怕。弗朗茲回到旅館後，看見艾伯特穿著便袍、睡褲，舒舒服服躺在扶手椅上，抽著雪茄。

「哦！是您！」他對弗朗茲說，「我原以為您要明天才回來。」

「親愛的艾伯特，」弗朗茲回應，「我有幸能找到機會向您確認最後一次。您對義大利女人的想法是絕對錯誤的。我一直以為您在愛情上的失算早使您消除成見呢。」

「我真心覺得，這些女人簡直莫名其妙！她們向您伸出手，緊握您的手，向您說悄悄話，讓您送她們回家；若是巴黎女人，只要做了她們的四分之一，就聲名掃地了。」

「是啊！一點也不錯，這是因為她們沒什麼可隱瞞的。因為她們生活在晴天麗日之下[87]。因為如同但丁所說的，在她們那個到處說『如果[88]』的美麗的國家裡，女人們無拘無束，很少有客套。況且，您也看見了，伯爵夫人確實受驚嚇了。」

「怕什麼？怕那位坐在我們對面，帶著一個漂亮希臘女子的尊貴先生？當他們走出去時，我真想看個究竟。於是，我等在走廊裡與他倆交臂而過。

「見鬼！我真不知道您怎麼會產生陰間地獄等等想法的！他是一位相當俊美的先生，穿著高貴，衣服似乎都是在法國的布蘭和霍曼服裝店做的。沒錯，他是稍微蒼白了些，可是您知道，蒼白可是高貴的標誌啊。」

弗朗茲笑了，艾伯特對自己顯得蒼白的臉色總是沾沾自喜的。

「所以說，」弗朗茲對他說，「我相信伯爵夫人對這個人的想法並沒有普遍意義。他在您旁邊說過什麼話嗎？您聽見其中幾句話了嗎？」

87 義大利靠地中海，多日光。
88 指義大利人說話委婉、客氣。

「他有說話，但說的是現代希臘語。在他說的幾句走了樣的希臘語裡夾著幾句方言，我聽出來了。應該告訴您，親愛的朋友，在大學裡，我的希臘語學得很不錯。」

「這麼說來，他說的是現代希臘語了？」

「有可能。」

「毫無疑問了，」弗朗茲喃喃說，「就是他。」

「您說什麼？」

「沒什麼。您剛才在這裡做什麼？」

「我想讓您有個驚喜。」

「您在說什麼？」

「您知道我們不可能弄到一輛大馬車的，是嗎？」

「當然！雖然我們已盡了一切努力，但毫無用處。」

「是的！但我有一個絕妙的主意。」

弗朗茲凝視著艾伯特，似乎對他的想像力不抱多大希望。

「我告訴您吧，弗朗茲先生，」艾伯特大聲說，「承蒙您看重，用這種眼神看著我，我大概要請您表示歉意了。」

「如果您的想法如您所說的那麼巧妙，我會道歉的。」

「請聽我說吧。」

「我在聽。」

「我們沒有辦法弄到一輛車是嗎？」

「沒有辦法。」

「也弄不到馬？」

「弄不到。」

「但是否可以找到一輛牛車？」

「也許。」

「找到一對牛？」

「有可能。」

「那就好，我的好同伴！我們就這麼做吧。我叫人把牛車裝飾一番，而我們穿上那不勒斯農夫的衣服，這樣我們就活生生成為萊奧帕爾·羅貝爾不朽油畫裡的人物了。

「還有一點可以更增添效果，若伯爵夫人願意穿上波佐利[89]或是索倫托[90]女人的服裝，我們的組合更能以假亂真了，她相當漂亮，可以成為司育女神的原型啊。」

「太好了！」弗朗茲大聲說，「這一次您倒是說對了，艾伯特先生，這個想法真是難能可貴。」

「而且還相當民族化。」艾伯特得意地說，「只不過是向我們的慶典借來的化妝舞會，哈，哈，我說羅馬人們！您們以為沒有馬車和馬，我們這些難過的遊客就會像乞丐那樣邁開

89 Puzzoli，義大利的一個小港口。

90 Sorrento，義大利的風景城市。

步伐在您們的大街小巷裡亂竄嗎？您們真不了解我們，如果我們不能得得到需要之物，我們就造出來啊。」

「您把這個成功的想法告訴誰了嗎？」

「告訴我們的旅館老闆了。我回到旅館時，請他上樓，把我的想法告訴他。他讓我放心，說這事容易極了。我本想叫人在牛角上鍍金，可是他對我說，這樣做需要花三天時間，我們大可免去這多餘的裝飾。」

「他現在在哪兒？」

「誰？」

「我們的旅館老闆。」

「去安排了。若等到明天，可能就來不及了。」

「那麼他在今晚就要給我們一個回音了？」

「我正在等他。」

這時，門開了，帕斯特理尼老闆探進頭來。「Permesso？[91]」他問。

「當然可以！」弗朗茲大聲說。

「怎麼樣？」艾伯特問，「您找到我們所需要的牛車和牛了嗎？」

「不止於此。」他帶著神氣地回答。

91 義大利文，可以嗎？

「啊！親愛的旅館老闆，請注意，」艾伯特說，「好了還想更好，事情反而會適得其反。」

「兩位閣下凡事包在我身上。」帕斯特理尼老闆充滿把握地說。

「那麼事情究竟怎麼樣了？」這時弗朗茲發問了。

「您知道，」旅館老闆說，「基督山伯爵與您們住在同一層吧？」

「我想我們應該知道，」艾伯特說，「就因為他的緣故，我們才像巴黎街道上的兩個窮大學生一樣住在這個小套房裡。」

「那麼，當他知道您們遇到了麻煩，就特地在他的馬車上為您們安排了兩個座位，並且在羅斯波利宮為您們留下了兩個靠窗的位子。」

艾伯特和弗朗茲面面相覷。

「不過，」艾伯特問，「我們應該接受一位陌生人——一個我們不認識的人的邀請嗎？」

「基督山伯爵是個什麼樣的人？」弗朗茲向旅館主人發問。

「一個西西里或是馬爾他的大財主，我說不準，不過他向博蓋塞家族[92]一樣高貴，其富有程度可比大金礦。」

「我覺得，」弗朗茲對艾伯特說，「如果這個人果真如我們的旅館主人說的那樣，他就該以另一種方式發出邀請，或是寫信給我們，或是……」

這時，有人敲門。

---

92 Borghese，義大利貴族世家，其成員于十六至十九世紀在義大利社會、政治方面起過顯要作用。

「請進。」弗朗茲說。

一名僕人穿著華美雅緻的制服出現在房門口。

「基督山伯爵向弗朗茲．德．埃皮奈先生和艾伯特．德．馬瑟夫子爵先生致意。」他說。說完，他就向旅館老闆遞上兩張名片，老闆又轉交給兩位年輕人。

「基督山伯爵，」僕人繼續說，「想請兩位先生允許他于明天上午以鄰居的身分登門拜訪。請問，他有幸請教兩位先生何時能接見他嗎？」

「算了，」艾伯特對弗朗茲說，「沒一丁點不當可挑剔了，一切都無懈可擊。」

「請回稟伯爵，」弗朗茲答覆，「我們能拜訪他將不勝榮幸。」

僕人退了出去。

「這就叫競相比客氣，」艾伯特說，「行啦，您確實說得對，帕斯特理尼老闆。您那位基督山伯爵真是個非常得體之人。」

「那麼您接受他的邀請了？」旅館主人問。

「當然啦，」艾伯特答道，「不過，我得承認，我有點捨不得我們的牛車和農夫裝呢。要不是有羅斯波利宮的觀察來彌補我們的損失，我想，我可能不會改變初衷的。您的意見呢，弗朗茲？」

「我也同意，讓我下決定的也是羅斯波利宮的觀景窗。」弗朗茲答。

事實上，為他們安排座位在羅斯波利宮靠窗的位置一事，使弗朗茲想起了他在競技場遺蹟裡聽到，陌生人和特朗斯泰凡爾人之間的那場對話。在那次談話裡，穿披風的人保證能得到罪犯的緩刑令。不過，如果一切都像弗朗茲想的那樣，就是，穿披風的人與在阿根廷劇院出現讓他十分在意的那一位是同一個人的話，他一眼就能把他認出來。屆時，就什麼也阻止不了他去滿足對那個人的好奇心了。

弗朗茲夜間遲遲沒有入睡，苦苦思索那個人的兩次露面，並希望次日早早到來。第二天，一切都將真相大白，除非，他的鄰居與即將成為的朋友，基督山伯爵戴上吉熱斯的戒指[93]，並靠這只戒指使他具有隱身的本領，否則，他這次是逃脫不了的。八點，弗朗茲已起身著裝完畢，而艾伯特沒有早起的理由，所以他還在熟睡呢。弗朗茲讓人去叫旅館老闆，老闆像往常那樣卑躬屈膝地走來。

「帕斯特理尼老闆，」他對他說，「今天是否要處決一個人呢？」

「是的，閣下，不過，要是您問我這事是為了要一個觀景窗的話，您可就太晚了。」

「不是的，」弗朗茲接著說，「如果我非要觀看行刑場面的話，我想，我在賓西奧山上會找到位子的。」

「哦！我想閣下是不會與下等人同流合汙的，那地方多少有點像天然劇場啊。」

「我有可能不去了，」弗朗茲說，「不過我想了解一些情況。」

「什麼情況？」

「我想知道犯人的人數，他們的名字和受什麼刑罰。」

93 Gyges，根據神話，吉熱斯是呂底亞的一個牧童，有一只魔戒，可以隱身。

「說得正是時候，閣下！剛剛有人給我帶來了 tavolette[94]？」

「tavolette 是什麼？」

「tavolette 就是在處決的前一天晚上掛在街頭轉角的小木牌子。在上面貼有罪犯的名字以及他們定罪的緣由和服刑的方式。這個布告的目的是籲請信徒祈求上帝讓罪人真誠地懺悔。」

「他們把這些 tavolette 帶來給您是為了讓您與信徒們一起祈禱嗎？」弗朗茲疑惑地問。

「不是的，閣下，我與張掛的人說定了，他給我送來這東西就如送節目單一樣。如果我的幾位旅客想觀看行刑，他們就會及早知道了。」

「啊！服務真周到！」弗朗茲大聲說。

「哈！」帕斯特理尼老闆微笑著說，「我不是自我吹噓，我會盡一切所能以滿足尊貴的外國客人需要，對他們給我的信任，我感到無上榮幸。」

「這點我看出來了，老闆！我會向任何有心聽的人如實轉達的，請您相信我。在此之前，我倒想看一看這些 tavolette。」

「這還不簡單，」旅館主人打開門說，「我在走廊上放了一塊。」

他走出去，取下 tavolette，交給弗朗茲。

以下便是這恐怖的告示牌忠實的譯文：

94 義大利文，小木板。

公告：茲奉宗教審判庭令，定於二月二十二日星期二，即狂歡節之首日，在波波洛廣場對兩名罪人處以極刑。一名為安德烈亞·龍多洛，另一名為佩皮諾，外號羅卡·普廖裡。前者犯謀殺罪，謀害聖約翰·拉特朗教堂議事司鐸，德高望重的唐·凱薩·托爾利尼；後者招供為十惡不赦之大盜路易吉·萬帕及其黨羽之同謀。

第一名處以錘刑。

第二名處以斬刑。

凡我信徒務請為此二不幸之罪人祈禱，祈求上帝使彼等誠心誠意服罪為盼。

內容與弗朗茲那晚在競技場遺蹟裡聽到的完全一樣。公告上寫的沒有一處不同——罪犯姓名，判罪緣由以及執刑方式全都一致。這麼說來，特朗斯泰凡爾人十之八、九就是大盜路易吉·萬帕，而穿披風的人則是水手辛巴達了。他不論在羅馬還是在波托韋基奧和突尼斯，一直在從事他的慈善事業。

時光流逝，弗朗茲必須喚醒艾伯特，當他要走往房間時，突然看見子爵已穿戴整齊地從臥室走出來，使他大吃一驚。艾伯特的腦子裡老惦記著狂歡節，因此比他朋友預料的要早起一些。

「現在，親愛的帕斯特理尼先生，」弗朗茲對旅館老闆說，「我倆都準備妥了，您認為我們可以去拜訪基督山伯爵了嗎？」

「啊，當然！」他答道，「基督山伯爵有早起習慣，我相信他已起身兩個多小時了。」

「您覺得我們現在登門拜訪不算冒昧吧？」

「不會。」

「這樣，艾伯特，如果您準備好了……」

「一切準備就緒，」艾伯特說。

「那我們就去感謝我們鄰居的盛情吧。」

「是的，那我們走吧！」

旅館主人領著他倆穿過隔開他們與伯爵房間的樓梯平臺，拉了鈴，一個僕人走上前來開門。

「I Signori Francesi[95]。」旅館老闆說。

僕人欠了欠身，示意他們進去。他們穿過兩個房間，室內陳設之考究讓他倆覺得不像是置身於帕斯特理尼老闆的旅館。最後，他們來到一個客廳，裡面布置得典雅高貴、盡善盡美。地板上鋪著土耳其地毯，異常舒適的沙發椅上堆著蓬鬆的坐墊，靠背都向後傾斜著。牆壁上掛著大師們精美的油畫，油畫之間還掛有富麗堂皇的武器裝飾，每扇門前都懸掛著大幅絨繡掛毯。

「若兩位閣下願意坐下，」僕人說，「我這就去通報伯爵。」說著，他就從其中的一扇門走了出去。

95　義大利文，弗朗茲閣下。

在這扇門開啟的霎那間，兩位朋友聽到 **guzla**[96] 的琴聲，但立即消失了，因為門開了又迅速關上了。因此可以這樣說，優美的樂聲只是像一陣風似的吹到客廳裡來的。弗朗茲和艾伯特交換了一個眼色，又把視線轉移到傢俱、油畫和武器上了。當他們再看一遍時，覺得所有的物件似乎比初次看時更為華貴了。

「我說！」弗朗茲向他的朋友提問，「您作何感想？」

「我打從心裡覺得，親愛的同伴，我說我們的鄰居不是在西班牙債券上做空頭的經紀人，就是隱姓埋名周遊列國的親王。」

「噓，噓！」弗朗茲對他說，「馬上就見分曉了，他來了。」

果然，來訪者聽見一扇門的轉動聲，幾乎在同時，掛毯掀起，為擁有這些財富的主人讓開了路。艾伯特迎上前去，但是弗朗茲像釘在原地般的一動也不動。

剛剛走進來的這個人，正是在競技場穿披風的人，也是包廂裡的陌生人，也就是基督山島上神祕的主人。

96 義大利文，南斯拉夫達爾馬提亞人使用的一種單弦小提琴。

第三十五章 鍾刑

「先生們，」基督山伯爵邊走邊說，「十分抱歉讓您們久等了，只是，若我過早拜訪您們，我怕不怎麼合適。再說，您們傳話給我，表示您們要來，於是我就恭敬不如從命了。」

「弗朗茲和我，我們對您萬分感激，伯爵，」艾伯特說，「您真的讓我們擺脫了困境。在您盛情邀請我們的時候，我倆正在異想天開地發明新的交通工具。」

「真是如此！」伯爵示意兩位年輕人在沙發上就座，接著說，「先生們，我未能及早為兩位解決麻煩，那真是帕斯特理尼那個傻瓜的過失。他隻字未向我提起您們有為難之處。他明知道我獨自一人，就如我現在這樣，只想尋找機會來結識我的鄰居。自從我得知我能對您們有所幫助之後，我是多麼急於抓住這個機會來向您們致意呢。」

兩個年輕人欠了欠身子。弗朗茲尚未找到一句話來應答，因為他尚未下定決心。從種種跡象看來，伯爵絲毫沒有想認出他、或是想被他認出的意思。因此，他不知道是否該用某句話來影射往事，或是留到以後有了新的證據再跟他說。此外，他雖能肯定昨晚在包廂裡的男子就是他，但是，他不能確定兩天前晚上在競技場的人是否就是他。所以，他決定讓事態聽其自然發展，不向伯爵直接點明。何況，他比伯爵占有優勢，他掌握了祕密，而相反，伯爵對弗朗茲沒有任何戒心，他無須隱藏什麼。只是，他還是拿定主意把談話引向某個方面，以便慢慢澄清某些疑點。

「伯爵，」他對他說，「您在您的車上為我們安排了座位，又在羅斯波利宮窗口為我們準備了位子。現在，您能不能告訴我們，我們如何能在波波洛廣場上弄到一個便於觀看的地方？」

「哦！是的，一點也不錯，」伯爵正全神貫注地看著馬瑟夫，心不在焉地說，「在波波洛廣場不是要處死什麼人嗎？」

「是的。」弗朗茲答道，他發現伯爵竟主動談到他原想引他說的那個話題了。

「請等等，等等，我想昨天已吩咐我的管家去辦這件事了。也許我能幫您們一個小小的忙。」他向一根鈴繩伸出手去，一連拉了三下。

「您曾考慮過如何節省時間和減少僕人來去的辦法嗎？我可作過一番研究——當我拉一次鈴，就是叫我的貼身侍僕；拉兩次，叫旅館老闆；拉三次，叫我的管家。這樣，我不會浪費一分鐘、多說一句話。我們需要的人來了。」

此時，他們看見一個四十五到五十歲模樣的人走進來，弗朗茲覺得此人與把他帶到山洞裡去的那個走私販長得一模一樣，但是，管家彷彿全然沒有認出他。他想伯爵已經對那個人事先交代過了。

「貝爾圖喬先生，」伯爵說，「您是否依照我昨天的吩咐，在波波洛廣場為我租到一個觀景窗呢？」

「是的，大人，」管家答道，「可是太遲了。」

「什麼！」伯爵皺著眉頭說，「我不是告訴過您我想有一個嗎？」

「大人，我還是弄到了一個，本來是租給洛巴尼埃夫親王的，不過，我不得不付出一百……」

「那就好，那就好，貝爾圖喬先生，請別對這些先生說這些雞毛蒜皮的小事了。您租到一個觀景窗，這就夠了。請把那幢房子的地址告訴車伕，並請在樓梯上候著，送我們去。夠了，下去吧。」

管家鞠躬致意，邁步正要退出去。

「哦！」伯爵又說，「請問問帕斯特理尼，他是否收到 tavolette，能否給我送一份處決告示來。」

「沒有必要了，」弗朗茲從他的口袋裡掏出記事本接著說，「我親眼看過這些小木牌，並抄下來了，您看。」

「那可以了，這麼說，貝爾圖喬先生，您可以走了，我不再需要您了。早餐準備好了之後，請來告訴我們一聲。兩位先生，」他轉向這兩位朋友繼續說，「願意賞光與我一起用餐嗎？」

「可是，說真的，伯爵先生，」艾伯特說，「這有些過分打擾了。」

「不，恰恰相反，您們使我非常高興。總有一天在巴黎您們可以回請我的，不論哪一位，或許兩位都邀請我吧。貝爾圖喬先生，您安排放上三副刀叉。」

他從弗朗茲手中接過記事本。

「就來念念吧，」他用念張貼廣告那樣的語調往下說：「今天是二月二十二日，兩名罪犯將被處以極刑。一名為安德烈亞．龍多洛，另一名為佩皮諾，外號羅卡．普廖裡。前者犯謀殺罪，謀害聖約翰．拉特朗教堂議事司鐸，德高望重的唐．凱薩．托爾利尼；後者招供為十惡不赦之大盜路易吉．萬帕及其黨羽之同謀……』哦！『第一名處以錘刑。第二名處以斬刑。』是呀，確實。」伯爵又說，「原先事情是這樣安排的，不過，我想自昨天開始，行刑的順序和過程發生了一些變化。」

「喔！」弗朗茲輕呼。

「是的，昨晚我在羅斯皮裡奧西紅衣主教府邸，他提到過一件事，似乎要對兩個犯人中的一個判緩期執行處決。」

「是安德烈亞．龍多洛嗎？」弗朗茲問。

「不……」伯爵漫不經心地接著說，「是給另一個……（他向記事本瞥了一眼，似乎想不起那個名字了），是佩皮諾，那個又叫羅卡．普廖裡的人。這樣，您雖觀賞不到斬刑，但仍有錘刑可看。

「如果是初次見識，即便是第二次吧，這種刑罰也是十分有趣的。至於另一種極刑，想必您也熟悉了，顯然過於簡單，過於乾脆，沒什麼刺激可言。

「斷頭臺不會出差錯，不會抖動，不會空斬一刀，也不會像割下德．夏萊伯爵[97]頭顱的

97 The Count of Chalais，應是德．夏萊侯爵（一五九九—一六二六），路易十三的寵臣，被控告密謀反對黎塞留，被處斬刑。

那個士兵那樣砍上三十下的。

「好像是黎塞留[98]把這個受刑者推薦給那個士兵的。啊！聽著，」伯爵用輕蔑的口吻補充，「說到用刑，別談歐洲人了，他們什麼也不懂。論殘酷，他們還處在啟蒙階段，或者更確切地說，已經過了遲暮之年了。」

「說真的，伯爵先生，」弗朗茲說，「可以想見，您對世界上不同民族的刑典已作過一番比較和考證了。」

「至少，沒有幾樣刑罰我沒見過的。」伯爵冷冰冰地接著說。

「那麼您觀看這些恐怖的場面時有得到樂趣嗎？」

「我最初的感覺是厭惡，接下去是無動於衷，再後來則是好奇了。」

「好奇！這個字眼太可怕了。」

「為什麼？在生活中幾乎只有一件事需要認真對待，那就是死亡。靈魂以什麼方式離開軀體？依照不同的性格、氣質，甚至民族的習俗，人們又是如何忍受從生到死這崇高的過渡？研究這些不是很有趣嗎？

「至於我，我有一件事可以向您保證，那就是看執行死刑的場面越多，自己死時就越輕鬆。依我所見，死亡也許是一種刑罰，但不等於贖罪。」

「我不太明白您的意思，」弗朗茲說，「請加以解釋。因為您對我說的這些話引起了我極

98 Richelieu（一五八五—一六四二），路易十三的宰相。

大的好奇心。」

「請聽我說。」伯爵說，他的臉顯露出刻骨的仇恨，要是換上別人，臉就會漲得通紅。「若一個人用前所未聞的酷刑讓您的父親、母親、情人在痛苦中死去。在您失去他們後，就會在心中留下一個永恆的空白、一塊永遠淌血的創傷。

「結果呢，僅是讓斷頭台的刀在枕鐵和兇手的斜方肌之間過了一下，讓使您受盡多年精神折磨的人只忍受了幾秒的肉體痛苦。您認為社會就給您足夠的補償嗎？」

「是的，這我知道，」弗朗茲接著說，「人類的法庭不能給人多少安慰，它只能以血還血，如此而已。但是，我們也只能實事求是地要求它，不能過分啊。」

「我再給您舉一個具體的例子，」伯爵又說，「某人作為社會基礎的一分子被人殺了，社會受到傷害，以處死來報復，這可以理解。

「可是，還有的人，他的身心備受摧殘，心都被撕裂了，而社會根本不聞不問，連我們剛才說到的一些遠遠不夠的報復手段都不提供給他，有沒有這樣的情況呢？

「還有的人罪大惡極，連土耳其的尖樁、波斯人的凹槽、印第安人的火烙都顯得用刑太輕，而麻木不仁的社會卻放任而不加懲處，難道沒有這樣的情況嗎？回答我吧，難道沒有這樣的罪惡嗎？」

「有的，」弗朗茲接著說，「為了懲罰它們，社會才允許決鬥。」

「是啊！決鬥。」伯爵大聲說，「如果目的是報復的話，憑良心說，要達到這個目的，這種做法近乎於開玩笑了！

「某人奪走了您的情人，勾引了您的妻子，玷汙了您的女兒。本來，上帝創造生命是為了使人人都能得到一分幸福的，您完全有權利等待上帝的恩賜。

「可是，某人卻讓您一輩子受夠了痛苦、貧窮和恥辱，那麼您以為只要在那個使您思想錯亂、內心絕望之人的胸膛刺上一劍或者往他的腦袋射一顆子彈，就算報仇雪恥了嗎？

「算了吧！況且那些人往往還是決鬥的勝利者，在世人眼中赦免了他所犯的罪。

「不，不，」伯爵繼續說，「若我要報復，我不會用這種方式。」

「這麼說來，您不贊成決鬥？而且您也不會決鬥了？」艾伯特插嘴問，他聽到這一番奇特的理論感到驚訝。

「哦，我也會決鬥！」伯爵說，「請理解我的意思——我可以為一件瑣事，為一次羞辱，為了別人說我不誠實或是為一記耳光而決鬥。

「由於我經常鍛煉，所以靈巧而敏捷，又由於飽經災難，所以能臨危不懼。這些使我決鬥時可以更加從容不迫，並且幾乎肯定能殺死對手。是的，我也會決鬥！我決鬥僅僅為了這些事情。

「可是，對經歷緩慢、深沉、無限且無休止的痛苦，如有可能，我就要對造成我這種痛苦的人還以同樣的痛苦——以眼還眼，以牙還牙，就如同東方人所說的。

「他們是我們各方面的老師，是上帝的選民，他們懂得如何創造夢中的生活和現實中的天堂。」

「不過，」弗朗茲對伯爵說，「根據這種理論，您作為原告，又充當法官和劊子手的角色。如要把握分寸，使自己永遠免受法律的懲處並非易事。仇恨是盲目的，憤怒使人喪失理性，傾泄仇恨、報復圖快的人也同樣冒險，有可能嘗到苦果。」

「沒錯，假如他貧窮而又愚蠢是會這樣的；假如他是百萬富翁又聰明，那就是另一回事了。」

「再說，從最壞處想，他也只是承受我們剛才說到的刑罰，也就是博愛的法國大革命用來取代磔刑和車輪刑的那種刑罰[99]。」

「想想吧，假使他報了仇，這點刑罰又算得了什麼？照他們說的，可憐的佩皮諾很可能不會上斷頭臺了，說真的，我還真有點惋惜，否則，您將會看見這種刑罰的過程有多短促，是否值得我們來議論一番。」

「不過，說真的，先生們，狂歡節這一天，談論這個主題未免不合時宜。怎麼會談起來的呢？」

「啊！我想起來了！您剛才要我在窗邊留一個位子，好的！就這樣，我給您們留著。不過，我們還是先去吃飯吧，因為僕人已經來告訴我們可以進餐了。」

果然，一名僕人打開客廳四扇門中的一扇，莊嚴地高聲宣布：「請入席！」

兩位年輕人站起來，走進餐廳。早餐極為豐盛，而且極為講究，侍候周到仔細。用餐時，弗朗茲不時看向艾伯特，以觀察他對主人的一番話是否會產生某種想法。可是，或許是他一

99 指法國資產階級大革命期間廣泛採用的斷頭臺。

向漫不經心，對這場談話根本就沒在意。或許是基督山伯爵在談到決鬥時作了讓步，多少使他心平氣和了一點。或許那些往事只有弗朗茲一人知道，所以伯爵的理論只對他一人加倍產生了影響。

總之，他沒有發現他的同伴有任何異樣的反應。相反的，他就像是被迫吃了四、五個月世界上最糟糕的伙食之一——義大利菜之後，正在大快朵頤。而伯爵呢，他只是在每樣菜上稍稍動了一下，彷彿他與賓客同上餐桌僅出於禮儀的需要，要等他們走了之後才會再認真吃幾樣奇特而別致的菜肴似的。

弗朗茲不由自主地想起了伯爵在G伯爵夫人心中引起的惶恐情緒，並想起了在和她分手時他心中留下的那個執著的想法——伯爵，也就是那個他向她指出的坐在對面包廂裡的男人，是一個從墳墓裡出來的吸血鬼。

早餐結束時，弗朗茲拿出懷錶。

「先生！」伯爵向他問，「您要做什麼呢？」

「請您原諒我們，伯爵先生，」弗朗茲答道，「我們還有許多的事情要辦。」

「願聞其詳。」

「我們還沒有面具與服裝，這可是必要品。」

「別為這個操心。我想，我們在波波洛廣場有一個專用房間。您們告訴我愛穿什麼衣服，我會派人送去，您們可以在那裡換裝。」

「在行刑之後？」弗朗茲大聲問。

「在這之前、之後或期間，悉聽尊便。」

「面對斷頭臺？」

「斷頭臺是節日的一個內容。」

「伯爵先生，我想過了，」弗朗茲說，「對您的盛情我感激不盡，我能在您的馬車上，在羅斯波利宮的觀景窗能有一個座位已經心滿意足了。至於在波波洛廣場的那個靠窗的位子，您盡可另作安排。」

「這樣，我得預先告訴您，您這是失去一次機會，看不到一件非常新鮮的事情了。」

「您以後敘述給我們聽好了。」弗朗茲接著說，「我相信，事情出自您的口中，給我的印象將與我親眼看見的一樣真實。再說，我不止一次想親眼看一回行刑，只是一直下不了這個決心，您呢，艾伯特？」

「我，」子爵答道，「我看過處死卡斯坦。不過，我想那天我有點喝醉了，我放學後不知在哪家酒吧混了一夜，出來才看到的。」

「再說，不能因為您們在巴黎沒做過某件事情，在國外就不能去做了，這可不是一個理由。旅遊就是為了增長見識。換了一個地方，就必須什麼都看看。

「請想想吧，如果有人問您們：『在羅馬怎樣處死人的？』您們回答說：『不知道。』這有多難堪啊。

「還有，聽說那個罪犯是一個無恥之徒、一個古怪的人，他用一根柴棍打死了撫養他成人並把他當兒子看待的好心議事司鐸。太無恥了，殺一名教會職員也該用一件比柴棍像樣一點的武器，況且這名神職人員也許是我們的教父。

「您們在西班牙觀光，您們必然要去欣賞鬥牛是嗎？您們就設想要看到的是一場鬥牛吧。想著是在看古代競技場上的羅馬人，他們在格鬥中殺死三百頭獅子和百餘人。

「再想想那鼓掌喝彩的八萬名觀眾、那領著要出嫁的女兒去那裡的明智主婦吧。想想那些長著一雙玉手的迷人的護火貞女吧，她們用指頭優雅地點了一下，彷彿在說：去吧，別偷懶！結束了那個人吧，他只剩下一口氣了。」

「您要去嗎，艾伯特？」弗朗茲問。

「哦，是啊，親愛的同伴！剛才我的想法與您一樣，但伯爵的口才讓我改變了主意。」

「既然您願意，那麼就去吧。」弗朗茲說，「不過我想借道科索爾街去波波洛廣場。這有可能嗎，伯爵先生？」

「步行可以，坐車不行。」

「那好！就步行去。」

「您真有必要走科索爾街嗎？」

「是的，我在那條街上要看一件東西。」

「就這樣吧！就走科索爾街吧，我們可以讓馬車在波波洛廣場靠巴布伊諾街口那頭等我們。再說，我也不反對取道科索爾街去看看我下達的命令執行了沒有。」

「大人，」僕人打開門說，「一個穿著苦修士衣服的人請求與您說話。」

「啊！是的，」伯爵說，「我知道是什麼事。先生們，請您們先回客廳，在中間的茶几上有上好的哈瓦那雪茄，我待會兒就來找您們。」

兩位年輕人站起來，從一扇門走了出去，而伯爵向他們再次表示道歉之後，就從另一扇門出去了。艾伯特本來是個菸槍，自他來到義大利之後，抽不到巴黎咖啡館的雪茄覺得犧牲頗大，於是趕忙走近茶几，看見是貨真價實的蒲羅雪茄，高興得大喊一聲。

「我說，」弗朗茲問他，「您對基督山伯爵有什麼看法？」

「問我怎麼想？」艾伯特說，對他的夥伴向他提出這樣一個問題明顯地感到吃驚。「我想，他是一個挺有趣的人，家裡很有氣派。他看得多、懂得多、想得多，如同布魯圖一樣是個斯多噶主義者。」他鍾情地吐了一口煙，煙霧向房頂呈螺旋形嫋嫋上升，接著補充：「除此之外，他還有上等的雪茄。」

這就是艾伯特對伯爵的看法。由於弗朗茲深知艾伯特一向自誇他不經過深思熟慮是不會對人和事妄加評議的，所以他也不試圖改變他的看法了。

「不過，」他說，「您發現一件奇特的事情嗎？」

「什麼事？」

「他盯著您看時的神情。」

「盯著我看？」

「是的，是您。」

艾伯特想了想。

「哦！」他嘆了一口氣說，「這沒什麼可大驚小怪的。我不在巴黎已一年多了，身上穿的大概像陰曹地府裡的衣服。很可能伯爵把我看成是一個鄉下人了。別亂猜了，親愛的朋友，您再見到他時，我求求您告訴他一聲，我可不是鄉下人。」

弗朗茲笑了。過了一會兒，伯爵進來了。

「我來了，先生們。」他說，「一切都已為您們安排好了。馬車會去波波洛廣場，如果您們願意，我們自己從科索爾街走。請帶上幾支雪茄，德．馬瑟夫先生。」

「哦，非常樂意，」艾伯特說，「因為您們義大利雪茄比專賣局的菸更糟，等您來巴黎時，我將盡力回敬您。」

「我不會拒絕的。我打算過幾天就去。既然您首肯了，我會叩您府上的大門的。走吧，先生們，走吧，我們沒有時間浪費了。已經十二點半了，出發吧。」

一行人走下樓。這時，車伕按主人最後的吩咐，順著巴布伊諾街行駛，而步行者則走到西班牙廣場，又走過弗拉蒂納街，這條街直接通向對峙著的菲亞諾宮和羅斯波利宮。弗朗茲一直朝羅斯波利宮的所有窗戶張望。他沒忘記在競技場廢墟上穿披風的人和特朗斯泰凡爾人之間約定的信號。

「您的窗口在哪兒呢？」他儘量裝出若無其事的口吻問。

「最後的三扇。」他很自然地答道，毫無矯飾之情。因為，他不可能料到這個問題提出來是出於某種目的。

弗朗茲的視線迅速移向那三扇窗。兩邊的窗口掛著黃色錦緞，中間的那扇掛著白色錦緞，上面還有一個紅十字。穿披風的人信守了給特朗斯泰凡爾人許下的諾言，現在不會再有疑問了——穿披風的人就是伯爵本人。

那三扇觀景窗還是空著的。不過，人們已在廣場四周做著準備工作——有人安放椅子，有人架行刑臺，有人在窗口上掛旗幟。只有當鐘聲響起時，戴面具的人才能出現，馬車才能通行。然而，人們可以感覺到，所有的窗戶後面都有面具在隱隱約約地晃動，而所有的大門後面都有馬車在等候著。

弗朗茲、艾伯特和伯爵繼續順科索爾街的下坡路走。正當他們接近民眾廣場時，圍觀的人群越來越多，從圍觀者的頭上望去，可以看見兩件東西高高聳起——頂端豎著一隻十字架的方尖碑，它是廣場中心的象徵。以及在方尖碑前面的巴布伊諾街、科爾索街和裡佩塔街三岔路口上的斷頭臺。它的兩側各豎著一根莊嚴的立柱，柱子之間懸掛著閃閃發光的圓刃鍘刀。

在街的一角，伯爵的管家正在等著他的主人。那個窗口設在巴布伊諾街和平喬山之間的大宮殿的第三層上。伯爵肯定是花大錢租下的，只是他不願對兩位賓客說罷了。我們已經說過了，這間小更衣室通著臥室，只要關上相通的門，小間的主人就等於獨門獨戶了。僕人已經把華麗的白、藍緞面的服裝放在椅子上了。

「既然您們讓我挑選服裝，」伯爵對兩位朋友說，「我就派人準備了這幾件。首先，今年這種款式的服裝最流行，其次，小球[100]丟在這衣服上也無礙，因為麵粉黏不上去。」

弗朗茲對伯爵的話似聽非聽，也許他對他再次表現出的友誼沒能完全領情，因為，他的

100 Confetti，義大利狂歡節的習俗，人們互扔麵粉小球。

注意力全都被波波洛廣場上的場面，還有此時作為廣場主要裝飾品的恐怖的行刑器具吸引住了。弗朗茲是第一次見到斷頭機——我們稱作斷頭臺。因為羅馬的斷頭機與我們的死刑工具相仿，幾乎是在同一個模子上鑄造出來的。鍘刀呈月牙形，只是用凸面往下切割，懸吊得沒我們的那麼高，就只是這點差異。

有兩個人坐在一塊按倒犯人的起落板上，他們邊等邊吃，就弗朗茲所見，他們吃的是麵包和香腸。其中的一個人掀起木板，取出一瓶葡萄酒，喝了一口，把酒瓶遞給他的同伴。這兩個人是劊子手的助手。弗朗茲看到這個景象，感覺到汗珠從額頭冒出。

兩名犯人在前一天晚上就從諾沃監獄被帶到聖瑪麗—波波洛小教堂，每人有兩名教士作伴，被關在裝有鐵柵欄並點著蠟燭的停屍室裡過了一夜，外面有輪流換班的衛兵站崗。兩排步槍兵從教堂門前的兩邊一直排到斷頭臺，並在斷頭臺四周圍成一個圓圈，中間空著約十呎寬的通道，在鍘刀周圍，則空出周長百來步的空地。

廣場上其他地方人頭攢動，擠滿了男男女女。許多婦女讓她們的孩子騎在肩上。這些孩子高出人群半身，位置是非常優越的。平喬山好似一座巨大的看臺，一層一層地擠滿了觀眾。巴布伊諾街和裡佩塔街轉角處的兩座教堂的陽臺上塞滿了幸運可以看熱鬧的人。立柱廊式院子裡的一個個梯級彷彿變成了一層層色彩斑斕的波浪，像潮水不停地往上漲，每次都把這波浪推向大門。大教堂牆壁的凹處，深可容一人藏身，因而每一個凹處都有一個有生命的雕像站立著。

伯爵說的是實話——在人生中最有趣的一件事，就是觀賞執行死刑的場面。

這種場面就其莊嚴的性質而言，似乎應該呈現出一片肅穆的氣氛才對，然而，人群卻喧鬧異常，笑聲、噓聲、快樂的尖叫聲響徹雲霄。

伯爵又說對了，對老百姓來說，顯然，極刑只是狂歡節的序幕罷了。

突然，喧囂聲神奇地驟然停止，因為教堂的大門打開了。出現了一小群苦修士，他們每個人都套著一件灰色長袍，袍子上僅僅開了兩個洞露出一對眼睛，各自手上還拿著一根點燃的大蠟燭。領頭的走在前面。一個身材高大的人走在苦修士的後面。此人上身裸露，只穿一條粗布短褲，左邊掛著一把插在刀鞘裡的大刀。他的右肩上扛著一柄沉重的大錘。此人便是劊子手。他腳上穿著一雙涼鞋，用繩子綁在腳踝上。走在劊子手後面的是將被處死的犯人，按先後順序，佩皮諾在前，安德烈亞在後。每名犯人都由兩個教士陪送著。他倆的眼睛都沒有蒙上布。

佩皮諾邁著堅定的步伐向前走，他大概得知有人已對他有所安排。安德烈亞是兩邊各由一名教士扶著手臂走來的。這兩個人都不時地吻著懺悔師向他們遞上去帶著耶穌像的十字架。

弗朗茲僅僅看到這一幕已經兩腿發軟了。他看了看艾伯特，子爵的臉色白得像他身上穿著的那件襯衫。他不自覺地把雪茄扔得遠遠的，儘管他才吸了一半。只有伯爵似乎不動聲色，他白裡帶青的雙頰甚至似乎泛起了微微的紅潮。他的鼻翼就如聞到血腥氣的猛獸那樣翕動，雙唇微微張著，露出一口白牙，像豺豹的牙齒一樣小而尖利。儘管如此，他卻微露著柔和的笑容，這是弗朗茲從未在他臉上看見過的表情。特別是在他那對烏黑的眼睛裡，流露出令人驚訝的寬容而溫和的目光。

這時，兩名罪犯繼續向斷頭臺走去。他倆越往前走，臉部的輪廓也就越清晰。佩皮諾是一個二十四、五歲的漂亮小夥子，皮膚被太陽曬得黝黑，眼神放肆而粗野。他昂著頭顱，似乎在使勁嗅著空氣，想知道他的解救者從何方而來。安德烈亞身材肥胖，他的臉殘忍而猥瑣，看不出年齡到底有多大，也許在三十歲上下吧。在監獄裡，他蓄了鬍子，腦袋低垂至肩膀，雙腿直不起來。他整個人似乎在機械地活動著，毫無意識可言。

「我好像聽您說，」弗朗茲對伯爵說，「只會處死一個人。」

「我說的是實情。」他冷冷地回答。

「可是現在來了兩名犯人。」

「對，不過這兩人之中，一個快死了，另一個還有許多年可活。」

「我覺得如果有特赦令的話，不能再拖了。」

「是嘛，看哪，不就來了。」伯爵說。

果然，正當佩皮諾走到鍘刀前時，一名在後面的苦修士分開人群走去，士兵們也沒擋住他的路。他走到苦修士的領班面前，交給他一張對折的紙。佩皮諾熱切地注視著他的一舉一動。苦修士領班打開那張紙，讀完，舉起一隻手。

「感謝上帝，讚美教皇陛下！」他用清脆的嗓門大聲說，「對一名犯人有特赦令。」

「特赦令！」群眾異口同聲地喊道，「有特赦令！」

安德烈亞聽到「特赦令」三字，似乎受到驚嚇，抬起頭來。

「給誰的特赦令？」他大聲喊叫問著。

佩皮諾仍然一動不動，默不作聲，喘著粗氣。

「佩皮諾，又名羅卡．普廖裡的死刑緩期執行。」苦修士的領班說。說完，他把那張紙交給步槍兵的隊長，當他看完後，又把紙還給他。

「特赦佩皮諾！」安德烈亞大聲說，他剛才似乎已經神志麻木了，這下又完全清醒過來。「為什麼寬赦他不寬赦我？要死一起死！您們答應過的，他死在我之前，您們無權讓我一人去死？我不願一個人死，我不願意！」

他掙脫了兩名教士的手臂，全身扭曲著、叫著、吼著，發瘋似的拼命想掙斷捆住他雙手的繩索。劊子手向兩名助手做了個手勢，那兩個人跳下斷頭臺，衝上前去抓著他。

「發生了什麼事？」弗朗茲問伯爵。因為現場說的都是羅馬方言，他聽不太懂。

「發生了什麼事？」伯爵說，「您還不明白嗎？就是有個人快要死了，他因另一名犯人沒死在他前面而發狂。若任憑他去的話，他寧可用指甲和牙齒撕碎那個人，而不願讓他享有自己即將被剝奪的生命。哦，人啊！人啊！就像卡爾．莫爾所說，『是鱷魚的種啊！』」伯爵向人群伸出兩隻拳頭說，「我看透了您們，您們在任何時候都是在自作自受！」

果然，安德烈亞和劊子手的兩名助手在地上滾成一團。罪犯一直在吼叫著：「他該死，我要他死！您們無權只殺我一個！」

「看哪，看哪，」伯爵抓著兩名年輕人的手繼續說，「憑良心說，這也是不可思議的事。這個人明明已聽天由命了，正走向斷頭臺，沒錯，他會死得像一個懦夫，但不管怎麼說，他死時不作反抗，也沒發難。

「那麼您們知道他靠著什麼力量嗎？您們知道是什麼在安慰他嗎？您們知道是什麼使他甘心接受懲罰嗎？這就是有另一個人在分擔他的憂愁。

「另一個人也將像他一樣死去。另一個人甚至在他之前死去！

「如果您們牽兩頭羊或是兩頭牛到屠宰場，設法讓其中一頭明白牠的夥伴不會死了，那麼羊會興奮得咩咩直叫，而牛會快樂得哞哞直喊。

「可是人呢，上帝按祂的想像創造了人。上帝要求人人相愛作為唯一至高無上的法律。上帝給了人聲音讓他可以表達思想。

「那麼，當他得知同伴得救時，最初的叫喊聲是什麼呢？是詛咒。人可真光榮，這大自然的傑作，萬物之王啊！」

說完，伯爵狂笑一陣，笑得相當悲壯。他本人一定也曾受過百般煎熬與痛苦，才會笑成這個樣子的。這期間，搏鬥仍在進行，看來真是觸目驚心。

圍觀的民眾都站在安德烈亞的反方，兩萬人齊聲大叫道：「處死他！處死他！」

弗朗茲欲向後退去，可是伯爵抓緊他的手臂，把他拉在窗口前。

「您在做什麼呢？」伯爵問他說，「憐憫嗎？天哪，他罪有應得！您若聽見有人大喊『瘋狗』，您會拿起槍，奔向大街，毫不留情地對準那可憐的畜生把牠打死。

「說到底，那畜生的罪孽也只是因為被另一條狗咬著，牠要反擊而已。現在您同情的這個人，並沒有被其他人咬過，可是他卻殺死了他的恩人，現在，他不能殺人是因為他的雙手被捆綁著。

「可是，他卻亂蹦亂跳地希望的監獄同伴、他不幸的同夥也去死！不，不，看下去，看下去。」

伯爵的規勸幾乎已經是不必要的了，因為弗朗茲的視線像是被眼前的恐怖景象吸引住，再也離不開了。兩名助理把安德烈亞抓到斷頭臺上，不管他怎麼掙扎、撕咬、狂叫，都沒用。他們強壓住他下跪。這時，劊子手已經站在一旁，舉起大錘。經他示意，兩名助手鬆開了犯人。就在安德烈亞剛剛想站起來的這一剎那，大錘已經擊在他的左太陽穴上。只聽到一聲又沉又悶的聲響，受刑人像一頭牛似的倒下來，臉朝地面，接著又一個翻身，仰天躺著了。於是，劊子手把大錘甩在一邊，從褲腰上抽出刀，一刀便切開了他的喉管，然後立即跳到他的肚子上，用雙腳使勁往上踩。他每踩一下，鮮血就從罪犯的頸脖處噴濺出來。

這一次，弗朗茲再也堅持不住了。他向後退去，跌坐在一張椅子上，嚇得差點兒昏過去。艾伯特則緊閉雙眼，仍然站著，只是，他正緊緊抓著窗上的帷幔。

伯爵一直站著，像個叛逆的天神似的得意揚揚。

第三十六章　羅馬狂歡節

當弗朗茲回過神時，他看見艾伯特正在喝一杯水，看他蒼白的臉色，可知他非常需要喝水。同時，他看見伯爵已經穿上了扮裝的服飾。他情不自禁地向廣場瞥了一眼，斷頭臺、劊子手和犯人，一切都不見了，只有喧嚷、忙碌、歡天喜地的市民百姓。西托裡奧山上的鐘只為教皇升天和狂歡節開幕而鳴響，此時已噹噹地敲打起來了。

「那個，」他問伯爵，「又是怎麼回事呢？」

「沒什麼，」他說，「就如您所見的，狂歡節開始了，我們得趕快換上服裝。」

「說真的，」弗朗茲對伯爵說，「整個恐怖的一幕只像一場殘夢了。」

「這是因為您所見到的是實實在在的一個夢，一場惡夢。」

「是的，對我是如此，可是對犯人呢？」

「也是一場夢。區別在於，當您醒來時，他還在沉睡。只是，誰能斷定您們之中哪一位是幸運者呢？」

「還有佩皮諾，」弗朗茲問，「他怎麼了？」

「佩皮諾是個乖巧的小子，他沒有一點虛榮心。一般人看見別人不關心自己就會發怒，他卻相反，當他看到場上人的注意力移向他的同伴時，他會暗自慶倖。因此，他趁大家不注意就鑽到人群之中，不見了，甚至沒對陪伴他的可敬教士道謝。可以肯定，人是一種忘恩負義、極端自私的動物。哦，快穿衣服吧，德．馬瑟夫先生已給您作出榜樣了。」

果然，艾伯特已經下意識地把他那條塔夫綢褲子套在他的黑褲子和擦得光亮的皮靴上了。

「嗨！艾伯特，」弗朗茲問，「您還是很有興致嗎？請坦白地回答我吧。」

「不，」他說，「不過說實話，現在我很高興見識了這樣的場面，也體會了伯爵先生說的話。就是，當您一旦對這樣的場景習以為常時，那其他的事就不會再使您激動了。」

「還沒說到唯有在這樣的時刻，才有機會研究一個人真實的個性。」伯爵說，「在斷頭臺的第一級階梯上，死神就掀開了人戴了一輩子的假面具，讓真正的面目顯形了。安德烈亞的那張臉可不好看，一個醜陋的傢伙！來吧，快換裝吧，先生們，快穿吧！」

此時弗朗茲若是耍小性子，不按照他那兩個同伴的樣子去做的話，他就顯得可笑了。於是，他也穿上裝扮服飾，戴上面具，只是，那面具肯定不會比他的臉更加蒼白。他們穿戴完畢後，就走下樓來。馬車等在門口，車子裡堆滿了彩色紙屑和花束。他們混入了馬車的行列。

想要營造與剛才那一幕截然相反的場面可不那麼容易。但是，波波洛廣場已一掃那陰氣森森、淒涼沉寂的氣氛，而呈現出一片狂歌勁舞、嘈雜喧鬧的歡樂景象。一大群戴著面具的人出現了，他們從四面八方簇擁而來，有的從門裡鑽出來，有的從窗戶滑下來。在大街的轉角上，一輛輛馬車像決堤奔流衝過來了。

馬車上坐滿了小丑、打扮滑稽的人、穿扮裝長袍的人、貴族氣派的人、特朗斯泰凡爾人、奇形怪狀的人、騎士和農民。有人在叫，有人在做鬼臉，有人在丟塞滿麵粉的蛋殼，還有人在扔彩紙屑和花束。所有的人都在相互用語言攻擊，或互扔東西，不論是朋友還是外國人，熟人還是陌生人，誰也無權生氣，大家只有笑的份兒。

弗朗茲和艾伯特也像某些人那樣，為了使他們從抑鬱的情緒中擺脫，只有讓自己狂歡作飲。他們喝著喝著，漸漸有些醉了，開始感覺到有一層越來越厚的帷幕，把過去和現在隔絕開來了。然而，他們仍能看見，或者更確切地說，繼續感到在他們腦海裡還殘存著剛才看見的那一幕景象。終於，他們醉了，神志不清了，將要失控了。他們情不自禁地希望自己也加入這些喧鬧、瘋狂和令人頭暈目眩的人群之中裡。

從鄰近的一輛馬車上扔過來一個麵粉球，擊中了馬瑟夫，把他與他的兩位同伴灑得滿身是粉，並且砸疼了他的脖子和臉上沒有罩著的部分。他如同被上百根小針刺痛了似的，終於被捲進這場混戰之中。其實，他們遇見所有戴著面具的人也都置身其中了。他從馬車上站起，在紙盒裡抓起兩大把麵粉球和麵粉丸子，使盡力量或用巧勁，向他的鄰人拋去。

此時，戰鬥正式開始了。

兩名年輕人在半小時前親眼目睹的景象，已在他們的頭腦中消失得無影無蹤。眼前五顏六色的瘋狂場面使他們心馳神往。那麼基督山伯爵呢？就如我們已經說過的那樣，他一直冷漠地看著，似乎連一刻也沒有被感染。

請試想一下寬廣、燦爛的科爾索大街上的景象吧。整條街道有著許多高層的華宅，所有的陽臺上都懸著掛毯，所有的窗戶都掛上了打褶的帷幔。有三十萬遊客倚在陽臺上和窗口邊，其中有羅馬人、義大利人和來自世界各地的外國人。所有的貴族都雲集於此，他們都是出身高貴、富裕而有才華的貴族。

女人們個個美麗動人，她們也受到這個場面的感染，有的倚靠在陽臺上，有的把身子探出窗外。她們向過路的馬車如雨點般地拋灑彩色紙屑，而馬車上的人則用花束回敬她們。只見空中一層又一層落下色彩繽紛的彩紙以及一層又一層上拋的朵朵鮮花。

此外，在大街的路面上，一群又一群的人走過來了，他們穿著奇裝異服、歡樂蹦跳、得意忘形。有大頭娃娃在大搖大擺地走著，有牛頭人身在哞哞歡叫，還有許多狗似乎只用兩條後腿在行走。在這熙來攘往、喧鬧異常的場面中，忽然有一個面具掀開了，如同置身在卡洛[101]幻想的《聖安東尼的誘惑》畫面裡，露出一張嬌嫩鮮豔的臉。人們被迷惑欲緊追不捨，卻又被一些只有在夢中才見得到的妖魔鬼怪隔開了。也許，現在您對羅馬的狂歡節才終於有了一個朦朧的印象。

馬車轉了兩圈，伯爵吩咐停下來，請求他的同伴允許他與他們分手，表示會留下馬車任憑他們使用。弗朗茲抬頭一看，他們正在羅斯波利宮的對面。在宮殿中央的窗口上，掛著繡著紅十字的白色錦緞，窗內出現了一位穿著藍色披風的人影。弗朗茲一下子就聯想到她就是阿根廷劇院的那個漂亮的希臘女子。

「兩位先生，」伯爵跳下馬車說，「當您們玩厭了，又想作觀眾時，您們知道在我的窗口上有您們的座位。在此之前，我的車伕、馬車和僕人都統統歸您們調遣。」

---

101 Callot（一五九二—一六三五），法國油畫家、版畫家。

我們忘了補充一句，伯爵的車伕正經八百地披著一身華麗的黑熊皮，活像《熊和老爺》一劇中奧特裡的裝扮，而站在四輪馬車後面的兩名僕人打扮得很像綠面猴，一身衣服正合他們的身材。他們還戴著彈簧面具，不時地拉上拉下向遊人做鬼臉。

弗朗茲感謝伯爵的熱情協助，艾伯特呢，他正在與滿滿一馬車的羅馬女農民調情，並向她們猛扔花束，這輛馬車也像伯爵的馬車一樣受堵，停下來等著。只可惜他缺乏運氣，因為馬車行列又啟動了。他的座車朝下坡向波波洛廣場駛去，而吸引他注意力的那輛車卻往上坡駛向威尼斯宮。

「啊！親愛的朋友！」他對弗朗茲說，「您沒看見嗎？」

「看見什麼？」弗朗茲問。

「就是那輛四輪馬車，載滿羅馬農婦的那輛啊。」

「沒有。」

「唉呀！我相信她們都是可愛的女子啊。」

「您戴上面具多可惜，親愛的艾伯特，」弗朗茲說，「這可是彌補您情場失意的機會。」

「哦！」他帶著半輕鬆半認真的神情微笑著回答，「我希望在狂歡節結束前能挽回一些損失。」

雖說艾伯特滿懷希望，但整整一天過去了，他除了與那一輛載滿羅馬農婦的馬車邂逅兩、三次之外，並無其他豔遇。在其中一次相遇中，或是出於偶然，或是艾伯特故意所為，他的面具居然落下來了。在那次相遇，他抓起所有剩餘的花束，全部扔進那輛馬車裡了。其中有一名可愛的女子，艾伯特猜想她只是穿著俏麗的農婦服裝，也許她被艾伯特逗得動情了，因為，當這兩位朋友的馬車再次經過時，她竟然也把一束紫羅蘭扔了過來。艾伯特趕忙去拿鮮花。由於弗朗茲沒有任何理由想到鮮花是送給他的，所以他就讓艾伯特獨占了。艾伯特洋洋得意地把花束插在自己衣服的鈕扣孔裡，馬車接著揚長而去。

「好了！」弗朗茲對他說，「豔遇開始了。」

「您愛怎麼笑話就笑吧，」他回答，「不過，我也這樣認為，所以，我不會扔掉這束花的。」

「這是當然，我相信！」弗朗茲笑著說，「這可是約定的標誌。」

不過，戲言很快就變成了事實，因為弗朗茲和艾伯特所乘的這輛馬車一直順著車列行駛，當他倆再次與農婦的馬車相遇時，剛才向艾伯特扔鮮花的那位女子看見她的花插在艾伯特的鈕扣孔裡時，鼓起掌來了。

「太好了，親愛的朋友，太好了！」弗朗茲對他說，「好戲開場！您要我離開嗎？您覺得一個人待著更好些嗎？」

「不用啦，」他說，「我們別冒冒失失的。我可不願意第一次亮相，或是在大鐘下面——我們常說的在歌劇院的舞會上——第一次幽會就被人當傻瓜一樣逮著。那個漂亮的農婦若有意談情說愛，我們明天會看見她的，或者，她會來找我們。到時，她就會對我有所表示，那我就知道該怎麼做啦。」

「我說，」弗朗茲說，「您明智就如涅斯托耳，謹慎不亞於尤利西斯。若您的瑟曦真能使您變成一頭馴服的野獸，那麼，她可真要十分機智或是潑辣才行。」

艾伯特說對了。那位漂亮的陌生女子也許不想讓事情發展過快，因為兩名年輕人又轉了幾圈，並四處查看，但都沒看見那輛馬車。它可能從鄰近的一條街跑掉了吧。於是，他倆只好回到羅斯波利宮，不過，伯爵與那名穿藍色披風的女子也不見了。那兩扇掛著黃色錦緞的窗戶仍被一些人占著，可能是他先前邀請的客人。

此時，宣布狂歡節開始的那座鐘樓，敲響了這天到此結束的鐘聲。科爾索街的馬車行列斷了，剎那間，所有的馬車都在一條條橫街上消失了。這時，弗朗茲和艾伯特已經到了馬拉特街的對面。車伕一言不發穿過這條街，沿著波利宮駛入西班牙廣場，在旅館前停下車來。帕斯特理尼老闆在大門口迎接他的賓客。

弗朗茲首先關心的是打聽伯爵的下落，並表示遺憾沒有及時把他接回來，但是帕斯特理尼請他放心，說基督山伯爵已為自己租用了另一輛馬車，這輛車在下午四時去羅斯波利宮接他了。此外，他本人還受託把伯爵在阿根廷劇院的包廂鑰匙轉交給他的兩位朋友。弗朗茲詢問艾伯特有何安排，然而艾伯特想到去劇院之前有更重要的事情要做，因此，他在回答之前，倒是先向帕斯特理尼老闆打聽能否為他找一名裁縫。

「一名裁縫，」旅館老闆問，「要做什麼呢？」

「想跟他訂做兩套羅馬農民穿的服裝，並且在明天前完成，要盡可能漂亮些。」艾伯特說。

帕斯特理尼老闆搖了搖頭。

「在明天前做兩套衣服！」他大聲說，「我請求兩位閣下原諒，這是純屬法國式的要求。兩套衣服，您在一個星期之內肯定找不到一個裁縫會同意縫製一件六個鈕扣的背心，哪怕您每個鈕扣付一個埃居也辦不到。」

「這麼說來，我得不到我想要的衣服了？」

「那倒不見得，因為我們有現成的。請讓我來安排吧，明天，當您們醒來時，每人會有一套現成的服飾，包括帽子、上裝和褲子，您們會滿意的。」

「親愛的艾伯特，」弗朗茲說，「讓我們的旅館老闆去處理吧。他已經向我們表明了他是一個有辦法的人，所以，我們就安心去吃晚飯吧。吃過飯，就去看《阿爾及爾的義大利女郎》[102]如何？」

「我同意。」艾伯特接著說，「不過，帕斯特理尼老闆，請您記在心上，我和這位先生非常在意明天能否拿到我們向您要的那些衣服。」

旅館主人再次向兩位客人保證，他們不用操心，一定會如願以償的。弗朗茲和艾伯特聽了這番話後，就上樓去換掉稍早的服裝。艾伯特脫下衣服時，極為小心地取下他那束紫羅蘭花，因為這是次日的識別標誌。

兩位朋友開始用餐，不過，弗朗茲在吃飯時發現帕斯特理尼老闆與基督山伯爵的廚師兩者之間的廚藝有著天壤之別。雖然他對伯爵多少有些成見，但事實使他無法偏向帕斯特理尼

102 義大利作曲家羅西尼之歌劇。

老闆的廚師。在吃餐後甜點時，僕人詢問兩位年輕人需要用車的時間。艾伯特和弗朗茲彼此看了一眼，從心底裡擔心這樣是否太麻煩別人。

僕人明白他們的想法。「基督山伯爵大人明確吩咐，」他對他倆說，「馬車整天歸兩位大人使用，因此，兩位大人可以隨意派遣，不必擔心有所不便。」

兩位年輕人決定徹底享受伯爵的特意關照，便下令備馬，他們自己則去換上晚禮服，因為白天他們參加了無數次戰鬥，原來的服裝多少顯得有點皺了。他們換裝完畢，就去了阿根廷劇院，坐在伯爵的包廂裡。在第一幕演出時，G伯爵夫人進入自己的包廂。她首先向昨晚她看見伯爵的那個方向張望，看見了弗朗茲和艾伯特坐在那個人的包廂裡。

就在二十四小時之前，她還在弗朗茲面前對那個人發表過奇怪的理論。她的望遠鏡頻頻對準了弗朗茲，使他覺得再不去滿足她的好奇心未免過於殘酷。因此，兩位朋友利用了義大利劇院的觀眾把看戲的包廂變成會客間的特權，離開了自己的包廂去向伯爵夫人請安了。他們才走進包廂，她就示意弗朗茲坐在她旁邊的榮譽席上。艾伯特便在後面就座。

「怎樣！」她還沒等弗朗茲坐定便問，「似乎您除了急於認識再生的魯思文勛爵之外就沒事可做了，現在您倆成了莫逆之交了？」

「我們之間的交往還沒如您說的那麼親密，不過我不否認，伯爵夫人，」弗朗茲答道，「我們整天都在享受他的善心。」

「什麼，整整一天？」

「是的，說得一點也不過分。今天早上，我們應邀去吃早飯，而整個狂歡節過程中，我們乘著他的馬車遊遍科爾索街。最後，今晚，我們又借用他的包廂看戲。」

「那麼您原來就認識他了？」

「是，也不是。」

「這是什麼意思？」

「說來話長。」

「您願意說給我聽嗎？」

「我說了會讓您害怕的。」

「那就更要說了。」

「至少等到這個故事有個結果再說吧。」

「好吧，我就愛聽有頭有尾的故事。現在，您先說說您們是怎麼認識的呢？誰把您引見給他的？」

「沒有人，相反的，是他主動請人把自己介紹給我們的。」

「什麼時候？」

「昨天晚上離開您之後。」

「誰是中間人？」

「非常平凡的中間人，就是我們的旅館老闆。」

「這麼說他與您們一樣，住在西班牙廣場上的那家旅館裡了？」

「不只同住一家旅館，而且還住在同一層。」

「他叫什麼名字？因為您想必知道他的姓名了？」

「完全清楚，叫基督山伯爵。」

「什麼怪名字？不像是家族姓氏。」

「不是，這是他買下的一座島的名字。」

「他是伯爵嗎？」

「托斯卡尼的伯爵。」

「我們以後再來談論他的頭銜和其他情況吧。」伯爵夫人說，她本人就是一個威尼斯附近的古老世家的後裔。「那麼他為人如何？」

「請問德．馬瑟夫子爵吧。」

「您聽見了嗎？先生，他讓我問您。」伯爵夫人說。

「如果我們不覺得他富有魅力的話，那我們就太難以滿足了，夫人。」艾伯特回答，「有十年之交的朋友也難以做到他為我們做的事情，何況他是那麼大方。」

「算了吧，」伯爵夫人笑著說，「我說那位吸血鬼就只是個暴發戶罷了，他希望引起萊拉的注意，而不致把他與德．羅斯希爾德先生[103]混為一談，如此而已。說到她，您看見她了？」

「哪個她？」弗朗茲笑著問。

「昨天那位美麗的希臘女子。」

103 M. de Rothschild，羅斯希爾德家族是歐洲最著名的銀行世家。

「沒有。我想，我們聽見了她演奏單弦小提琴的聲音，可惜她根本沒有露面。」

「親愛的弗朗茲，您說『沒有露面』，是在故弄玄虛。」艾伯特說，「那麼待在那扇掛起白色錦緞帷幔的窗戶裡穿著藍色披風的人又是誰呢？」

「掛著白色錦緞帷幔的窗口在哪裡？」伯爵夫人問。

「在羅斯波利宮。」

「那麼伯爵在羅斯波利宮占有三扇窗口了？」

「是的。您經過了科爾索大街嗎？」

「當然。」

「那麼您有發現兩扇窗戶上掛著黃色錦緞帷幔，還有一扇掛著白色帷幔，上面還繡有一個紅十字嗎？這三扇窗口都歸伯爵所有。」

「哎唷！那麼他是個慷慨的大財主了？您知道狂歡節的一個星期裡，在羅斯波利宮，也就是在科爾索大街最熱門的地段，這三扇窗口值多少錢？」

「兩、三百羅馬埃居吧。」

「不如說兩、三千吧。」

「太誇張了！」

「他巨大的收入都來自那座島嗎？」

「他的島？那裡一個銅板也生長不出來。」

「那麼他為何買下它呢？」

「一時興起吧。」

「那麼他是一個怪人了？」

「我覺得他確實有點不同尋常。」艾伯特說，「他若住在巴黎，或是常常觀看我們那裡的演出，我就會對您說，他可能是文學作品中漏寫的可憐狂人。事實上，他今天早上出了兩、三次門，其風度不亞於迪迪埃[104]或是安東尼[105]呢。」

這時，有人來訪，按照慣例，弗朗茲把座位讓給新來者。在這種情況下，除了換座位，還必須變換談話內容。

一個小時後，兩位朋友回到旅館。帕斯特理尼老闆已經對他倆次日穿的衣裝作了安排。他答應他們，他會想辦法積極籌措，讓他倆滿意的。果然，到了次日九點鐘，他帶了一名裁縫走進弗朗茲的房間。裁縫拿了八到十套羅馬農民的服裝。兩位朋友從中挑選了兩套式樣相同又較為合身的衣服。他們請旅館老闆派人在他倆的帽子上縫製一條二十碼的緞帶，並且給他們訂做兩條漂亮的絲質腰帶，要色彩鮮豔的橫條的樣式，也就是在節日時平民百姓用以緊束腰身的那一種。

艾伯特急著想看看穿上新衣後效果如何，這套衣裝包括一件藍絲絨上衣和一條藍絲絨褲子，一雙繡花邊長襪，一雙帶搭扣的鞋子和一件絲質背心。話說回來，艾伯特穿了這身鮮豔的服裝後也真夠氣派。當他用腰帶紮緊他修長的腰身，把帽子歪戴在頭上，拖下一束束披肩

104 Didier，義大利倫巴德王國的最後一位國王。

105 Anthony，（西元前八十二／八十一—西元前三十），古羅馬統帥和政治領袖。

的飾帶時，弗朗茲不得不承認，有些民族體型生來優美，所以穿上什麼衣服都如相當出眾。但有的就不是了，譬如說土耳其人吧，昔日他們穿上絢麗多彩的長袍真是風頭十足，但現在穿上帶雙排扣的藍禮服，戴上希臘無邊圓帽，那副醜陋的模樣，不是活像一個瓶蓋上蓋有紅印戳的葡萄酒嗎？

弗朗茲恭維了艾伯特一番，子爵仍然站在鏡子前面看著自己，毫不掩飾地得意地微笑著。他倆正忙著時，基督山伯爵走了進來。

「先生們，」他對他倆說，「遊玩時有朋友做伴心情愉快，但來去自由更是其樂無窮，因此我來對您們說，今天和以後的幾天，我仍讓您倆昨天使用的馬車歸您們支配。

「我們的旅館老闆大概對您們說過了，我在他那裡還有三、四輛備用車，所以您們不會讓我沒車子使用的。

「所以，去玩樂也行，去辦事也行，就隨意用吧。如果我們有話要說的話，那麼就在羅斯波利宮碰面。」

兩位年輕人原想推讓幾句，然而，他們確實沒有充分理由拒絕這分盛情，更何況這也正合他們的心意，所以，最後還是接受了。

基督山伯爵與他們聊了將近一刻鐘，口若懸河，無所不談。他倆早就發現，他對世界各國的文學了若指掌。弗朗茲和艾伯特只須在他客廳的牆上瞥上一眼，便足以認定他對油畫也很在行。他隨口說出幾句不在意的話，也能使他倆相信他對自然科學絕不陌生，而他似乎對化學尤其下過功夫。

兩位朋友沒有回請伯爵一頓早餐的奢望，因為拿帕斯特理尼老闆的普通飯菜去換他那美味珍饈，與其說是請他，還不如說是對他開一個拙劣的玩笑。他倆直率地向他說出了自己的想法，他非常欣賞他們的體貼，接受了他們的歉意。

伯爵的風雅舉止使艾伯特嚮往，要不是他有著不同領域的知識，他真會認為伯爵是位十足的紳士了。完全可以自由使用馬車使他十分欣喜，因為他前一天曾見到的那些丰姿綽約的可愛農婦便是乘著一輛相當漂亮的馬車。這次能與她們在平等的基礎上，繼續與她們並駕齊驅可不會使他感到不快。到了午後一點半鐘，兩位年輕人下樓了。車伕和幾名僕人早先想出個主意，把他們的制服加在他們穿的獸皮上，這使他們的神態比昨天顯得更為怪誕，讓弗朗茲和艾伯特讚不絕口。

艾伯特深情款款地把那束枯萎的紫羅蘭插在他的鈕扣孔裡。鐘聲響起，他們就出發了，沿著維多利亞街，向科爾索大街飛駛而去。馬車轉到第二圈時，又一束紫羅蘭鮮花從載滿穿著奇裝異服的女人的馬車上落到伯爵的馬車裡，艾伯特看出，如同他與他的朋友那樣，前一天晚上看見的那些農婦已經換了裝，也許是出於偶然，也許是出於與他相同的情感，就在他殷勤地穿上她們的家鄉服裝時，她們已換上了他昨日樣式的服裝了。

艾伯特把那束鮮花插在原有的那束花的鈕扣孔裡，但仍然把枯萎的那束拿在手中。當他再次與那輛馬車相遇時，他鍾情地把手中的那束花放在雙唇上。這個舉動不僅使向他扔花的女子感到愉悅，也使她輕狂的女伴們驚喜不已。這天的氣氛與前一天晚上的同樣活躍。如果有一位敏銳的旁觀者在場的話，他甚至可能發現喧鬧聲和歡樂的情緒有增無減。伯爵在他的窗口上出現了，可是當馬車重新經過時，他卻又不見了。不用多說，艾伯特和那位扔紫羅蘭花束的女子間的調情延續了整整一天。

傍晚回旅館時，弗朗茲收到一封發自使館的信。信上說，他有幸在次日受到教皇陛下的接見。以往他每次遊玩羅馬時，他都提出這個請求並得到了恩准。他出於宗教的信仰和感恩的心情，如不能在集所有美德於一身的曠世楷模——聖彼得的一位繼承者的腳下致以謙恭的敬意的話，他不願離開這個基督教世界的首都。因此，這一天他沒多想狂歡節。雖然，教皇的偉大是以仁愛為本的，但人們要在這位高貴、神聖的長者，人稱格列高利十六世[106]的面前頂禮膜拜時，總是帶著虔誠和十分激動的心情。從梵蒂岡出來後，弗朗茲直接回到旅館，甚至避免取道科爾索大街。他帶回了滿腦子虔誠的思想，如果再去接受縱情歡樂的狂歡節的感染，對他來說似乎是一種褻瀆的行為。

五點十分，艾伯特回來了。他興奮之極。那位女子又換上了農婦的服裝，在與艾伯特的馬車相遇時，她掀起了面具。她是位迷人的姑娘。弗朗茲真誠地向艾伯特表示祝賀，而他也受之無愧地心領了。他說，從她那無法模擬的某些高雅舉止來看，他認出他那美麗的陌生女郎准是出身於名門世家。他決定次日寫信給她。

弗朗茲在聽他的一番知心話時，發覺艾伯特似乎有什麼要求要向他提出來，然而，他遲疑著不好意思說出口。他堅持要他說，並且事先向他聲明，只要能幫助他獲取幸福，他可以

106 Gregory XVI，格列高利十六世（一七六五—一八四六），義大利籍教皇，鼓吹絕對的教皇極權主義。

作出一切能力所及的犧牲。艾伯特出於朋友間的禮貌的需要謙讓了幾句，最後，他向弗朗茲說出了心裡話，他表示假如次日弗朗茲能把馬車讓他獨自使用，就算幫了他的大忙了。艾伯特認為，就是因為他的朋友不在場，那位漂亮的農婦才肯大發慈悲，掀開她的面具。

讀者不難理解，弗朗茲不會自私到在艾伯特豔遇才剛起了頭就從中作梗，況且，這次的邂逅既能滿足艾伯特的好奇心，又能關照他的自尊心。弗朗茲對他這位可敬朋友的胸無城府、大咧咧的性格非常了解，相信他會把他走運的枝微末節通通都告訴他。其實，這兩、三年來，他跑遍了義大利，可從未有幸與這類小插曲沾上邊，因此弗朗茲想著，若能了解一下在這樣的情況下事情是如何進行的也挺好的。於是，他答應了艾伯特，並且表示自己次日只想在羅斯波利宮的窗口上看看熱鬧就行了。

隔天早晨，他看見艾伯特在下面走過來又走過去，手上拿著一大束花，大概是把它作為傳遞情書的使者。這個假設很快就得到證實，因為弗朗茲看見一位穿著玫瑰色綢衣的迷人女小丑雙手上拿著同樣大的一束花，上面一圈白茶花非常耀眼。因此，到了傍晚，艾伯特表現出來的已不再是高興，而是狂熱了。他不懷疑陌生美女會以同樣的方式答覆他的。弗朗茲迎合他的思緒，對他說，這些喧鬧聲已使他感到疲倦，他決定用次日整整一天的時間來看看紀念冊，做些筆記。確實，艾伯特沒有失算。第二天黃昏時分，弗朗茲看見他三步並成兩步地跳進他的臥室，手抓著折成四方形的便條一角，使勁揮舞著。

「怎麼樣！」他說，「我猜錯了嗎？」

「她有回音了？」弗朗茲問。

「請自己念吧。」他說最後這句話時，聲調之激動真是難以形容。

弗朗茲接過便條，念道：「星期二晚上七點鐘，在蓬特費西街對面下車，跟著那個到時候將奪掉您手中蠟燭的羅馬農婦走。當您走到聖賈科莫教堂的第一個臺階上時，請注意在您的小丑服裝的肩頭紮上一條粉紅色緞帶，以便她能認出您。在此期間，您見不到我了。望堅貞和謹慎。」

「怎樣！」當弗朗茲讀完便條後，他對他說，「您對此有何感想，親愛的朋友？」

「我想，」弗朗茲答道，「從事態的發展看，這次的邂逅似乎相當順心。」

「我也這麼想，」艾伯特說，「恐怕您只能獨自去參加布拉恰諾公爵的舞會了。」

弗朗茲和艾伯特在當天上午已分別收到了這位羅馬著名銀行家的請柬。

「請注意，親愛的艾伯特，」弗朗茲說，「到那時候，所有的貴族都將出現在公爵府上。您的陌生美女若是真出身貴族世家，她不會不在那裡露面的。」

「她去也罷不去也罷，我對她的看法不變。」艾伯特繼續說，「您看過便條了？」

「是的。」

「您知道在義大利 mezzo cito[107] 的婦女所受的教育是很貧乏的嗎？」

「是。」弗朗茲又答覆。

「那就是了！請再把這張紙條看一遍吧，仔細閱讀上面的字跡，並找出一個語法或是拼

107 義大利文，即市民階層。

寫錯誤來。」

果然，字寫得端正娟秀，拼寫正確無誤。

「您是天生的幸運兒。」弗朗茲對艾伯特說，再一次把紙條交還給他。

「您愛怎麼笑話就怎麼笑話吧。」艾伯特接著說，「我陷入愛河了！」

「您讓我擔心！」弗朗茲大聲說，「看來，我不僅要單身一人去參加布拉恰諾公爵府上的舞會，而且還可能要形單影隻地回到佛羅倫斯。」

「如果那位不相識的美女其可愛程度不亞於她的美貌的話，」艾伯特說，「我在羅馬至少要待上六個星期。我愛羅馬，況且，我對考古學始終抱有濃厚的興趣。」

「喔，像這樣的豔遇再來上兩、三次的話，我對您有朝一日成為學院的院士是不會感到灰心失望的。」

要不是有人向他們通報可以進餐的話，艾伯特大概還會一本正經地討論他坐上學院院士椅的資格一事了。不過，對艾伯特來說，愛情並不至於影響他的食欲，於是他與他的朋友便急急忙忙地去進餐了。反正，晚餐後再繼續討論也不嫌遲。

晚餐後，僕人通報基督山伯爵到。他倆也已經有兩天沒有見到他了。據帕斯特理尼老闆說，伯爵到契維塔韋基亞去辦一件事了。他是昨天晚間走的，就在一小時前才返回。伯爵一副和藹可親的樣子，或許是他克制了自己，或許是眼前沒什麼事情刺激他那幾根刻薄辛辣的神經。雖然，以往有兩、三次在某些特定的情況下，在他辛辣的語言中可以聽出這些神經的顫動，不過，他現在幾乎與眾人沒什麼不同。

對弗朗茲來說，這個人是一個真正的謎。伯爵不可能想不到這位年輕的旅人已經認出他了，可是，自從他倆再度相會之後，他的嘴裡似乎沒說出一句話表明他已想起在某處見過他。對弗朗茲而言，雖說他有時也想對他們首次見面一事影射幾句，然而，他擔心會使這位對他與他的朋友關懷備至的人感到不快，也就忍住了。以至於，他也像他一樣對此事避而不談。

伯爵先前已得知兩位朋友想在阿根廷劇院訂一個包廂，並得到包廂都已經被租光的答覆。因此，他特定來為他們送上自己包廂的鑰匙，至少，這是他來訪的表面動機。弗朗茲和艾伯特謙讓了一番，表示不能讓伯爵自己看不成戲。可是伯爵對他們說，他當晚會去帕利劇院，他在阿根廷劇院的包廂，若他倆不用，就白白空著了。兩位朋友見他語氣堅決，便接受下來了。

弗朗茲第一次見到伯爵時，他對他蒼白的臉色留下了深刻的印象，現在，他已慢慢習慣了。他不得不承認伯爵的臉具有一種莊嚴的美，唯一的缺點，或許也可稱做是主要特徵，便是他蒼白的臉。他完全如拜倫筆下的主人公。即使弗朗茲是親眼見到他，但每次想到他，仍會把他張憂鬱的臉安在曼弗雷德的肩上，或是安在萊拉的無邊高帽之下。他額頭上的皺紋，顯示出他不斷被痛苦的思緒所佔據。他那對熾熱的眼睛能看透人的靈魂深處。他兩片驕傲，並帶著嘲諷意味的嘴唇所說出來的話有一種特殊的性質，能在聽者的腦海中留下極為深刻的印象。

伯爵已經不年輕了，少說也有四十歲，不過一眼就可看出，他天生就比與他交往的年輕人高出一籌。事實上，伯爵除了與英國詩人筆下的傳奇式人物相像之外，似乎還具有天生的魅力。艾伯特因他與弗朗茲有幸結識這麼一個奇人而嘮叨個沒完。弗朗茲沒像他那麼熱情，不過他還是受到了某些影響。那是任何超凡脫俗的人對他周圍的人都會產生的影響。弗朗茲一直想著伯爵打算去巴黎的計畫。伯爵已表示過兩、三次了，他毫不懷疑，以伯爵那怪誕的性格、富於特徵的臉和他極度豐厚的財富，一定會在那裡產生巨大的反響。只是，當伯爵去巴黎時，他並不想留在那裡。

這天晚上如同在義大利劇院裡的其他夜晚一樣，不是在聽歌劇中度過的，而是用於拜訪與談天。G伯爵夫人本想把談話內容引向伯爵，但弗朗茲對她說，他有一件更為新鮮的事情要對她說，於是，他不顧艾伯特的假謙虛，一下子就把三天來鬧得這兩位朋友心緒不寧的那件大事說給伯爵夫人聽了。由於旅遊者這一類風流韻事，在義大利並不鮮見，因此，伯爵夫人絲毫沒有表現出不信任的樣子。她祝賀艾伯特旗開得勝，並且可望有個圓滿的結局。他們分手時說定在布拉恰諾公爵的舞會上再見，因為，全羅馬的名人都已受到了邀請。

拋花束的女子信守諾言——在第二、第三天，她都沒有給艾伯特任何資訊。

星期二到了，這是狂歡節最熱鬧也是最後的一天。星期二，劇院在上午十時就開門了，因為晚上八時一過，人們就要進入封齋期。星期二，所有因為沒時間、沒錢或提不起興致而沒有參加先前幾天節日活動的人，也都會出現在酒神節。他們也會狂歡濫飲起來，加入了忙亂和喧鬧的氣氛中。

從兩點到五點，弗朗茲和艾伯特一直順著馬車隊伍走，與對面駛過的一輛輛馬車，與在馬腿間、車輪間行走的路人，互扔一把把麵粉球。在這人馬擁擠、搶道和混亂不堪的場面中，沒有發生過一次事故、一次爭吵或是一次鬥毆。在這一點上，義大利是優秀的民族。對他們來說，過節就該有過節的樣子。本書的作者曾在義大利住過五、六年，不記得曾見過在盛大節日裡出現像其他國家常出現那種會打壞興致的事端。

艾伯特穿著小丑的服裝神氣活現，他在肩上繫了一條玫瑰色的緞帶，兩端一直拖到他的膝蓋。弗朗茲為了不讓人在他與艾伯特之間引起誤會，仍然穿著那身羅馬農民的服裝。

隨著白天的推移，喧囂嘈雜聲也愈演愈烈了。在每條人行道上，在任何一輛馬車裡，在所有的窗口上，沒有一個人的嘴巴閉著，沒有一個人的手臂閒著。這是一場真正人為的大風暴。眾人的叫喊聲如雷鳴。麵粉球、花束、雞蛋、柳丁和鮮花則像冰雹般地從天而降。

到了午後三點，從民眾廣場和威尼斯宮同時發出的爆竹聲好不容易透過這轟然作響的嘈雜聲傳來，向人們宣布，賽馬即將開始。賽馬與「玩蠟燭」一樣，是狂歡節最後幾天的特別節目。爆竹聲中，馬車行列頃刻大亂，各自駛到最近的一條支道上隱藏起來。所有過程都進行得極為迅速，默契好的讓人難以想像，根本無須警方來安排每個人該站在哪兒，或是為他們指定該走哪條路線。

路人都緊貼在一座座華宅牆邊，接著，驟然響起馬蹄聲和劍鞘撞擊聲。一隊步槍兵，十五個人並排策馬而來，橫掃整個柯爾索街，為賽馬者開道。當他們到達威尼斯宮時，又一陣爆竹聲響起，宣布大街已暢通無阻了。頓時間，在萬人一致、驚天動地的喝彩聲中，七、八匹馬在三十萬個喝彩者的鼓動下，在牠們背上起落騎士們的激勵下，如同幽靈似的一閃而過。接著，聖仙堡的炮聲響了三下，宣告第三號取得勝利。炮聲剛歇，不需其他信號，馬車又立刻出動了，紛紛湧向科爾索街。它們從每條街上決堤似的衝出來，如同一時被堵的條條湍流一起奔入它們哺育的河床之中。於是，在大理石宮殿組成的兩條堤岸之間，滔滔巨浪以前所未有的速度滾滾而來。

不過，在人群之中又摻雜了另一種聲音與行動，原來是賣蠟燭的小販粉墨登場了。義大利的「moccoli」或是「moccoletti」指的是大小不等的蠟燭，包括大到在宗教禮儀上使用與小至線蠟燭。羅馬狂歡節上唱壓軸戲的演員們必須在蠟燭上使出截然相反的兩個絕招——

1. 保住自己的蠟燭不滅。

2. 熄滅他人的蠟燭。

蠟燭猶如生命——人們只找到了一種方法來延續生命，這就是由上帝來安排。可是人卻發明了成千種剝奪生命的方法，無庸諱言，在這最後的行動中，魔鬼多少幫了點忙。蠟燭只要靠近任何一個火種便能點燃。可是誰又能完全描述成千種熄滅蠟燭的方法呢？是巨大的氣息，離奇古怪的熄燭帽，還是神奇的巨扇？每個人都急於去買蠟燭，弗朗茲和艾伯特也不例外。夜色很快降臨了。隨著一聲「賣蠟燭喲！」的叫喊聲，上千個小販也以刺耳的聲音遙相呼應。兩、三點星火已經在人頭簇擁的上方閃現——這是個信號。十分鐘後，五萬支閃爍的燭光從威尼斯宮蜿蜒而下，直至民眾廣場，又從民眾廣場漸次而上抵達威尼斯宮。

狂歡節又變成了鬼火節了。

人們若沒有親眼目睹，是怎麼也想像不出這個景象的。比方說，就像天上所有的星星齊落入人間，紛紛在狂跳亂舞。這一切還伴有地球上所有其他地方的人從未聽過的叫喊聲。在這樣的時刻，再也不分什麼社會等級了。賣苦力的與皇親國戚扭作一團，王子王孫們又在追逐特朗斯泰凡爾人，後者又向市民們進攻。每個人都在吹蠟燭、滅蠟燭、點蠟燭。如果老埃俄羅斯[108]在此刻出現，他會被宣布為吹蠟燭之王；北風則會成為冠冕的推定繼承人。

這場燭光閃閃的瘋狂的角逐持續了將近兩個小時。科索爾街被照得如同白晝。人們甚至能分辨出四、五層樓上觀眾的臉了。每隔五分鐘，艾伯特就掏出懷錶看著，終於，時針指向七點了。這時，兩個朋友正巧位於蓬特費西街上。艾伯特跳下馬車，手上拿著蠟燭。有兩三個戴面具的人想走近他吹滅他的蠟燭或是從他的手中搶下來。但是，艾伯特是靈巧的拳擊手，他把他們一個個打出十步之外後，繼續向聖賈科莫教堂跑去。

教堂的臺階上擠滿了好奇的民眾和戴面具的人。他們都在競相奪取他人手中的燭火。弗朗茲目送著艾伯特，看見他踏上了第一級臺階，幾乎同時，一個戴面具的人，穿著一件扔花束農婦穿的衣裝，伸長了手臂，一下奪走了艾伯特手上的蠟燭，這一次，他沒有任何自衛的表現。弗朗茲離得太遠，無法聽見他倆說什麼話，不過，可以肯定的是，話中毫無敵意，因為他看見艾伯特和農婦臂挽臂地走開了。他看見他倆在人群裡閃現了一會兒，但到了馬切洛街，他們在他眼裡消失了。

突然，宣告狂歡節閉幕的信號鐘聲震響了，此時，所有的蠟燭都神奇地熄滅，彷彿有一股颶風一下子便把蠟燭都吹滅了。弗朗茲置身在無盡的黑暗之中。所有的叫喊聲驟然停止，帶走光明的勁風似乎同時把聲音也捲走了。

108 Aeolus，希臘神話中的風神。

馬車把戴面具的人們送回家，發出轔轔的滾動聲。窗戶後面還有少數幾盞燈在閃爍，除此而外，萬籟俱寂，一片漆黑。

狂歡節結束了。

第三十七章　聖塞巴斯蒂安的陵墓

也許，在弗朗茲的一生中從未有過如此印象強烈的經歷，以及從歡樂到悲傷的氛圍可以轉變得如此迅速的情緒。羅馬彷彿被夜遊神施吹了一口施了魔法的氣，倏忽間就變成了一個巨大的墳場。偏偏時逢月缺，月亮要到晚上十一點鐘才升起來，這就使夜色更加濃重了。

年輕人走過一條條沉浸在深深黑夜之中的街道。幸好路途不遠，十分鐘後，他的馬車，或者更確切地說，伯爵的馬車就駛到倫敦旅館的大門口了。晚餐已準備好，不過，艾伯特事先說過，他不會太早回來，於是，弗朗茲也不等他，就一個人坐在餐桌前面。帕斯特理尼老闆習慣看到他倆一起進餐，便詢問艾伯特缺席的原因。弗朗茲只是簡單地回答說，艾伯特在前兩天晚上受到邀請，現在赴宴會去了。

蠟燭突然熄滅，光明變成黑暗，靜謐取代了喧鬧，這些都使弗朗茲感覺到一種莫名的悲哀，而悲哀中還隱隱約約有些不安。旅館主人十分殷勤，一而再，再而三地進來問他需要什麼，但他還是默默無聲地用完了晚餐。

弗朗茲決定盡可能等到艾伯特回來後再動身。因此，他吩咐在十一點鐘備好馬車，並請帕斯特理尼老闆在艾伯特回到旅館後立即通知他，就算他只因有事臨時回旅館一下也罷。到了十一點鐘，艾伯特還沒有回來，於是，弗朗茲待穿戴完畢便通知旅館主人，說他要在布拉恰諾公爵府上度過一夜之後，就出發了。

布拉恰諾公爵府是羅馬最富有魅力的府邸之一。他的夫人是科洛納家族[109]最後一支的繼承人之一，是一位極為受人尊敬的女士，因此，布拉恰諾公爵舉辦的晚宴在歐洲享負盛名。弗朗茲和艾伯特來到羅馬時帶著給公爵的引見信，所以公爵向弗朗茲提出的第一個問題便是他的旅伴為什麼不來。弗朗茲回答他說，在蠟燭熄滅的當兒，他走開了，到了馬切洛街就不見了。

「這麼說他尚未回旅館？」公爵問。

「我一直等他等到現在。」弗朗茲回答。

「您知道他到哪兒去了嗎？」

「不，不太清楚。不過，我想可能是有約會之類的事情吧。」

「哦，喔！」公爵說，「在這一天，或者說在這一夜遲遲不歸可不是好事，是嗎，伯爵夫人？」

這最後幾句話是對G伯爵夫人說的。她剛剛進門，此刻正挽著公爵的弟弟，托洛尼亞先生的手臂走過來。

「恰恰相反，我覺得今夜很美，」伯爵夫人答道，「在這裡的人都只會抱怨一件事情，就是，夜晚會消逝得太快。」

「所以，」公爵微笑著接著說，「我不是針對在場的客人說的。這裡的男士們只會冒一個

109 Colonnas，羅馬世家，族人多當教皇、紅衣主教和將軍。

風險，就是墜入您的情網；這裡的女士們也只會冒一個風險，就是看見您如此美麗會嫉妒成疾。我剛才那些話是針對那些在羅馬街頭奔波的人說的。」

「喔，」伯爵夫人問，「這個時刻，若不是參加舞會，誰還會在羅馬的街上亂晃呢？」

「我們的朋友，艾伯特．德．馬瑟夫，伯爵夫人，」弗朗茲說，「晚上七點鐘左右他離開我去追一名陌生女子之後，我就一直沒再見到他。」

「什麼！您還不知道他在哪兒？」

「毫無頭緒。」

「他有帶武器嗎？」

「他穿著小丑服裝。」

「您本不該放任他走的，」公爵對弗朗茲說，「您比他對羅馬了解得多啊。」

「可這等於要拉住今天得頭獎的三號賽馬不讓牠跑一樣困難。」弗朗茲答，「再說，他會出什麼事呢？」

「誰知道！夜色很黑，而臺伯爾河又離馬切洛街那麼近。」

弗朗茲發覺公爵和公爵夫人的想法與自己的擔心不謀而合，感到渾身上下直打哆嗦。

「因此，我預先告訴旅館了，我今天將榮幸地在您府上度過一夜，公爵先生。」弗朗茲說，「他回來時，他們會通知我的。」

「好吧，」公爵說，「我想，現在我的一名僕人就是來找您了。」

公爵沒有猜錯，那名僕人看見弗朗茲，便向他走過來。

「閣下，」他說，「倫敦旅館的老闆讓我轉告您，有一個人帶著德·馬瑟夫子爵的一封信在旅館等您。」

「帶著子爵的一封信！」弗朗茲驚呼道。

「是的。」

「是個什麼樣的人？」

「我不知道。」

「為什麼他不到這裡來親手把信交給我？」

「送信的什麼也沒說。」

「送信人在哪兒？」

「他看見我走進舞會大廳來向您通報，便立即走了。」

「哦！我的上帝！」伯爵夫人對弗朗茲說，「趕快去吧，可憐的年輕人，也許發生什麼意外了。」

「我這就去。」弗朗茲說。

「您還會回來把消息告訴我們嗎？」伯爵夫人問。

「如果事情不那麼嚴重的話。不然，我也不知該如何回答我不知該怎麼辦的問題。」

「不管怎麼說，要謹慎小心啊。」伯爵夫人說。

「哦！請放心吧。」

弗朗茲拿起帽子，匆匆忙忙地走了。他先前已讓馬車離開，並吩咐車伕兩點鐘再來等他。

幸好，布拉恰諾府邸一頭靠著索柯爾索街，另一頭毗連聖阿派特爾廣場，離倫敦旅館頂多十分鐘的路程。當弗朗茲走近旅館時，他看見一個人站在街道中間，馬上就猜出此人便是替艾伯特送信的人。這個人也裹了一件寬大的披風。弗朗茲向他走去，大大出乎他意料的是，此人竟然主動與他說話。

「閣下要找我嗎？」他說著往後退了一步，彷彿想擺出有所戒備的樣子。

「把德・馬瑟夫子爵的一封信帶來給我的就是您嗎？」弗朗茲問。

「閣下是住在帕斯特理尼的旅館裡嗎？」

「是的。」

「閣下是子爵的旅伴嗎？」

「是的。」

「閣下的尊姓大名？」

「弗朗茲・德・埃皮奈男爵。」

「那麼這封信就是交給閣下您的了。」

「需要回覆嗎？」弗朗茲從他手中接過信時問。

「要的，至少您的朋友希望如此。」

「那麼請上樓吧，我這就把回覆字條交給您。」

「我寧願在這裡等著閣下。」送信人笑著說。

「為什麼呢？」

「閣下讀完信後便知道了。」

「那麼我還是到這裡來找您？」

「是的。」

弗朗茲回到旅館。他在樓梯上遇見帕斯特理尼老闆。

「怎麼說？」他向弗朗茲問。

「什麼怎麼說？」弗朗茲反問。

「那個人想把您朋友的消息告訴您，您看見他了嗎？」他向弗朗茲問。

「是的，我看見他了，」弗朗茲答道，「他交給我這封信。請在我房間點上蠟燭吧。」

旅館主人吩咐僕人先點上一支蠟燭。年輕人發覺帕斯特理尼老闆神色慌張，就更讓弗朗茲急於想及早看到艾伯特的信。蠟燭點燃後，他就靠近去，展開信箋。信是艾伯特的筆跡，並且有他的簽名。弗朗茲重讀了兩遍，他萬萬沒想到信的內容會是這樣的。

信的全文如下：

親愛的朋友，您一收到信後，就請幫忙在我的皮夾裡拿出匯票，皮夾在寫字臺的方抽屜裡，假設錢不夠，再把您的也補上。請趕快到托洛尼亞那裡去，在他那裡當場點取四千皮阿斯特，把這些錢交給送信人。這筆錢務必及時送交給我，十萬火急。我不多說了，一切拜託，正如您能信託我一樣。

您的朋友　艾伯特・德・馬瑟夫

又及：I believe now to Italian banditti[110].

在這幾行字的下首，有幾行陌生人的字跡，是用義大利文寫的：

Se alle sei della mattina le quattro mile piastre non sono nelle mie mani, alla sette il conte Alberto avia cessato di vivere[111].

路易吉・萬帕

弗朗茲見到第二個簽名後才恍然大悟，他終於明白為什麼送信人不願意上樓到他的房間來了。因為在那人眼中，街道比弗朗茲的房間更加安全。艾伯特已落到著名的強盜首領手中，他之前還一直拒絕相信有這麼一個人呢。

沒時間可浪費了。他奔去打開寫字臺，在指定的抽屜裡找到了皮夾。皮夾裡的匯票總共價值六千皮阿斯特，但在這六千皮阿斯特裡，艾伯特已經用掉了三千。弗朗茲一張匯票也沒有。他常住佛羅倫斯，而到羅馬僅是度七、八天假，因此，他隨身只帶了百來個路易，現在頂多只剩下五十個了。弗朗茲和艾伯特兩個人的錢加起來尚需七、八百個皮阿斯特才能湊足

110 我現在相信義大利有強盜了。

111 義大利文，倘若在清晨六點之前我還沒拿到四千皮阿斯特，那麼在七點鐘，艾伯特・德・馬瑟夫子爵就活不成了。

所要得金額。無須懷疑，在這樣的情況下，弗朗茲相信好心的托洛尼亞先生會慷慨解囊。就在他準備火速返回布拉恰諾府邸去時，突然，一個念頭閃過他的腦海。他想到了基督山伯爵。正當弗朗茲要吩咐僕人把帕斯特理尼老闆召來時，就看見他已經出現在房門口了。

「親愛的帕斯特理尼先生，」他急匆匆地對他說，「您知道伯爵在他的房間裡嗎？」

「在的，閣下，他剛剛回來。」

「他還沒就寢吧？」

「我想沒有。」

「那麼請在他的門上拉拉鈴吧，詢問他是否允許我登門拜訪。」

帕斯特理尼老闆匆忙地照吩咐去做了。五分鐘後，他回來了。

「伯爵等著閣下。」他說。

弗朗茲走過走廊，一名僕人帶他進去見伯爵。伯爵待在一間小書房裡，房間四周圍了一圈沙發；弗朗茲從沒進去過。伯爵向他迎來。

「啊！什麼吉利的風在這個時候把您吹來了，」他對他說，「或許您是來請我吃宵夜的？那您就太客氣了。」

「不是的，我來是與您談一件嚴重的事情。」

「一件事情！」伯爵以他慣有深沉的眼神注視著弗朗茲。「什麼事情？」

「這裡就我們兩個人嗎？」

伯爵走到門口，又折了回來。

「絕對只有我們兩個人。」他說。

弗朗茲把艾伯特的信交給他。

「請看吧。」他對他說。

伯爵看完了信。

「啊！啊！」他輕呼道。

「您看到附筆了嗎？」

「是的，」他說，「我看得很清楚：

Se alle sei della mattina le quattro mile piastre non sono nelle mie mani，alla sette il conte Alberto avia cessato di vivere. 路易吉．萬帕。」

「您對此有什麼看法？」弗朗茲問。

「您有他要求的贖款數嗎？」

「有一些，還差八百個皮阿斯特。」

伯爵走到寫字臺前，打開，拉出一個裝滿金幣的抽屜。

「我希望您別瞧不起我，去向別人借錢而不向我借。」

「相反，您看見了，我第一個便想到了您。」弗朗茲說。

「為此我很感謝您。請拿吧。」

說著，他示意弗朗茲在抽屜裡隨意拿取。

「有必要把這筆錢送交路易吉．萬帕嗎？」這次年輕人目光炯炯地注視著伯爵問。

「當然！」他說，「您自己決定吧，附筆上寫得很清楚。」

「我覺得，若您能勞神思考的話，您會想到使談判簡單許多的辦法。」弗朗茲說。

「什麼辦法？」伯爵驚訝地問。

「譬如說，如果我們一起去找路易吉．萬帕。我相信他不會拒絕您要求放出艾伯特的，是嗎？」

「前不久您不是才幫過他一個忙，使他終生難忘嗎？」

「不拒絕我？您以為我對這位強盜會有什麼影響嗎？」

「什麼忙？」

「您不是剛剛救出佩皮諾一命嗎？」

「啊！啊！誰告訴您的？」

「這與您有何關係？反正我知道。」

伯爵沉默了一會兒，皺起眉頭。

「那麼假如我去找萬帕，您陪同我去嗎？」

「如果我的陪同不會使您過於不愉快的話，我去。」

「好吧，就這麼決定了。今天天氣很好，在羅馬的鄉村散散步會使我們心情舒暢。」

「需要攜帶武器嗎？」

「做什麼用呢？」

「要帶錢嗎？」

「不用了。送信來的人在哪兒？」

「在街上。」

「他在等回覆嗎？」

「是的。」

「我們需要知道得往哪兒走。我去把他叫上來。」

「不行的，他不願意上樓。」

「也許不願上您房間，但到我房間他是不會不願意的。」

伯爵走到書房窗口前，書房面朝大街。他用某種方式吹了一聲口哨。穿披風的人離開牆邊，走到街道中央。

「Salite[112]！」伯爵叫道，聽他的口氣似乎在對僕人下達命令似的。

送信人立即服從了，絲毫沒有猶疑，甚至還表現出唯恐不及的樣子。他走上四級臺階，進入旅館。五分鐘後，他來到書房門口。

「哦！是您，佩皮諾！」伯爵說。

佩皮諾並沒回答，他只是跪下來，抓起伯爵的手，在上面吻了幾下。

「神奇啊！」伯爵說，「您還沒忘記我救過您的命！這可不同尋常，這件事至今已過去一個星期了。」

112 義大利文，上來！

「不，大人，我一輩子也忘不了的。」佩皮諾答道，語調裡含著深深的感激之情。

「一輩子，太長了！不管怎麼說，您想到就足夠了。起來，回答問題吧。」

佩皮諾不安地向弗朗茲看了一眼。

「哦！您可以在這位閣下面前直說，」伯爵說，「他是我的朋友。」

「您允許我對您以朋友相稱吧，」他轉向弗朗茲用法語說，「因為有必要讓這個人信任您。」

「您當著我的面說好了。」弗朗茲接著道，「我是伯爵的朋友。」

「好極啦！」佩皮諾這才轉向伯爵說，「大人問什麼，我答什麼。」

「艾伯特子爵怎麼會落入路易吉手中的？」

「大人，法國人的馬車與泰蕾莎乘的那車相遇了好幾次。」

「是首領的情人嗎？」

「是的。那個法國人對她眉來眼去的；泰蕾莎也飛過去幾個媚眼鬧著玩。法國人把一束束鮮花扔給她，而她也回敬了。當然啦，這一切都是徵得首領同意的，他也待在同一輛馬車裡。」

「什麼！」弗朗茲叫出了聲，「路易吉．萬帕當時在羅馬農婦的馬車裡？」

「就是他化裝成車伕駕車的。」佩皮諾答道。

「後來呢？」伯爵問。

「嗨！後來，法國人掀開面具；泰蕾莎在徵得首領同意後也掀開面具。法國人要求約會；泰蕾莎同意見面了。不過，如約等在聖賈科莫教堂臺階上的不是泰蕾莎，而是貝波。」

「什麼！」弗朗茲再次打斷他的話說，「搶掉他蠟燭的那個農婦……」

「是個十五歲的男孩。」佩皮諾回答，「不過您的朋友這次上當也算不上丟臉，因為讓貝波引上鉤的還有好多人，沒什麼。」

「那麼是貝波領他出城，是嗎？」伯爵問。

「沒錯。一輛馬車等在馬切洛街的街口，貝波登上去，並請法國人跟他走，於是，法國人順從地登上車。

「他殷勤地讓貝波坐在右邊，自己在他旁邊坐下。這時，貝波對他說，他將帶他到離羅馬一里格的一幢別墅去。法國人對貝波說，即使到天涯海角他也跟他走。

「馬車很快地就駛上裡貝塔街，出了聖保羅門，在鄉村行駛了二百步遠。天哪，由於那個法國人行為未免太放肆了些，讓貝波不得不用一對手槍頂住他的喉嚨。

「車伕立即勒住馬，轉過身子，也用槍對著他。此時，隱藏在阿爾莫河邊上的四個自己人也衝向馬車。

「法國人想頑強抵抗，聽說他甚至差一點把貝波掐死，不過，面對五個持槍的人他毫無辦法，只能投降了。

「他們把他拖下馬車，沿著小河把他帶到泰蕾莎和路易吉那裡，他們正在聖塞巴斯蒂安的陵墓等著他。

「好吧！」伯爵轉向弗朗茲說，「不過，我覺得這類故事都是大同小異的，您說呢，您是行家？」

「我說，我覺得這個故事很有趣，」弗朗茲回答，「假如它發生在另一個人，而不是可憐的艾伯特的身上的話。」

「的確是，」伯爵說，「如果您沒找到我，這次風流豔遇就要讓您的朋友破費不少了。不過您放心吧，他不會出事的，只是受點驚嚇而已。」

「那麼我們還是去找他？」弗朗茲問。

「當然！何況他還待在一個風景相當優美的地點。您熟悉聖塞巴斯蒂安陵墓嗎？」

「不，我從未去過，不過我已經想好總有一天要去的。」

「好吧，這是個現成的機會，很難碰上另一個更好的契機了。您有車嗎？」

「沒有。」

「沒關係。無論白天還是夜間，他們總會給我準備一輛套上馬的車子。」

「馬都套上了？」

「是的，我相當任性。我應該告訴您，有時我剛起身，或是吃過午飯，或是在深夜，我想起要到某個地方去，就會說走就走的。」

伯爵拉了一下鈴，他的貼身僕人走進來。

「叫人把車子從車庫裡拉出來，」他說，「請把夾袋裡的槍取出來，不必叫醒車伕，由阿里駕車。」

不一刻工夫，傳來了馬車駛到門口的車輪聲。

伯爵掏出懷錶。

「十二點半，」他說，「本來清晨五點從這裡動身也能趕得上時間，不過時間一拖您那旅伴一夜可要睡不好了，還不如盡快把他從這些靠不住的人手裡解救出來吧。您仍然決心陪同我去嗎？」

「更堅決了。」

「行！那麼走吧。」

弗朗茲和伯爵走出來，後面跟著佩皮諾。在大門口他們看見了馬車。阿里已經就位。弗朗茲認出他就是基督山山洞裡的那名啞奴。弗朗茲和伯爵登上馬車，這是一輛雙座四輪轎式馬車。佩皮諾上前坐在阿里身旁，馬車急駛而去。阿里事先已經得到命令，因為他直接取道科索爾街，穿越瓦奇諾營，又登上聖·葛列格里奧運動場，來到聖·塞巴斯蒂安城門。

到了那裡，守門人盤問了幾句，然而，基督山伯爵拿出了羅馬總督簽署的全天進出城門的通行證，於是城門大開，守門人得了一個路易的小費，放行了。馬車走的是亞壁古道[113]，兩旁都是墳墓。明月升起，在皎潔的月光下，弗朗茲似乎不時看到有某個像哨兵似的人在一處廢墟上探出身子，不過，佩皮諾與哨兵互換了一個信號後，對方便又隱蔽到暗處，不見了。馬車在卡拉卡拉競技場前面一點的地方停下，佩皮諾走上前打開車門，伯爵和弗朗茲走下馬車。

「再走十分鐘，」伯爵對他的同伴說，「我們就到了。」

說完，他把佩皮諾拉到一邊，低聲吩咐了幾句，佩皮諾帶上從馬車後箱裡取出的火把，

113 Appian Way，西元前三一二年由古羅馬監察官亞壁監建的大路，由羅馬通達布林迪西。

上路了。五分鐘過去了，在這期間，弗朗茲看見這個牧羊人鑽進一條羊腸小徑，在羅馬平原上的一塊起伏不平的地面上行走，並消失在高大而泛紅的野草叢中，這些草就像一頭巨獅身上豎起的鬃毛。

「現在，」伯爵說，「我們跟他走吧。」

弗朗茲和伯爵也走上了那條羊腸小徑，走了百多步，又轉到一個通向谷底的斜坡上。過不多久，他們就發現有兩個人在暗處交談。

「我們該繼續向前走嗎？」弗朗茲問伯爵，「還是在這裡等著？」

「向前走吧，佩皮諾該早就告訴過哨兵我們到了。」

果然，這兩人中有一個就是佩皮諾，另一個是放哨的強盜。弗朗茲和伯爵走上前去；強盜躬身致意。

「大人，」佩皮諾對伯爵說，「假如您願意跟我走，陵墓的入口處就不遠了。」

「好吧，」伯爵說，「您走在前面。」

在一簇簇荊棘叢後面的一片亂石堆之間，露出一個洞口，大小僅能容一個人通過。佩皮諾第一個鑽進洞裡，不過他剛走了幾步，地下通道就寬敞起來。這時，他停下來，點燃火把，回過頭來看看他們是否跟在後面。伯爵先進入地下室的入口，弗朗茲緊隨其後。地道呈緩坡往下延伸，越往下走，坡道就越寬，只是，弗朗茲和伯爵仍不得不彎著腰行走，因為地道寬度只勉強夠他倆齊頭並進。他們就這樣又走了一百五十步，聽見一聲高喊「是誰」，便停下了腳步。同時，他們在一片漆黑之中看見步槍的槍筒映射出他們手中火把的反光。

「朋友！」佩皮諾說。

說著，他一個人向前走去，低聲向第二個哨兵說了幾句，後者像先前那個一樣躬身致敬，示意夜訪者可以繼續前進。在哨兵後面有一架二十來級的梯子，弗朗茲和伯爵走下二十級階梯，來到一個類似陵墓交叉道口的地方。五條岔道像五角星那樣輻射開來，牆上挖有棺材狀的壁龕，層層疊疊，表明他們終於進入陵墓了。在其中一個深不可測的穴洞裡，白天時還是有幾道日光滲透進來的。伯爵把手放在弗朗茲的肩上。

「您想看看休息時的強盜大本營嗎？」他對他說。

「當然。」弗朗茲回答。

「好吧！跟我來……佩皮諾，把火把滅掉。」

佩皮諾滅掉火把，於是弗朗茲和伯爵置身於一片黑暗之中。不過，在他們前面五十步遠處，幾束泛紅的光芒仍沿著牆面在跳躍，在佩皮諾熄滅火把之後，光線顯得更加明亮了。他們悄然無聲地繼續往前走，伯爵帶著弗朗茲，彷彿他具有能在黑暗中看見東西的特異功能。不過，當弗朗茲走近那些給他們指路的火光時，他本人也漸漸能看清前面的路了。

前面有三條拱廊可以通行，中間那條是門。這些拱廊的一頭連著伯爵和弗朗茲待著的過道，另一頭都通往一個正方形的大房間，房間四周牆上都砌著壁龕，與我們上面提到的相仿。房間中央豎著四塊大石頭，昔日是作為祭臺用的，因為有懸在石頭上面的十字架為證。在石墩的墩身上安置著一盞燈，這盞燈搖曳著蒼白的光芒，照亮了一個奇特的場景，而置身暗處的兩個來訪者看得一清二楚。一個人坐著，一隻手臂支在這個石墩上，背對著拱廊在讀書，新來者就是通過拱廊的進口處看見他的。

他就是強盜首領路易吉．萬帕。

在他四周，東歪西倒地圍著一圈強盜，有的裹著披風躺著，有的背靠在立於這個骨灰存放室四周的石凳樣的石頭上，總共約二十來個，每個人都有一支步槍伸手可及。在房間裡端，一個哨兵隱隱約約在一個出口處默默地來回踱著步，彷彿像個幽靈，因為那裡似乎更加黑暗，所以才能辨別出那個出口。

當伯爵認為弗朗茲已經看夠這個生動的景象之後，便把手指放到脣上示意他保持安靜，自己走上從過道通向骨灰安放室的三級臺階。他從中間的拱廊走進房間，向萬帕走去，強盜首領正專心閱讀，完全沒有聽見他的腳步聲。

「誰？」哨兵叫喊道，他不像他首領那麼全神貫注，並且借著燭光，看見首領身後的一個黑影越來越大了。萬帕聽見這聲喊叫，迅速站起來，同時從腰帶上抽出一把手槍。頃刻間，所有強盜都站起來，二十支步槍槍口一致對準伯爵。

「我說，」伯爵以極為平靜的聲調說，臉上沒有一塊肌肉在顫動。「親愛的萬帕，我覺得您接待一位朋友排場也太大了點！」

「放下武器！」首領命令式地揮了一下手叫喊道，他用另一隻手恭恭敬敬地脫下帽子。

接著，他轉身面向那位控制全場的非凡人物。

「對不起，伯爵先生，」他對他說，「我萬萬沒想到您會大駕光臨，所以沒能一下子把您認出來。」

「您似乎對什麼也記不住，萬帕，」伯爵說，「您不僅記不住人的模樣，也記不住答應他們的條件。」

「我忘記什麼條件了，伯爵先生？」強盜說，他的神情，像是一個犯錯的人，現在只想著要將功補過似的。

「我們不是說定了，」伯爵說，「不僅對我本人，即便對我的朋友，您也要尊為上賓嗎？」

「我哪裡違反協定了，大人？」

「今晚，您劫走了艾伯特．德．馬瑟夫子爵，並且把他帶到這裡來了，是嗎？」伯爵繼續說，他的音調讓弗朗茲聽了直發抖。「這名年輕人就是我的一位朋友。他與我同住在一家旅館裡，並且整整一個星期用我的馬車在科爾索街遊玩。然而，我再重複一遍，您把他綁架了，並且把他帶到了這裡。還有，」伯爵從他的口袋裡掏出一封信補充道，「您向他要贖金，好像他是一個毫不相干的人似的。」

「為什麼您們不把這件事告訴我呢，您們這些人？」首領轉向他的手下說，那些人在他眼神的威逼下都往後退縮。「為什麼您們要讓我對像伯爵先生這樣的人食言呢？我們所有人的命運都掌握在他手中。我以基督的鮮血發誓！我若相信您們之中的某個人早就知道年輕人就是這位大人的朋友的話，我要親手打穿他的腦袋。」

「看見了吧！」伯爵轉身向弗朗茲說，「我早就對您說了，這裡面有點兒誤會吧。」

「您不是一個人來的嗎？」萬帕不安地問。

「我與收這封信的人一起來的，我想向他證明路易吉．萬帕是一個說話算話的人。來吧，閣下，」他對弗朗茲說，「他就是路易吉・萬帕，他要親口對您說，他因之前犯了一個錯誤感到十分痛心。」

弗朗茲走上前去；首領向他迎上幾步。

「歡迎您來我們這裡，閣下。」他對弗朗茲說，「您聽見剛才伯爵說的話，以及我如何回答他的吧。我想再補充一句，我不願為了我給您的朋友定下的四千皮阿斯特的贖金而發生這種事情。」

「可是，」弗朗茲不安地向四周掃視了一圈說，「子爵在哪裡？我沒看見他。」

「但願他沒事，是嗎？」伯爵皺著眉頭問。

「人在那裡，」萬帕用手指著有強盜在前面獨步看守的一個凹處說，「我親自去向他宣布他自由了。」

首領向那個被他指定作為艾伯特臨時監禁所的凹處走去，而弗朗茲和伯爵跟在他的後面。

「人質在幹什麼？」萬帕向哨兵問。

「天哪，老大，」那人答道，「我一無所知。一個多小時了，我沒聽見他有什麼動靜。」

「來吧，大人！」萬帕說。

伯爵和弗朗茲爬了七、八個階梯，一直由首領在前面引路，他抽出門閂，推開一扇門。那地方也放著與骨灰存放處同樣的一盞燈，在燈光下，只見艾伯特裹著從一個強盜那裡借來的一件披風，躺在一個角落裡呼呼大睡。

「喔！」伯爵帶著他那特有的微笑說，「這對一個在早上七點鐘就要被槍決的人來說可不壞。」

萬帕帶點敬佩地看著熟睡的艾伯特。可以看出他對他的勇氣也不是無動於衷。

「您說得對，伯爵先生，」他說，「這個人應該是您的一位朋友。」

接著，他走近艾伯特，碰了碰他的肩膀。

「閣下，」他說，「請您醒醒好嗎？」

艾伯特伸了伸手臂，揉了揉眼皮，睜開雙眼。

「啊！啊！」他說，「是您啊，老大！天哪，您應該再讓我睡睡才好。我正在做一個美夢，我夢見在托洛尼亞府邸與G伯爵夫人跳加洛普舞呢！」

他掏出懷錶，他之所以留著這只錶是為了對過了多少時間心中有個數。

「清晨一點半！」他說，「活見鬼！為什麼您在這時候叫醒我？」

「為了來告訴您，您自由了，閣下。」

「親愛的首領，」艾伯特不羈地接著說，「以後請您記住拿破崙一世說過的名言：『有壞消息立刻叫醒我。』假如您讓我一直睡下去，我就可以跳完加洛普舞了，這樣，我一生都會對您感激不盡的。那，這麼說，有人付贖金囉？」

「沒有，閣下。」

「這樣的話，我怎麼會獲得自由？」

「有一個人來要您了，我對他是絕對服從的。」

「到這裡來了？」

到這裡來了。」

「啊，當真，這個人可真是個好心人啊！」

艾伯特向周圍掃了一眼，看見了弗朗茲。

「什麼，」他對他說，「是您啊，親愛的弗朗茲，您對我居然忠誠到這個地步嗎？」

「不，不是我，」弗朗茲說，「是我們的鄰居基督山伯爵先生。」

「啊，當真！伯爵先生，」艾伯特一面整理領帶和袖口，一面高興地說，「您真是一個不可多得的人！我希望您把我看成是一個對您感恩不盡的人，首先為借車一事，其次又為這件事情！」說完，他向伯爵伸出手去，後者正要伸出手去時，顫抖了一下，但還是與他握了手。

那名強盜呆愣愣地看著這一幕。顯然，他以前慣於看著他的人質在他面前瑟縮發抖，但是，眼前居然出現這麼一個人，他樂天的性格竟能不受任何環境影響。至於弗朗茲，他看見艾伯特即使面對一個強盜頭子也維護了民族的尊嚴，感到十分自豪。

「親愛的艾伯特，」弗朗茲對他說，「假如您加快速度，我們還有時間在托洛尼亞府上度過愉快的時光；您也可以跳完那曲中斷了的加洛普舞。這樣，您就不會再對路易吉先生耿耿於懷了。他在這整件事中表現得不輸給一名高雅的紳士。」

「啊！沒錯，」他說，「您言之有理，我們可以在兩點鐘到達那裡。路易吉先生，」艾伯特繼續說，「向閣下告辭還需辦什麼手續嗎？」

「什麼手續也沒有，先生。」強盜答道，「您像空氣一樣自由了。」

「這樣的話，祝您生活幸福愉快。走吧，先生們，我們走吧！」

說完，艾伯特就走下樓梯，穿過方形大廳，而弗朗茲和伯爵跟隨其後。所有的強盜都站在一旁，手上拿著帽子。

「佩皮諾，」首領說，「把火把給我。」

「哦！您幹什麼？」伯爵問。

「我送您們出去，」首領說，「這是我對大人所能表示的一點點敬意。」

說著，他從那位牧羊人手中接過燃燒的火把，走在客人前面，看其模樣不像是僕人在卑躬屈膝地送客，倒像是國王在為一批使臣引路。

走到門口，他躬身致敬。

「現在，伯爵先生，」他說，「我再次向您表示歉意，我希望您對剛才發生的事情別放在心上。」

「不會的，親愛的萬帕，」伯爵說，「再說，您已經殷勤周到地補回您的過失了。我們幾乎要感謝您犯了這樣的錯誤呢。」

「先生們！」首領轉身對兩名年輕人接著說，「也許我的提議並不使您們感到興趣，不過，若您們願意再次來看我，不管我在哪兒，您們都會受到歡迎的。」

弗朗茲和艾伯特欠了欠身。伯爵最先出門，艾伯特隨後，弗朗茲走在最後。

「閣下有什麼事情要問我嗎？」萬帕笑著問。

「坦白說有的，」弗朗茲答道，「我們進來時，您那麼專心地在讀書，我很想知道您在讀什麼大作？」

「凱薩的《高盧戰記》，」強盜說，「這是我特別愛讀的書。」

「怎麼樣！您來嗎？」艾伯特問。

「當然，」弗朗茲答道，「我來了！」他立即也走了出去。

他們在平原上走了幾步。

「啊！對不起！」艾伯特回過身子說，「可以嗎？首領？」

說著，他借著萬帕的火把點著了雪茄。

「現在，伯爵先生，」他說，「以最快的速度趕路吧！我非常想去布拉恰諾公爵府上度過我這一夜。」

他們又登上在原地等著的馬車。伯爵向阿里說了一句阿拉伯語，幾匹馬就飛快地上路了。當兩位朋友回到舞廳時，艾伯特的錶針正指在兩點。他們的歸來引起一陣騷動，不過，既然他倆是同時進去的，那麼有關對艾伯特的所有的擔憂便立即煙消霧散了。

「夫人，」德．馬瑟夫子爵邊走向伯爵夫人邊說，「昨天，您不吝恩寵，答應與我跳一曲加洛普舞，雖然晚了一點，但現在我來請您兌現這個多情的許諾。我的朋友在這裡，您對他的誠實是十分了解的，他能向您證實，過錯不在於我。」

由於這時音樂奏出了華爾滋的前奏曲，於是艾伯特就用手臂摟住伯爵夫人的纖腰，帶著她消失在舞客們的旋渦之中了。

這時，弗朗茲仍在思索著一件事，就是剛才基督山伯爵勉強把手伸給艾伯特時，為什麼全身都在莫名地顫抖著。

第三十八章　約會

翌日，艾伯特剛起床，他說的第一句話便是建議弗朗茲去拜訪伯爵。雖然前一晚他已經謝過他一次了，然而他明白，伯爵幫了這麼大的忙，是值得再去感謝第二遍的。弗朗茲對基督山伯爵既感興趣又有點害怕，不願意讓他單獨前去，於是便陪他去了。兩個人被領到客廳裡，五分鐘後，伯爵走了進來。

「伯爵先生，」艾伯特迎向他說，「因為昨天我表達得十分拙劣，請允許我今天上午再向您重述一次，就是，我永遠也不會忘記我虧欠您的恩情。我永遠都會記住，我的生命可以說是您賜予的。」

「親愛的鄰居，」伯爵笑著答道，「您未免誇大了您欠我的情意。我為您的旅遊支出省下區區二萬法郎，如此而已。對您來說，這根本不值得一提。」他補充說，「請接受我所有的祝願，您的豁達大度、隨遇而安的氣質使我深深敬佩。」

「有什麼辦法呢，伯爵，」艾伯特說，「我以為我得罪誰了，不得不來場決鬥呢。我只想讓這些強盜了解一件事情，就是，在世界上所有的國家，人們經常打鬥，但只有法國人是笑著打的。不管怎麼說，您對我仍然恩重如山，我此次來的目的是想問問您，我本人，或是透過我的朋友以及所有我熟悉的人，能否在某些事上對您有所幫助。我的父親，德．馬瑟夫伯爵祖籍是西班牙，他在法國和西班牙享有崇高的地位，我以及所有愛我的人都會為您竭盡犬馬之勞的。」

「好啊！」伯爵說，「我向您承認，德．馬瑟夫先生，您的好意我不只心領，而且我真心誠意地接受了。我早已看中您，並請求您幫我一個大忙。」

「幫什麼忙？」

「我從未到過巴黎！我不熟悉巴黎……」

「當真！」艾伯特大聲說，「您生活到現在居然沒見過巴黎？真是難以想像！」

「的確是事實。不過我與您的感覺一樣，對這個聰明人世界的首都一直茫然無知是一件不可饒恕的事。

「不僅如此，假如我能有認識的人把我引見給與我毫無關係的社交界，也許我好久以前就已完成這趟非去不可的旅行了。可惜我在那裡沒有認識的人。」

「啊！像您這樣出眾非凡的人，」艾伯特大聲說，「居然缺乏引見人？」。

「您真是個大好人。不過我對自己有所認識，我作為百萬富翁除了能與阿加多[114]先生與羅斯希爾德先生一爭高低之外別無長處。

「我去巴黎不是做投機買賣，就為此，所以我遲遲未能成行。

「現在您的盛情相邀讓我下定了決心，親愛的德．馬瑟夫先生，您已經作出承諾（伯爵說這句話時露出一個奇特的微笑）。當我去法國時，您承諾為我打開社交界的大門。我對那裡

114 Aguado（一七八四—一八四二），西班牙大銀行家和藝術收藏家。

可是像休倫人[115]和交趾支那[116]人那樣一無所知啊！」

「啊！這件事，伯爵先生，包在我身上，我將盡心盡力！」艾伯特答道，「更巧的是——親愛的弗朗茲，請別笑話我——我今晨收到一封信，要我回到巴黎。信裡是關於我與一個好家庭結合的事。他們與巴黎上流社會有著相當緊密的關係。」

「您指的是聯姻嗎？」弗朗茲笑著問。

「啊！別管是什麼意思了！」艾伯特回答，「反正最後所指的會是同件事。當您再度回到巴黎看見我時，或許我已成家立業，說不定還做了家長。這很符合我嚴肅的天性，不是嗎？無論如何，伯爵，我再向您重述一遍，我與我的家人都會全心全意地為您效勞的。」

「我接受了，」伯爵說，「因為我可以向您發誓說，我只缺少這麼一個機會去實現我醞釀已久的計畫。」

弗朗茲一直認為伯爵的這些計畫就是他在基督山山洞裡不小心透漏出的那些想法。因此，在他說這番話時，他緊盯著他，試圖從他的臉上看出他打算去巴黎的弦外之音。只是，他難以看透此人內心深處的想法，尤其是當他帶著微笑存心掩飾的話就更難上加難了。

「可是，說說看吧，伯爵，」艾伯特接著說，他為自己能引見像基督山伯爵這樣的人而沾沾自喜，「您的計畫會不會像人們在旅遊時所作的種種打算那樣，只是憑空說說而已，如同建築在沙灘上，風一吹就會把它颳跑了？」

115 Huron，北美的印第安人。

116 Cochin-China，越南南部一地區舊稱。

「不會的，我以名譽擔保，」伯爵說，「我想去巴黎，我必須去。」

「什麼時候？」

「您已決定了回到那裡的時間嗎？」

「當然決定了。」艾伯特說，「再過半個月，頂多三個星期，我就回巴黎。」

「好吧！」伯爵說，「我給您三個月的時間。您瞧，我給您的期限是很寬裕的。」

「那麼再過三個月您就會上我家來了？」艾伯特興奮得大聲說。

「您願意我們的約會日期以天與小時計算嗎？」伯爵說，「我得預先告訴您，我可是非常準時的。」

「以天與小時計算，」艾伯特說，「這正合我的心意。」

「好，就這麼說定了。」他把手伸向一本掛在一面鏡子旁的日曆說，「今天是二月二十一日（他掏出懷錶），上午十點半。您願意在今年五月二十一日上午十點半等我嗎？」

「太好啦！」艾伯特說，「請來用早餐吧。」

「您住在哪兒？」

「埃爾代街二十七號。」

「您單身住在家裡，我不會妨礙您嗎？」

「我住在我父親的府邸裡，獨占一幢小樓。小樓位於大庭院的裡端，是完全獨立的。」

「好。」

伯爵拿出記事本，寫上：**埃爾代街二十七號，五月二十一日上午十點半鐘。**

「現在，」伯爵重新把記事本放回口袋說，「請放心吧，您家掛鐘的指針走得不會比我更加準時的。」

「我在動身之前還會見到您嗎？」艾伯特問。

「看情況吧，您何時動身？」

「我明天傍晚五點走。」

「這麼說，我就先向您道別了。我在那不勒斯有事要辦，要到星期六晚上或是星期天上午才能回來。那麼您呢，」伯爵向弗朗茲問，「您也要走嗎，男爵先生？」

「是的。」

「去法國？」

「不，去威尼斯。我還要在義大利待上一、兩年。」

「那麼我們在巴黎不會見面了？」

「我怕是沒有這分榮幸了。」

「好吧，先生們，祝您們旅途愉快。」伯爵向這兩位朋友說，並向他倆分別伸出一隻手去。

這是弗朗茲第一次接觸到這個人的手。他打了一個寒顫，因為這隻手冰涼地與死人的手無異。

「最後再說一遍，」艾伯特說，「就這麼定了，以名譽擔保，是嗎？埃爾代街二十七號，五月二十一日上午十點半？」

「五月二十一日上午十點半，埃爾代街二十七號。」伯爵又重複了一遍。

於是兩名年輕人向伯爵鞠躬，走了出去。

「您怎麼啦？」艾伯特回到房間對弗朗茲說，「您看來似乎心事重重。」

「是的，」弗朗茲說，「我向您承認這一點，伯爵是個古怪的人，我對他與您在巴黎的會面憂心忡忡。」

「我親愛的同伴，」艾伯特大聲說，「怎麼可能會有讓人憂心的情況？怎麼了，您難道瘋了嗎？」

「不管我是不是失去理智，」弗朗茲說，「反正就是這個樣子。」

「聽我說，弗朗茲，」艾伯特接著說，「我很高興能有這個機會對您說，我總覺得您對伯爵很冷淡，而我卻相反，認為他對我們總是有求必應的。他有什麼地方特別讓您討厭嗎？」

「也許。」

「您在這之前已經在別處見過他了嗎？」

「是的，我見過。」

「在哪裡？」

「我馬上要對您說的話，您能答應我對別人隻字不提嗎？」

「我答應您。」

「以名譽擔保？」

「以名譽擔保。」

「那就好。那麼請聽下去吧。」

於是，弗朗茲向艾伯特敘述了他在基督山島的旅行，他是如何發現了一幫走私販，其中還有兩個科西嘉強盜。他著重在伯爵那個《一千零一夜》神話中才有的岩洞裡所給予他種種神仙般的款待。他向他談到了晚餐、印度大麻、雕像、現實與夢幻，以及他醒來時又是如何看見一艘遊艇遠在天際向波托韋基奧揚帆駛去。這是在一連串的事件後他唯一留下的證據和記憶了。

接著，他又說到他來到羅馬後，在競技場的那一晚。他如何竊聽到伯爵與萬帕的談話，這場談話與佩皮諾有關，談話間，伯爵答應取得這個強盜的緩刑令。讀者可以看到，他是信守這個諾言的。最後，他談到了上一個夜晚的遭遇，以及他還缺少六、七百皮阿斯特才能湊足數目的困境。談到了後來他又是如何想到去向伯爵借錢，而這個想法最終得到了一個如此生動別緻、令人滿意的結局。

艾伯特全神貫注地聽著弗朗茲講述。

「那又怎樣！」當弗朗茲說完後，他說，「在這些事情中您想總結出什麼呢？伯爵愛好旅遊，他有一艘私人遊艇，因為他富有。您到樸資茅斯或是南安普敦去看看吧。您會看見港口擠滿了遊艇，都是屬於富有的英國人，而他們同樣會異想天開。

「為了在他的旅途中有個落腳點，為了免吃這毒害我四個月也毒害您四年的可怕伙食，為了不再睡在讓人無法安睡的惡劣床上，他讓人在他基督山臨時落腳之處裝修一番。

「當他的臨時住所裝修完畢之後，他又擔心托斯卡尼政府要把他趕走，使他的花費白白浪費，於是他買下了島，並給自己取了這個島的名字。

「親愛的朋友，請您在記憶裡搜索一下，然後再告訴我，您認識的人之中有多少人借用了產業的名字，甚至他們還從未擁有過這些產業。」

「可是，」弗朗茲對艾伯特說，「科西嘉強盜也在他的班底裡。」

「喔！那有什麼可以大驚小怪的呢？您比任何人都清楚，不是嗎？科西嘉強盜不是小偷，純粹是些逃亡者。

「他們由於某些族間仇殺的原因從他們居住的城市和他們的家鄉跑了出來。所以說，我們去看他們是不會有失身分的。

「說到我，我宣布有朝一日我去科西嘉時，我在拜會總督和省長之前，只要有人發現他們的蹤跡，我就先去看望《高龍巴》[117]裡的強盜，我覺得他們很可愛。」

「不過萬帕和他的一幫人，」弗朗茲接著說，「這些人是確確實實的小偷、強盜，我希望您不會否認這一點。伯爵能左右這些人，您對此又有什麼看法呢？」

「我要說，親愛的同伴，從種種跡象來看，我可多虧了他的影響力才保住了性命，因此，不該由我來過於苛求他。

「我非但不會像您那樣，把這件事情作為他的主要罪行，並且您會發現，我完全原諒他了。別說他救了我的命——這句話也許誇大了一些——至少他讓我節省了四千皮阿斯特。

「按我們的錢算相當於二萬四千法郎，我在法國肯定沒有這麼高的定價。這就證明，」

117　Colomba，《高龍巴》是法國作家梅裡美著名的中篇小說，內容涉及科西嘉島上的親族仇殺。

艾伯特笑著補充說，「有才幹的人在自己家鄉都不會受到尊重。」

「那好吧！再談得具體的事。伯爵是哪個國家人？他說什麼語言？以什麼為生？他的巨大財富是從哪兒來的？

「他後期生活的基調是沉悶憂鬱、憤世嫉俗的，那麼他神祕而不為人知的前期生活又是怎樣的呢？要是我處在您的位置，所有這一切，我都想了解清楚。」

「親愛的弗朗茲，」艾伯特接著說，「當您收到我的信後，您看出我們需要伯爵的影響力。您會對他說：『艾伯特．德．馬瑟夫，我的朋友，正遇到危險，請幫助我使他擺脫險境吧！』是不是這樣的？」

「是的。」

「那麼，他是否問過您：『艾伯特．德．馬瑟夫是怎樣的人？他的名字從哪兒來的？他的財富從哪兒來的？他以何為生？他是什麼國家人？他出生在哪裡？』他問過您這些嗎，說啊？」

「沒有，我承認。」

「他什麼也沒問，就來了。他把我從萬帕的手上救了出來。在萬帕那裡，雖然如您說的，我顯得滿不在乎的樣子，可我也擺不出好臉色，我得承認這點。

「好了！親愛的朋友，他幫了我一個大忙。現在回過頭來請我為他做一件我們每天都在為途經巴黎的任何一位俄國或是義大利親王做的事情。就是把他介紹給社交界。難道您要我拒絕幫這個忙嗎？行了，您簡直是瘋啦！」

應該說，這一次不同往常，所有的道理全在艾伯特這一邊了。

「說到底，」弗朗茲嘆口氣接著說，「您高興怎麼做就怎麼做吧，親愛的子爵，因為我承認，您對我說的一切都貌似有理。不過，無論怎麼說，伯爵終究是個怪人。」

「基督山伯爵是一個慈善家。他沒有告訴您他去巴黎的動機。那好！我說他去巴黎是為了競爭蒙蒂翁[118]獎。

「假使他只需我的一票便能獲獎，或是運用這位如此醜陋的蒙蒂翁先生的影響來設法獲獎的話，那我就投他一票，並且確保他爭取到那個影響力。

「到此為止吧，弗朗茲，別再說下去了，我們用餐去吧，然後再最後遊覽一回聖彼得大教堂。」

如同艾伯特說的，他倆去吃飯、參觀了。次日，在午後五點鐘，兩名年輕人分手了，艾伯特．德．馬瑟夫回巴黎；弗朗茲．德．埃皮奈到威尼斯去度半個月的假。

不過，艾伯特在登上馬車之前，十分擔心他的貴賓不能如期赴約，於是特地交給旅館侍者一張名片，讓他轉交給基督山伯爵。在名片上「艾伯特．德．馬瑟夫子爵」這行字的下首，他還用鉛筆寫上：

五月二十一日上午十點半鐘

埃爾代街二十七號

118 Monthyon（一七三三—一八二〇），法國慈善家，創立了多種道德獎和文學獎。

第三十九章　賓客

艾伯特．德．馬瑟夫在羅馬與基督山伯爵約定將在埃爾代街的府邸裡相會。五月二十一日上午，府邸裡一切都已準備就緒，好讓許下諾言的年輕人增添光彩。

艾伯特．德．馬瑟夫住在一個大庭院邊角的一座小樓裡，與另一座用作車庫、馬廄的附屬建築遙遙相對。這座小樓只有兩扇窗戶面朝大街，另外幾扇窗戶之中，三扇對著大庭院，兩扇變個方向，開向小花園。在庭院和小花園之間，聳立著一幢外表奢華的巨大建築物，它是帝王時期的設計師設計的，格調不高，由德．馬瑟夫伯爵和伯爵夫人居住。府邸臨街的一面築起一排高牆，牆上每隔一段距離就放有一個花盆，牆中央有了一道鑄有鍍金鐵尖的柵欄門，供重要人物的馬車進出。還有一道小門幾乎貼近門房的住所，是給僕人或是徒步進出的辦事人員專用。

不難猜出，做母親的為艾伯特選擇了這麼一幢小樓是用心良苦的。她既不願意與兒子分得太開，又能理解像子爵這樣年紀的年輕人需要絕對的自由。此外，我們也要提一句，從房屋的布局與裝潢中也能看出年輕人聰明的自私心理。他像世家子弟那樣喜歡過自由自在、閒適安逸的日子。而家人為他提供一個理想的住處，其實就如給小鳥的籠子鍍上一層金。

艾伯特．德．馬瑟夫可以通過朝街的兩扇窗戶看到屋外景象。對年輕人來說，向外界觀望是至關重要的。他們總是希望人們在他們的視野之內經過，哪怕看到的僅僅是街景而已。觀看了一番過後，如果他注意的事物值得進一步深究的話，為了實地探訪，艾伯特．德．馬瑟夫就可以從一扇小門出去。

這道小門與我們上面提到的設在門房住所旁邊的那扇小門遙相對應，值得我們特地作一番介紹。這扇小門彷彿自府邸竣工之日起就被人遺忘，永遠再見不到天日似的，因為它沾滿了灰塵，毫不引人注意。然而門鎖和鉸鏈卻被小心翼翼上了潤滑油，說明有人經常偷偷地使用這扇門。這扇似有若無的小門總是在與另外兩扇門一爭高低，而對守門人置之不顧。它總能避開守門人的警覺和咒罵。如同《一千零一夜》寶窟中的那扇著名的門，如同阿里巴巴的「芝麻開門」咒語，只須有人以最甜美的聲音呼叫幾聲暗號，或用最纖巧的手如約在門上敲幾下，門就會悄悄地開啟。

這扇小門通向一個兼做前廳之用寬敞而靜謐的走廊。在走廊的盡頭，右首是艾伯特的餐廳，面朝庭院；左首是他的小客廳，朝向小花園。樹叢和攀緣植物呈扇形在窗戶前散開。因此，從庭院和小花園無法一目了然地見到底層僅有的兩間房間的內部。當然，如果有人存心要窺探，還是有辦法看見的。

在二樓，有兩個房間與底層兩間對應，只是它多出了約前廳大小的一塊空間，形成了第三間。這三個房間分別是大客廳、臥室和一間很雅致用以接待貴婦的小客廳。樓下的小客廳擺了一圈阿爾及利亞式的長沙發，供吸菸者使用。而二樓的貴婦小客廳與臥室相通，並有一道暗門，直通樓梯。不難看出，主人作出這樣的布局真是縝密之極了。

在二樓上面是一間巨大的工作室，牆壁和隔板拆掉，擴大了它的面積。這裡是我們這位藝術家和花花公子可以為所欲為的小天地。艾伯特隨興所至、隨玩隨丟的東西都紛亂雜陳地被扔棄和堆放在此。

工作室中有號角、低音號、短笛，總之有全套樂器，因為，艾伯特對音樂不僅憑興趣，還狂熱過一陣子。還有三腳畫架、調色板和畫粉，那是他後來以自命不凡的繪畫天才取代了音樂狂的身分。還有花式劍、拳擊套、重劍，以及各式各樣的木棍。因為，到了最後，按照我們時代的年輕人時尚，艾伯特．德．馬瑟夫帶著比對音樂和繪畫多得多的毅力，學習了這三門技藝——擊劍、拳擊和棒術。他也更加完善了作為貴族公子的教育。

他在這間健身房裡先後接待了格裡西埃、庫克斯和夏爾．洛布歇[119]。這個備受寵倖的特別房間中其他傢俱有——弗朗索瓦一世時代的古老箱櫃，箱櫃裡裝滿了中國瓷器、日本花瓶、呂加的陶瓷和帕利西[120]親手製作的碟子。有古老的沙發椅，也許亨利四世或是蘇利[121]、路易十三或是黎塞留都曾坐過。因為，其中兩張上面點綴著雕刻精美的盾形紋章，在紋章蔚藍的底色上開著三朵鮮豔奪目的法國百合花，百合花上刻著一頂法國王冠，顯然，這兩張沙發椅曾為羅浮宮傢俱貯藏室收藏，至少也是某個皇親國戚城堡裡的舊物。

在這些莊重、晦暗的椅子上，雜亂地堆放著色彩鮮豔的優質綾羅綢緞，它們有的繪有波

---

119 Grisier, Cook, and Charles Leboucher，分別是當時有名的劍術家、拳擊家和棒術家。

120 Palissy，生於一五一〇年左右，法國著名的上釉大師和陶器製造家。

121 Sully（一五五九—一六四一），亨利四世的大臣和密友。

斯太陽的圖案，或是由加爾各答或昌德納戈爾[122]女人的纖纖細手織成的。這些織物會在什麼場合使用，其實很難說清楚。它們使人看了賞心悅目，同時，似乎也在等待最後、未知的歸宿。在此之前，它們便以柔軟光滑、金光燦燦的光澤使滿室生輝。

在室內最顯眼之處，放置了一架鋼琴，是羅勒[123]和布朗歇[124]用巴西香木雕成，其大小放在小人國的客廳裡挺合適，但在它那狹小而共鳴嘹亮的琴腔裡，卻包含著整個樂隊，在貝多芬、韋伯、莫札特、海頓、格雷特裡[125]和波爾波拉[126]傑作的重壓下，經常呻吟不止。此外，牆壁上、門扉上、天花板上，到處都懸掛著劍、短刀、短劍、重錘、斧、全套鍍金嵌花盔甲。加上植物標本、礦石標本、膛內塞滿乾草的禽鳥標本，它們正展開火紅色的翅膀，張開永不閉合的喙，作靜態的飛翔狀。無須解釋，這個房間備受艾伯特的青睞。

不過，到了約定那天，略加梳洗打扮的年輕人，卻把他的待客區設在底層的小客廳裡。在一張桌子的四周，等距離地圍著一圈寬大而柔軟的長沙發，桌上放著各式各樣著名的菸草──聖彼得堡的黃色菸草、西奈半島的黑色菸草、馬里蘭菸草、波多黎各菸草和拉塔基亞[127]菸草。所有的菸草都盛在荷蘭人鍾愛的有碎花裂紋的釉質陶罐裡，顯得光彩奪目。在菸草盒旁邊由

122 Chandernagor，印度西孟加拉邦胡格利縣城。
123 Roller，法國古鋼琴製作家。
124 Blanchet，法國撥弦古鋼琴製作家。
125 Gretry，格雷特裡（一七四一──一八一三），法國作曲家。
126 Porpora（一六八六──一七六八），義大利著名歌劇作曲家。
127 Latakia，敘利亞西北部省分及其省會名稱。

檀香木做成的木盒裡，按照長短和品質的順序依次排列著蒲羅雪茄、雷加拉雪茄、哈瓦那雪茄和馬尼拉雪茄。

最後，在一個打開的櫃子裡，備有全套德國菸斗與長管筒身、琥珀菸嘴、裝飾著珊瑚的土耳其菸斗，其長長的筒身用摩洛哥皮制的，像蛇一樣扭曲著的鑲金土耳其長菸斗。這些菸斗都等待著吸煙人的寵愛與選用。艾伯特親自作了這樣的安排，或者更確切地說，布置出這種有秩序的混亂，因為在喝完咖啡過後，享受時髦早餐的貴賓還愛吞雲吐霧，觀賞那呈螺旋狀嫋嫋向天花板升起的一縷縷輕煙。

十點差一刻時，貼身侍僕走了進來。他是一個十五歲的年輕侍者，只會說英語，人稱約翰，是馬瑟夫的唯一一個專用僕人。當然，在平時，府邸的廚師也同時服侍他，遇上重大的日子，伯爵府上穿制服的跟班也任他差遣。貼身侍僕名叫傑爾曼，他得到年輕主人的絕對信任，此時，他把手裡拿著的報紙放在桌上，並把一疊信交給艾伯特。艾伯特漫不經心地在各式各樣的信件上掃視了一眼，挑出其中兩封字跡秀麗，信封噴香的信來拆開，並稍加注意地看完了。

「這兩封信是怎麼來的？」他問。

「一封是郵差送來的，另一封是鄧格拉斯夫人的貼身女僕送來的。」

「請差人轉告鄧格拉斯夫人，我接受她在自己的包廂裡為我留著的座位，請等一等，今天，您到羅莎那裡去一趟，並告訴她，承蒙她邀請，我看完歌劇後會到她家吃宵夜。同時，請給她送去六瓶酒——普勒斯、熱雷斯[128]、雪莉酒、馬拉加[129]的葡萄酒。還要送一桶奧斯坦德[130]牡蠣，請到波雷爾的店裡買牡蠣，特別提一句，是我買的。」

「先生幾點用餐？」

「現在幾點了？」

「十點差一刻。」

「嗯，請在十點半鐘備餐。德布雷也許不得不去部裡辦公了……再說……（艾伯特看了看他的記事本）我向伯爵指定的時間到了，五月二十一日上午十點半。雖然我對他的諾言不抱多大的信心，但我還是要做到準時。哦，對了，您知道伯爵夫人起身了嗎？」

「若子爵先生想知道，我去問問。」

「好的，您向她要一箱利口酒，我的那箱已經不滿了，並且對她說，我在午後三點左右將有幸去她那兒請安，請她允許我為她引見一個人。」

僕人走了出去，艾伯特靠在沙發上，撕開兩三份報紙的封套，看節目欄，當他看到上演歌劇而不是芭蕾時，做了一個鬼臉。然後他想在化妝品商店的廣告欄中尋找一種別人向他推薦可保養牙齒的軟糖式藥劑，但沒找到。接著，又一張接一張把巴黎最暢銷的三份報紙扔掉，打了一個長長的呵欠，自言自語地說：「說實在的，這些報紙越來越沒意思了。」

128 Cysrus，西班牙一城市，盛產葡萄酒。
129 Malaga，西班牙另一城市，亦盛產葡萄酒。
130 Ostend，比利時西佛蘭德省城市，瀕臨北海。

過了片刻，一輛輕便馬車停在門口，不一會兒，貼身侍僕走進來通報羅新·德布雷先生到。來者身材高大，有著一頭金黃長髮，雙眼灰色而澄淨，薄薄的雙唇顯得很冷峻。他身穿一件鏤花金鈕扣的藍色上衣，繫一條白色領帶，架著一片玳瑁單片眼鏡，由一條絲帶繫著懸在胸前。他需要透過眉毛和臉部神經共同努力下，才能不時地把單片眼鏡夾在右眼眶窩裡。他進來的時候臉上沒有笑容，一言不發，帶著半官方訪問的神色。

「早安，羅新，早安！」艾伯特說，「您準時得讓我害怕！我說什麼來著？準時！您是我以為會最後才到的人，卻在十點差五分抵達了，約定的見面時間可是十點半鐘，這真是奇蹟。難道內閣請辭了嗎？」

「不，我親愛的朋友，」年輕人把自己埋進沙發裡說，「放心吧，我們老是在搖晃，但絕不會倒。我已開始在想，我們將會終身任職了，更別說那半島事件[131]使我們的地位完全鞏固了。」

「啊！完全事實，您們驅逐了西班牙的唐·卡洛斯[132]。」

「不是的，我親愛的朋友，別把兩者混淆了。我們從法國邊界的另一邊把他接了過來，並且在布爾日[133]奉他成為國賓歡迎呢。」

「在布爾日？」

131 指在伊比裡亞半島上進行的拿破崙戰爭。在這場戰爭中，拿破崙曾迫使西班牙成為法國附庸國。
132 Don Carlos，即查理四世，曾任西班牙國王，在半島戰爭中表現得非常無能
133 Bourges，法國中部謝爾省省會。

「是的，他沒什麼可抱怨的。真見鬼！布爾日是國王查理七世的首都。怎麼了？您還不知道？從昨天起整個巴黎都知道啦。而在前天，交易所肯定已經風聞這件事情，因為鄧格拉斯先生，我不知道這個人是通過什麼管道與我們同時得知這個消息的，賺了一百萬。」

「那您呢，我看見您掛勳章的小鏈條上又多了一條藍絲帶？」

「哦！他們送給我一枚查理三世勳章。」德布雷心不在焉地答道。

「好啦，別裝作無所謂的樣子，您就承認收到這件東西挺高興的吧。」

「哦，作為裝飾品還不錯，在一件鈕扣式的黑色外套上多一枚勳章挺高雅的。」

「您看上去像威爾士親王或是賴希施塔特公爵了。」

「這就是我這樣早來看您的原因。」

「就因為您獲得查理三世勳章，您想把這個好消息告訴我？」

「不是，因為我整夜都在寫信，是二十五封外交電報。今天拂曉回到家中，我本想睡覺，可是頭疼得厲害，於是我起身想騎一小時馬。

「在布洛涅森林，我感到又煩悶又飢餓，這兩個敵人很少同時襲擊，然而這次它們聯合向我進攻，真有點像卡洛斯和共和黨人結盟了。

「這時，我才想到今天上午您府上要請客，所以我就來了。我餓壞了，拿吃的來吧。我煩悶極了，讓我開心吧。」

「作為主人，這是我的責任，親愛的朋友。」艾伯特邊拉鈴招來貼身侍僕，邊說。而羅新則用他那根點綴著綠松石的金頭手杖挑那幾份打開的報紙。

「傑爾曼，拿一杯雪莉酒和一點點心來。在此之前，親愛的羅新，這些不用說都是走私雪茄，請您品嘗。並且，請您的部長賣一些給我們，而不要盡拿些胡桃葉子來讓毒害我們吧。」

「胡說！我才不做這種事。只要是政府運來的東西，您就不喜歡、覺得討厭。再說，這與內政部無關，而是財政部的事。請您去找胡曼先生，他屬間接稅管理司，辦公室在A走廊第二十六號。」

「照我的話說，」艾伯特說，「您知識廣博的令我吃驚。是先抽支雪茄吧！」

「說真的，親愛的艾伯特，」羅新就著鍍金蠟燭盤上燃燒著的一根玫瑰色蠟燭點燃了一支馬尼拉雪茄，仰面躺坐在沙發椅上說，「您真幸福，無事可做！您真是身在福中不知福！」

「您會怎麼做呢，我親愛的外交官？」馬瑟夫用略帶嘲諷的口吻接著說，「如果您無事可做？身為部長的機要祕書，歐洲重大的陰謀或是巴黎小小的密策您都要過問。

「有國王們，更甚者，王后們需要您保護。有許多黨派要靠您撮合，有種種選舉要您控制。

「您在辦公室裡動動筆，發發電報比拿破崙憑他的劍和戰功輾轉沙場更能發揮作用。

「您除了薪俸而外，還擁有二萬五千法郎的年金，擁有一匹夏托．勒諾用四百個金路易都換不來的馬。

「您有一個私人裁縫使您從不缺少一條褲子穿。您可以自由進出歌劇院、賽馬俱樂部和雜耍劇場。難道所有這些還不夠您消遣嗎？好吧，那麼我就逗您開心吧。」

「怎麼個逗法？」

「介紹您結識一位新朋友。」

「男人還是女人？」

「男人。」

「哦！我已經認識不少男人啦！」

「可我說的那位您還不認識。」

「他從哪兒來？世界的盡頭嗎？」

「或許更遠。」

「真見鬼！我希望他不會為我們帶來早餐吧？」

「不會的，請放心，我們的早餐在母親的廚房裡準備著。您真的餓了？」

「是的，我承認，儘管說出來怪不好意思的。我昨天在德．維爾福先生家用的晚餐。您注意到嗎，親愛的朋友，在法律界的人士那兒總是吃得很糟，彷彿他們不忍心暴殄天物似的？」

「喔！盡嫌棄別人家的晚餐不好；就您們部長家裡吃得很好。」

「是的，不過我們不會邀請有身分的人吃飯。除了那些與我們持相同觀點，特別是投我們票的少數幾個鄉巴佬，我們不得不請上餐桌之外。我們自己也把在家吃飯看成是災難，請您相信這一點。」

「那麼，再喝一杯雪莉酒，吃一塊餅乾吧。」

「很樂意，您的西班牙葡萄酒真是不錯。您瞧，我們使這個國家保持安定是完全正確的。」

「對，可是唐．卡洛斯怎麼辦？」

「他啊，唐．卡洛斯會喝波爾多葡萄酒的，再過十年，我們將讓他的兒子娶小女王為妻。」

「如果屆時您還在部裡的話，您可就能得到金羊毛勳章[134]了。」

「我想，艾伯特，今天早上您採取了某種飲食法，想用抽菸來餵飽我們是嗎？」

「這個嘛，您總要認可它對胃可是大有好處的吧。不過，我聽到博尚在前廳說話的聲音了，而您們又能來場辯論，這樣就能消耗時間了。」

「辯論什麼？」

「報紙啊。」

「我親愛的朋友，」羅新用一種鄙夷不屑的口吻說，「難道我會看報紙嗎？」

「這樣，您們的辯論會更加激烈。」

「博尚先生到！」貼身侍僕大聲喊道。

「請進，請進！」艾伯特邊起身迎向年輕人邊說，「德布雷先生也在這裡，他還沒看您的文章就討厭您了，至少他是這麼說的。」

「他言之有理。」博尚說，「我也一樣，我還不知道他做什麼就批評他了。您好，司令官。」

「啊！您未卜先知了。」機要祕書笑著說，他與記者互相笑了笑，握了握手。

134 這是法國和西班牙兩國共同設立的騎士團榮譽勳章。

「當然！」

「世界上又在流傳什麼啦？」

「哪個世界？在一八三八這個好年頭，我們有許多世界。」

「整個政治界，您是其中一位領袖嘛。」

「人家說這件事很公平，就是，播下這麼些紅花的種子，總能長出幾株藍花來的。」

「好啦，好啦，還不壞嘛，」羅新說，「您為什麼不能成為我們的一員呢，親愛的博尚？像您這樣擁有天賦之人，您不出三、四年就功成名就了。」

「我如要聽從您的勸告只有一個條件，就是，內閣能穩住六個月就好了。親愛的艾伯特，在我讓可憐的羅新有個喘息機會前，我只說一句話。我們究竟是要用早餐還是午餐？我還要到眾議院去，做我們這一行的，並不是一切都能隨心所欲的。」

「我們只是吃早餐，還要等兩個人，他們一到我們就入席。」

第四十章　早餐

「您等兩位什麼樣的人來吃早餐？」博尚問。

「一位是紳士，另一位是外交家。」艾伯特接著說。

「那麼我們得花上近兩個小時等紳士，再花上兩個多小時等外交家了。我待會兒再來吃甜食吧。請為我留一點草莓、咖啡和雪茄。我到眾議院去吃一塊牛排就行了。」

「別麻煩了，博尚，因為即便那位紳士是蒙莫朗西[135]，而那位外交家是梅特涅[136]，我們也會在十點半鐘準時開飯。在此之前，請像德布雷那樣，嘗嘗我的雪莉酒和餅乾吧。」

「就這樣吧，我等著。今天上午我一定要找事分心才好。」

「您跟德布雷一樣。不過，我倒覺得當部長鬱鬱不振時，就該是反對派興高采烈之際了。」

「喔！您完全不知道我所受到的威脅。今天上午我得到眾議院去聽鄧格拉斯先生的演講。今天晚上還要到他府上去聽他的夫人講一個法國貴族院議員的悲劇。

「讓君主立憲政府見鬼去吧！既然大家說，我們可以自由選擇，怎麼會選擇這樣一個政府呢？」

135 Montmorency，蒙莫朗西家族是一個貴族世家，在法國聲名顯赫，歷史悠久。
136 Metternich（一七七三—一八五九），奧地利政治家，曾組織反拿破崙的政治同盟。

「我明白了，您要準備好好笑話了。」

「別貶低鄧格拉斯的演講了，」德布雷說，「他票投給您們，也算是反對黨的一員。」

「沒錯，但壞也壞在這一點！我會等著您們送他到盧森堡公園[137]演講，這可讓我痛痛快快地笑話他了。」

「親愛的朋友，」艾伯特對博尚說，「看得出來，西班牙的糾紛已經平息，因為今天早上您已完全失去幽默感。

「您得記住，巴黎社交圈已流傳我要與歐仁妮．鄧格拉斯小姐結婚了。因此，我從良心上也不能讓您對某個人的口才肆加詆毀。

「因為，那個人說不定哪一天會對我說：『子爵先生，您知道，我給了我女兒兩百萬嫁妝。』」

「算了吧！」博尚說，「這門婚姻一輩子也成不了。國王能封那個人為男爵，也能使他成為貴族院的議員，但卻不能把他變成紳士。德．馬瑟夫伯爵的那把佩劍[138]太貴族化了。他不會為這區區兩百萬而同意這門戶不當的婚姻的。馬瑟夫子爵只能娶一位侯爵小姐。」

「兩百萬！這可不差啊。」馬瑟夫接著說。

「這筆錢只夠在林蔭大道上蓋一個戲院，或是從植物園到拉貝間鋪一條鐵路。」

「隨他去說吧，馬瑟夫，」德布雷沒精打采地說，「您只管結婚。您等於娶了一個錢袋，

137 位於巴黎市區的著名公園，參議院設在該公園內。

138 法國古代有「佩劍貴族」一說，這裡指他的貴族觀念很強。

不是嗎？那還管其他的事幹什麼！

「寧可在錢袋上少一枚紋章而多一個零的。您在您的紋章上有七隻雌鶇，就算分三隻給您的妻子，您還剩下四隻。比德．吉斯先生[139]還多一隻呢。他差一點成了法國國王，而他的日爾曼侄兒卻已當上德國的皇帝了。」

「當然，我想您的話是對的，羅新。」艾伯特心不在焉地回答。

「可以肯定！再說，任何百萬富翁都可以像私生子那樣高貴，換句話說，他們也能高貴起來。」

「別再這樣說了，德布雷，」博尚笑著接著說，「因為夏托．勒諾來了。他為了醫治您的奇談怪論的癖好，會用他的祖先勒諾．德．蒙多邦的劍刺穿您的胸膛的。」

「那麼他就有失身分了，因為我很卑賤，非常卑賤。」

「哦！天啊！」博尚大聲說，「現在部裡的大人物唱起貝朗瑞[140]的詩歌來了，我們說到哪裡去了啊？」

「德．夏托．勒諾先生到！馬西米蘭．摩萊爾先生到！」貼身侍僕叫道，稟告另有兩位來賓來了。

「這下到齊了！」博尚說，「我們可以吃早飯了，因為我如果沒聽錯，您就等兩位了，艾

139 吉斯家族在法國十五、十六世紀聲名顯赫，十七世紀之後漸趨沒落。

140 Beranger（一七八〇—一八五七），法國著名詩人。他一生都和人民站在一起，譏諷君主專制，表達人民大眾的情感。

伯特？」

「摩萊爾！」艾伯特吃了一驚，喃喃說，「摩萊爾，怎麼回事？」

不過還未等他說完，德．夏托．勒諾先生已經握住了艾伯特的一隻手。他是名三十歲的英俊男子，從頭到腳散發出紳士氣息，也就是，有著吉什家族[141]的樣貌和莫特瑪爾家族[142]的聰慧。

「親愛的艾伯特，」他對他說，「請允許我向您介紹北非騎兵軍團上尉馬西米蘭．摩萊爾先生。他是我的朋友，還是我的救命恩人。再說，他的特點一眼便可看出來了。請向我的英雄致意吧，子爵。」

說著，他往旁邊移了一下，出現了一名身材高大、儀表堂堂的年輕人。他的額頭寬廣，目光炯炯有神，蓄著一撇小鬍子。讀者該回憶起在馬賽已經見過他了，當時他的處境十分險惡，所以不會把他忘掉吧。他穿著一身半法國半東方式的華美軍服，非常合身得體，使他掛著榮譽軍團十字動章的寬大胸膛顯得特別魁偉，並且凸顯出他全身壯實有力的曲線。年輕軍官溫文爾雅地鞠了一躬。摩萊爾的每一個動作都很從容不迫，因為他是強者。

「先生，」艾伯特熱情而有禮貌地說，「德．夏托．勒諾伯爵知道把您介紹給我認識會給我帶來多大的愉快。既然您是他的朋友，先生，也請做我們的朋友吧。」

「很好，」夏托．勒諾說，「親愛的子爵，但願在某個場合下，他能為您效勞，就如他已

141 Guiche，吉什家族是法國很有名望的貴族世家。

142 Mortemart，莫特瑪爾家族也曾出了個法王路易十四的寵姬蒙代斯邦夫人。

經為我做過的那樣。」

「他做了什麼？」艾伯特問。

「啊！簡直不值一提，」摩萊爾說「德．夏托．勒諾先生言過其實了。」

「什麼簡直不值一提！」夏托．勒諾大喊，「難道生命不值一提嗎！說真的，您這麼說也太豁達了，親愛的摩萊爾先生。對您來說，也許可以理解，因為您每天都冒著生命危險；對我就不是這樣了，我第一次險遭不測……」

「聽您們的話有一點非常明確，男爵，就是摩萊爾上尉救過您的命。」

「啊！我的老天，是的，千真萬確。」夏托．勒諾接著說。

「在什麼情況下？」博尚問。

「博尚，我的朋友，您會看見我真的要餓死了，」德布雷說，「別再說故事了。」

「喔！可是，」博尚說，「我並沒妨礙到吃飯，夏托．勒諾會在餐桌上講述給我們聽的。」

「先生們，」馬瑟夫說，「現在才十點一刻，請注意這一點，我們正等著最後一位來賓。」

「啊！真的，還有一位外交家。」德布雷接著說。

「一位外交家，或是什麼人，我一無所知。我所知道的，就是在我看來，如果我託付他一件使命，他就會辦妥，讓我滿意。

「如果我是國王，我就會立即把所有的勳章賜給他，若可以同時頒發金羊毛勳章和英國的嘉德勳章，也會這樣做。」

「這樣吧，既然還上不了餐桌，」德布雷說，「您就和我們一樣，自斟一杯雪莉酒，再把您的故事講給我們聽吧，男爵。」

「您們知道，我曾冒出個念頭要到非洲去。」

「這是您的祖先為您畫出的一條路線，親愛的夏托・勒諾。」馬瑟夫殷勤地答道。

「是的，可是我懷疑您此行是否如他們想的那樣是為了去拯救基督的墓地。」

「您說得對，博尚，」年輕的貴族說，「我去只為了有空去玩槍罷了。您知道，自從我挑選來勸架的兩名證人迫使我打穿我最好的一位朋友的手臂以後，我就厭惡決鬥了。您們大家也都認識……可憐的弗朗茲・德・埃皮奈。」

「啊，真的，」德布雷說，「當時您決鬥了……為了什麼？」

「假如我還記得，應該是被魔鬼逮去了吧！」夏托・勒諾說，「不過我記得非常清楚的是，我覺得自己是個有才能的人，埋沒了實在可惜。

「所以我想在阿拉伯人身上試試我那些手槍，那是別人送我的禮物。

「總之，我在奧蘭上了岸，然後又從奧蘭到君士坦丁。我到那裡時正巧看到撤圍，就像其他人一樣撤退了。

「整整四十八個小時，白天下雨，夜晚下雪，我都得忍受著。最後，到了第三天早上，我的坐騎被凍死了。

「可憐的畜生啊！牠以前在馬廄裡一直被蓋得暖暖的，還有火爐烤火。這匹阿拉伯駿馬離開故鄉不多遠就在阿拉伯半島遇上了零下十度的嚴寒。」

「就為此您才想到要買我那匹英國馬嗎？」德布雷說，「您認為這匹馬能比您的阿拉伯駿馬更加耐寒吧。」

「您錯了，因為我發誓再不返回非洲了。」

「那麼您膽怯了？」博尚問。

「確實，我承認，」夏托．勒諾答道，「還有更重要的原因！我的馬死了，於是我就徒步撤退。

「有六個阿拉伯人騎馬飛奔而來要取我的腦袋，所以，我用長槍撂倒了兩個，又用手槍打死兩個，這堆蒼蠅！不過還有兩個，而我被迫放下了武器。

「他們一個抓住我的頭髮，所以我至今頭髮都修得很短，誰知道今後還會發生什麼事情呢。另一個用他的土耳其彎刀擱在我的脖子上，我已經感到冰冷的鐵刃了。

「突然，在場的這位先生向他倆撲過去，一槍解決了抓住我頭髮的那個人，又一刀劈開了那個準備割斷我喉嚨的人的腦袋。

「這位先生給了自己一個使命，在這一天要拯救一個人，這次幸而是我。假若我發財了，我要讓克萊芒[143]或是馬羅什迪[144]建造一座幸運之神的雕像。」

「是的，」摩萊爾微笑著說，「那天是九月五日，也是我父親神奇般地死裡逃生的紀念日。因此，只要我力所能及，每年我都要做些什麼來紀念這個日子。」

「英雄的行為是嗎？」夏托．勒諾插話說，「總之，我被選上了，可這還沒完。他把我從

---

143 Klagmann（一八一〇—一八六七），法國雕刻家。

144 Marochetti（一八〇五—一八六八），義大利雕刻家。

刀刃下救出之後，還拯救我於嚴寒之中。

「他如同聖馬丁做的那樣，不僅是分享他的斗蓬，而是全部都給了我，之後，他又分我食物，解救我於飢餓，您們猜吃的是什麼？」

「一塊史特拉斯堡餡餅？」博尚問。

「不是的，是他的馬。我們每人津津有味地吃了一大塊。真是不容易啊。」

「馬嗎？」馬瑟夫笑著問。

「不，是犧牲的精神。」夏托．勒諾答，「請問問德布雷，他是否能為一個陌生人犧牲他那匹英國駿馬？」

「為陌生人，不行，」德布雷說，「為一個朋友，也許。」

「我那時就猜到您會成為我的朋友的，男爵先生。」摩萊爾說，「此外，我已經有幸對您說過了。

「不管是不是英雄主義，也不管是不是犧牲精神，這一天，我總必須為一個不幸的人作出貢獻，以報答幸運之神曾施與我們的恩澤。」

「摩萊爾先生沒有說明的那個故事肯定是十分精彩動人。當您與他進一步交往之後，他總有一天會對我們詳述的。」

夏托．勒諾繼續說：「今天，還是先餵飽肚子，而不急於餵飽腦子吧。您何時開飯，艾伯特？」

「十點半。」

「十點半整？」德布雷掏出懷錶問。

「啊！您們給我五分鐘的寬限吧，」馬瑟夫說，「因為我也在等一位救命恩人。」

「誰的救命恩人？」

「當然是我的！」馬瑟夫回答，「難道您們認為我就不會像其他人那樣被救嗎？難道只有阿拉伯人才砍人腦袋嗎？

「我們的早餐是一頓充滿博愛精神的聚餐。至少我是這樣想，因為，在我們餐桌上就座的有兩位仁慈的大恩人。」

「那我們怎麼辦？」德布雷說，「我們只設立一個蒙蒂翁獎呀？」

「這樣的話，就把這個獎頒給毫無建樹的人吧，」博尚說，「通常，法蘭西學院為了擺脫窘境就是採用這個辦法的。」

「他從哪裡來？」德布雷問，「請原諒我的固執。我知道，您已經回答過這個問題了，可是太籠統，我不只好冒昧再問一次。」

「老實說，」艾伯特說，「我一無所知。三個月前我邀請他的時候，他在羅馬。自那以後誰會知道他又到哪裡去了！」

「您認為他能準時到達嗎？」德布雷問。

「我認為他無所不能。」馬瑟夫回答。

「請注意，加上五分鐘的寬限，我們至多只要再等十分鐘。」

「好吧！我就利用這點時間來說說我們這位來賓吧。」

「對不起，」博尚說，「您要說的值得在專欄寫篇文章嗎？」

「是的，當然，」馬瑟夫說，「甚至可以寫一篇極為有趣的文章。」

「那就這麼說吧，看起來我應該去不成眾議院了，所以，我得把損失補回來。」

「今年狂歡節我在羅馬。」

「我們都知道。」博尚說。

「對，不過您們有一點不知道，就是我被強盜劫持過。」

「根本就沒有強盜。」德布雷大聲說。

「錯了，確實有，而且是最可怕，或者說是最令人敬佩的，因為，我覺得他們恐怖到令我齒寒。」

「得了吧，親愛的艾伯特，」德布雷說，「您就承認您的廚師趕不及了，牡蠣還未從奧斯坦德或馬雷納運到。因此您想學曼特農夫人[145]，以神話來代替菜肴。說吧，我們是好朋友，能原諒您的，並且願意聽您說下去，不管這個故事聽起來有多麼荒唐離奇。」

「那麼我必須告訴您，儘管它聽來確實是相當荒唐，但從頭到尾都是真的。話說那天強盜劫持了我，把我帶到一個陰森的地方，人稱聖塞巴斯蒂安陵墓。」

「我認識那地方，」夏托．勒諾說，「我差一點在那裡發起高燒來。」

「唉，我比您更慘，」馬瑟夫說，「我真的撞上了。他們向我宣布，我是人質，除非支付

145　Madame de Maintenon（一六三五—一七一九），法蘭西國王路易十四的第二個妻子。她的書信至今很有閱讀價值。

一筆贖金才能解決。

「一點小意思，也就四千個羅馬埃居，即二萬六千個圖爾城鑄造的法郎。

「不巧得很，我只剩下一千五。因為我的旅遊快結束了，錢也花光了。

「我只好寫信給弗朗茲。哦，對了！聽著，弗朗茲當時在場，您們可以問問他，我是否有半句謊言。

「於是，我寫信給弗朗茲，問他是否能在早晨六點鐘帶四千個埃居前來。因為到六點十分，我就要去見真福的聖徒和光榮的殉道者，成為他們中間的一員了。

「路易吉．萬帕先生——這是強盜首領的名字——是說話算數的，我請您們相信這一點。」

「那麼弗朗茲帶上四千埃居來了嗎？」夏托．勒諾問。

「活見鬼！叫弗朗茲．德．埃皮奈或是叫艾伯特．德．馬瑟夫的人是不會被四千個埃居難住的。」

「沒有，他只是帶著一位客人來了，我說的就是他，並且希望把他介紹給您們。」

「哦！那麼這位先生不是殺死卡科斯[146]的海克力斯，就是拯救安德洛墨達的珀耳修斯[147]囉？」

「不是的，他與我一般高。」

146 Cacus，神話中的強盜，偷了海克力斯的四頭牛。

147 Perseus，希臘神話中的人物，殺死怪物梅杜莎的英雄。他殺死海妖，救出美麗的安德洛墨達後與她結婚。

「那麼他全副武裝嗎？」

「他身上甚至沒帶一根織毛衣的針。」

「那麼他支付您的贖金了？」

「他只是在首領耳邊說了兩句，我就獲釋了。」

「他們甚至還因為抓走您而向您道歉吧。」博尚說。

「就是這樣。」馬瑟夫說。

「啊！那麼此人是亞力奧斯托[148]了？」

「不是的，他的名字是基督山伯爵。」

「沒有叫做基督山伯爵的人。」德布雷說。

「我不這麼認為，」夏托．勒諾自認對歐洲貴族譜了若指掌，補充說，「有誰知道這位基督山伯爵嗎？」

「也許他是從聖地[149]來的吧，」博尚說，「他的一個祖先也許曾占有過髑髏地[150]，就如蒙爾特瑪律人占領過死海那樣。」

「我想我能為您們釋疑，」馬西米蘭說，「基督山是一座小島，我常常聽到我父親雇用的

148 Ariosto（一四七四—一五五三），十六世紀義大利重要詩人，代表作《瘋狂奧蘭多》被認為是義大利文藝復興時期的不朽名著。傳說他當過義大利的強盜聚集地區的總督。

149 Holy Land，指巴勒斯坦。

150 Calvary，《聖經》中耶穌受難的地方。

水手們說起。這座島很小，就像地中海中央的一顆沙粒，像宇宙裡的一個原子。」

「說得對極了，先生，」艾伯特說，「不錯，我說的那個人就是這顆沙粒、這個原子的主人和國王。至於伯爵這個頭銜，也許是他在托斯卡尼的某個地方買來的。」

「那麼他很有錢了。」

「我想是的。」

「那麼大概一眼就能看得出來了。」

「這您就想錯了，德布雷。」

「我不明白您的意思。」

「您看過《一千零一夜》嗎？」

「這是什麼問題！」

「那好！您是否知道在這本書裡出現的人物是窮還是富呢？

「您是否知道他們的麥種是紅寶石還是鑽石呢？

「他們外表看來像貧困的漁夫，是嗎？您也是這麼看他們的吧。

「可是突然間，他們為您打開了神祕的洞窟，您在裡面可以找到買下一個印度的寶藏。」

「意思是？」

「意思就是，我的基督山伯爵就是這樣的漁夫。他甚至沿用了那本書裡的一個名字，叫水手辛巴達，也同樣擁有一個堆滿金子的山洞。」

「那麼您看過那個山洞了，馬瑟夫？」博尚問。

「不，不是我，而是弗朗茲。哦，我的天啊！可別當他的面洩漏出一句話啊。

「弗朗茲是被蒙上眼睛走進山洞的，並由一些啞巴和女人來侍候他。與這些女人相比，克萊奧派特拉也只算得上是有幾分姿色罷了。

「不過，他對這些女人不能確定是真是假。因為，她們是在他服用了印度大麻之後才進來的，所以，他有可能把一排雕像當成女人了。」

在場的年輕人都盯著馬瑟夫看，神色似乎在說：

「哦！親愛的朋友，您現在神智失常，還是在愚弄我們？」

「確實如此，」摩萊爾若有所思地說，「我曾聽過一個名叫佩納隆的老水手也提過一些事與德．馬瑟夫先生說的類似。」

「啊！」艾伯特叫喊道，「真是太幸運了，有摩萊爾先生助我一臂之力。他在我的迷宮裡丟下了一個線團[151]，這該使您們不快了，是嗎？」

「我親愛的艾伯特，」德布雷說，「您給我們講述的事情實在太離奇了。」

「喔！那是因為您們的大使和您們的領事從未向您們說起過！他們沒有時間，因為他們必須先得想著如何給在國外旅行的同胞製造麻煩。」

「您現在生氣了，開始攻擊我們可憐的使節啦。您要他們如何保護您呢？眾議院天天在

151 希臘神話中，雅典英雄忒修斯被困在克裡特王彌諾斯的迷宮內，靠彌諾斯的女兒阿里阿德涅扔下的小線團才得以逃出迷宮。

扣他們的薪金，幾乎都要扣光了。您想當大使嗎，艾伯特？我設法任命您為君士坦丁堡[152]的大使。」

「不必了！我只要一偏袒穆罕默德·阿里[153]，蘇丹[154]就會送我上絞架，而我的幾位祕書也會把我絞死。」

「您說的是事實。」德布雷說。

「是的，不過這些與基督山伯爵的存在無關。」

「當然，大家都存在著。」

「這點毫無疑問，可是，生活條件卻不盡相同。並非所有的人都擁有黑奴、豪華的地下宮殿、精良的武器、每匹值六千法郎的成群駿馬，以及希臘情婦！」

「您見到她了，那位希臘情婦？」

「是的，我見過並聽過她的聲音。我是在劇院看見她。在某天早晨到伯爵屋裡用早餐時聽見她拉琴的聲音。」

「那麼她也吃飯？」

「是的，但是吃得極少，簡直不能算是進食。」

152 伊斯坦堡的舊稱。
153 穆罕默德·阿里（一七六九—一八四九），十九世紀初至二十世紀中葉統治埃及的王朝締造者，曾與蘇丹發生過幾次戰爭。
154 自十一世紀起，蘇丹成為穆斯林統治者的統稱，此處指土耳其君王。

「他應該是個吸血鬼吧。」

「您愛怎麼笑話都行。G伯爵夫人也是這麼說的，您知道的，她認識魯思文勛爵。」

「啊！太妙啦！」博尚說，「對於一個與報紙無關的人來說，他就是《立憲報》上形容的那條著名海蛇的孿生兄弟了。」

「野性的雙眼，瞳孔可以隨意縮小放大，」德布雷說，「尖頭棱角，額頭寬大，膚色鐵青，黑鬍子，牙齒白而銳利，禮節面面俱到。」

「就是如此！羅新，」馬瑟夫說，「您描繪得維妙維肖。是的，機敏有禮、反應迅捷，但這個人常使我不寒而慄。有天，我與他一起觀看行刑，我覺得就要昏過去了，可看到他冷漠無情。聽到他無動於衷地介紹世界上各種刑罰時，真比目睹劊子手殺人，與聽受刑者慘叫更加可怕。」

「他沒有帶您到競技場的廢墟去吸您一口血嗎，馬瑟夫？」博尚問。

「要不在搭救您之後，沒讓您在一張火紅的羊皮紙上簽字，就像以掃[155]讓出長子權那樣，要您把您的靈魂讓與他嗎？」

「嘲笑吧，盡情地嘲笑吧，先生們！」馬瑟夫說，他有點被激怒了。

「您們這些漂亮的巴黎人，習慣在根特林蔭大道享清福，在布洛涅森林漫步。每當我看見您們，我便自然而然地聯想到那個人。哦！我覺得我們與他不是屬於同一個祖先似的。」

155 據《聖經．創世記》所載，以掃與雅各是孿生兄弟，雅各用欺騙的方法買得以掃的長子名分。

「我以此為榮！」博尚說。

「不管怎麼說，」夏托．勒諾補充說，「您的基督山伯爵在無所事事時是一個優雅的人，除了他與義大利強盜有點瓜葛而外。」

「哼！根本就沒有什麼義大利強盜！」德布雷說。

「也沒有吸血鬼！」博尚補充道。

「也沒有基督山伯爵這個人，」德布雷接著說，「你聽，艾伯特，敲十點半鐘啦。」

「您得承認您做了個噩夢，去用早餐吧。」博尚說。

然而，掛鐘的響聲尚未消失，門開啟了，傑爾曼通報說：「基督山伯爵大人到！」

在場所有的聽眾都情不自禁地的一震。這說明馬瑟夫的敘述早已使他們都有點緊張了，連艾伯特本人也不由得感到突然。他們剛才並沒聽見街上的馬車聲，也沒聽見前廳有人走動，門是悄然無聲地自動開啟的。

伯爵出現在門口，他的穿著極為簡單，可是即便最挑剔的花花公子也休想從他的衣著挑出毛病。他的衣著品味很高，不管是上裝、帽子和襯衣，一切都出自最高雅的服裝設計師之手。他看上去像剛滿三十五歲，更讓眾人出乎意料的，就是他與剛才德布雷所對他的描繪極為相似。伯爵面帶微笑走到客廳中央，然後直接向艾伯特走去，子爵也迎上去，熱情地向他伸出手。

「『準時是國王的禮節』，我想我們某個君主是說過這樣的話的。」基督山伯爵說。

「不過對旅客來說，本意再好，也難以次次兌現。

「所以說，子爵先生，我希望您看在我的初衷分上，原諒我比約定時間遲到了兩、三秒鐘。五百里路的行程總會遇到一些麻煩，尤其在法國，政府似乎是禁止鞭打驛站馬車伕的。」

「伯爵先生，」艾伯特答道，「我借用您對我的許諾的機會，邀集了我的幾位朋友，我正在向他們說您就要來訪了呢。

「現在我有幸為您一一介紹。這位是德．夏托．勒諾伯爵先生，他是法國十二家貴族[156]的後代，他的祖先在圓桌會議上占有一席位置。

「這位是羅新．德布雷先生，內務大臣的機要祕書。

「這位是博尚先生，可怕的記者，法國政府的剋星。不過，雖說他在法國名聞遐邇，也許您在義大利從未聽人說起過。因為，他的報紙進不了這個國家。

「最後一位是馬西米蘭．摩萊爾先生，北非騎兵軍團上尉。」

在此之前，伯爵一直以英國式的冷漠和沉著向那些人彬彬有禮地一一頷首致意，但當他聽到最後一個名字時，不由得向前邁進一步，他蒼白的臉上霎時間泛起一片淡淡的紅光。

「先生穿著法國新征服者的軍服，」他說，「這是一套漂亮的軍服。」

誰也難以說出此刻是什麼樣的感情使伯爵的聲調顫動得如此厲害。當他無意掩飾時，又是什麼樣的感情使他炯炯的目光在不知不覺之中顯得那麼美、那麼沉靜，又是那麼的清澈。

「您從未見過我們這位非洲人吧，先生？」艾伯特問。

156　指法國古代貴族。

「從來沒有。」伯爵答，他又完全變得瀟灑自如了。

「啊！先生，在這套軍服裡面可跳動著軍人的一顆最勇敢、最高尚的心啊。」

「哦！伯爵先生。」摩萊爾打斷他的話說。

「讓我來說吧，上尉，」艾伯特接著說，「我們剛剛聽到了這位先生的英雄事績，雖說今天我首次與他見面，我請求他允許我把他作為我的朋友介紹給您。」

當艾伯特說完這幾句話後，讀者又可以發現基督山凝視時的異樣的眼神、一掠而過的紅暈和眼皮的微微顫抖，這些都反映出他內心的激動。

「哦！先生有顆高尚的心？」伯爵說，「那再好不過了！」

這聲感嘆與其說是回答艾伯特方才說的話，還不如說是他內心的抒發。因此，使得在場的人都感到很驚訝，尤其是摩萊爾，他吃驚地凝視著基督山伯爵。然而，他說話的聲調又是那麼柔和，甚至可以說是真切，雖說這聲感嘆有點奇怪，但讓人聽了無法生氣。

「為什麼他要懷疑這一點呢？」博尚對夏托．勒諾說。

「說實話，」夏托．勒諾答道，他以自己的閱歷和貴族明辨事理的眼光把基督山伯爵身上一切能看穿的地方都檢視了。「艾伯特沒有愚弄我們，這位伯爵果然是個與眾不同的人物。您怎麼看，摩萊爾？」

「當然，」摩萊爾說，「他的目光真摯，而且語調誠懇，我很喜歡他，儘管他剛才對我的想法有點古怪。」

「先生們，」艾伯特說，「傑爾曼對我說，早餐已準備好了。親愛的伯爵，請允許我為您引路。」

他們靜靜地步入餐廳，大家各就各位。

「先生們，」伯爵邊坐下邊說，「請允許我作一番自白，這也是對自己可能作出的不當之處預先表示歉意。

「我是個外國人，而且是生平第一次到巴黎的外國人。我完全不熟悉法國的生活方式。

「直到現在，我可說仍過著東方式的生活，這與巴黎的優良傳統大相徑庭。

「如果您們發現我身上的土耳其味、那不勒斯味或是阿拉伯味太重的話，請您們多多包涵。我的話說完了，現在，讓我們用早餐吧。」

「瞧他的口氣有多大！」博尚喃喃說，「他肯定是位大財主。」

「一位大財主。」德布雷也加上一句。

「一位在世界各國屈指可數的大財主，德布雷先生。」夏托．勒諾說。

讀者該記得，伯爵是一個節食的賓客，而艾伯特也發現了這一點。他擔心巴黎的生活從一開始，就在吃飯這最物質但同時又是最必要之處讓這位旅客掃興。

「親愛的伯爵，」他說，「您已看出我的顧慮了，我擔心埃爾代街的菜肴不像西班牙廣場上的那麼對您的胃口。我真該先問問您的口味，並且讓人為您準備幾樣您愛吃的菜才對。」

「倘若您對我了解更多些的話，先生，」伯爵微笑著答道，「您就不會對像我這樣的遊客有什麼顧慮了，這會使我不好意思的。

「我先後在那不勒斯吃過通心粉，在米蘭吃過玉米粥，在瓦朗斯[157]吃過大雜燴，在君士坦丁堡吃過抓飯，在印度吃過咖喱飯，在中國吃過燕窩。

「對於一個像我這樣四海為家的人來說，無所謂吃什麼不吃什麼。我什麼都吃，到哪兒吃哪兒的東西，只是我總是吃得很少。

「今天，您責怪我吃得少，可我已經是胃口大開了，因為從昨天上午起，我就沒進食了。」

「什麼，從昨天上午起！」賓客們驚呼，「您已經整整一天沒有吃東西了？」

「是的，」基督山回答，「我途中繞道，在尼姆附近打聽了一下消息，耽擱了一點時間，因此我不想再中途停車了。」

「那麼您在馬車裡吃東西了？」馬瑟夫問。

「沒有，我睡覺。每當我厭煩而又無心消遣，或是餓了又不想吃東西時，我就睡覺。」

「您想睡就能睡著嗎，先生？」摩萊爾問。

「差不多。」

「您有入睡的祕方嗎？」

「萬試萬靈。」

「這對我們在非洲生活的人來說倒是非常有用的，我們常常沒有吃的，飲料也極少。」

157 法國的一個城市。

摩萊爾說。

「是的，」基督山說，「不幸的是這個祕方只能對像我這樣一個生活特別的人有用處。但是，對一支軍隊就危險之至了，因為一旦需要打仗時，他們就醒不過來了。」

「我們能知道是什麼樣的祕方嗎？」德布雷問。

「啊，可以的，」基督山說，「我不保密。我親自到廣東去挑選上等鴉片以確保其純淨，再與東方，即在底格裡斯河和幼發拉底河中間地帶種植的優質印度大麻混合在一起。

「兩者用量相等，製成丸狀，需要時就吞食。十分鐘後，效果就顯示出來了。您們去向弗朗茲．德．埃皮奈男爵先生詢問吧，我想他某天曾嘗過這東西。」

「對，」馬瑟夫說，「他曾向我說起過，甚至還留下了相當美好的回憶。」

「這樣，」博尚說，他身為報人，總是不願輕信。「那麼您總是隨身攜帶這種藥丸嗎？」

「我總帶在身邊。」基督山答道。

「我請您讓我看看這珍貴的藥丸不會過於冒昧吧？」博尚接著說，他希望找出陌生人的破綻。

「可以的，先生。」伯爵回答。

說著，他從口袋裡取出一個由整塊翡翠鏤刻而成的精美的小瓶子，上面有一隻純金蓋子封口。他旋開蓋子，從裡面倒出一顆淡綠色的小丸粒，大小如同一顆豌豆。這顆丸子氣味刺鼻，直鑽肺腑。在翡翠瓶裡還有四、五顆，就其容量可以裝滿一打左右。翡翠瓶在桌上繞了一周，不過賓客在傳遞時，與其說是在看或是聞藥丸，還不如說是在觀賞這塊精美絕倫的翡翠。

「是您的廚師為您配製這種藥丸的嗎？」博尚問。

「不是的，先生，」基督山說，「我不會把我真正的享受品由不配享用的人去調製。我是一個相當不錯的化學家，我親自動手做藥丸。」

「這塊翡翠美極了，而且是我見過的最大的一塊，雖說我母親也有幾件相當出色的祖傳珍寶。」夏托．勒諾說。

「我有三塊類似的，」基督山接著說，「我給了土耳其皇帝一塊，他讓人把它鑲嵌在他的佩劍上了。

「給了教皇聖父另一塊，他讓人鑲嵌在他的三重冕上了。那頂冠冕上還有一塊大小相仿，但色澤差一些的翡翠。那是拿破崙皇帝贈與他的前任教皇庇護七世的。

「我自己留著第三塊，我讓人把它鏤空了，雖然價值減半，但對我卻更加適用了。」

每個人都驚訝地看著基督山。他的話如此簡單明瞭，顯然他說的是真話，要不就是他瘋了。不過，既然他手上的翡翠貨真價實，於是，大家也就自然地傾向於第一種假設。

「這是一份珍貴的禮物，那麼兩位君王拿什麼給您作為交換呢？」德布雷問。

「土耳其皇帝以一個女人的自由；」伯爵說，「我們的教皇聖父以一個男人的生命。因此，在我一生中也有過這麼一次至高無上的權利，如同上帝讓我在皇帝御座前降生似的。」

「您解救的是佩皮諾嗎？」馬瑟夫大聲說，「您是為他用上緩刑令的？」

「可能是吧。」基督山笑著說。

「伯爵先生，您絕不會想到我聽了您這番話後有多麼高興！」馬瑟夫說。

「我早先把您介紹給我的這幾位朋友了。說您是一個神奇莫測的人，是《一千零一夜》中的魔法師，是中世紀的巫師。

「可是，巴黎人對奇特現象總不易輕信。有些事情哪怕是再真實不過，只要沒有在他們的日常生活的環境中出現，他們總是把這些事實當成純屬虛構的無稽之談。

「譬如說吧，某個賽馬俱樂部的成員在林蔭大道上遲遲不歸被攔劫。在聖德尼或是聖日爾曼區[158]有四個人被暗殺。在聖殿林蔭大道的咖啡館或是在公共浴池抓住十個、十五個或是二十個小偷。這類新聞德布雷天天讀到，博尚天天發排，但他們就是不承認馬雷姆[159]、羅馬鄉村或是蓬丹沼澤地有強盜存在。

「請您親口告訴他們吧，我求求您了，伯爵先生，說我真的被這些強盜抓住過。假使沒有您仗義說情，很可能今天我就在聖塞巴斯蒂安陵墓永遠地沉睡，而不是在埃爾代街的寒舍裡招待他們了。」

「喔！」基督山說，「您可是答應過我永遠不再提起那件事的。」

「我可沒答應過呀，伯爵先生！」馬瑟夫大聲說，「也許是同樣得到您恩惠的另一個人答應的吧，您把他跟我弄混了。

「還是說吧，我求您了，因為您若決定談談這次遭遇的話，您不僅會說出一些我知道的

158 當時巴黎貴族集中的地區。

159 Marenna，義大利的一個沼澤地帶。

事情，或許還會提到許多我不知的事。」

「不過我覺得，」伯爵微笑著說，「在整件事的整個過程中，您起了一個相當大的作用，因此，我對於所發生的一切知道的與您一樣多。」

「那好吧，請您答應我，」馬瑟夫說，「如果我說出我所知道的一切，您也要說出我不知道的所有細節。」

「公平合理。」基督山回答。

「好吧！」馬瑟夫接著說，「由於我的虛榮心在作怪，接連三天，我自以為是一位蒙面女郎的挑逗目標，而我也把她看成像是圖利[160]或是鮑貝[161]等美女的後代。

「其實，我根本只是一個村婦調情的物件。請注意，我說村婦是為了避免說農婦之故。我所知道的，就是我是一個傻瓜，比我剛才說的還要傻。

「因為，我還錯把一個下巴沒長鬍子，細腰身的十五、六歲的男強盜當成那位村婦了。

「正當我想放肆地在他那聖潔的肩膀上吻一下時，他把手槍頂住我的喉嚨。然後，在七、八個夥伴的協助下，把我帶到，或者更確切地說，拖到聖塞巴斯蒂安陵墓的腹地。

「我是在那兒看到了強盜的首領。他倒很有些學問，竟然在讀凱薩的《高盧戰記》。他放下書本對我說，假如我在第二天的早晨六點不能在他的戶頭裡增加四千皮阿斯特的話，那麼在六點一刻時我就活不成了。

160 Tullia，神話中羅馬第三代國王圖盧斯的女兒。

161 Poppoea，尼祿王的寵姬，後成為他的妻子。

「那封信還在，在弗朗茲的手裡，由我簽的名，上面還有路易吉．萬帕的附言。若您們不相信，我就寫信給弗朗茲，他會證明我們兩人的簽字。

「以上就是我所知道的一切。現在，我所不知道的，就是您，伯爵先生，您是如何使羅馬的強盜對您以禮相拜、恭恭敬敬的？他們可是桀驁不馴的匪徒啊。我向您承認，弗朗茲和我，我們對您都佩服得五體投地。」

「再簡單不過了，先生，」伯爵答覆，「我認識著名的萬帕已有七年多了。

「當他早年還在牧羊的時候，有一天，他為我帶路，而我隨手贈了他幾枚金幣。他為了不欠我人情，又回贈了一把由他自己鏤刻手柄的短刀。您應該在我的武器收藏櫃裡看見過了。

「後來，或許他忘了維繫我與他之間友誼的贈品交換一事，或許他沒把我認出來，他竟然想綁架我。只是，我倒是反過來抓住他，連同他手下的一打人。

「我完全可以把他送交給羅馬法庭，他們辦事迅速，甚至會抓緊處理此案免得他活受罪，但我什麼也沒做。我把他和他手下的人都打發回去了。」

「條件是他們不許再作惡，」報人笑著說，「我很高興看到他們嚴格地信守諾言。」

「不是的，先生，」基督山回應，「條件很簡單，我要他們永遠尊重我和我的朋友。

「也許我要對您們說的會使您們這些社會黨、進步黨和信奉人道主義的先生們感到奇怪。不過，我從不關心我周圍的人，我也絕不想保護那個對我不加以保護的社會。

「我甚至還想說，就一般而言，社會關心我只是為了毀滅我。所以，我對周圍的人和社會毫無敬意，並且對他們保持中立。儘管這樣，反過來欠我情的還是社會和我周圍的人。」

「好啊！」夏托．勒諾大聲說，「這是我見到的第一個敢於坦誠地、猛烈地鼓吹利己主義的人，太妙啦，伯爵先生！」

「至少很坦率，」摩萊爾說，「不過我相信，伯爵先生不會為違背了一次他剛才以如此絕對的口吻向我們陳述的原則而後悔吧。」

「我怎麼違背原則了，先生？」基督山問，他不時情不自禁地看著馬西米蘭，神情相當專注，以至那麼兩、三次，勇敢的年輕人在伯爵明亮和清澈的視線下垂下了眼睛。

「我只覺得，」摩萊爾接著說，「您救了您不認識的德．馬瑟夫先生，也就是為您周圍的人及社會效勞了。」

「何況他還是這個社會最美麗的點綴。」博尚一本正經地說，一口氣把一杯香檳酒喝光了。

「伯爵先生！」馬瑟夫大聲說，「您這回理虧了，雖然您是我所知道最嚴謹的邏輯家，可是，您會看到，根據這個推理，我們將向您證明，您非但不是個利己主義者，反而還是個博愛主義者。

「啊！伯爵先生，您說您自己是東方人、利凡得人、馬來人、印度人、中國人、野蠻人。您說您的姓是基督山，您的教名是水手辛巴達。

「然而事實是，自從您來到巴黎的那天起，就具有我們這些古怪的巴黎人最大美德，或者說最大的缺點。也就是說，您故意展露您所沒有的瑕疵而隱藏了您所具備的德行。」

「親愛的子爵，」基督山說，「我看不出我所說或所做的一切中有任何一點能使我配得上您們對我的誇獎。

「不論是您的，還是這些先生的。對我來說您不是一位陌生人。我認識您，曾讓給您兩間房間，請您吃過早飯，也曾把我的一輛馬車借給您使用。

「我們一起在科索爾街看見戴面具的人一一經過。最後，我們還一起透過波波洛廣場的一扇窗口看過行刑。那天您是那麼激動，幾乎要暈過去了。

「那麼，我想請問在座的先生們。我能讓我的客人落入這些您們所謂的可怕強盜之手嗎？再說，您也知道，當我救出您的時候，我私下有個打算，就是某天當我前來遊覽巴黎的時候，可以利用您把我介紹給巴黎的沙龍。

「您有一陣子曾認為我的決心只是一個空泛、稍縱即逝的計畫。但現在，您看到了吧，這已經成了一個事實。您必須服從承諾，否則您就要被看成食言了。」

「我信守諾言，」馬瑟夫說，「但我非常擔心您會失望，親愛的伯爵。

「因為您已看慣了層出不窮的美景以及生動別緻的場面和神奇莫測的幻境。您過慣了冒險生活，也見過大世面。而我們這裡，卻連這種生活的小插曲都沒有。

「我們的欽博拉索山[162]，就是蒙馬特爾高地[163]。我們的喜馬拉雅山，就是瓦萊裡安山[164]。

---

162 Chimborazo，厄瓜多爾中部山脈。
163 Mortmartre，巴黎市內一地區，聖心教堂位於此。
164 Mount Vlerien，巴黎西郊一高地。

我們的撒哈拉大沙漠，就是格諾奈爾平原[165]。況且他們還在這個平原上挖自流井以便沙漠旅人能找到水喝。

「我們也有竊賊，甚至很多，雖說未必有像傳說的那麼多，不過，這些小偷即使對再小的警察也比對再大的財主要恐懼得多。

「總之，法國是一個四平八穩的國家，而巴黎是一個相當開化的城市。您在我們八十五個省分——我說八十五個省分是因為不包括法國的科西嘉。

「我說您在我們八十五個省分裡到處尋找，也不會找到一座沒有電報站[166]的小山丘，或是找不到一個沒被警察裝上一盞煤氣燈的稍黑小山洞。

「因此，我也僅能提供您唯一的幫助，親愛的伯爵，而這個忙我隨時都能效勞的，那就是，我可以把您介紹到任何地方，或者由我的朋友為您引見。更何況，您無需任何人幫助。

「以您的大名、財產和才智（基督山略帶嘲諷地頷首微笑著），可以登門自薦，並且到哪兒都會受到接待。事實上，我對您只有一件事能起點作用了，那就是我過慣了巴黎生活，對如何過得舒適積累了一些經驗，對哪些地方賣什麼東西也有些了解。如果這些能讓我為您效勞的話，那麼我願意聽您的吩咐，為您找一個合適的住所。

「我在羅馬分享了您的房間，但我不敢建議您與我合住，因為，我雖不鼓吹利己主義，卻是個十足自私的人。在我家裡，除我之外，連個人影也容不下，當然女人的倩影又另當別

165 The plain of Grenelle，巴黎市內埃菲爾鐵塔南面一地區。

166 那時還沒有電報，因此往往在高地設站，用信號傳遞電報，這比驛馬還快。

論了。」

「啊！」伯爵說，「這是棟愛情小屋。先生，您在羅馬確實和我提起過一門正在醞釀中的婚事，我現在可以為您未來的幸福祝賀嗎？」

「婚事一直在計畫之中，伯爵先生。」

「所謂計畫之中，」德布雷接著說，「也就是說有可能辦不成。」

「不是的！」馬瑟夫說，「我的父親心意已決。我希望在不久的將來能把她介紹給您。即使還不是我的妻子，至少可以以未婚妻的身分來介紹。她就是歐仁妮．鄧格拉斯小姐。」

「歐仁妮．鄧格拉斯！」基督山接著說，「請問，她的父親就是鄧格拉斯男爵先生嗎？」

「是的，」馬瑟夫答道，「不過是新一代的男爵。」

「那有什麼關係，」基督山說，「只要他對國家作出的貢獻使他配得上這個稱謂就好。」

「貢獻很大，」博尚說，「雖然他在思想上是個自由派，但他在一八二九年為國王查理十世提供了六百萬借款。所以，國王就封他為男爵，並授予榮譽軍團騎士勳章。

「不過，他勳章上的綬帶並不是如常人想的那樣繫在背心口袋上，而是非常醒目地出現在他的外衣鈕扣上。」

「啊！」馬瑟夫笑著說，「博尚呀，博尚，把這些材料寫進您的詩歌集裡去吧，可當著我的面，請對我未來的岳父客氣些。」

接著，他又向基督山轉過臉來。

「聽您剛才說他名字時的口氣，您似乎認識男爵？」他問。

「我不認識他，」基督山不在意地說，「不過我也許很快就會認識他，因為我由倫敦的理查—布朗特公司、維也納的阿爾斯坦—埃斯克萊斯公司和羅馬的湯姆森—弗倫奇公司擔保，對他可以享受無限貸款的權利。」

當基督山說到最後一家公司時，他用眼角瞄了一下馬西米蘭．摩萊爾。這位陌生人認為此話會在馬西米蘭．摩萊爾身上產生反應。果然，他沒有猜錯。馬西米蘭顫動了一下，彷彿他受到電擊似的。

「湯姆森—弗倫奇，」馬西米蘭說，「您認識這家公司嗎，先生？」

「我在基督世界的首都[167]與這家公司有業務往來，」伯爵平靜地回答，「在與他們的交往上我能對您有所幫助嗎？」

「哦！伯爵先生，也許您能幫助我們調查一些事，因為至今我們的毫無收穫。以前，這家公司曾幫助過我們，可不知為什麼，它總是否認有這件事。」

「聽您的吩咐，先生。」基督山欠身答道。

「但是，」馬瑟夫說，「說到鄧格拉斯先生時，我們莫名其妙地離題了。剛才我們談到為基督山伯爵找一個合適的住所。先生們，我們一起討論，想個好主意。我們把這位尊貴的巴黎新貴賓安頓在哪裡好呢？」

「聖日爾曼區，」夏托．勒諾說，「先生在那裡會找到一座迷人的小公館，帶有庭院和花

167 指羅馬。

園。」

「哼！夏托．勒諾，」德布雷說，「您就只知道您那死氣沉沉、令人討厭的聖日爾曼區。別聽他的，伯爵先生，您就住在昂坦堤道好，那才是巴黎真正的中心。」

「歌劇院林蔭大道，」博尚說，「二樓有陽臺的房子。伯爵先生可以讓人把銀絲錦緞靠墊帶到那裡去，一面吸著土耳其長筒菸斗，或是吞食藥丸，一面俯瞰首都的全景。」

「您沒有主意嗎，摩萊爾，」夏托．勒諾說，「您什麼建議也不提？」

「有的，」年輕人微笑著說，「我恰有一個提意，只不過我以為先生在剛才提到的幾個誘人方案中，已經對某一個感興趣了。現在，既然他沒有反應，我想可以建議他在一座可愛宜人的小宅邸裡租一個套房。那座公寓完全是龐畢度夫人[168]式的，是我的妹妹一年前在梅斯萊街買下的。」

「您還有一個妹妹？」基督山問。

「是的，先生，一位極好的妹妹。」

「她結婚了嗎？」

「快九年了。」

「幸福嗎？」伯爵又問。

「人間所能享有的幸福，她都得到了。」馬西米蘭答著，「她嫁給了她所愛的人，此人在

168 Pompadour，龐畢度夫人（一七二一—一七六四），法王路易十五的情婦，權欲熏天，生活奢華。

我家屢遭厄運時對我們盡忠盡責，他的叫伊曼紐爾．埃爾博。」

基督山臉上露出了令人難以覺察的微笑。

「我在休六個月長假時，就住在那裡。」馬西米蘭繼續說，「我與我的妹夫伊曼紐爾將聽從伯爵先生吩咐，提供先生所需要的一切。」

「請等一等！」艾伯特還未等基督山表態就大聲嚷嚷道，「請注意您在幹什麼，摩萊爾先生，您這不就把一名旅人——水手辛巴達幽禁到家庭生活中去了嗎。他是來巴黎觀光的，而您就要把他變成一個養老的人了。」

「啊！才不是。」摩萊爾笑著答道，「我妹妹今年二十五歲，妹夫則是三十歲。他們年輕、快活、幸福，而且，伯爵先生會像住在自己家裡一樣。他何時高興屈尊去看望他們都可以。」

「謝謝，先生，謝謝，」基督山說，「您若願意抬舉我的話，我很高興您能把我介紹給您的妹妹和妹夫。不過，幾位先生的好意我只能心領了，因為我的寓所已經完全準備好了。」

「什麼！」馬瑟夫大聲說，「您要住在旅館？這對您可太乏味了。」

「我在羅馬住得很差嗎？」基督山笑著問。

「當然不！」馬瑟夫說，「在羅馬，您能花五萬皮阿斯特讓人去裝潢您的房間，不過我想，您總不能每天都花這樣一筆錢吧。」

「我倒不是為錢才不住旅館的，」基督山回覆，「我早已打定主意要在巴黎有一個固定住所，我是說一幢屬於自己的房子。所以，我已經先派了我的貼身僕人去辦了，他大概已經買下一幢房子，並且派人布置過了。」

「您是對我們說，您有一個對巴黎熟悉的貼身侍僕！」博尚大聲說。

「他像我一樣第一次來法國。他是黑人，不會說話。」基督山說。

「這麼說是阿里了？」正當大家驚異不已時艾伯特問。

「是的，先生，就是阿里，我的黑奴，我的啞奴，我想，您在羅馬見過他了。」

「是的，當然，」馬瑟夫答道，「我記得非常清楚。那麼，您怎麼能讓一名黑奴為您在巴黎買房子，又怎麼能讓一個啞巴去布置房間呢？他會把一切事情都搞砸的，這個不幸的可憐蟲。」

「您想錯了，先生，相反的，我相信他會按照我的喜好來選擇一切。您也知道，我的興趣與眾不同。他在一個星期前就到了，而且已經跑遍了整座城市，憑著一條良種獵狗的靈敏本能自己去搜索。

「他知道我的喜好、怪癖和需要，所以，他會按照我的要求把一切安排好的。他知道我在今晨十點鐘到，因此從九點鐘開始，就在楓丹白露的木柵城門口等我了並且交給我這張紙，這就是我的新住址。麻煩，請念一下吧。」

說著，基督山就把紙遞給艾伯特。

「香榭麗舍大街，三十號。」馬瑟夫念著。

「啊！這真是匪夷所思！」博尚情不自禁地說。

「而且有王室氣派。」夏托．勒諾補充道。

「那麼，您還沒去過您的房子？」德布雷問。

「沒有，」基督山說，「我已經對您們說過了，我不願意遲到。我是在馬車裡著裝打扮的，然後就直接駛到子爵的家門口。」

年輕人彼此看看，因為他們不知道基督山此刻是否在演一場喜劇。他的性格雖然怪異，不過從他嘴裡說出來的一切倒都是直截了當，無法想像那些都是謊言。再說，他又為什麼要撒謊呢？

「這麼說，我們只能為伯爵先生盡點微薄之力了。」博尚說，「以我記者的身分，可以為他打開巴黎所有劇院的大門。」

「多謝了，先生，」基督山微笑說，「我的管家已經接到命令，為我在每一家戲院都預定一個包廂。」

「您的管家也是努比亞人嗎？」德布雷問。

「不是的，先生，如果說一個科西嘉人也有祖國的話，那麼他就是您們的同胞了。不過，您該認識他的，馬瑟夫先生。」

「不會是那位誠實的貝爾圖喬先生吧？他租那些窗口可真是老手。」

「沒錯，那天我有幸邀請您在我家吃早餐時，您見過他的。他是一個非常誠實的人，當過幾天兵，做過幾天走私販，總之什麼都做過一點兒。我甚至不敢肯定他與警方都沒有為一些區區小事發生過摩擦，如捅刀子之類的事情。」

「您選中了這麼一位誠實的世界公民做您的管家嗎，伯爵先生？」德布雷說，「他一年要暗自私藏您多少錢？」

「若要我說，」伯爵說，「他不會比別人私藏得更多。然而，他能達到我的要求，從不知道有什麼事是辦不到的，所以我就把他留下了。」

「這麼說，」夏托．勒諾說，「您現在有一幢全新裝潢的房子了。您在香榭麗舍大街有一座公館、僕人和管家，現在您只缺一位情婦了。」

艾伯特會心地笑了，因為他想到了美麗的希臘女子，就是他在瓦萊戲院和阿根廷戲院伯爵的包廂裡看見的那位。

「我有更好的，」基督山說，「我有一名女奴。您們可以在歌劇院、滑稽歌舞劇院和雜耍劇院包養幾名情婦。而我是在君士坦丁堡買下我的女奴。代價雖然高了些，但有了這層隸屬關係，我就無須擔驚受怕了。」

「可是您忘了，」德布雷笑著說，「正如查理國王說的那樣，我們不僅名義上是自由的，而且骨子裡也是自由的嗎？當您的女奴一踏上法國國土之後，她就獲得自由了。」

「誰會對她這麼說呢？」基督山問。

「天哪！隨便誰都會。」

「她只會說現代希臘語。」

「那就是另一回事了。」

「我們至少能見見她吧？」博尚問，「此外，您既有了個啞奴，說不定也有幾位閹奴吧？」

「喔，沒有，」基督山說，「我沒有把東方的習俗實踐到那種程度。我周圍的人隨時都有離開我的自由，而當他們離開後，就不會再有求於我或有求於其他人的權利，這也就是他們不願離開我的原因。」

這時他們早已吃過餐後甜點，抽過雪茄了。

「親愛的艾伯特，」德布雷起身說，「現在已經兩點半鐘，您的賓客非常有魅力，但再好的夥伴也有分別的時候，況且有時談得還不太融洽。我必須回到部裡去了。我將向大臣談談這位伯爵，我們應該很快就會知道他是什麼人。」

「請留神，」馬瑟夫說，「再聰明的人也做不到。」

「哦！我們撥給警察局的經費有三百萬，當然，錢總是虧空，不過也沒關係，我們總還有五萬法郎可以用於此事的。」

「當您知道他是什麼人的時候，您會告訴我嗎？」

「我答應您。再見，艾伯特；先生們，請多包涵。」

說著，德布雷走出去了，他在前廳大聲喊道：「把馬車駛過來！」

「好啊，」博尚對艾伯特說，「我也不去眾議院了，不過，我將為我的讀者寫一篇文章，絕對比鄧格拉斯先生的演說精彩多啦。」

「行行好吧，博尚，」馬瑟夫說，「別透露一個字，我求您了。請別把我介紹他、推薦他的功勞搶掉吧。他很有趣是嗎？」

「豈止是有趣，」夏托・勒諾答道，「他確實是一個我一生中從未見過的怪人。您也要走嗎，摩萊爾？」

「我把名片交給伯爵先生就走，他答應我到梅斯萊街十四號來作客的。」

「請相信我不會食言，先生。」伯爵欠身說。

接著，馬西米蘭・摩萊爾與德・夏托・勒諾伯爵一起出門了，留下基督山單獨與馬瑟夫在一起。

第四十一章　介紹

當艾伯特與基督山單獨在一起時，他說：「伯爵先生，請允許我以導遊的身分開始向您介紹一個典型單身男子的住所。您是住慣了義大利華宅的人，因此您可以從事一項研究，計算一下巴黎一個住得不算差的年輕人可居住多少平方呎的面積。我們一間間參觀下去，順便一路打開窗戶好讓您透透氣。」

基督山已經看到了餐廳和底層客廳，所以艾伯特最先領他到工作室去。讀者該記得，這是他特別喜歡的房間。基督山是一位地道的鑒賞家，他對艾伯特堆放在房間裡的所有東西——古代衣櫃、日本瓷器、東方綢緞、威尼斯玻璃製品、世界各國的武器——都相當熟悉，能一一識別，並且只須一眼，就能認出其年代、產地和來歷。本來，馬瑟夫自以為可以充當講解員的，結果相反，他在伯爵的教授下，倒是上了一堂考古學、礦物學和自然史課程。

他們下到二樓，艾伯特帶客人去客廳。這個客廳掛著近代畫家的作品，有杜佩雷[169]的風景畫，畫面上都是長長的蘆葦、挺拔的大樹、哞哞叫的乳牛和晴朗的天空。有德拉克洛瓦[170]的阿拉伯騎兵，他們披著白色的長斗篷，紮著閃亮的腰帶，繫著鑲嵌金銀絲的紋章，他們的

169 Dupre（一八一一—一八八九），法國畫家。巴比松風景畫派的重要成員。

170 Delacroix（一七八九—一八六三），十九世紀上半葉法國浪漫主義畫家。

馬在瘋狂地互相撕咬，而人卻用狼牙棒彼此殘殺。有布朗熱[171]的水彩畫，表現出《巴黎聖母院》的全貌，畫面上的氣勢與力度使畫家成了詩人的競爭對手。有迪亞茲[172]的油畫，他畫筆下的花比真實的更加鮮豔，太陽比真實的更加明麗。有德岡[173]的繪畫，它能與薩爾瓦多．羅薩[174]的畫一樣絢爛多彩，卻更富有詩意。有吉羅[175]和穆勒[176]的彩色粉筆畫，表現出長著天使腦袋的孩子和容貌貞潔的女人。有在多薩[177]《東方之行畫冊》上撕下來的速寫，這是畫家在駝峰上或是在清真寺的穹頂下，在幾秒鐘時間裡用鉛筆勾勒成的。總之，不只作為對古代久已失傳、不復存在的藝術交換和補償，近代的藝術精品也盡在其中了。

艾伯特以為這一次他總能多少向這位奇特的遊客指出幾樣新鮮東西了，但使他大為驚訝的是，他無須尋找簽名，有的簽名甚至只是幾個縮寫字母，便能一眼說出每件作品的作者名字。顯而易見，他對其中的每個名字不僅熟悉，而且還認真研究和評價過他們各自的才能。

他倆從客廳又進入臥室。這個房間同時是簡單優雅又兼有高尚品味的樣本。裡面只掛著一幅畫，它鑲嵌在雕刻畫框裡非常耀眼。署名是萊奧波德．羅貝爾。這幅肖像畫首先吸引了基督山伯爵的注意，因為他在房內急速向前邁出了幾步，陡然地在畫像前停了下來。

171 Boulanser（一八〇六—一八六七），法國畫家。
172 Diaz（一八〇八—八七六），法國油畫家和版畫家。
173 Decamp（一八〇三—一八六〇），法國畫家。
174 Salvator Rosa（一六一五—一六七三），義大利巴羅克畫家。
175 Giraud（一八〇六—？），法國畫家。
176 Muller 一七四九—一八二五），德國畫家，詩人。
177 Dauzat（一八〇三—一八六八），法國畫家。

畫像是一名二十五、六歲的少婦，棕色皮膚，在憂鬱的眼神下，雙眼仍然清亮明麗。她穿著一身加泰羅尼亞漁家女的漂亮服飾，胸衣紅黑相間，頭髮上插著金別針。她凝望著大海，蔚藍的天和湛藍的海襯托出她苗條的身影。房間裡很暗，如果不是這樣，艾伯特便能看出伯爵面頰上蔓延開來的灰白色，並會發現他的雙肩和胸膛都在痙攣般的顫抖著。一時間寂靜無聲，這期間，基督山始終目不轉睛地盯著那張肖像畫。

「您的情婦可真漂亮啊，子爵先生，」基督山以非常平靜的語氣說，「這套服飾，大概是舞會上穿的，穿在她身上真是光彩照人。」

「啊，先生，」艾伯特說，「假使您在這張畫像旁邊看見另一幅畫像的話，我就不會原諒您了。您不認識我的母親，先生。您在畫框裡看到的就是她。

「這是在七、八年前，她請人畫成的。這套服裝似乎是她想像出來的，但是畫得十分逼真，使我以為一八三〇年的她又再現了。伯爵夫人是在伯爵不在家時讓人畫這幅肖像的。也許她以為伯爵回來後會感到驚喜，但非常奇怪，家父不喜歡這幅畫像。

「您也看得出來，這幅畫是萊奧波德．羅貝爾最美的傑作之一，但它的價值仍不能使家父克服他對這幅畫像的厭惡。說句私下的話，親愛的伯爵，德．馬瑟夫先生不愧身為盧森堡一名最勤勉的貴族院議員，也是軍事理論上頗有名氣的將軍。可是，作為藝術愛好者就再蹩腳不過啦。

「我的母親就大不一樣了，她自己也畫得很好，對這一幅肖像畫評價很高，捨不得丟棄，於是就送給了我。她或許心想掛在我房間裡，德．馬瑟夫先生內心就不會那麼難受了。

「我待會兒就讓您看家父的肖像畫，是由格羅[178]畫的。請原諒我絮絮叨叨地跟您說了這麼些家庭瑣事，但既然待會兒，我有幸把您帶到伯爵那裡去，我現在向您說這些就是為了避免您當他的面稱讚這幅肖像。

「這一幅畫似乎有一種不祥的吸引力，因為每當我母親來到我房間時，難得有不對它看的，只是，她每次看它，不流淚的時候就更難得了。

「不過，這幅肖像在伯爵和伯爵夫人之間形成的隔閡，是他倆之間唯一的歧異。他們雖然已結婚二十多年了，仍然恩愛如初。」

基督山向艾伯特迅速地瞥了一眼，彷彿為了尋找他的弦外之音，但顯而易見，年輕人只是脫口而出，毫無其他用心。

「現在，」艾伯特說，「您已經看見我所有的寶貝了，伯爵先生，那麼請允許我把這些獻給您，儘管他們不值什麼錢，但還是請把這裡當成自己的家吧。此外，為了使您更舒適自在些，還請您屈尊陪伴我去見德．馬瑟夫先生。

「我在羅馬時就已寫信給他，告訴他您給予我的幫助，並對他說您已承諾會來看望我的。現在，我可以說，伯爵和伯爵夫人已經急著等待能有機會向您道謝。

「我知道，什麼事都提不起您的興致，伯爵先生，而家庭生活對水手辛巴達更無多大吸引力。您畢竟都已經領教過其他許多大場面了！然而，作為熟悉巴黎生活的第一步，我建議

178 Gros（一七七一—一八三五），法國浪漫主義畫家。

您先領略一下生活中的禮儀、作客和介紹諸事，請接受吧。」

基督山欠身表示回答。他接受了這個建議，既不熱情，也無不滿，只當是一種社會習俗，任何有身分的人都得盡這樣的義務而已。艾伯特叫來貼身侍僕，吩咐他去通報德．馬瑟夫先生和夫人，說基督山伯爵這就去見他們。

艾伯特帶著伯爵隨之而去。走到伯爵的前廳，可以看見在通往客廳的門楣上掛著一個盾形紋章，圖案極為華美，與室內的裝飾非常搭配，這說明府邸主人對這個紋章重視的程度。基督山在紋章前面停下，全神貫注地看著。

「藍天下有七隻成群結隊的金雌鶇。這大概是您們家的紋章，先生？」他問。

「我憑了對紋章的一點點知識，僅僅能識別各種紋章，但我對紋章學本身卻是一竅不通的。我是靠了聖埃蒂安納總督的幫助，由托斯卡尼當局自行頒發，我才偶然得到了伯爵這個頭銜。

「如果不是別人反覆對我說，要周遊世界，頭銜是絕對必要的話，我才不會擺出一副貴族的派頭。說到底，哪怕只為了避免海關人員來查看您，也該在自己馬車的標牌上有樣什麼東西才好。因此，若我向您提出這麼一個問題，我還得請您原諒。」

「這個問題一點都不唐突，先生，」馬瑟夫非常自信地說，「您猜得很正確，這是我家的紋章，也就是說是我父親這一族的。不過，您也看見了，在這些紋章旁邊還有一枚紋章，上面有一座銀色塔樓的外形，那是我母親那一族的。

「從母系來看，我是西班牙人，可是馬瑟夫家族是法國人，而且就我所知，甚至是法國南方最古老的家族之一。」

「是的，」基督山接著說，「上面這幾隻雌鶫已經說明了這一點。幾乎所有企圖征服聖地或者已經這麼去做的帶槍朝聖者，他們不是用十字形便是用候鳥做紋章的圖案。前者是他們投身其中的那樁使命的標誌；後者是他們即將作長途跋涉並希望靠著信念的翅膀飛完全程的象徵。

「您父輩的祖先中應該有某個人曾參加過您們組織的十字軍遠征。假設他只參加過聖路易的那一次吧，那麼這段歷史可以上溯到十三世紀，已經相當有來頭了。」

「有可能吧，」馬瑟夫說，「在我父親書房裡有一本族譜，一看就明白了。我以前在上面曾作過批註，如果奧齊埃[179]和若庫爾[180]看了一定會大受啟發的。現在，我已不大問這些了，不過，我要告訴您，伯爵先生，況且這也是我作為導遊應該說的，就是在我們的平民政府治理下，人們又開始大大關心起族譜、紋章這一類事情了。」

「這麼說，您們的政府就該在以往的歲月中另外挑選出幾件與族譜毫不相干的，並且比我在您家門楣上看到的還要強些的東西。」基督山轉而又對馬瑟夫接著說。

「至於您，子爵，您比您們的政府要幸福多了。因為您家的紋章真的非常漂亮，可以讓人神思遐想。是的，就是如此，您兼具普羅旺斯人和西班牙人的血。如果您給我看的肖像是真實的話，就解釋了在那位高貴的加泰羅尼亞女子臉上，我極為欣賞的美麗棕色的由來了。」

179 Hozier（一五九二—一六六〇），法國族譜學家。
180 Jaucourt（一七〇四—一七七九），法國學者。

此時，得由俄狄浦斯[181]和斯芬克斯[182]親自在場才能猜透伯爵表面上客氣話語中含有的譏諷含義了。因此馬瑟夫仍以微笑答謝。他走在前面為伯爵帶路，並且推開那扇門楣上有紋章的門，我們已經介紹過了，這扇門是通向客廳的。在這間客廳最顯眼的地方，另有一張肖像畫非常醒目。上面畫著一位三十五到三十八歲的男子，穿著將官的制服，佩戴飾有螺旋形流蘇的雙層肩章，這是高階軍銜的標誌。脖子上套著榮譽軍團勳位的綬帶，表明他是司令官。他的右胸掛著救世主榮譽勳位胸章，左胸掛著查理三世的大十字勳章，又表明畫像中的人應該參加過希臘戰爭和西班牙戰爭，或是在這兩個國家裡完成過外交使命，因為，這兩者披掛的綬帶是一樣的。

基督山正在全神貫注地端詳這幅肖像畫，其認真程度不亞於看之前的另一幅畫。突然，一扇側門打開了，迎面而來的是德·馬瑟夫伯爵本人。此人約莫有四十到四十五歲，但看上去至少有五十了。他漆黑的髭鬚和濃眉與他那剪成軍人式平頂頭的花白頭髮形成了奇特的對比。他穿著便服，鈕孔上繫著一根綬帶，上面一條條不同顏色的滾邊說明他也被授過相應的勳章。他走進來時，步伐相當莊重卻又帶著一種匆忙的神態。基督山靜等著他走過來，沒挪動一步，彷彿他的雙腳被牢牢地釘在地板上，正如他的雙眼也死死盯著德·馬瑟夫伯爵的臉。

181　Odipus，據希臘神話，他是無意中殺死親生父親並娶生身母親為妻的底比斯國王。他猜出斯芬克斯之謎，拯救了底比斯。

182　Sphinx，斯芬克斯常見於希臘和埃及的藝術作品中，最著名的是底比斯有翅膀的斯芬克斯。據說它專以繆斯傳授的謎語難人；今天，它成了智慧的象徵。

「父親，」年輕人說，「我十分榮幸地向您介紹基督山伯爵先生。他是一個慷慨大度的朋友，我有幸在您所知道的那個困難境遇下遇見他。」

「我們大家都很歡迎先生的光臨，」德・馬瑟夫伯爵面帶微笑向基督山致意並且說，「先生為我們家保存了唯一的繼承人，這個恩情使我們永生永世感激不盡。」

德・馬瑟夫伯爵邊說話邊向基督山指著一張沙發椅，他本人則面對窗戶坐下來。基督山呢，他在德・馬瑟夫伯爵指定的沙發椅上坐下時，卻把姿勢調整到讓自己的臉隱藏在寬大的絲絨窗幔陰影裡，因而能從伯爵疲勞而憂慮的面容上，看到時光刻下的每一條皺紋所記錄的全部內心苦痛。

「當子爵派人通報伯爵夫人，說她即將有幸能接待您時，她正在梳妝，」馬瑟夫說，「她很快就要下樓來了，再過十分鐘，她就可到客廳。」

「我到巴黎來的當天，」基督山說，「就能與一位功名並重、自始至終得到命運之神垂青的人相會，真是三生有幸。那麼在米提賈平原或是在阿特拉斯山區，命運之神是否還要為您獻上一根元帥杖呢？」

「哦！」馬瑟夫臉上微微紅了起來，回答說，「我離開軍隊了，先生。在復辟時期我被封為貴族院議員，曾參加過第一次戰役。我在布林蒙元帥的麾下服役。

「我本來渴望得到一個更高的軍職，可是如果長房的那位[183]仍然留在御座上的話，誰能

183　一八三〇年七月革命時期長房的波旁家族被推翻，由次房的波旁家族，即路易・菲利浦掌權。這裡指一八三〇年後他就失寵了。

預料會發生什麼變化呢？然而，七月革命戰績輝煌，可以允許他忘恩負義了。

「這場革命對所有在帝國時期以前服役的軍人都是忘恩負義的。於是，我提出辭呈。當人們在戰場上贏得肩章之後，在客廳的光滑的地面上反而不知如何活動了。

「我離開了軍隊，投身到政界，我致力於實業，研究實用的技術。在我服役二十年間，我一直很想這麼做，可一直沒有時間。」

「您的民族之所以優異於其他國家就因為有這樣的實業精神，先生。」基督山答道。

「您出生於名門世家，擁有巨大的財產，您居然一開始就甘願作為一名普通士兵慢慢往上晉升，實屬罕見。接下來，在您當上了將軍、法國貴族院議員、榮譽軍團的司令官之後，您又甘願嘗試第二種事業，並且從頭學起。

「您不為個人的前途著想、不圖報償，只希望有朝一日能有益於您的同胞！先生，這真是難能可貴。我甚至還想說，這簡直是崇高的壯舉。」

艾伯特驚訝地看著、聽著基督山的話語。他還不習慣看見他的思想如此活躍，情緒如此激昂。

「唉！」陌生人的這一番話使德．馬瑟夫臉上陰霾密布，也許正是為了驅散這片烏雲。

他繼續說：「我們在義大利就不會這樣做。我們在原有的種族和階級的根上成長，我們一味保持同樣的枝葉與形狀，常常終生就維持這種無所作為的狀態。」

「可是先生，」德．馬瑟夫先生答道，「對於像您這樣功德無量的人來說，義大利不配作您的祖國，而法國也許並不是對所有的人都忘恩負義的。她雖然對自己的孩子並不愛護，但一般而言，她會十分熱誠地歡迎陌生來客的。」

「哦！父親，」艾伯特微笑著說，「顯然您太不了解基督山伯爵先生了。使他感到稱心如意的事就是超然於這個世界之外。他並不嚮往榮譽，只要有護照上的那個頭銜就行了。」

「對我來說，這是我一生中聽到的最公正的評語了。」陌生人說。

「先生是能夠掌握自己未來的人，」德．馬瑟夫伯爵嘆口氣說，「您選擇了一條鮮花盛開的道路。」

「完全正確，先生。」基督山微笑著說，他的笑容，是畫家無法表現出來，而生理學家又永遠無法分辨它的含義。

「我若不是擔心會累著伯爵先生，」將軍說，顯然，他很喜歡基督山的舉止風度。「我就把先生帶到眾議院去。對於不了解我們這些近代參議員的人來說，今天的議程是十分有趣的。」

「假使您能改天再邀請我的話，我將會十分感激您。不過今天，承蒙您們看重，我希望能被介紹給伯爵夫人，我正期待著。」

「啊！我的母親來了！」子爵大聲說。

果然，在基督山迅速轉過身子的時候，他看見了德．馬瑟夫夫人站在客廳門口，這扇門在她的丈夫進入客廳時走的那扇門的對面。她動也不動地站著，臉色蒼白，當基督山轉身面朝她時，她不知什麼緣故撐在鍍金門框上的手臂垂落了下來。她待在那裡已有數秒鐘之久，並且早已聽見了門那邊的訪客所說的最後幾句話。基督山站了起來，向伯爵夫人深深鞠躬致敬，夫人也欠了欠身，默不作聲，有點過分拘於禮節的樣子。

「哦，老天！夫人，」伯爵問，「您怎麼了？是不是客廳裡溫度太高，使您感到不適了？」

「您不舒服嗎？母親？」子爵大聲叫道，衝向美茜蒂絲。

她以微笑對他倆表示感謝。「沒什麼，」她說，「如果沒有這位先生的幫助，此刻，我們就會整日以淚洗面、悲傷欲絕的。所以，我首次看見他時，心情有些激動。」

伯爵夫人以王后般莊重的神態邊走邊繼續說：「伯爵先生：您救了我兒子一命，我曾為這個恩德為您祝福。現在，您又給了我一次機會來對您表示感謝，這真的使我十分高興。為此，我還要謝謝您，如同我曾為您祝福一般，兩者都是發自我內心深處的。」

伯爵再次躬身致意，但上身比第一次彎得更低。他的臉色比美茜蒂絲更加蒼白。

「夫人，」他說，「伯爵先生和您為一件舉手之勞的小事對我表達過多的謝意了。救人一命，使一位父親免於痛苦，使一位母親免於過分悲痛，這並不算是一種功德，而是一次人道的行為。」

德．馬瑟夫夫人聽見這番話說得如此溫文爾雅、彬彬有禮，便以深沉的語氣回答：「先生，我的兒子真是幸運之極，竟然能得到像您這樣的朋友。為此，我感謝上帝做了這樣的好事。」說完，美茜蒂絲帶著無限的感激之情，把她那對美麗的眼睛抬向天空，伯爵覺得她的眼眶裡滾動著兩顆淚珠。

德．馬瑟夫先生走到她的身邊。「夫人，」他說，「我不得不離開伯爵先生，為此，我已經向他表示歉意了，我請您再次向他道歉。會議在下午兩點鐘開始，現在已經三點了，我還必須發言。」

「去吧，先生，我會盡力使我們的貴客忘掉您已出門。」伯爵夫人以同樣動情的語調說，「伯爵先生，」她繼而轉向基督山又說，「您能賞光與我們度過一整天嗎？」

「謝謝，夫人，您可以看到，請您相信這一點，我對您的盛情已經感激涕零了。

「可是，我今天上午直接乘旅行馬車來到您家。我還不知道在巴黎如何安頓，連我住在哪兒，也不大清楚。我知道，這不需過度擔心，不過也不能忽視的。」

「至少您下一次總能使我們高興吧。您能答應我們再來嗎？」伯爵夫人問。

基督山欠了欠身並不作答，不過他的動作可以被看成是應允的表示。

「這樣，我就不留您了，先生，」伯爵夫人說，「因為我不願使我的感激之情變成失禮或是強求。」

「親愛的伯爵先生，」艾伯特說，「若您願意，我要努力在巴黎報答您在羅馬對我的盛情款待。在您的馬車配備齊全之前，我想把我的雙座馬車歸您使用。」

「對您的情意我感激不盡，子爵先生。」基督山說，「不過我想，貝爾圖喬先生可能已有效地利用了我給他的四個半小時時間。他應該已備好一輛馬車等候在您家的門口了。」

艾伯特已經熟悉伯爵的行事方式，知道他會像尼祿一樣專做那些常人難以辦到的事情，因此，對這一切也就見怪不怪了。不過，他想親眼看看他的命令執行得如何，於是陪送他到府邸的大門口。

基督山沒有說錯，才剛走到德．馬瑟夫伯爵的前廳，一名男僕——就是在羅馬向兩個年輕人呈交伯爵名片並通報伯爵來訪的那一個——馬上急步走出這寬敞的前廳。當卓越不凡的旅客走下臺階，便發現馬車已在等著他了。這輛雙座四輪馬車是凱勒工廠的產品，馬和輓具是特拉克的，巴黎有頭有臉的人物都認得，前一晚上有人出一萬八千法郎他都不肯出讓。

「先生，」伯爵對艾伯特說，「我不建議您陪同我到敝舍去，因為我現在只能讓您看到我匆忙布置起來的住所。

「您知道，我老是急就章，我得挽回這個名聲。請給我一天的時間吧，並請允許我屆時正式邀請您。這樣，我就有把握不會在接待貴賓時失禮了。」

「您要求我寬限一天，伯爵先生，我心裡有數，您給我看的將不再是一幢房子，而是一座宮殿了。可以肯定，您有某個神靈在為您效力。」

「當然，您就讓人這麼去想吧，」基督山一邊踏上華麗車廂上絲絨鋪墊的踏板，一邊說，「這會對我在夫人們面前有些好處。」

說著他就跳進車廂，車門隨即關上，轅馬踏著碎步往前奔去，但車子駛得並不過於快速，所以伯爵還是能發覺他離開時，德．馬瑟夫夫人所在客廳的窗幔微微地抖動了一下。當艾伯特回屋去找他母親時，他發現伯爵夫人待在小客廳，深陷在一張包著天鵝絨的大沙發椅裡。整個房間沉浸在黑暗之中，只有立式瓷花瓶的鼓腹處或是在鍍金畫框的邊角不時地微微反光。

伯爵夫人在自己的頭髮上蒙了一條薄薄的羅紗，如同裹在一圈霧氣之中。艾伯特看不見她的臉龐。不過感覺到她的聲音有些異樣。他從花架上散發出的天芥菜和玫瑰花的芬芳中聞到了醋鹽的刺鼻的酸味。伯爵夫人把一只嗅瓶從花革套子裡取出來，又放到壁爐上的一隻雕花盤上，這件東西引起了年輕人的注意和不安。

「您不舒服嗎，母親？」他走進去時高聲說，「我不在時您覺得難受嗎？」

「我？啊不，艾伯特，不過，您知道，這些玫瑰花、晚香玉和橙花在回暖時香氣很濃，還真有些讓人受不了。」

「這樣吧，母親，」馬瑟夫邊用手拉鈴，邊說，「把這些花拿到您的前廳去。您真的不舒服了，剛才，您走進來的時候，您的臉色非常蒼白。」

「您說我的臉色蒼白嗎，艾伯特？」

「白是白，不過您顯得更美了，母親，可是父親和我卻為此而深深不安。」

「您的父親對您說起了嗎？」美茜蒂絲急切地問。

「沒有，夫人，可是您記得嗎，他問過您是怎麼回事了。」

「我記不起來了。」伯爵夫人說。

一個僕人走了進來，他是聽見艾伯特的拉鈴聲來的。

「把這些花放到前廳，或是放到盥洗室去，」子爵說，「伯爵夫人聞了不舒服。」

僕人照辦了。

兩人彼此都沒說話，一直等到這些花瓶搬完為止。

「基督山這個名字是什麼意思？」伯爵夫人等到僕人捧著最後一只花瓶走出去之後問，「這是姓名、莊園的名字，或者僅僅是一個頭銜？」

「我想是一個頭銜，母親，僅此而已。伯爵在托斯卡尼群島中買下了一個小島，照他本人今天上午的說法，他在那兒建立了自己的封地。

「您知道，佛羅倫斯的聖艾蒂安埃納、巴馬[184]的聖喬治——康士坦蒂尼安，甚至馬爾他的領地都是這麼回事。再說，他對姓氏門第看得很淡泊，自稱當上伯爵是個機遇，雖說在羅馬，人們普遍認為伯爵是一位顯赫的爵爺。」

「他的談吐舉止極為得體，」伯爵夫人說，「至少在他待在這裡的短暫時間裡，我是這樣看的。」

「啊！完美無缺，母親，簡直可以說盡善盡美，大大超過了我所認識歐洲最自豪的三個貴族國家裡最有氣度的貴族，即英國、西班牙和德國的世家子弟。」

伯爵夫人思索了片刻，猶豫了一會兒，接著說：「親愛的艾伯特，身為母親的我想問您一個問題，請您明白這點。您說您已經到基督山先生的家裡看過了。您具有敏銳的洞察力，對人情世故，又比您的同齡人要懂得多一些，您認為伯爵的表裡一致嗎？」

「他表面怎樣？」

「剛才您說過，他是位顯赫的爵爺。」

「我對您說過，母親，別人是這樣看待他的。」

「那麼您又是怎麼看的呢，艾伯特？」

「我得向您承認，我對他還沒形成定見。我想他是馬爾他人。」

184　亦是義大利一城市名。

「我沒問您他是哪國人。我問您他的為人如何？」

「啊！說到他的為人，這是另一回事了。我在他身上看到的稀奇古怪事可多了。您真希望我對您說出我的想法，我就回答您，我寧願把他看成是拜倫筆下的人物，因為不幸已在他身上打下了不可磨滅的烙印。

「他有點像曼弗雷德，有點像萊拉，又有點像韋納，總之，像是某個古老家族的落魄子弟。這些人被剝奪了繼承家產的權力，可憑著他們冒險的天才和能力發財致富了，於是便無視社會的法律和準則而一意孤行。」

「您是說……」

「我是說基督山是地中海中央的一座島嶼。上面沒有居民，沒有駐軍，是各民族走私販、所有國家海盜的巢穴。誰知道這些不折不扣的實幹者會不會付給他們地主一些避難費呢？」

「有可能吧。」伯爵夫人若有所思地說。

「無所謂，」年輕人接著說，「是走私販也好，不是也罷。母親，既然您親自見過他，您就會同意基督山伯爵是個出色的人。他會在巴黎上流社會得到巨大成功的。

「您知道嗎，就在今天上午，他在我房裡與社交界幾個人一接觸，就使他們訝異不已，包括夏托．勒諾在內。」

「伯爵有多大了？」美茜蒂絲問，顯然她對這問題非常重視。

「有三十五、六歲吧，母親。」

「這麼年輕！不可能。」美茜蒂絲說，既回答了艾伯特說的話，又道出了自己的想法。

「不過，這是真的。他對我說過三、四次了，當然是無意的。譬如他會說某某時候我五歲時如何，六歲時如何，十二歲時又是如何如何。我呢，我對這些細節非常好奇，於是把這些日期對了一下，從未找到過破綻。

「因此，我相信，這個年齡不明的奇人今年是三十五歲。再說，您回憶一下，母親，他的眼神有多銳利，他的頭髮有多黑，他的額頭雖然蒼白一些，但一點皺紋也沒有。這個人不僅身強力壯，而且還很年輕。」

伯爵夫人垂下了頭，彷彿不堪承受這如沉重浪濤般苦澀的思緒。

「那麼這個人對您很友好嗎，艾伯特？」她緊張而顫抖地著問。

「我想是的，夫人。」

「而您……您也喜歡他？」

「不管弗朗茲．德．埃皮奈怎麼說，我還是很喜歡他，夫人，弗朗茲想讓我把他看成是從另一個世界回來的人。」伯爵夫人驚恐得顫動了一下。

「艾伯特，」她說，聲音有些異樣。「從前我總是不讓您隨便結交新的朋友。現在，您已成人了，您有時甚至能勸導我了。不過，我還是要說：要謹慎，艾伯特。」

「為了使您的告誡對我確實有用，親愛的母親，首先我想知道我有什麼需要提防的。伯爵從不賭博，只喝摻一點西班牙葡萄酒後變成金黃色的冷水。

「伯爵自稱如何如何的富有，因此不可能向我借錢，否則會讓人恥笑的。所以，您想伯爵有什麼可以讓我害怕的呢？」

「您說得對，」伯爵夫人說，「我的恐懼是失常的，特別不該針對一個救過您生命的人。哦，對了，您的父親接待他周到嗎，艾伯特？我們對伯爵要想得盡量仔細周全些，這點至關重要。德．馬瑟夫先生有時候太忙，他的事務常使他憂心忡忡，或許他在無意之中……」

「父親是彬彬有禮的，母親，」艾伯特打斷她的話說，「我甚至能說，他聽了伯爵對他說的兩、三句恭維話似乎感到特別高興。伯爵的那些話說得恰到好處，彷彿他已認識父親有三十年之久了。他每一句奉承的話似乎都使父親感到寬慰。」

艾伯特笑著補充說：「所以他們分手時像是一對世上最要好的朋友似的。德．馬瑟夫先生甚至想把他帶到眾議院去讓他聽自己的演說。」

伯爵夫人沒有說話。她在深深思索，想著想著，雙眼慢慢地閉攏了。年輕人站在她的面前，滿懷做兒子的孺慕之情凝望著她。當做母親的還很年輕貌美時，孩子們對母親的愛就顯得越加溫柔，越加真摯。他看見母親的雙眼合上，又聽見她平靜、均勻的呼吸聲後，他以為她在小寐，便躡手躡腳走出去，輕輕地推開了門，把母親留在房內。

「這個怪人，」他搖著頭喃喃地說，「我早在預言過他在社交界會引起轟動的。我是在萬無一失的測量表上測量他的效果。他已引起我母親的注意，那他肯定就是個引人矚目的人物。」

接著他就下樓向他的馬廄走去。基督山伯爵連想都不想就買下了那些馬和套具，在行家的眼中，一下子就把他那幾匹棗紅馬降為次等貨，一想到這裡，他的內心暗暗地感到一陣氣惱。

「可以肯定，」他說，「人與人是不平等的。我得請父親把這個觀點在參議院發揮發揮。」

第四十二章　貝爾圖喬先生

這時，伯爵已到達自己的住所，而整個路程僅花了六分鐘。這六分鐘足以使不只二十位年輕人看見了他。他們了解這些馬和套具的價格，知道自己買不起，於是策馬急著趕上來，想看看這位每匹馬能花兩萬買下的有錢外國人一眼。阿里選定的房子將是基督山在城裡的日常居住處。它位於香榭麗舍大街的右首，前有庭院，後有花園。在庭院中央種有蓊郁茂盛的樹木，把整幢房屋正面的一部分遮掩住了。在這片樹木的兩邊，有兩條小徑如同左右手臂向前延伸，以便馬車可以從大鐵門進來後就可一直駛到兩排臺階前，而臺階的每一個梯級上都擺著一只鮮花盛開的大瓷花瓶。

這幢房子離群而立，周圍非常寬闊，除了正門外，還有一扇邊門，朝向蓬蒂厄街。還沒等馬車伕吆喝守門人，沉甸甸的大鐵門便打開了。讀者已經看見伯爵在巴黎、羅馬，或是任何其他地方是如何進出的，僕人對他的侍奉總是如閃電般敏捷迅速。馬車駛了進去，繞了半個圈子，並不減速，當車輪還在小徑的沙地上隆隆作響時，大鐵門已經關上了。馬車停在臺階的左邊，有兩個人出現在車門前——一個是阿里，帶著極其真誠的喜悅神情，對他的主人微笑著，基督山對他看了一眼，他已心滿意足了。另一個謙恭地鞠了一躬，向伯爵伸出手臂，扶他走下馬車。

「謝謝，貝爾圖喬先生，」伯爵說，邊從馬車的三級踏板上輕鬆地跳下來。「公證人呢？」

「他在小客廳裡，大人。」貝爾圖喬回答。

「我叫您有了房子的門牌號碼之後就去找人印名片，辦了嗎？」

「伯爵先生，已經辦妥了。我去找了王宮市場裡最好的刻工，他是當著我的面刻版的。按照您的吩咐，刻出的第一張名片已立即送到鄧格拉斯男爵那裡，他住在昂坦堤道街七號。其餘的名片放在大人臥室的壁爐上了。」

「好，現在幾點鐘？」

「四點鐘。」

基督山把他的手套、帽子和手杖交給那名法國侍僕，剛才就是他衝出德‧馬瑟夫的前廳去招呼馬車的，接著，伯爵走進小客廳，貝爾圖喬走在前面為他引路。

「這間前廳裡的大理石太不雅觀了，」基督山說，「我相信這些應該很快就會被撤換掉了吧。」

貝爾圖喬欠了欠身。

正如管家所說的，公證人等候在小客廳裡。他是巴黎的一個二流公證人，是在郊區一個妄自尊大的律師事務所裡培養出來的，看上去倒也誠實可靠。

「我要購買的那幢房子，是先生作為公證人經手出售的嗎？」基督山問道。

「是的，伯爵先生。」公證人答道。

「出售契約已經準備好了嗎？」

「是的，伯爵先生。」

「您帶來了嗎？」

「在這裡。」

「很好。我買的房子地點在哪裡？」基督山半是對貝爾圖喬半是對公證人漫不經心地問。

管家做了一個手勢，意思是說他不知道。

公證人驚訝地看著基督山。

「什麼，」他說，「伯爵先生不知道自己買下的房子在哪裡？」

「當然不知道。」伯爵說。

「伯爵先生還沒去看過嗎？」

「您在開玩笑！我怎麼能去看呢？我今天上午從加的斯[185]來。我從未到過巴黎，這可是我第一次踏上法國的國土。」

「那就另當別論了。」公證人說，「伯爵先生買下的房子在奧特伊[186]。」

貝爾圖喬聽到這句話，臉霎時變白。

「奧特伊在什麼地方？」基督山問。

「離這裡沒多遠，伯爵先生。」公證人說，「在帕西門稍過去一點，環境優美，周圍是布洛涅森林。」

185 Cadiz，西班牙西南部港口。

186 Auteuil，巴黎市郊的一個區，是布瓦洛、莫里哀、拉封丹等作家喜愛居住的地方。

「那麼近，」基督山說，「並不是在鄉間！真糟糕！您怎麼會在巴黎城門口為我選擇了這麼一座房子呢，貝爾圖喬先生？」

「我！」管家以一種異樣的急切表情大聲說，「伯爵先生肯定不是吩咐我去找房子的。伯爵先生能否回想一下，回憶、回憶？」

「啊！對了，」基督山說，「我想起來了！我是在報上讀到那條廣告，被「鄉間別墅」這個騙人的標題吸引住了。」

「還來得及，」貝爾圖喬趕緊說，「如果大人想讓我到其他地方再找，我會找到更好的，不是在昂甘、豐特奈──奧──羅茲，就是在貝爾乎。」

「算了，算了，」基督山滿不在乎地說，「既然我已買了這幢房子，我就留下了。」

「先生言之有理，」公證人立即說，他擔心失去他的傭金。「那是一處風景宜人的地方，有流水以及茂密的樹林。雖然房子已空置多時，但住起來還是很舒服的。此外，屋中的傢俱，雖然舊了些，仍很有價值，尤其是在人們到處找尋、收藏古董的今日。我想，伯爵先生也具有當代人的興趣與愛好吧。」

「我想確定一下，」基督山說，「它住起來相當舒適對嗎？」

「不止舒適，簡直是富麗堂皇！」

「很好！別錯過這樣的機會了，」基督山說，「請把契約拿出來吧，公證人先生。」

接著，他在說明房產狀況和房主姓名的房契上瞥了一眼，就迅速簽上了名。

「貝爾圖喬先生，」他說，「請給這位先生五萬五千法郎。」

管家踉蹌地走了出去，又拿了一疊鈔票走回來，公證人像習慣把手續交辦清楚後才像收錢的人那樣，點起數來。

「現在，」伯爵問，「所有的手續都辦完了嗎？」

「辦齊了，伯爵先生。」

「您鑰匙帶來了嗎？」

「鑰匙在看守房子的守門人手裡，這是一張字條，我在上面吩咐守門人讓先生可以安頓在房子裡。」

「很好。」

說完，基督山向公證人點了點頭，意思是說：「我不需要您了，您走吧。」

「不過，」誠實的公證人壯起膽子說，「我覺得伯爵先生錯了。只要五萬法郎，一切都包括在內了。」

「還有您的傭金呢？」

「這筆款子也已包含在總數裡了，伯爵先生。」

「您不是從奧特伊來的嗎？」

「是的，當然。」

「那好！應該付給您車馬費的。」伯爵說。

然後，他就揮手讓他走了。

公證人退縮著走出了門，鞠躬致敬，身子一直快彎到地面了。自從他註冊開業以來，他還是第一次遇見這麼一位慷慨的顧客。

「請送送這位先生。」伯爵對貝爾圖喬說。

於是管家跟在公證人後面也出去了。伯爵獨自一人留下之後，就從口袋裡掏出一個帶鎖的文件夾，他用掛在頸脖上，寸步不離的一把小鑰匙將它打開。他在文件夾裡翻了翻，找到寫了幾行字的那一頁，把這幾行字與放在桌上的房契對照了一下，回憶了起來：「奧特伊，方丹街二十八號，沒錯。」他說，「現在，我究竟是使用宗教的力量，還是用刑來讓他招供呢？不過，再過一小時，我就都知道了。貝爾圖喬！」他大聲喊道，並用一把帶折疊柄的小槌子敲在一個鈴上，發出銅鑼般尖銳而悠長的響聲。

管家出現在門口。

「貝爾圖喬先生，」伯爵說，「以前您不是對我說過您在法國遊覽過嗎？」

「在法國的某些省分，是的，大人。」

「您也許熟悉巴黎的郊區吧？」

「不熟悉，大人，不熟悉，」管家答道，渾身焦慮地顫抖著。基督山對人的各種情緒變化能細微地分析，他有理由把他的顫抖看成是一種慌張不安的表現。

「您從未遊覽過巴黎的市郊，」他說，「這就麻煩了。因為，今晚我就想去看看我的新居，您與我一起去，本來是希望您可以為我提供一些有用的訊息。」

「去奧特伊？」貝爾圖喬大聲說，他古銅色的臉幾乎變成鐵青了。「我，去奧特伊？」

「是的！我倒要問問，您去奧特伊又有什麼可大驚小怪的呢？如果我住在奧特伊，您當然該一起住過去，畢竟您是家庭的一名成員。」

貝爾圖喬在主人的眼神逼視下垂下了頭，他動也不動、一言不發。

「喔！您這是怎麼了？您要讓我再敲第二遍鈴吩咐備車嗎？」基督山說，聽其口氣彷彿是路易十四在說那句著名的話：「幾乎要讓我等了！」

貝爾圖喬三步併作兩步從小客廳跑到前廳，他用嘶啞的聲音叫喊道：「給大人備車！」

期間，基督山寫了兩、三封信。正當他封上最後一封信時，管家又出現了。

「大人的車子在門口等著。」他說。

「好的！請拿上您的手套和帽子。」基督山說。

「我與伯爵先生同去嗎？」貝爾圖喬大聲問。

「當然，您還得發號施令，因為我打算在那幢房子裡住下來。」

以往，從未有人曾違背過伯爵的命令，因此，管家沒吭一聲就跟著他的主人走了。基督山登上馬車，示意管家也上車，而貝爾圖喬也只好恭恭敬敬地在車廂前座的軟墊長椅上坐下了。

第四十三章　奧特伊別墅

基督山發現，當貝爾圖喬走下臺階時，用科西嘉人的方式畫了一個十字，也就是用大拇指在空中畫了個十字形，然後，當他在馬車上就座時，又喃喃祈禱了幾句。這位可敬的管家對伯爵醞釀已久的**出門計畫**實在是誠惶誠恐。除了喜歡追根究柢的人之外，恐怕其他人都會對他那副慘相表示憐憫的。不過，伯爵似乎是過分好奇了，因而非要貝爾圖喬跑一趟不可。馬車用了二十分鐘就駛到了奧特伊。一路上管家是越來越煩躁。當馬車駛進村子時，貝爾圖喬縮在車廂角落裡，開始焦慮地注視著經過的每一幢房屋。

「您叫車伕停在方丹街二十八號。」伯爵說，視線無情地盯著聽他吩咐的管家。

貝爾圖喬的臉上冒出汗水，然而他還是照辦了。他探出身子，對馬車伕大聲叫道：「方丹街二十八號。」

這棟二十八號房子位於村子的盡頭。在路上，夜幕已降臨了，或者更確切地說，一團團帶電黑壓壓的烏雲為這提前到來的夜色增添了一種莊嚴的悲劇氣氛。馬車停了，男僕急急忙忙跑上前把車門打開。

「咦！」伯爵說，「您不下車嗎，貝爾圖喬先生？這麼說您要留在車上了？今天晚上您有什麼心事嗎？」

貝爾圖喬慌忙走下車廂，把肩膀伸給伯爵，這一回，伯爵用手撐在他的肩膀上，一步一步地走下馬車的三級踏腳板。

「敲門，」伯爵說，「說是我來了。」

貝爾圖喬敲門，門開了，守門人出現了。

「怎麼回事？」他問。

「這位是您的新主人，夥計。」男僕說。他把公證人給的一張字條遞給守門人。

「房子賣出了？」守門人問，「是這位先生來住？」

「是的，我的朋友，」伯爵說，「我將盡力使您不去懷念原來的主人。」

「哦！先生，」守門人說，「我不會過分懷念他的，因為我們很少見到他。五年前他來過一趟，當然，他是該賣掉這棟房子啦，因為對他一點用處也沒有了。」

「您原來的主人叫什麼名字？」基督山問。

「德．聖米蘭侯爵先生。啊！我相信，他的賣價和這座房子是不相稱的。」

「德．聖米蘭侯爵。」基督山接著說，「嗯，這個名字聽來好像有點耳熟，」伯爵說，「德．聖米蘭侯爵……」

他似乎在思索著什麼。

「一位元老紳士，」守門人接著說，「波旁王朝的一位忠誠臣僕。他有一個獨生女，嫁給了德．維爾福先生，他先後在尼姆和凡爾賽擔任過檢察官。」

基督山向貝爾圖喬瞥了一眼，正巧與他的眼神相遇，他靠在牆上以免自己跌倒，臉色比身後的那堵牆還要白。

「他的女兒不是死了嗎？」基督山問，「我似乎聽人提起過。」

「是的，先生，那是近二十年前的事了，自那以後，我們見到那位可憐的侯爵還不到三次。」

「謝謝，」基督山說，他看見管家那副失魂落魄的模樣，心想不能把弦再拉緊了，否則非繃斷不可。「謝謝！請給我火吧。」

「要我陪同嗎，先生？」

「不，不必了，貝爾圖喬可以替我照亮。」

基督山說完這句話，就賞給他兩枚金幣，對方再三恭維，連連感謝。

「啊！先生！」守門人在壁爐的凸邊和上面的木板架上找蠟燭，但沒找到，便說，「我這裡沒有蠟燭。」

「把馬車上的提燈拿一盞下來，貝爾圖喬，領我去看看房間。」伯爵說。

管家一聲不吭地服從了，但他提燈的手直打顫，由此不難看出他服從這命令的代價有多大了。他們在樓房相當寬敞的底層繞了一圈。二樓包括客廳、浴室和兩間臥室。其中一間臥室的外面，有一座螺旋式的扶梯，一端通向花園。

「哦，這是一座暗梯，」伯爵說，「這很方便。給我照亮，貝爾圖喬先生。您走在前面，沿著扶梯往下走。」

「先生，」貝爾圖喬說，「扶梯通往花園。」

「請問您是怎麼知道的？」

「我是猜想的。」

「那好，讓我們看看是不是這麼回事吧。」

貝爾圖喬嘆了一口氣，走在前面。扶梯果真通向花園。他們走到通往外面的門前，管家停下不往前走了。

「走呀，貝爾圖喬先生！」伯爵說。

然而與他對話的那個人已經神志不清、昏頭昏腦、心力交瘁了。他驚慌失措的雙眼向周圍環視，似乎在尋找過去發生那可怕一幕的殘跡。他的雙手緊握著，似乎想盡量推開那恐怖的記憶。

「怎麼了？」伯爵還不甘休。

「不！不！」貝爾圖喬把手放在內牆角上大聲說，「不，先生，我走不了了，不可能再走了。」

「這是怎麼回事？」基督山以不可抗拒的聲音一字一頓地說。

「您瞧，先生，」管家大聲說，「這太過湊巧了。您在巴黎要購屋，偏偏買下了奧特伊的房子；買在奧特伊就算了，卻偏偏是方丹街二十八號的房子！

「啊！為什麼我自己沒在之前就與您說清楚呢，大人！說明白了，您肯定不會要求我一起來了。我原本希望伯爵先生的房子是另一幢的。彷彿在奧特伊除了這幢發生過兇殺案的房子以外就沒有別的房屋了！」

「哦！哦！」基督山陡然停下腳步說，「您剛才說的字眼多晦氣啊！惡魔般的男人！喪失理性的科西嘉人！您們不是故弄玄虛就是迷信十足！唉，請把燈拿起來，一起去看看花園吧。您與我在一起不用害怕，但願如此！」

貝爾圖喬拿起提燈，聽從了吩咐。門打開後，露出了灰白色的天空，一輪明月在一片雲海裡掙扎著，它偶爾照亮了洶湧滾滾的烏雲，但又隨即被它吞沒。烏雲最終也更加黯然地消失在茫茫蒼穹之中。管家想朝左彎。

「不，先生，」基督山說，「為何要走小徑？前面是一塊挺不錯的草坪，筆直往前走吧。」

貝爾圖喬擦了擦額上淌下來的汗珠，但還是服從了。只是，他卻繼續偏左走。相反的，基督山是偏右走。他走近一叢樹旁停了下來。此時，管家再也支撐不住了。

「離開這兒，先生！」他大聲喊道，「離開這兒吧，我求求您了，您正好站在那個位置上。」

「什麼位置？」

「就是他倒下去的位置。」

「親愛的貝爾圖喬先生，」基督山笑著說，「清醒一下好不好。我勸您別再糊塗了。我們這裡不是沙爾代納或是科爾特[187]，也不是沼澤地，而是一座英國式花園。我承認它保養不善，但也不該因此而對它妄下惡言啊。」

187 Sartena or Corte，科西嘉的兩個小鎮。

「先生，別待在那裡！別待在那裡！我求求您了。」

「我想您是瘋了，貝爾圖喬先生。」伯爵冷冷地說，「您若真是這樣，就預先告訴我一聲，那麼我就可以及早派人把您關進某個診療所裡，以免出意外。」

「天哪！大人，」貝爾圖喬搖著腦袋，合起雙手說，此刻伯爵的注意力要不是都集中在一件使他更感興趣的事上，而是對這個膽小怕事之人的些微反應稍加關注的話，當他看見他這副哭喪相，應該會笑出來的。

「天哪！大人，惡魔到臨了。」

「貝爾圖喬先生，」伯爵說，「我很榮幸地告訴您，您扭曲手臂，亂舞亂動，眼睛骨碌亂轉就像被魔鬼附身似的。然而，我總能發現，魔鬼最執拗的隱身之處，就是藏匿祕密之所在。「我知道您是科西嘉人。我知道您陰沉憂鬱，以及對過去某件仇殺之事始終放心不下。如果是在義大利，我也不把它當回事了，因為在那裡，這類事情時有所聞。然而在法國，一般來說，人們對暗殺深惡痛絕，所以憲兵會來干預，法官會來判刑，還有斷頭臺要為冤者報仇。」

貝爾圖喬雙手合十。在他做這些毫不連貫的動作時，他始終沒放下提燈，燈光照亮了他那張氣急敗壞的臉。基督山注視著他——在羅馬時，他是以同樣的眼神觀看安德烈亞受刑的。接著，他又說話了，聲調讓可憐的管家全身再度顫慄不已。

「這麼說來，布索尼神父欺騙我了。」他說，「當他在一八二九年遊歷過法國之後，他把您送交給我，並附有一封推薦信。他在信中介紹了您的優良品行。喔！我這就寫信給神父，讓他對他的保護人負責，而且我大概也會知道這件謀殺案的來龍去脈了。

「不過，我得告訴您，貝爾圖喬先生，我在哪個國家生活，我就習慣遵守哪個國家的法律，所以，我不想為您與法國的法院鬧翻。」

「啊！別這樣做，大人，我對您一直是忠心耿耿的，不是嗎？」貝爾圖喬絕望地大聲說，「我一直是個誠實的人，甚至盡我所能行善積德。」

「這我不否認，」伯爵接著說，「可是，您為何這麼激動呢？這是個不祥之兆——一個心靈純潔的人臉上不會這樣慘白，雙手不會這麼發抖。」

「可是，伯爵先生，」貝爾圖喬支支吾吾地接著說，「您不是親口對我說過，布索尼神父，他在尼姆的監獄聽過我懺悔，在把我送到您這裡來時，曾預先告訴過您，我為一件事非常內疚嗎？」

「是的，但他介紹您時，說您可以成為一個出色的管家，我原以為您犯過行竊，如此而已。」

「啊！伯爵先生！」貝爾圖喬輕蔑地叫出了聲。

「要不就是您作為科西嘉人，無法抵禦自己想『要人一命』的願望，根據您們當地人的說法，就是想『剝一張皮』。」

「沒錯！是的，大人，是的，我的好老爺，是這麼回事！」貝爾圖喬邊向伯爵跪下，邊大聲說，「是呀，一次復仇，我發誓，單純為了報仇。」

「我明白，但我不能理解的是，為什麼正巧是這幢房子讓您激動到如此地步？」

「可是，大人，」貝爾圖喬接著說，「這是很自然的，因為我就是在這幢房子裡報了仇的。」

「什麼！在我的別墅裡！」

「哦！大人，那時它還不屬您所有。」貝爾圖喬天真地回答。

「那麼它屬於誰？屬於德．聖米蘭侯爵先生？我想守門人是這麼對我們說的。天啊！這麼說，您是向德．聖米蘭侯爵報仇了？」

「啊！不是他，大人，是另一個人。」

「這可真是樁怪事，」基督山做出若有所思的樣子說，「您純屬偶然，在毫無準備的情況下進入這棟別墅，而裡面發生的一幕卻使您這麼深感內疚。」

「大人，」管家說，「我相信，這一切之所以發生全是命運的安排。首先，您在奧特伊買下了這幢房子，而這它正巧是我殺人的地方。之後，您來到花園所經過的扶梯正巧是他走下樓的樓梯。現在，您停留的地方正巧是他被殺之地。

「最後，離這裡兩步遠的一棵梧桐樹底下有一個坑，他在那裡埋葬了一個孩子。不，所有的一切並非巧合，因為在這樣的情況下，巧合與天意太相似了。」

「好吧！科西嘉先生，我們就假定是天意吧。我本人總是按別人的思路去想的，何況，對於有心理障礙的人，也該作一些讓步。那就請好好回憶一下，再把這一切都講給我聽吧。」

「我對這件事只說過一次，那是對布索尼神父說的。對於這種的事，」貝爾圖喬搖著腦袋補充說，「只能在告解時才能說出來的。」

「這麼說，」伯爵說，「我想您還是去找您的告解者吧。是查爾特勒修會還是聖貝爾納教派的修士都好，並且把您的祕密全盤托出。至於我，我不喜歡家裡有會被這樣的幽靈嚇得六神無主的人。我也不會選擇一到夜晚就不敢到花園裡去的僕人。

「我承認，我也不大歡迎有警方的人來訪。在義大利，正義只有在無聲時才拿得到俸祿；在法國，只有發出正義之聲才能得到報酬。

「哦！我本以為您有點像科西嘉人，更像走私販，同時又是能幹的管家。但是，我現在看出您還有其他的名堂。您不再是我的人了，貝爾圖喬先生。」

「啊！大人！大人！」管家在這個威脅下嚇壞了，大聲說，「我只求能留下來伺候您，我這就說，把一切都說出來。如果我離開您，就等於走向斷頭臺啦。」

「那情況就不同了，」基督山說，「不過，您若想撒謊，還不如什麼都不說。您先好好想想吧。」

「不，先生，我以靈魂得救的名義向您發誓。我會把一切都原原本本地告訴您。布索尼神父也只知道一部分的祕密而已。不過在此之前，我求求您，先離開這棵梧桐樹吧。月光就要擠穿這片烏雲，而您，站在這裡，穿了件把您身體遮住的披風，這讓我想起了德‧維爾福先生。」

「什麼！」基督山大聲說，「是德‧維爾福先生？」

「大人認識他？」

「不就是之前尼姆的檢察官嗎？」

「是的。」

「是他與德．聖米蘭侯爵的女兒結婚？」

「是的。」

「他在司法界享有盛名，被認為是最嚴肅、最公正的檢察官吧？」

「哼！先生，」貝爾圖喬大聲說，「此人是有完美的聲譽……」

「所以？」

「可他是個無恥之徒。」

「胡說！」基督山說，「不可能！」

「事實就是我對您說的那樣。」

「啊！真的嗎？」基督山說，「您有證據嗎？」

「我有過。」

「可您粗心大意把證據丟了？」

「是的。不過仔細找找，還是能找到的。」

「當真！」伯爵說，「把這件事講述給我聽吧，貝爾圖喬先生，因為我真的開始感興趣了哩。」

說完，伯爵邊哼著一曲《露西亞》小調，邊走去坐在一條長凳上。貝爾圖喬跟在他後面，追憶起往事來了。

貝爾圖喬在他面前站定了。

第四十四章 The Vendetta[188]

「伯爵先生希望我從哪兒開始講起呢？」貝爾圖喬問。
「隨您願意，」基督山說，「反正我一無所知。」
「我以為布索尼神父已經對大人說過了。」
「是的，說過一點。但是，已過了七、八年，我全忘光了。」
「那麼我就從頭說起吧，也不必擔心大人聽了會厭倦。」
「說吧，貝爾圖喬先生，說吧，我就當作是在讀晚報。」
「事情要從一八一五年講起。」
「啊！」基督山說，「一八一五年可真有些年頭了。」
「是的，先生。不過，我對所有的細節都記得一清二楚，就像是昨天發生的那樣。我有一個哥哥，他在皇帝[189]的軍隊裡服役。他在清一色由科西嘉人組成的團隊當上了一名中尉。「哥哥是我唯一的朋友。在我五歲、他十八歲時，我們就成了孤兒，是他撫養我長大，如同我是他的兒子一般。一八一四年，在波旁王朝統治時期，他結婚了。

188 義大利文，意為為親人復仇；這是法國科西嘉島的古老風俗。
189 指拿破崙一世。

「陛下從厄爾巴島返回後，我哥哥便立即回到軍隊。他在滑鐵盧[190]受了點輕傷，與部隊一起退到盧瓦爾河的後方。」

「您說的不就是百日政變的歷史嗎，貝爾圖喬先生？」伯爵說，「假如我沒記錯的話，這段歷史已經有記載了。」

「請原諒，大人，可是這是必須的，您答應過要耐心聽下去的。」

「說下去！說下去！我是說話算數的。」

「一天，我們收到一封信。我得補充一句，我們住在羅利亞諾鎮的一個小村莊裡，這個村莊位於科西嘉海岬盡頭。這封信是我哥哥寫的，他告訴我們，軍隊已經遣散，他將途經夏托魯、克萊蒙費朗、勒普伊和尼姆回家。

「如果我手上還有一點錢，他要我請人帶到尼姆的一家旅店去，以便他到那裡去拿。店主人是我們的熟人，與我有點關係。」

「是走私的同夥吧？」基督山接著問。

「呃！伯爵先生，人總得活下去啊。」

「當然，繼續往下講吧。」

「我很愛我的哥哥，我剛才已經對您說過了，大人。因此，我決定不但給他送錢去，而且要親手去一趟。我尚有一千法郎，留下五百給阿孫塔，她是我的嫂嫂。之後，我就帶著另

190　一八一五年六月十八日，拿破崙在滑鐵盧戰役中遭到徹底失敗，從此，法國與歐洲其他國家之間連續二十三年的戰事結束。

外的五百去尼姆了。

「這件事不難辦，因為我有一艘船，在海上要裝一批貨，而一切的一切似乎都在幫助我完成計畫。裝上貨之後，風向轉了，以至我們有四、五天不能駛進羅納河。最後，我們終於靠上了岸再逆流駛到阿爾。我把船留在貝爾加德和博凱爾之間的一條河裡，就徒步去尼姆了。」

「故事就要開始了，是嗎？」

「是的，先生，請原諒。不過大人也看得出來，我是盡量挑一些不可缺少的事情講的。其時，當時發生了著名的南方大屠殺。有兩、三幫盜匪，首領叫特雷塔戎、特呂弗米和格拉方什麼的，他們在大街小巷發現擁護拿破崙的可疑分子就殺。伯爵先生對這些屠殺大概也有所耳聞吧？」

「略微聽到過一些，當時我離法國很遠。請繼續說下去吧。」

「我們走進尼姆城，簡直就是踏在血泊裡，每走一步都會遇見屍體。殺人犯成群結隊的，四處殺人、掠奪、焚燒。我看到的慘相，把我嚇壞了。不過，不是為了自己。我不過是科西嘉一個普通漁民，沒什麼可畏懼的。

「相反的，那個年頭，對我們這些走私販來說，倒是時來運轉的時候。我是替我哥哥擔心，替我那個在皇帝麾下服役的哥哥擔心。他穿著軍裝，戴著肩章，從駐守在盧瓦爾河的軍隊裡回來，因此，他必須處處留神才好。

「我趕緊跑到旅店主人那裡。我的預感沒有欺騙我——哥哥是前一天晚上到尼姆的，但就在那家旅店門口，他被人殺死了。

「我到處打聽殺人兇手的下落，但沒有人敢於把他們的姓名告訴我，大家實在是嚇破膽了。這時我想到了法國的法院，許多人都曾向我提起過他們，說他們敢作敢為，於是我就去找檢察官了。」

「這位檢察官叫維爾福嗎？」基督山漫不經心地問。

「是的，大人。他是從馬賽來的，在那裡擔任過代理檢察官。他效忠王室，使他得到升遷。據說，他是最早向政府透露皇帝從厄爾巴島登陸的人之一。」

「這麼說，您到他家去了。」基督山接著說。

「『先生，』我對他說，『我的哥哥昨天在尼姆街頭被人殺死了，我不知道是誰幹的，不過尋找兇手是您的職責。您在這裡代表著正義，而這件事該由正義為那些未被它保護的人復仇。』

「『您的哥哥是什麼人？』檢察官問。

「『科西嘉軍團的中尉。』

「『那麼是篡位者的士兵？』

「『法國軍隊的一名戰士。』

「『這樣，』他說，『他用劍殺人，因而死於劍下。』

「『您錯了，先生。他是被匕首捅死的。』

「『您要我做什麼？』檢察官問。

「『我已經對您說過了：我希望您為他報仇。』

「『向誰？』

「『向殺人兇手。』

「『難道我認識他們嗎？』

「『派人去調查吧。』

「『有什麼用？您哥哥可能與別人吵架，就決鬥了。這些老兵們都喜歡走極端。他們在帝國時期可以平步青雲，但現在就該他們倒楣了。我們南方人既不喜歡當兵的，也不喜歡暴力。』

「『先生，』我接著說，『我來求您不是為了我自己。對我而言，我痛哭一場或是為他報仇就行了，然而，我的哥哥還有個妻子。假如我以後也遭遇不測，這可憐的女人就會餓死，因為她僅僅依靠我哥哥的工作所得生活。請您為她求得一小筆政府撫恤金吧。』

「『每場革命都會帶來災難。』德·維爾福先生答道，『您的哥哥就是這場革命的犧牲品。這是一個不幸，但政府對此並不欠您家庭什麼。那些擁護篡位者的人掌權時，對國王的擁護者也肆意報復過。

「『假使我們對他們的報復行為也一一審判，那麼今天，您的哥哥也許就會被判處極刑。現在所發生的一切是非常自然的，因為這是報復的法則。』

「『什麼！』我大聲說，『您，一名執法官員，竟能對我說出這樣的話？』

「『所有的科西嘉人都是瘋子，我敢肯定。』德·維爾福先生答道，『您們還在以為您們那個同鄉是皇帝。您搞錯年代了。您應該在兩個月前對我說這些話。現在，已太晚了。走吧，不然，我就要派人把您送出去。』

「我注視了他一會兒，想看看我再求一次是否還有點希望。但他是一個鐵石心腸的人，於是我向他走過去。

「『好吧！』我壓低聲音對他說，『既然您熟悉科西嘉人，您就該知道他們是如何信守諾言的。您認為他們殺了我那擁護拿破崙的哥哥是做了件好事，因為您是保王分子。『那麼我，同為拿破崙的擁護者，我向您鄭重宣布：我要殺死您。從現在起，我對您宣告 Vendetta。所以說，您要好自為之，盡量保護好自己，因為，當我們再次相遇之時，就是您的死期來臨之日。』

「說完這句話，趁他驚魂未定，我就打開門，一溜煙跑掉了。」

「天啊！天啊！」基督山說，「您看上去很老實，想不到竟做過這樣的事，貝爾圖喬先生，甚至還是對著一位國王的檢察官。但是，他知道 Vendetta 是什麼意思嗎？」

「他非常清楚，所以從那時起，他不再單獨出門，而且深居簡出，並派人四處搜尋我。幸好我藏得很隱蔽，沒讓他找到。之後，他過於驚恐，嚇得不敢在尼姆久待下去，於是請求轉調。他是一個頗有影響的人，於是，他就被調到凡爾賽任職了。

「不過，您知道，對一個發誓殺敵復仇的科西嘉人來說，距離是難不倒他的。不管維爾福的馬車跑得再快，也沒法超前我半天的路程，儘管我是徒步追蹤他的。重要的不在於殺掉他，這點，我有上百次機會可以辦到。關鍵在於殺死他而不暴露自己，尤其是不被人抓住。

「我已不再屬於我自己了，因為，我有義務要保護、養活我的嫂嫂。我窺探了德・維爾福先生三個月，他每走一步、每出門一次、每一次散步，到哪兒都逃不過我的眼睛。我終於發現他偷偷摸摸地到奧特伊來了。

「我跟蹤他，並看見他走進我們現在待著的這座別墅。只是，他不像一般人那樣從臨街的那扇大門進入，而是騎馬或是坐車來。他會把馬或馬車留在旅店，再從您看到的那個小門走進來。」

基督山點頭表示在黑暗中，他看見了貝爾圖喬指出的那個入口。

「我無須再留在凡爾賽了，所以我在奧特伊落了腳，並且蒐集我所能獲得的資訊。假如我要襲擊他，很顯然的，就該在那裡設下陷阱。

「守門人說過了，這座別墅歸德．聖米蘭大人所有。他是維爾福的岳父。德．聖米蘭先生住在馬賽，因此，這座鄉間別墅對他沒有用處。有人說他把別墅租給一位年輕的寡婦。大家只知道她叫『男爵夫人』。

「一天傍晚，我從牆上望去，看見一位年輕貌美的女人獨自在花園裡散步，花園裡的情形，從窗戶都是窺視不到的。她不時往小門方向張望，於是我明白了，那晚，她在等德．維爾福先生。當她離得我相當近時，雖然夜色濃重，我仍能看清她的面貌。

「我發現她是一名十八、九歲美麗而年輕的少婦，高高的身材，有著一頭金髮。她穿著簡便的浴衣，體態畢露，我這才看出她有孕在身，甚至離臨產不遠了。

「過了一刻，小門打開，一個男人走進去。少婦快速地向他跑去。他倆緊緊摟抱在一起，充滿愛憐地親吻著，一起回到房子裡。那個男人就是德．維爾福先生。我判斷，當他在深夜離開時，會一個人再穿過整座花園。」
「那麼，」伯爵問，「您後來知道那女子的名字嗎？」
「不知道，大人。」貝爾圖喬答道，「您之後就會知道，我沒時間去打聽。」
「繼續。」
「那天晚上，」貝爾圖喬接著說，「我本來可以殺掉檢察官的，但我還不太熟悉花園的狀況。我擔心若是不能一下子解決他，到時，如果有人聽到他的喊叫聲跑來，我就無處可逃了。我決定下一次看見他時再動手。
「為了不遺漏每一個細節，我在沿著花園外牆的那條街上租了一個小房間。三天後，將近晚上七點鐘，我看見從別墅裡出來一個騎著馬的僕人。他在通往塞夫爾大路的一條小街上策馬疾駛。我估計他要到凡爾賽去。我沒猜錯。三個小時後，那個人風塵僕僕地回來了。他的信送到了。
「兩分鐘後，另一個裹著披風的人徒步走來打開了花園的小門，門在他身後關上了。我迅速跑下樓。雖然我沒看清德．維爾福的臉，但我的心在劇烈地跳動，直覺告訴我就是他。我穿過街，爬上牆角上的一塊界石，我之前也是站在這界石上向花園裡張望的。
「這一次不光是看，我從口袋裡抽出短刀，確信刀刃是鋒利的，於是我爬過牆頭跳了下去。我首先關心的是朝門口奔去，他剛才把鑰匙留在鎖孔裡，僅僅在門鎖上轉了兩圈。我從那裡逃跑是萬無一失的。
「於是我開始研究起地形。花園呈長方形，中間有一片英國式的細草坪，草坪四角種植了一叢叢樹木，枝繁葉茂，並雜有一朵朵秋天的花朵。德·維爾福先生要從房子走向小門，或是從小門走向房子，不論是進是出，都必須從一處樹叢旁邊經過。

「那是九月底，風刮得很猛烈。不時被往天際急行而去的大片雲絮遮沒的、慘澹的月光，染白了通往房子的沙徑，但不能穿透茂密、幽深的樹叢。所以，一個人躲藏在裡面是不用擔心會被人發現的。

「我躲在離維爾福必經之路最近的一簇樹叢裡，才剛躲進去，就感到風呼呼地猛颳，把頭頂上的樹枝壓得彎彎的。我似乎聽到了一陣陣嗚咽聲。您知道，或者更確切地說您不知道，伯爵先生，想等待時機下手行兇的人總好像聽見有人在曠野發出一聲聲慘叫。

「兩個鐘頭過去了，在這期間，有好幾次我以為聽見了同樣的嗚咽聲。午夜的鐘聲響了。當最後一下鐘聲還在淒涼而清脆地震響時，我發現我們剛才走下來那座暗梯的窗裡透出了燈光。

「門打開了，裹著披風的人又走了出來。這是可怕的時刻，不過，我已等待著一刻的到來很久了。現在，什麼也不能使我心慈手軟，於是，我抽出短刀，打開刀刃，準備著。穿披風的人朝我的方向走來，但是，當他走到明處時，我看見他右手似乎拿著一件武器。

「我膽怯了，倒不是害怕搏鬥，而是擔心不能成功。當他走到離我幾步遠時，我發現被我當成武器的東西其實只是一把鏟子。我還沒來得及猜出德·維爾福先生出於什麼樣的原因手上拿著一把鏟子時，只見他突然停在一簇樹叢的邊緣，向四周看了一眼，開始在泥地上挖坑。

「這時，我才發現他的披風裡藏著一樣東西，他把那件東西放在草坪上，好讓自己行動更方便些。那時，我承認，我的仇恨裡摻進了一點兒好奇，我想看明白維爾福究竟在幹什麼。

「所以我一動也不動，凝息屏氣，等待著。後來，我冒出了一個想法，當我看見檢察官從披風裡取出的是一個長兩呎、寬六至八寸的小木盒時，想法得到了證實。

「我看著他把木盒放進坑裡，在上面堆上土，接著，他又在這堆新土上踩了幾腳，把他留下痕跡消除掉。這時，我向他猛撲過去，一邊把短刀插進他的胸膛一邊對他說：『我是喬瓦尼·貝爾圖喬！我要以您的死來回報我的哥哥，以您的財富贍養他的寡婦。您看出來了吧，我的復仇比我所希望的更加完整。』

「我不知道他有沒有聽清楚這幾句話，但我想沒有。因為，他沒叫一聲就倒下去了。我感覺到他的鮮血燙乎乎地噴在我的雙手上，濺到我的臉上，但我像醉了似的，興奮極了。他的血非但沒使我感到灼燙，反而讓我感到清涼。

「眨眼工夫我就用鏟子把木盒挖了出來，為了不讓人發覺我劫走了木盒，我又填好了坑，並把鏟子扔出牆外，衝出門，再從外面把門鎖上轉動兩圈後，抽出鑰匙帶走了。」

「好！」基督山說，「依我看，這是一次小小的暗殺外加偷竊的雙重案件。」

「不，大人。」貝爾圖喬回答，「這是為親人復仇，另附賠償費。」

「至少是筆不小的數目吧？」

「裡面不是錢。」

「啊，是的，我想起來了，」基督山說，「您先前不是說到過一個孩子嗎？」

「沒錯，大人。我奔到河邊，坐在河堤上，急於想知道木盒子裡面裝的是什麼東西，我用短刀把鎖撬開了。一塊細麻布包著一個剛剛出生的嬰兒。嬰兒的臉色發青，雙手發紫，說明他是被繞在頸脖上的臍帶勒死的。這時，他還沒變冷，我拿不定主意，是否把他扔進在我腳下流淌的河中。

「過了一會兒，我感覺到孩子的心口在微弱地跳動。我把繞住他頸脖的帶子鬆開。我從前曾在巴斯蒂亞的醫院裡當過護工，在這種情況下醫生怎麼做的，我也就怎麼去做了，也就是說，我給他做了人工呼吸。

「我用足力氣做了一刻鐘，他開始呼吸了，並且虛弱地哭著。我也哭喊出聲，而且是狂喜的喊聲。『上帝不會詛咒我了，』我心裡想，『因為他允許我使一個人恢復生命以換取另一個人被我剝奪的生命！』」

「您把孩子如何處置了呢？」基督山問，「對一個需要逃跑的人來說，這個包袱可不輕啊。」

「所以我從未想過留住他。我早就知道，在巴黎有家育嬰堂，收容這些可憐的小生命。經過關卡時，我聲稱是在大路上撿到這個孩子的，我在打聽育嬰堂的所在。我手中的木盒子可以作證，細麻布繈褓說明孩子的父母親很有錢。而我身上的血完全可以說成是孩子的，不是其他人的。

「他們沒有提出異議，就把設在地獄街一頭的育嬰堂指給我看。繈褓上原本繡著兩個字母，我多想了一下把繈褓撕了一塊下來，讓一個字母仍然裹著嬰兒的身子。我把包袱放在圓轉櫃[191]裡，按了鈴，飛也似的跑掉了。

「半個月後，我回到羅利亞諾，我對阿孫塔說：「『寬寬心吧，嫂嫂。伊斯拉埃爾死了，不過我為他報了仇。』

「於是她要我對這些話作出解釋，於是，我就把發生的一切都告訴她了。

「『喬瓦尼，』阿孫塔對我說，『您應該把這個孩子帶回來，由我們來替代他已失去的雙親。我們可以為他取個名字，叫他貝厄弟妥。我們做了這件好事，上帝真的會賜福給我們的。』

「我沒多說，把留下的另一塊繈褓布交給她。等我們有點錢之後，她可以拿去認孩子。」

「繈褓上是兩個什麼字母？」基督山問。

「H和N，兩個字母上面還繡有男爵冠上的環帶花紋。」

「天啊！我想您在使用紋章的術語了，貝爾圖喬先生！您是在哪裡學的家譜學？」

「侍候大人，什麼都能學到。」

「請說下去，我很想知道兩件事情。」

「什麼事，大人？」

「這個小男孩後來怎麼樣？我想您是對我說他是個男孩，貝爾圖喬先生。」

「沒有，大人。我記不起曾對您說過。」

191 法國女修道院裡有遞物轉櫃一說，這裡用的是同一個字，估計也是從外面向裡面運送東西的一種工具。

「我以為您說了。我一定是弄錯了。」

「沒有，您也沒弄錯。他確實是個男孩。不過大人說，您想了解兩件事情，第二件又是什麼呢？」

「第二件是您請求一名聽告解的神父，所以布索尼神父才到尼姆監獄去看您。您是如何被定罪的？」

「這話說來可長了，大人。」

「有什麼關係？現在剛到十點鐘，您知道，我此刻不會睡覺，我想，您也不太困吧。」

貝爾圖喬欠了欠身，便繼續講述下去。

「一半是為了把老是困擾我的那些記憶趕跑，一半是為了維持可憐寡婦的生計，於是，我又開始做起走私買賣來了。每次革命之後，法紀總會鬆弛些，所以這項買賣也變得容易一點。由於接連不斷地發生騷亂，時而在阿維尼翁，時而在尼姆，時而在烏熱斯，所以特別在南方沿海一帶，警戒就更加鬆懈了。

「我們利用政府給予的喘息機會與整個沿海地帶建立了聯繫。自從我哥哥在尼姆的街頭被人殺害之後，我再也不願回到那個城裡。與我們有業務往來的那位旅店老闆見我們不去他那裡，就主動跑來找我們，並且在貝爾加德到博凱爾的大路上開了一個分店，招牌名叫**杜加橋客棧**。

「因此，我們在埃格莫特、瑪律蒂格或是在布克一帶，有了一打左右的貨棧可以存放貨物。需要時，我們還可以在那裡藏身以躲避海關人員和稅警。走私這種買賣只要肯動腦筋，願花精力，是很能掙錢的。

「我本在山溝裡長大，現在對憲警和海關人員的懼怕更多了一層理由。因為，我只要出庭，法官就會調查，而一調查總會追究過去，對我來說，現在他們可能發現的事情遠比走私香菸、無證販運一桶桶的酒要嚴重得多。因此，我寧死一千次也絕不願意被捕。

「我做成了幾筆讓人吃驚的交易，這就不止一次地證明，把生命看得過重，就是成功的唯一障礙。

「我們的生意需要迅速作出決定，並且要果斷、有力地執行。說真的，人一旦誰把生命置之度外，他就跟其他人不同了，或者更確切地說，其他人就不再是他的對手了。任何人只要下定了這個決心，立即就會增添了無限的力量，視野也大大開闊了。」

「又談起哲學來了，貝爾圖喬先生！」伯爵打斷他的話說，「您這一生中似乎什麼都做過了？」

「啊！請原諒，大人！」

「不用！不用！不過在晚上十點半鐘談哲學未免太晚了些。我沒什麼其他要說的，因為我覺得您說得很正確，有些哲學家還比不上您。」

「我跑得越來越遠，生意越做越大。阿孫塔是個節儉的女人，我們積存了一筆小小的家財。一天，我正要外出做生意，她說：『去吧，當您回來時，我會讓您大吃一驚的。』

「我問她什麼事，但問不出來。她什麼也不願對我說，於是我出門了。這次我外出了將近六個星期。我們在呂克裝載油，在來亨港裝英國棉花，卸貨時也沒發生不順心的事情。我們分了紅利，然後高高興興地回家了。

「回到家裡，我在阿孫塔臥室最顯眼的地方，首先看到的，就是一個搖籃。這個相對於房間裡的其他傢俱顯得很奢華的搖籃裡，躺著一個七、八個月大的孩子。我高興得驚呼一聲。

「自從檢察官被殺之後，我唯一的苦惱就是想到那個被遺棄的孩子。不用說，我對那次暗殺從未感到過內疚。可憐的阿孫塔什麼都考慮周全了。她趁我不在家裡時，拿了半塊繈褓布——為免得遺忘起見，她把孩子放到育嬰堂那天的日期和時間都準確地寫在上面了——然後出發到巴黎，親自要求把孩子領回來。

「他們沒提出異議，就把孩子交給她了。啊！我得承認，伯爵先生，當我看見那個可憐的小生命躺在搖籃裡時，我內心澎湃，眼淚奪眶而出。

「『說真的，阿孫塔，』我大聲說，『您是一位值得尊敬的女人，上帝會降福給您的。』」

「這一點，」基督山說，「就沒您的哲學說得那麼準確。說這是信念倒還可以。」

「天啊！大人，」貝爾圖喬接著說，「您說得準確極了。上帝派這個孩子來就是為了懲罰我的。他邪惡的天性老早就表露出來了，然而，絕不能說我們沒好好撫養他。我那嫂嫂是把他當成親王的兒子一樣對待的。

「那孩子的臉蛋長得很俊俏，有一對明亮的藍眼睛，就像中國景泰藍上的藍色花紋印在潔白如玉的底色上似的。不過，他那一頭過於刺眼的金黃色頭髮卻把他的臉龐襯托得有點怪異。他的眼神因而顯得加倍靈活，笑起來也顯得更加狡黠。不幸的是，有一句諺語用於貝厄弟妥正適合，那就是：『紅棕色頭髮的人不是好極就是壞透。』

「從幼年時期，他就表現得很惡劣。事實上，他的母親過於遷就，也助長了他的壞脾氣。為了孩子，我那可憐的嫂嫂可以跑上四、五里格到城裡的市集去買新鮮水果和最可口的糖果。可那孩子不愛吃帕爾馬的柳丁和熱那亞的罐頭，偏偏喜歡吃爬過籬柵從鄰居家偷來的栗子或是堆放在他們穀倉裡的蘋果乾。而我們自家的園子裡就有現成的可以隨他任意吃。

「當貝厄弟妥五、六歲時，一天，我們的鄰居瓦西利奧向我們抱怨說，他的錢包裡少了一個金路易。伯爵先生該比任何人都知道，科西嘉是沒有小偷的，因此瓦西利奧按照當地的習慣從不把他的錢包和首飾收藏起來的。

「我們以為他算錯了，可是他說他絕對沒錯。那一天，貝厄弟妥大清早就離家一直沒回來，我們急壞了。晚上，我們看見他牽著一隻猴子回來了，據他說，他看見猴子被拴在一棵樹腳下，就帶回來了。

「早在一個月前，那壞孩子不知怎麼會異想天開，一心想要一隻猴子。之前有過一個雜耍藝人路經羅利亞諾鎮，他帶來過幾隻猴子。孩子對猴子要把戲特別感興趣，也許就是那個藝人教他去幹那件糟糕的荒唐事情的。

「『我們的樹林裡沒有猴子，』我對他說，『更沒有被拴住的猴子。對我坦白吧，您怎麼弄到這隻猴子的。』

「『貝厄弟妥堅持他的謊言，又胡扯了一些細節，聽起來就不像是真的，而是胡亂編造出來。我發火了，他反而笑；我嚇唬他，他退後兩步說：『您不能打我，您沒有這個權利，您不是我的父親。』

「我們從不知道是誰把這個至關重要的祕密透露給他的。我們總是非常謹慎地瞞住他。不管怎麼說，孩子已經完全道出真相了。他的回答引起我的恐懼，我已舉起的那隻手臂只好垂落下來，沒碰著作案者。孩子勝利了，這個勝利使他更加膽大妄為。

「打那時起，他變得越來越不像話，而阿孫塔對他的寵愛似乎有增無減。她所有的錢，孩子愛怎麼花就怎麼花，她不知道如何規勸他。有的錢還被他用來胡作非為，她又不敢阻止他。當我在羅利亞諾時，日子還湊合著過，但是，一旦我離家了，貝厄弟妥就變成了一家之主，一切都亂了套。

「他剛滿十一歲，就喜歡混在十八、九歲的小夥子堆裡玩。那些孩子都是巴斯蒂亞和科爾泰的壞種，他們有的惡作劇甚至都可以加上罪名了，法院早已向我們提出了警告。我真的擔心了，因為一旦傳訊，就可能帶來嚴重的後果。我不得不遠離科西嘉。我考慮了很久，為避免發生什麼災難，我決定把貝厄弟妥帶走。

「我希望走私販辛勞而艱苦的生活和船上嚴明的紀律能改變他還不能算十分敗壞，但已瀕於墮落的性格。於是，我把貝厄弟妥拉到一旁，建議他跟我走，並且附加了許多諾言，這些條件都是能使十二歲的孩子動心的。

「他靜靜地聽我說，當我講完後，他先是大笑一陣，然後對我說：『您發瘋了嗎，叔叔──他脾氣好時就是這樣稱呼我的。您要我放棄現在的生活去過您過的日子？您要我放棄舒服和安逸去像您那樣辛辛苦苦地工作？您要我夜裡受凍，白天曝曬，不停地東躲西藏，而且一旦露面就挨子彈？

「『這一切不就是為了掙一點點錢嗎？錢，我要多少就有多少，只要開口，阿孫塔媽媽就會給。假如我接受您的建議，我不就成了大傻瓜啦？』

「我被他的大膽和推理嚇傻了。貝厄弟妥又回到他的夥伴中去玩了，我遠遠地看見他把我當成一個呆子指給他們看。」

「可愛的孩子！」基督山喃喃自語道。

「哦！如果他是我生的，」貝爾圖喬說，「或者是我的姪子的話，我就會把他帶到正道上來，因為有責任感才有力量。可是，我想到孩子的父親是我殺死的，要我去體罰這個孩子真是辦不到。

「在我們談話時，我的嫂嫂總是百般護著那個小無賴。我就對我嫂嫂提出忠告，她向我承認，有好幾次，她少了不少錢。於是，我告訴她一個地方，好讓她能把我們一點點家當藏起來。

「說到我，我的主意已拿定。貝厄弟妥完全能讀書、寫字和計算，因為偶爾他也會用功。他用一天時間就能學到其他人學一個星期的東西。我說了，我的決心已下，我要把他帶到某條遠洋輪上去當文書。我打算事前什麼也不告訴他，某天早上讓人把他帶上船。等我把他交給船長之後，他將來的路就由他自己去走了。

「計畫一旦擬定，我就去了法國。這一次，我們的買賣都在利翁灣進行，生意越做越難了，因為已經是一八二九年。當時社會完全恢復了安定，因此沿海的警戒比以往任何時候都要正規和嚴格。博凱爾的市集剛剛開張，防範也就更加嚴密了。

「我們這次走私活動起初還挺順利的。我們的船有兩層底艙，以便我們堆放走私貨物。我們把船停泊在許多船中間，這些船都靠在羅納河從博凱爾到阿爾這一段的兩側岸邊。

「到了目的地，我們在夜裡開始卸下禁運貨物，通過與我們有關係的人或是通過我們存放貨物的旅店老闆把貨再運到城裡去。也許是我們連連得手放鬆了警惕，也許是我們被人出賣了。

「總之，一天傍晚，約莫五點鐘，正當我們要吃點心時，我們的小水手神色慌張地跑來說，他看見一隊海關人員向我們方向走來。確切地說，我們害怕的倒不是一隊人馬。因為，在任何時刻，特別在那個年頭，總有整隊整隊的人在羅納河兩岸巡邏。我們害怕的是，按小水手的說法，他們的行動特別謹慎，像生怕別人覺察似的。

「我們陡然站起，但已為時太晚。我們的船顯然是他們搜索的目標，整個都被包圍了。在海關人員之中，我發現了幾個憲兵。通常，我看見其他軍人是毫不畏懼的，但我看見憲兵就膽怯起來。於是我就下去進入底艙，鑽出舷孔，在河裡漂流。

「然後，我潛泳，隔很長時間才抬頭吸一口氣。我終於人不知鬼不覺地游到新開掘的一條河道上，這條河道把羅納河與從博凱爾到埃格莫特之間的一條運河連通了起來。一旦到達那裡，我就得救了，因為我能在無人察覺的情況下順著這條河道游下去。

「於是我又順利地游到了運河。我取這條河道不是隨便瞎撞，事前未加考慮的。我已經對大人說到過尼姆的一個旅店老闆，他在貝爾加德到博凱爾的大路上開了一家小小的客棧。」

「是的，」基督山說，「我記得非常清楚，倘若我沒有記錯的話，他還是您的合夥人。」

「是這樣的。」貝爾圖喬答道，「但是在七、八年前，他把他的產業讓給了馬賽一名原來做裁縫的人。此人在他的本行破了產，想在另一行上發家致富。不用多說，我們原本與第一個店主打過小小的交道，現在就轉而與第二個店主人繼續保持聯繫。我就是打算向他求得一個棲身之處。」

「他叫什麼名字？」伯爵問，他似乎對貝爾圖喬的敘述開始發生興趣了。

「他名叫加斯帕爾．卡德魯斯，娶了卡爾貢特人村莊裡的一個女人為妻。我們不知道那女人的名字，就借用她村莊的名字叫她。

「可憐的女人得了瘧疾，虛弱得快要死了。至於那個男人，他是一個四十到四十五歲之間的強壯漢子。他不只一次的在困難時刻向我們表明了他很有頭腦，並且也很有膽識。」

「您說，」基督山打斷問，「這些事發生在哪一年……」

「一八二九年，大人。」

「在哪個月分？」

「六月。」

「月初還是月底？」

「三日傍晚。」

「喔！」基督山叫出了聲，「一八二九年六月三日傍晚，請說下去。」

「我就是打算向卡德魯斯求個容身之處。按慣例，即使是在平常的情況下，我們也不從面相大路的門進入他的店，所以我決定不打破這個慣例。我跨過花園的籬笆，匍匐著鑽進矮小的橄欖樹和野生無花果樹叢。

「我擔心卡德魯斯的旅店裡有什麼旅客，於是就爬進樓梯下的一個小間裡。在裡面過夜與睡在柔軟的床上同樣舒適，而且我已睡過不止一次了。

「那小間與客店底層的大統間只隔著一層木板。我們特地在板壁上開了幾個洞，便於我們窺視，而且適當時候，可以告訴他，我們就在隔壁。

「我盤算，如果這時只有卡德魯斯一個人在，我就告訴他我來了，並且在他家把因為海關人員干擾只吃了一半的飯吃完。之後，再趁暴風雨來臨之前回到羅納河邊，打聽船與船上人的下落。

「於是我鑽進了小間，幸虧我那樣做了，因為就在那時，卡德魯斯已與一個陌生人一起回到旅店來。

「我默不作聲，等待著。我這樣做倒不是想偷聽旅店老闆的祕密，但是是因為我別無他法。再說，這樣的事情已發生過不少次了。跟卡德魯斯進來的人顯然不是法國南方本地人，而是市集商人。

「他們來博凱爾市集是為了兜售首飾，在市集開張的一個月期間，歐洲各地的做買賣的商人都匯集於此，有時生意能做到十萬到十五萬法郎。

「卡德魯斯匆匆忙忙地最先走進來。他看到與往常一樣，底樓的統間是空的，只有他的狗在把門，便呼叫他的老婆。

「『喂！卡爾貢特女人，』他說，『那位可尊敬的神父沒有騙我們，鑽石是真的。』

「傳來了一陣歡呼聲，幾乎在同時，樓梯上響起一個人因虛弱和患病而蹣跚著的腳步聲。

『您說什麼？』一個面無血色的女人問。

「『我說鑽石是真的。這位先生是巴黎一流的珠寶商，他願意出五萬法郎向我們買下這顆鑽石。不過他想確信這顆鑽石真的歸我們所有，所以要求您再把我對他說的話複述一遍，說說這顆鑽石是怎樣鬼使神差地落到我們手裡的。等等吧，先生，請先坐下，天氣太悶了，我去拿一點喝的來。』

「珠寶商仔細地觀察旅店內的情形以及屋內一目了然的窮酸相，但是屋主人即將賣出的一顆鑽石，卻像從一名親王的首飾盒裡取出來的。

「『說說看，夫人。』他說。他大概想利用她丈夫不在的機會，避免那男人事先打招呼，給妻子任何影響，並想看看兩個人的敘述是否對得攏。

「『哦！』她回話說，『這是上天的恩賜。我的丈夫在一八一四或是一八一五年間有位很好的水手朋友，名叫愛德蒙．鄧蒂斯。卡德魯斯已完全把他忘了，而這個可憐的小夥子卻沒忘掉卡德魯斯。他在臨死前留給他一顆鑽石，就是您剛才看見的那顆。』

「『可是他又是如何得到這顆鑽石的呢？』珠寶商問，『難道他在進監獄前就有了嗎？』

「『不，先生，』那女人回答，『好像他在牢裡認識了一個很有錢的英國人。坐牢時，他的同室獄友病了，鄧蒂斯像親兄弟般的照料他。英國人出獄時把這顆鑽石送給了不幸的鄧蒂斯。但鄧蒂斯卻沒有像他那麼走運，他死在獄中了。在死之前，他把這顆鑽石托一位可敬的神父遺贈給我們，他是在今天上午交給我們的。』

「『說得絲毫不差。』珠寶商咕噥道，『雖然一開始這件事難以相信，不過，看來是可信的，只是在價格上我們尚未談妥。』

「『什麼！沒有談妥？』卡德魯斯說，『我以為您同意我要的價錢哩。』

「『就是說，』珠寶商接著說，『我同意付四萬法郎。』

「『四萬法郎！』卡爾貢特女人嚷嚷道，『照這個價錢我們肯定不賣。神父對我們說這顆鑽石值五萬法郎，還不包括座托。』

「『神父叫什麼名字？』不知疲倦的發問者問。

「『布索尼神父，』卡爾貢特女人說。

「『是個外國人？』

「『我想是個義大利人，住在芒都附近。』

「『請把鑽石拿出來，』珠寶商又說，『讓我再看一次。珠寶在第一眼常常會被誤判其價值。』

「卡德魯斯從他的口袋裡掏出一隻黑色軋花皮面的小首飾盒，打開，把它交給珠寶商。這顆鑽石有一顆小榛子一般大，我記得很清楚，就如眼前發生的一樣。卡爾貢特女人看到它，兩隻眼睛閃出貪婪的光芒。」

「您對這件事有何看法，隔門竊聽的先生？」基督山問，「您對這個說得天花亂墜的故事也相信嗎？」

「是的，大人。我不認為卡德魯斯是壞人。我覺得他不會犯罪，連偷竊也不會。」

「這說明您的心地善良，而不是您的閱歷深，貝爾圖喬先生。他們提到的那個愛德蒙·鄧蒂斯您認識嗎？」

「不認識，大人。在此之前，我從未聽人說起過，後來，我也只是在尼姆的監獄裡見布索尼神父時，聽他提起過一次。」

「繼續。」

「珠寶商從卡德魯斯的手裡拿了戒指，又從自己的口袋裡拿出一把小鋼鉗和一個小小的銅天平。他把戒指上固定鑽石的金鉤扒開，從凹槽裡取出鑽石，仔細地在天平上稱著。

「『我出到四萬五千法郎，』他說，『不再加一個銅板了。更何況，鑽石也只值這個價，我身上帶的錢剛剛夠支付。』

「『哦！那沒關係，』卡德魯斯說，『我與您一起回博凱爾再拿剩下的五千法郎。』

「『不用了，』珠寶商邊把戒指和鑽石還給卡德魯斯邊說，『不用了，就值這些錢，再說，我已經後悔開出這個價來了。鑽石裡有一點微瑕，我開始沒看出來，不過算了，我說話算數。我說了四萬五千法郎，就不再改口了。』

「『至少您得把鑽石再嵌進戒指裡去啊。』卡爾貢特女人尖刻地說。

「『說得對。』珠寶商說。於是他又把鑽石重新放到底盤上。

「『算了，算了。』卡德魯斯邊把小盒子放進口袋邊說，『我們賣給另外一個人吧。』

「『沒問題。』珠寶商接著說，『不過另外一個人不會像我這麼好說話的。他不會聽了您們對我講的那些故事就甘休的。像您這樣的人有一顆價值五萬法郎的鑽石本來就不正常。他會去向法院告發，然後您們就不得不去找布索尼神父。

「『能把價值兩千金路易的鑽石送人的神父實在是鳳毛麟角。於是，法院就會插手這件事，把您送進監獄，即使您日後被認定是無辜的，他們也會把您囚禁三、四個月後才放出來，戒指同時也會在保管室弄丟了。

「『要不，就是他們給您一顆只值三法郎的假鑽石，而不是那顆值五萬法郎的真鑽石。這顆鑽石或許還真值五萬五千，可是，您也會同意，我的夥計，要買下這東西還真要冒點風險。』

「卡德魯斯和他的老婆相互用眼神探詢著。

「『不賣。』卡德魯斯說，『我們可沒那麼有錢，虧不起五千法郎。』

「『隨您的便吧，親愛的朋友。』珠寶商說，『不過您也看出來了，我帶來了亮晶晶的金幣。』說著他從一個口袋裡拿出一把金幣，讓它們在店老闆眼花繚亂的雙眼前閃閃發光，又從另一個口袋裡拿出一疊鈔票。

「毫無疑問，卡德魯斯的腦子裡在進行激烈的鬥爭。顯然，他覺得他在手上翻來轉去的那只軋花革面小首飾盒並不能與引誘他視線的鉅款等值。他向他的妻子轉過身來。

「『您看怎麼樣？』他輕聲問她。

「『賣了，賣了。』她說，『假如他空手回到博凱爾，會揭發我們的。正如他說的，誰知道我們還能不能找到布索尼神父作證呢。』

「『好啦！就這麼定吧，』卡德魯斯說，『給四萬五千法郎把鑽石拿走吧。不過，我的老婆要一條金項鏈；我自己要一對銀袖扣。』

「珠寶商從口袋裡掏出一個扁扁的長盒，裡面放著他們所要的兩件首飾的樣品。『聽著，』他說，『我這個人做生意就是乾淨俐落，您們挑選吧。』

「妻子挑了一條能值五個路易的金項鏈；丈夫挑了一對能值十五法郎的袖扣。

「『我希望這下您們可以不再抱怨了。』珠寶商說。

「『神父說過，這顆鑽石值五萬法郎的。』卡德魯斯還在嘟噥著。

「『得啦，得啦，給我吧！多難纏的人！』珠寶商從他手裡奪下鑽石，接著說，『我給您四萬五千法郎，也就是每年淨得兩千五百法郎。這筆財產我還羨慕呢，您還不滿足。』

「『四萬五千法郎，』卡德魯斯聲音嘶啞地問，『錢在哪兒呢？我們要看錢。』

「『都在這裡。』珠寶商說。說著，他就在桌上數出一萬五的金幣，三萬法郎的現鈔。

「『等一會兒，讓我去點燈，』卡爾貢特女人說，『天色變暗了，會出差錯的。』

「果然，在他們討價還價時，夜色降臨了，隨著天漸漸變暗，顯出暴風雨即將來臨的樣子也有半個多小時了。遠處傳來隆隆的雷鳴聲，然而珠寶商、卡德魯斯和卡爾貢特女人似乎都沒察覺，因為他們三人都被貪婪的魔鬼纏住了。

「我看見這堆金幣和那麼多的鈔票也彷彿受到了某種奇異的吸引力。我覺得似乎在做夢，如同在夢境那樣，我感到自己被拴在原地不能動彈了。

「卡德魯斯把金幣和現鈔點了又點，然後交給他的妻子，後者也一數再數。這時，珠寶商在燈光下查看鑽石，它放出奪目的異彩，使他忘記了暴風雨的預告——閃電已經把窗戶照得通明。

「『怎麼樣！對了嗎？』珠寶商問。

「『是的。』卡德魯斯說，『把皮夾還給他，去找一個錢袋來，卡爾貢特女人。』

「卡爾貢特女人走到一個櫃子前，又返身帶回一個舊皮夾和一個錢袋。她從皮夾裡取出幾封油膩膩的信，放進現鈔。錢袋裡原來裝著兩、三枚每枚價值六法郎的埃居，也許就是這個寒酸人家的全部財產了。

「『好了，』卡德魯斯說，『雖說您可能少給了我們一萬法郎，但您是否願意與我們共進晚餐呢？我是誠心誠意的。』

「『多謝了，』珠寶商說，『天太晚了，我得回博凱爾去，不然，我的妻子會不放心的（他掏出懷錶），天哪！』他大聲說，『快到九點了，我在半夜前趕不到博凱爾了。再見，朋友們。假如有相布索尼那樣的神父又來找您們，想著我點吧。』

「『再過一個星期您就不在博凱爾了，因為市集下星期就結束了。』卡德魯斯說。

「『不在也沒關係，您可以寫信到巴黎。寫給王宮廣場皮埃爾巷四十五號的若阿內先生，如有必要，我會專程趕來的。』

「這時打了一個大雷，同時掠過一道強烈的閃電，幾乎使燈光也黯淡了。

「『啊！啊！』卡德魯斯說，『這種天氣您也要走？』

「『啊！我不怕打雷。』珠寶商說。

「『強盜呢？』卡爾貢特女人問，『市集期間，大路一直都不安全。』

「『哦！說到強盜，』若阿內說，『有這個對付他們。』

「說著他從口袋裡掏出一對小手槍，裡面裝滿了子彈。『這就是我既會吠又會咬的看家狗，』他說，『專門對付對您的鑽石垂涎的人，卡德魯斯。』

「卡德魯斯和他的妻子彼此陰沉地看了一眼。他們似乎同時產生了一個可怕的想法。『好吧，祝您一路平安！』卡德魯斯說。

「『謝謝！』珠寶商說。說完，他就拿起靠在舊大衣櫃旁的一根手杖，走出門去。正當他開門之際，突然吹進一陣狂風，幾乎把油燈吹滅了。

「『哦！』他說，『要下暴雨啦，這樣的天氣走兩里格可不壞！』

「『別走了，』卡德魯斯說，『您就睡在這裡吧。』

「『對，留下來吧，』卡爾貢特女人聲音顫抖地說，『我們會照顧好您的。』

「『不，我得趕回博凱爾去過夜，再見。』

「卡德魯斯慢吞吞地朝門口走去。

「『黑得沒天沒地啊，』珠寶商說，他已經跨出門檻。『該朝右還是朝左走？』

「『朝右走，』卡德魯斯說，『不會弄錯的，大道兩旁都種著樹。』

「『好，我順著路走。』他說，聲音幾乎在遠處消失了。

「『把門關上吧，』卡爾貢特女人說，『打雷天氣我不喜歡把門開著。』

「『尤其在家裡有錢時更是如此，是嗎？』卡德魯斯說，他把鑰匙在門鎖裡轉了兩圈。他回到屋裡，走近櫃子，又取出錢袋和皮夾，於是兩個人又把金幣和鈔票數了第三遍。

「一絲微弱的燈光照亮了他倆的臉。我一生中從未見過他們臉上所表現出來的那種貪財的神情。那女人尤其醜陋，她平時就因發燒而不停地顫抖，現在就抖得更厲害了。她的臉色由白轉青，兩隻深凹的眼睛在燃燒。

「『為什麼您要邀請他在這裡過夜？』她悶聲悶氣地問。

「『為了，』卡德魯斯顫動了一下，答道，『為了讓他不必再回博凱爾去。』

「『啊！』女人帶著難以言喻的表情說，『我以為您另有所圖。』

「『女人！女人！』卡德魯斯嚷道，『為什麼您有這樣的念頭，您有這種想法，為什麼不藏在心裡就好呢？』

「『這個嘛，』卡爾貢特女人沉默了一會兒說，『因為您不是個男人。』

「『這是什麼意思？』卡德魯斯說。

「『假如您是個男人，他就出不了這扇門了。』

「『女人！』

「『要不他就到不了博凱爾。』

「『女人！』

「『大路要轉一個彎，他不得不順著大路走，而沿著河道抄小路還有一條捷徑。』

「『女人啊，您褻瀆上帝了。瞧，您聽……』

「這時，天上爆出了一個巨大的響雷，一道藍色的閃電照亮了整個房間，然後，雷聲漸漸減弱，似乎滿不情願地遠離了這棟該詛咒的房子。

「『饒恕我吧！』卡德魯斯手畫十字說。

「就在這時，在通常在雷聲過後產生的恐怖寂靜中，有人敲門了。卡德魯斯和他的老婆嚇了一跳，驚恐得面面相覷。

「『是誰？』卡德魯斯站起來喊說。他同時把亂攤在桌上的金幣和鈔票都攏在一起，用雙手蓋住。

「『是我！』一個聲音說。

「『您是哪位？』

「『天哪！珠寶商若阿內。』

「『哦！您剛才說冒犯仁慈的上帝。』卡爾貢特女人露出猙獰的笑容接著說，『現在仁慈的上帝又把他給我們送來了。』

「卡德魯斯臉色蒼白，氣喘吁吁地跌坐在椅子上。相反，卡爾貢特女人卻站起來，邁開有力的步伐走去把門打開了。

「『請進吧，親愛的若阿內先生。』她說。

「『真是的，』珠寶商渾身滴著雨水說，『魔鬼似乎不願意我今晚回到博凱爾去。做傻事及早回頭就好，親愛的卡德魯斯先生，您剛才邀請我住宿，我現在接受了，我回來就是要在您家過夜。』

「卡德魯斯咕噥了幾句，抹去了額頭上的汗水。卡爾貢特女人在珠寶商身後又關上門，再把鑰匙在鎖裡轉了兩圈。」

第四十五章　血雨

「珠寶商進屋時，往四周探詢地掃視了一遍。如果沒有什麼值得起疑的，那麼就沒甚麼好懷疑。如果有所質疑之處，那就正好提醒自己戒備。卡德魯斯兩隻手仍然緊抓著金幣和鈔票。卡爾貢特女人則盡可能向她的客人裝出善意的微笑。

「『啊！啊！』珠寶商說，『似乎您們擔心款數不足，在我走後又數錢了吧。』

「『不是的。』卡德魯斯說，『我們一下子有了那麼多錢，這件事來得太突然，難以相信。假如我們不是親眼看著物證的話，真還以為在做夢哩。』

「珠寶商笑了。『您們的店裡有過路客人嗎？』他問。

「『沒有。』卡德魯斯答道，『我們是不給住宿的，這裡離城裡太近，誰也不會到這裡投宿。』

「『這麼說，我太打擾您們了。』

「『您打擾我們？親愛的先生！』卡爾貢特女人親切和藹地說，『一點也不，我發誓。』

「『那麼，您們讓我睡在哪兒？』

「『上面的臥室。』

「『那是您們的臥室吧？』

「『哦！沒關係的。我們在臥室隔壁的房間裡另有一張床。』

「卡德魯斯驚訝地看著他的妻子。珠寶商哼著小調，把背靠在一堆柴火前烤火，那是卡爾貢特女人剛在壁爐裡點上給客人烤衣服的。這時，她又在桌子的一端鋪上了餐巾，並放上午飯吃剩下的一點點東西，並添上了兩、三顆新鮮雞蛋。

「卡德魯斯重新把鈔票裝進皮夾裡，把金幣裝進了口袋裡，再把它們放進櫃子。他來回走著，臉色陰沉，心事重重，並不時地抬起頭看向珠寶商，後者在壁爐前邊烤火邊抽菸。烤乾一面後，他又換另一面烤。

「『這裡，』卡爾貢特女人在桌上放了一瓶葡萄酒說，『您要想吃飯的話，東西都準備好了。』

「『您呢？』若阿內問。

「『我嘛，我不吃。』卡德魯斯答。

「『我們午飯吃得很晚。』卡爾貢特女人趕緊說。

「『這麼說我一個人吃晚飯了？』珠寶商問。

「『我們會侍候您的。』卡爾貢特女人回答。她平時從不這樣殷勤好客的，即便對付錢的客人也不這樣。卡德魯斯不時地向她瞥一眼，目光迅如閃電。

「暴風雨繼續在肆虐。

「『您聽見了嗎，聽見了嗎？』卡爾貢特女人說，『您回來是對的。』

「『不過，』珠寶商說，『在我吃飯時，如果暴風雨平息了，我還得上路。』

「『颳的是西北風，』卡德魯斯搖著頭說，『總要到明天呢。』說著他嘆了口氣。

「『天啊，』珠寶商坐到餐桌邊接著說，『在外面的人要倒楣了。』

「『對啊，』卡爾貢特女人說，『他們要過一個糟糕的夜晚了。』

「珠寶商開始吃飯，卡爾貢特女人繼續以熱情女主人的身分對他百般殷勤地伺候著。她往常容易生氣、難以相處，現在卻變成了殷勤好客、禮儀周到的楷模了。

「如果珠寶商在以前就認識她，見她發生這麼大的變化肯定會驚奇不已，還會產生一些疑慮的。至於卡德魯斯，他一句話也不說，仍在猶豫著，甚至遲疑著不敢去正視他的客人。晚飯吃完後，卡德魯斯親自去打開屋門。

「『我想風暴平息了。』他說。

「就在這時，上天彷彿要讓他失望似的，一聲可怕的響雷震撼了房屋，一陣狂風夾著雨點吹進屋裡，吹滅了油燈。卡德魯斯又關上門，他的妻子在奄奄一息的炭火上點燃了一支蠟燭。

「『聽著，』她對珠寶商說，『您大概也累了。我已把白床單鋪好了，上樓去睡吧，祝您晚安。』

「若阿內又待了一會兒，想看看暴風雨是否真過去了，當他確信雷聲和雨點越來越大時，便向他的兩位主人道聲晚安，登梯上樓了。他在我的頭頂上走動。我聽見每一個梯級在他的腳下震響。卡爾貢特女人以貪婪的眼神跟著他，而卡德魯斯則轉過身子，甚至不朝他的方向看。

「那時所有的情況，都是在我眼前發生的，但當時沒有給我多深的印象。仔細想想，一切也挺自然的。除了那段鑽石的故事看來有些難以置信以外，一切都是順理成章的。

「我疲憊不堪，也打算利用暴風雨間歇萬籟俱寂的當下，睡上幾個小時，然後趁夜深時離開那裡。我聽見珠寶商在上面房間走來走去做睡前的一切準備工作，以便能好好地睡上一覺。沒多久，他的床嘎嘎作響，他已上床了。

「我感到我的眼皮越來越重，既然我不須戒備，也就不想勉強撐著。我朝廚房裡面瞥了最後一眼，看到卡德魯斯坐在長桌旁的一張木凳上——這些木凳在鄉間客棧取代了椅子。他的背朝著我，所以我看不見他的表情。不過，就算他面朝我，我也看不見，因為他用雙手摀住了自己的臉。

「卡爾貢特女人注視他片刻，聳了聳肩，在他對面坐下來。這時，將要熄滅的火焰燒著了被它遺忘的剩餘乾柴，火光又稍稍明亮些了，照亮了陰暗的房間。卡爾貢特女人眼睛死死盯著她的丈夫，由於後者一直保持著原來的姿勢，我看見她向他伸出她痙攣的手，輕輕敲了敲他的腦門。

「卡德魯斯動了一下。我覺得那女人的嘴唇在動，不過，也許是她說話的聲音太輕，也許是我昏昏欲睡，神志不清，總之，我根本聽不清她在說什麼。我的眼前似乎隔著一層薄霧，我的腦子一片模糊，這是入睡的前奏，我開始進入夢鄉。我的雙眼終於闔上，然後完全失去了知覺。

「我睡得正酣，突然，被一聲槍響驚醒，然後便是一聲尖叫。在臥室的地板上響起了踉踉蹌蹌的腳步聲，接著有一件什麼沉重的東西掉在樓梯上，正巧就在我頭頂的上方。

「我還沒完全清醒過來。我聽到了低吼聲，繼而是有人在搏鬥的窒息叫喊聲。最後一聲呼喊比前面的喊叫拖得更長，漸漸轉成呻吟，這時我完全從麻木的狀態中清醒過來了。

「我用手臂支起上身，睜開眼睛，只是，在黑暗裡什麼也看不清。我把手放在額頭上，我覺得在頭頂上方，從樓梯的縫隙間有種濕濕暖暖的東西一滴一滴的落下來。

「在一連串可怕的聲響後便是一片死寂。我聽見頭頂上有一個人走動的聲音，樓梯開始吱呀作響。那個人下樓走到統間，走近壁爐，點著了一支蠟燭。那個人是卡德魯斯，他的臉色蒼白，襯衣上沾滿了鮮血。

「蠟燭點燃後，他又迅速地登上樓梯。我又聽見他急速而慌亂的腳步聲。過了一刻，他又走下樓。他的手上拿著一個首飾盒。他看清了鑽石在盒子裡之後，又掏掏口袋，不知把鑽石放在哪個口袋裡好。然後，也許他覺得口袋不夠安全，就把鑽石包在一塊紅方巾裡，並把方巾紮在自己的脖子上。

「接著，他又跑向櫃子，從裡面取出鈔票和金幣。他把鈔票放進褲腰上的小錢包裡，把金幣放進上衣的口袋裡，另外拿了兩、三件內衣，向門口衝去，消失在黑夜之中了。

「這時，我對眼前的一切都完全明白了。我為剛才發生的一幕責備自己，彷彿我是真正的兇手似的。我似乎聽見了呻吟聲。不幸的珠寶商也許並沒有死，也許我對他還有些用，還能幫他點什麼，以彌補我的部分罪孽。這個罪孽雖然不是我犯下的，但我卻任憑它發生。

「我睡覺的小間與統間僅隔著一層膠合得不嚴實的板壁。我用肩膀使勁一撞，木板倒下，我進入了屋裡。

「我奔向蠟燭，衝往樓梯，一個軀體橫陳在上面，原來是卡爾貢特女人的屍體。我剛才聽到的一槍是射向她的。她的喉管被打穿，除了兩處傷口都還在汩汩淌血外，她的嘴裡也在吐血。她死透了。

「我跨過她的身體，走上去。臥室裡的景象混亂、恐怖。有兩、三件傢俱被推翻了，而不幸的珠寶商緊緊裹著的被單拖在地上，他也躺在地上，頭靠著牆，倒在血泊裡。鮮血從他胸膛上的三個大傷口裡流出來，第四個傷口上插著一把廚房用的長刀，只有刀柄露出來。

「我踩到了一樣東西，查看後發現，那是第二把手槍，但沒有發射過，也許火藥受潮了。我向珠寶商走去，他還沒死。他聽到我發出的響聲，特別是聽到木板倒下的聲音，睜開了驚恐的雙眼，艱難地對我注視了片刻，微動著嘴脣，似乎想說什麼，然後嚥下了最後一口氣。

「這個悲慘的場面使我幾乎失去了理智。既然我已無法給予任何人幫助，我只感到了一個需求，就是逃跑。我把雙手插進頭髮裡，發出恐怖的咆哮聲，衝下樓梯。在統間裡，已經站著五、六名海關人員和兩、三名憲兵，他們都帶著武器。他們抓住我。

「我連反抗都不想。我的感官已經不聽我的使喚了。我想說話，但也只能發出幾句含糊的喊聲，如此而已。

「我看見海關人員和憲兵用手指著我，我垂下眼睛看看自己，原來我一身是血。我之前感覺到從樓梯木板縫隙滲出落在我身上的微溫水滴，原來是卡爾貢特女人的鮮血。我用手指點了點我藏身的地方。

「『他想說什麼？』一個憲兵問。

「一個海關人員走去瞧了瞧。

「『他想說他是從那兒過來的。』他回答。接著他指了指那個我剛才鑽出來的洞。

「這時我才明白，他們把我當成兇手了。我又能說話了，並且力氣也上來了。我從按住我的兩個人手中掙脫出來，大聲叫喊：『不是我！不是我！』

「兩個憲兵用步槍瞄準我。『假如您再動一下，』他們說，『您就沒命了。』

「『可是，』我大聲叫喊道，『我已經說過了，不是我幹的！』

「『您向尼姆的陪審團講述您那小小的故事吧，』他們回答，『在此之前，跟我們走一趟。如果說我們對您有一個忠告的話，那就是不要抵抗。』

「我完全沒有抗拒的打算，驚異和恐懼使我心力交瘁。他們給我戴上手銬，把我拴在馬尾巴上，把我帶到尼姆。

「原來早先就有一名海關人員跟蹤我了。他到了客棧附近找不到我，便懷疑我是在那裡過夜的，於是就回去通知他的同事們。他們到達時正巧聽見了槍聲，並且在罪證確鑿的情況下逮捕我。

「我立即明白了，要讓他們認為我是無辜的，真是困難重重。我只能寄望於一件事。我對預審法官的第一個請求是請他派人去尋找一位名叫布索尼的神父。他當天在杜加橋客棧逗留過。假設卡德魯斯的故事是編造出來的，假設那位神父根本不存在，我肯定就完蛋了。除非，卡德魯斯能被捕，並且招供一切。

「兩個月過去了，我該為我的法官說幾句公道話，期間，他確實派人四處尋找我向他提的那位神父。卡德魯斯沒被逮捕，於是，我已失去了希望。我在第一次開庭時就要被審判。

「到了九月八日，也就是那件事發生後的三個月零五天，布索尼神父出乎意料地來到了我的牢房。他說他得知一名犯人想與他談話。他是在馬賽知道這件事情的，於是他急匆匆地趕來見我。

「您明白我會見他時心情是多麼激動啊。我把我在現場看見的一切都對他說了。我憂心忡忡地說到了鑽石一事，沒想到，那個故事從頭至尾都是真的。更加意外的是，他對我所說的一切深信不疑。這時，我被他的寬厚和仁慈感動了。

「我同時看出他對我家鄉的風俗十分熟悉。我想他慈悲為懷，對我所犯下唯一的罪行或許也能夠表現出寬恕的態度。於是，我在告解的名義下，向他原原本本地講述了奧特伊的驚險一幕。我一時衝動所做出來的事，卻得到了三思而行所能得到的同樣效果。

「沒有任何力量迫使我向他招供我所犯下的第一件謀殺案，但我卻招認了，這也向他證明，我與第二件謀殺案完全無關。他離開我時吩咐我耐心等待，並答應我盡他所能來使陪審團相信我是無罪的。

「我有證據說明他真的在為我奔走，因為我的囚禁生活漸漸改善了，並且得知對我的審判要推延到大審以後由刑事法庭重新裁定。

「在此期間，上帝保佑，卡德魯斯在國外被抓，並被帶回法國。他招認了一切。但是，他說他是在妻子的預謀和挑唆下才犯案的。最後，他被判處終生苦役，而我被開釋了。」

「也就在那時，」基督山說，「您才帶了布索尼神父的信來找我的？」

「是的，大人。他對我非常關心，對我說：『您的走私買賣會把您毀了，若您從監獄出來，就別幹那一行了。』

「『可是，我的神父，』我問他，『我如何能養活自己，並且供養我那可憐的嫂嫂呢？』

「『我有一個懺悔者對我非常尊敬。』他回答我說，『他委託我替他找一個靠得住的人。您願意成為這樣的人嗎？我把您推薦給他。』

「『啊，神父！』我大聲說，『您多麼仁慈啊。』

「『不過您能對我發誓，保證我不會為了這個推薦而後悔嗎？』

「我伸出手要發誓。

「『不用了。』他說，『我了解並且喜歡科西嘉人，這是我的推薦信。』

「說著他寫了幾行字，就是我交給大人的那張紙。您也因為收了信才把我聘任為您效勞。現在，我想自豪地請問大人，您對我有什麼不滿之處嗎？」

「沒有，」伯爵回答道，「而且我很高興地表明這一點。您的確是一名忠誠的僕人，貝爾圖喬，不過您並不信任我。」

「我？伯爵先生！」

「是的，您。您既然有一位嫂嫂和一名養子，又怎麼從不對我提起他們呢？」

「天哪！大人，我就剩下我一生中最悲慘的一段要對您講述了。您應可理解，我是多麼急於回家探視並安慰我可憐的嫂嫂，所以，我立即趕回科西嘉。

「可是，當我回到羅利亞諾時，看見家裡在弔喪。家中竟發生了悲慘的一幕，鄰居們還記憶猶新。貝厄弟妥無時無刻不逼迫我那可憐的嫂嫂交出家裡所有的錢。她聽從了我的勸告，一直沒答應他無理的要求。

「一天清晨，他威脅她，然後一整天沒有回家。嫂嫂哭了，因為親愛的阿孫塔對這個惡棍始終有著慈母的心腸。到了傍晚，她仍在等著他，沒去睡覺。將近十一點鐘，他帶了兩個朋友回到家中，他們人都是他平時調皮搗蛋的同伴。

「這時，她向他伸出雙手相迎，可是那三個人卻一擁而上揪住她，其中一個，我怕可能就是那個惡毒的孩子，他大聲叫喊：『我們來審問她，逼她說出錢在哪兒。』

「不巧，我的鄰居瓦西利奧此刻到巴斯蒂亞去了，只有他的妻子一人留在家中。除她之外，沒有人能看見、聽見我嫂嫂家裡發生的事情。兩個人拉住阿孫塔，她不相信他們會幹出這樣的罪行，還朝這幾個即將成為殺死她的劊子手微笑著。第三個人走去堵住門和窗戶，然後又返回。我嫂嫂見他們這麼準備，嚇得叫出了聲。

「於是，三個人一起一面堵住她的嘴，一面把她的雙腳移近炭火去烤，以為這樣就能逼她招出我們那點小家當藏在哪裡了。可是在掙扎中火燒著了她的衣服，而他們卻丟下了著火者，以免自己被燒著。

「阿孫塔一身是火，跑到門口，門被鎖上了。她又衝向窗戶，窗也被堵死了。這時，女鄰居聽到了慘叫聲，那是阿孫塔的呼救聲。很快，她的叫聲減弱了，呼救聲變成了呻吟聲。

「到了次日，瓦西利奧在恐怖和焦急中熬過了一夜之後，壯著膽子走出家門，請地方長官打開我家的門。只見阿孫塔半身已被燒焦，但還沒斷氣，屋裡的幾個櫃子都被砸開了，錢不翼而飛。至於貝厄弟妥呢，他離開了羅利亞諾，再沒有回來。從那以後，我再也沒有見過他，甚至也沒聽人提起過他。」

「就在得知這個悲慘的消息之後，」貝爾圖喬接著說，「我就到您這裡來了，大人。我從不向您說起貝厄弟妥，因為他失蹤了。我也沒說起過嫂嫂，因為她已經死了。」

「那麼您對這件事怎麼想呢？」基督山問。

「我想這是我犯罪的報應。」貝爾圖喬答道，「啊！維爾福家的人，真是個該被詛咒的家族！」

「我也這麼相信。」伯爵帶著悲涼的聲調輕聲說。

「現在，」貝爾圖喬接著說，「大人不難理解，這幢我就此再沒見過的別墅，這個我突然又踏了進來的花園，這個我殺了人的地點，為什麼會使我產生如此難受的情緒了。難怪您剛才想知道其原因。因為，說到底，我還不能確信，就在我前面，在我的雙腳下，德．維爾福先生是否就躺在他為他的孩子挖掘的坑裡呢。」

「這倒是真的，什麼都有可能。」基督山從他方才坐的凳子上站起來說。

「甚至，」他又輕聲補充說，「檢察官可能根本就沒有死。布索尼神父把您送到我這裡，這件事做得好。您把您的身世告訴我也是對的，因為，這樣我就不會對您有不好的想法了。

「至於貝厄弟妥，提起這個名字是那麼令人厭惡。您之後從沒想過再去找他嗎？您從沒有設法打聽他現在的下落嗎？」

「從來沒有。就算我知道他在哪兒，我非但不會去找他，還會像躲一個魔鬼似的避開他。

沒有，幸好我也從未聽過有任何人提起他。我希望他已經死了。」

「別這麼希望，貝爾圖喬。」伯爵說，「壞人是不會這樣就死的，因為上帝似乎要保護他們好利用他們來充當祂報復的工具。」

「那也好，」貝爾圖喬說，「我唯一想向上天祈求的，就是永遠不再見到他。現在，」管家低下頭繼續說，「您什麼都知道了，伯爵先生。您是我的人間法官，一如上帝是天堂的法官一樣。您一點也不想對我說幾句寬慰的話嗎？」

「我的好朋友，我只能對您重複布索尼神父對您說的話。那就是，您殺死的那個名叫維爾福的人該受到懲罰，以贖還他對您所犯下的，以及他可能還犯有的其他罪行。

「貝厄弟妥，若他還活著，就如我剛才對您說的，將會作為上天報復的工具，然後，他本人也將受到懲罰。

「至於您，事實上，您只有一件事該責備自己，就是請問問自己，既然已經把孩子從死亡中救出來，為什麼不把他還給他的母親呢？這就是您的罪過，貝爾圖喬。」

「是的，先生，這的確是罪過，真正的罪過。因為，我在這件事情上是個懦夫。當我把孩子從垂危中救出後，我只該做一件事，正如您所說的，那就是把他送交給他的母親。

「可是，這樣做，我就必須四處尋找，引人注意，也許還會暴露自己。我不想死，我熱愛生命，既是出於為我的嫂嫂，也出於我們科西嘉人天生的自尊心。我們希望在復仇中能成為完完全全的勝者。

「最後，我熱愛生命也許就只是怕失去性命。啊！我不如我那可憐的哥哥那麼勇敢！」

貝爾圖喬把臉藏在雙手中，而基督山則用一種難以形容的眼神久久地看著他。片刻的寂靜後，在這樣的時間和地點更增添了莊嚴肅穆的氣氛。

「對這一連串的事，我們這場談話也是最後一次了，貝爾圖喬先生。」伯爵以他平時不常有的憂鬱的聲調說，「為了正式結束這場懇談，請記住下面的話。我以前也常聽見布索尼神父這樣說過，也就是，對付一切罪惡，只有兩帖藥──時間和沉默。

「現在，貝爾圖喬先生，讓我獨自在花園散一下步吧。您是這個悲劇場景上的演員，因此它引起了您極度的痛苦。但是，相反的，它對我卻有一種近乎溫暖的感受，這樣一來，他在我的估算下更增添了價值。

「這些樹之所以可愛，是因為它們給人遮蔭之處。這些樹蔭之所以可愛，是因為讓人產生遐想和幻覺。我在這裡買下了一座花園，原以為是一塊四面圍著牆的園地，可事實完全不是這樣，這塊園地卻突然變成了一個鬼影幢幢的花園，我跟您保證，這真是令人愉快的驚喜。

「我從不怕鬼，因為我從未聽人說過鬼用六千年做的壞事能超過活人在一天之內所犯下的罪惡。

「回去吧，貝爾圖喬先生，去安安穩穩地睡一覺吧。在您安息的時刻，假如聽您告解的神父不如布索尼神父對您那麼寬容的話，若我還活在人世，那麼，您就讓我來吧。我將會在您的耳邊述說可以慰撫您靈魂的話語，好讓您可以平靜與祥和地前往並越過永恆之海。」

貝爾圖喬對伯爵恭敬地鞠躬，重嘆了一口氣離開了。基督山一個人留了下來，往前邁了三、四步。

「在這裡，在這棵梧桐樹旁邊，」他喃喃自語道，「就是埋下孩子的坑了。進入花園的一道小門在那邊，在這個轉角上，是一個暗梯，通向臥室。我想不必再把這些寫在我的記事本上了，因為在我的眼前，在我周圍，在我的雙腳下，就有一張活生生、立體的地形圖。」

伯爵在花園裡繞了最後一圈之後，走了出去登上馬車。貝爾圖喬見他在沉思，便登上車，一聲不響地在車伕旁邊坐下來。

馬車重新駛上回巴黎的路。

當天晚上，基督山伯爵走進他在香榭麗舍大街的寓所後，到所有的房間裡去察看了一番。就像他在這幢房子裡已住了多年似的，雖然他走在前頭，但沒有走錯一道門。他每上一個樓梯、一條走廊都能直接走到他想去的地方。在這次夜間巡察時，阿里始終伴隨著他。伯爵對住房的布置和安排向貝爾圖喬吩咐了幾句，然後，他掏出懷錶，對恭候在一旁的啞奴說：

「現在是十一點半，海蒂快要回來了。您已通知法國女僕了嗎？」

阿里伸出手向著留給希臘美女的套房指了指。房間是完全獨立的，如果拉上絲絨門簾遮住門，即使參觀完整棟屋子也不會察覺裡面還有一個客廳和兩間住人的房間。我們說了，阿里伸出手向那個套房指了指，用左手的手指做出「三」的數目，然後又把這手攤平，墊在頭下，閉上眼睛像睡覺的樣子。

「啊！」基督山已很熟悉這種手語了，輕喚了一聲，「有三名女僕恭候在臥室裡是嗎？」

「是的。」阿里點頭示意。

「夫人今晚很累了，」基督山繼續說，「她大概想睡了。別讓她再多說話。法國女僕只要向她們的新女主人請安後就可以退出。您留神別讓那個希臘女僕與法國女僕互有來往就是了。」

阿里鞠了一躬。

不久，傳來了馬車伕的呼喚聲，大鐵門打開，一輛馬車駛上小徑，在臺階前停下。伯爵走下去，車門已經打開。他把手伸向從頭至腳裹著鑲金邊綠絲綢披風的一位少婦。少婦接過伯爵伸去的手，帶著愛慕和崇敬的神情在上面吻了吻，又與伯爵交談了幾句。少婦說得委婉動聽，而伯爵則說得溫和而莊重。他倆的語言爽朗而清晰，彷彿是荷馬老人在他的史詩裡讓諸神開口說出來的。

這時，阿里拿著一支玫瑰色蠟燭走在前頭，把少婦引到她的套房裡，接著基督山退出，回到自己留用的小樓裡去了。少婦正是那位希臘美女，亦是在義大利通常伴隨基督山的那個女子。

十二點半，這幢房子裡的所有燈火都熄滅了，也許府邸裡所有的人都已安然入睡了。

第四十六章　無限信貸

次日，將近午後兩點，一輛華麗的四輪馬車由兩匹漂亮的英國馬拉著停在基督山府邸門前，馬車的護板上畫著男爵的冠冕。一個男人從車門探出頭來，叫車伕去向守門人打聽，基督山伯爵是否在府上。

此人身穿一件藍色禮服，禮服上的絲質鈕扣也是同樣的顏色，裡面穿一件白色背心，上面繫著一條粗重的金鏈，下身穿著一條淺褐色褲子。他一頭烏黑的頭髮壓得很低，僅在眉毛之上，看來好像不是天生的。因為，頭髮與臉面下部沒被遮蓋住的皺紋太不協調了。此人有五十到五十五歲了，但似乎在想辦法把自己裝扮成四十歲的樣子。這個人一面等著，一面打量著房子的四周，但他只能看到花園以及來去奔忙的幾名僕人的制服。他觀察得如此仔細認真，幾乎有失禮之嫌了。此人的眼珠骨碌碌地在轉動，與其說是智慧，還不如說是狡黠。他的兩片嘴唇很薄，以致不僅翻不出來，而且向嘴裡癟進去。最後，他寬厚而鼓起的顴骨（那是確定為奸詐的明證），扁平的前額，遠遠突在兩隻粗鄙、肥大耳朵之外的後腦骨，在任何一個善於相面的人看來，他的相貌實在令人厭惡。但是，他那幾匹高大的駿馬，掛著一顆碩大鑽石的襯衣以及上裝鈕扣間繫著的紅綬帶，倒為他獲得了一般人的尊敬。

車伕聽從命令地敲敲守門人的窗玻璃，問：「此地是基督山伯爵府上嗎？」

「大人是住在這裡，」守門人答道，「不過……」

他用目光詢問阿里。阿里做了一個否定的手勢。

「不過什麼？」車伕問。

「不過大人此時不見客。」守門人答。

「這樣吧，這是我的主人鄧格拉斯男爵先生的名片，請您轉呈伯爵，並請轉告他，我的主人在去眾議院途中，有幸繞道拜訪他。」

「我不能和大人說話，」守門人說，「內房僕人會為您轉達訊息。」

車伕回到馬車上。

「怎麼樣？」鄧格拉斯問。

車伕因剛才自己受到的冷遇顯得很尷尬，他把從守門人那裡聽到的答覆告訴他的主人。

「哦！」鄧格拉斯說，「這位人稱『大人』的先生是位親王囉，只有他的內僕才有資格對他說話。沒關係，既然他有一張要由我支付的貸款通知書，只要他需要錢用，我總會見到他的。」

說著，鄧格拉斯又倒向車廂後座，同時大聲向車伕吆喝道：「去眾議院！」聲音之大，使得路對面的人也能聽得見。

基督山及時得到通報，他隔著小樓的一扇百葉窗，用一副優質望遠鏡，早已把來訪者研究一番了。其認真程度，與鄧格拉斯先生在分析房子、花園和僕人們時不相上下。

「這個人長得十分醜陋。」他做了一個厭惡的手勢，把望遠鏡的鏡筒收回到象牙套筒裡說，「當人們第一次見到他，怎麼不會從那扁平的額頭上認出他是一條蛇，從那突起的腦殼上認出他是一隻禿鷲，從那鋒利的嘴喙上認出他是一隻鵟呢！」

阿里來了。

「阿里！」他大聲叫著，同時在銅鈴上敲了一下。

「去叫貝爾圖喬。」他說。

幾乎在同時，貝爾圖喬走了進來。

「大人派人來找我嗎？」管家問。

「是的，先生。」伯爵說，「您看見剛才停在門口的那幾匹馬嗎？」

「當然，大人。牠們非常美麗，吸引了我的注意力。」

「我向您要兩匹巴黎最漂亮的馬，」基督山皺起眉頭說，「現在，巴黎卻又出現了兩匹與我的那兩匹同樣漂亮的馬，並且，牠們還不在我的馬廄裡。這是怎麼回事呢？」

阿里看見伯爵皺起眉心、語調莊嚴，垂下了頭。

「這不是您的錯，好阿里，」伯爵用阿拉伯語說。人們很難相信他的語調和臉龐能表現得如此溫和。「這不是您的錯，因為您不熟悉英國馬。」

阿里的臉上又顯露出欣慰的神色。

「容我為您解釋，大人。」貝爾圖喬說，「您提到的那幾匹馬是不出售的。」

基督山聳聳肩膀。

「您要明白，管家先生，只要肯出錢，任何東西都是可以出售的。」

「鄧格拉斯先生是花了一萬六千法郎買下的。」

「那又怎樣！您就該出三萬二千。他是銀行家，而一個銀行家是永遠不會錯過讓資本翻倍的機會。」

「大人，您此話當真？」貝爾圖喬問。

基督山看著管家，對他竟然敢向他提出這麼一個問題感到驚訝。

「今晚，」他說，「我要回訪。我希望那兩匹馬能套在我的馬車上，再配上一套新鞍轡。」

貝爾圖喬邊鞠躬邊退出，走到門口時，又站住了。

「大人打算幾點鐘出去訪客？」他問。

「五點。」基督山說。

「容我提醒大人，現在已經兩點鐘了。」管家壯著膽子說。

「我知道。」基督山簡單地答了一句。

接著，他轉身面對阿里。

「把所有的馬都讓夫人一一過目，」他說，「讓她選擇一副她認為最合適的鞍轡。請她讓人轉告我，她是否願意與我共進午餐；如果願意，就在她那裡用餐。去吧，下去時把內僕給我叫來。」

阿里剛出去，貼身侍僕就走進來了。

「巴蒂斯坦先生，」伯爵說，「您到我身邊做事已經有一年了，這是我對手下人通常的試用期，我覺得您正合我意。」

巴蒂斯坦鞠了一躬。

「現在我想知道您對我是否滿意？」

「啊！大人！」巴蒂斯坦急忙說。

「請聽下去，」伯爵接著說，「您每年薪資一千五百法郎，相當於一名每天都在冒生命危險、優秀而勇敢軍官的年俸。您吃的一份飯菜，是許多比您繁忙的不幸公僕——辦公室的主管們希望能夠享受到的。您是僕人，可是您自己還有幾位伺僕為您的衣帽鞋襪操心。除了您每年有一千五百法郎的薪資外，在為我購買化妝用品時，還從中取利，您暗中私藏的小錢算下來也有一千五百法郎了吧。」

「喔！大人！」

「我並不抱怨您，巴蒂斯坦先生，這是可以理解的。不過，我希望暗中扣款私藏的事到此結束。

「您在其他任何地方是不會找到這樣一個位置的，這是您的運氣。對下人，我從不打，不罵，也從不動怒。我會原諒下人犯一次錯誤，疏忽一次或是遺忘一次。我下達的命令很簡短，但清楚而準確。我寧願重複兩、三遍，但無法容許下人有所誤解。

「我很有錢，能得知我想知道的一切。我關照您，所以我也會好奇。若您在我背後對我說三道四，不管是好話還是壞話，對我的舉止妄加評議，或是對我的行動加以監視的話，那您馬上就得離開這裡。我對我的僕人從來只警告一次，您現在受到警告了，去吧。」

巴蒂斯坦鞠了一躬，走了三、四步想退出去。

「對了，」伯爵繼續說，「我剛才忘記告訴您，每年我都為我手下的人留出一筆保險金。我辭掉的人當然就得不到這筆錢，只有那些留用的人在我死後有權享用。您來我家已經一年了，您開始有了保險基金，那就讓這筆錢繼續增加吧。」

這場簡短的談話是當著阿里的面說的，阿里無動於衷，因為他一句法國話也聽不懂。但研究過法國僕人心理的人該能理解，這些話對巴蒂斯坦先生會發生多大的作用。

「我會努力做到在各方面都合乎大人的心意，」他說，「而且，我要以阿里為楷模。」

「啊！完全不必。」伯爵像大理石般冷冰地說，「阿里他是功過相抵，別拿他為榜樣。阿里是一個例外，他沒有薪金，也不是僕人，而是我的奴隸，我的一條狗。他若失職，我不會趕走他，而是把他殺了。」

巴蒂斯坦雙眼睜得大大的。

「您不相信嗎？」基督山問。

接著，他向阿里重複了剛才他用法語對巴蒂斯坦說的話。

阿里聽著、微笑著，走向他的主人，單膝跪地，虔誠地吻他的手。這次的訓話，讓巴蒂斯坦先生訝異到無以復加的地步。伯爵示意巴蒂斯坦可以走了，並要阿里隨他出去。這兩個人走進他的書房，在那兒交談了很久。到了五點鐘，伯爵在銅鈴上敲了三下。敲一下表示要阿里，敲二下要巴蒂斯坦，敲三下則是要貝爾圖喬。管家走進來。

「我的馬！」基督山說。

「如大人所願，馬已套在車子上並等在門口了。」貝爾圖喬答道，「要我陪同大人前去嗎？」

「不用，有車伕、巴蒂斯坦和阿里就夠了。」伯爵走下樓，看見上午他所欣賞套在鄧格拉斯馬車上的那幾匹馬已經套在自己的馬車上了。他經過這馬旁邊時，向牠們瞥了一眼。

「這些馬確實很漂亮，」他說，「您做的很好，終於把牠們買下了。美中不足的就是您該早點購得才對。」

「是的，大人。」貝爾圖喬說，「我花了很大的努力才買下的，是一筆很高的價格。」

「花了大錢，馬就因此遜色了嗎？」伯爵聳了聳肩問。

「我只願大人能滿意就好。請問，大人要去哪兒呢？」

「昂坦堤道街鄧格拉斯男爵先生府。」

這場談話是在臺階上面進行的，貝爾圖喬邁開一步準備走下一級臺階。

「請等等，先生。」基督山拉住他說，「我在海邊需要一塊地，譬如在諾曼第省介於勒阿弗爾和布洛涅之間就很好。我給您一個很大的選擇範圍。在那個地方，該有一個小港、一條小河道和一個小港灣。在那裡，我的小船可以進入和下錨。船吃水只有十五呎深。這艘小船隨時都得準備著，無論是白天還是夜間，只要我一發出信號，它就要能出海。

「可到這類房地產業的所有公證人那裡去打聽一下，條件就是我剛才向您說的。當您有了資訊之後，就親自去看看，您若滿意，就以您的名義買下來。現在小船大概是在駛往費康的途中，是嗎？」

「我們離開馬賽的當天晚上，我看見它出海的。」

「那艘遊艇呢？」

「遊艇按吩咐停在瑪爾蒂格。」

「好！您隨時與指揮船的兩位船長保持聯繫，別讓他們睡大覺。」

「那麼那艘汽船呢？」

「就是在夏隆的那艘？」

「是的。」

「與對那兩艘帆船的命令相同。」

「遵命。」

「這處地產一經買下，我在朝北向的大路和朝南向的大路上每隔十里格就可設置一個換馬的驛站了。」

「大人可以完全信賴我。」

伯爵做了一個滿意的手勢，走下臺階，跳進馬車，馬車由駿馬拉著，一直駛到銀行家府邸的大門口。鄧格拉斯正在主持修建一條鐵路的常務會議，這時，僕人通報基督山伯爵來訪。正巧會議也快結束了。

他一聽到伯爵的名字，就站了起來。

「先生們，敬請您們原諒，我必須離開您們。」他向他的同事們說，其中有幾位是可敬的議員。

「請您們想想，羅馬的湯姆森—弗倫奇公司向我介紹一個叫基督山伯爵的人，並且在我這裡為他開出無限貸款的擔保書。這次是我在國外的同行對我開的一個最大的玩笑。

「當然，您們不難理解，我感到十分奇怪，並且一直訝異不已。今天上午，我到了所謂的伯爵府上。假設他是一位真正的伯爵的話，您們也明白，他就不會這如此有錢。

「那位先生不會客，您們怎麼看呢？基督山先生是不是在擺百萬富豪或是任性美女的派頭呢？再說，坐落在香榭麗舍大街他的那座公館，我也打聽過了，在我看來倒也差強人意。」

鄧格拉斯陰險地接著說：「不過，銀行對要開無限貸款的戶頭，條件自然就特別苛刻。因此我急於想會見此人。因為我覺得自己受到愚弄了，但是，那邊並不知道他們是在與誰打交道。最後笑的人才笑得最好啊。」

男爵說完這幾句話，向他們做了一個誇張自負的表情，使他的鼻孔都脹大了，便離開了他的客人，走進以金、白兩色布置的客廳。

這間客廳在昂坦堤道街名聞遐邇。他早先已經吩咐僕人把來訪者引進到那裡去的，想以此讓他第一眼就心醉神迷。他發現伯爵站在阿爾巴納[192]和法托爾[193]的畫前面。它們其實是賣者讓銀行家相信都是真跡的贗品。它們不僅是複製畫，而且與點綴在天花板上各種顏色的金菊苣極不諧和。伯爵聽見鄧格拉斯進入客廳的聲響，回過身來。鄧格拉斯微微地點了點頭，示意伯爵在一張套著繡金白綾緞椅套的金黃色木制扶手椅上坐下。伯爵坐了下來。

192 Albano（一五七八—一六六〇），義大利畫家。
193 Fottore，義大利畫家。

「我有幸與基督山先生說話嗎？」

伯爵點了下頭。「我也有榮幸與眾議院議員、榮譽勳位獲得者鄧格拉斯男爵說話嗎？」

基督山把他在名片上看到的所有頭銜，一口氣都說出來了。

鄧格拉斯感受到諷刺的一擊，咬緊了嘴唇。

「我相信您對於我在首次與您見面，沒有用您的頭銜稱呼您一事，是會原諒我的，先生。」他說，「您也知道，我們生活在一個平民政府的治理下，而我，是維護平民利益的一個代表。」

「因此，」基督山回覆，「您一面仍慣於讓別人稱呼您為男爵，一面卻不習慣稱呼別人伯爵了。」

「老實說，先生。」鄧格拉斯滿不在乎地說，「我不太在乎這些。他們因我為國家出了幾分力，封我為男爵，並授予我榮譽勳位，可是……」

「可是您放棄了您的封號，如同往昔德．蒙莫朗西先生和拉法耶特先生[194]做的那樣是嗎？這是值得效法的榜樣，先生。」

「不完全是，」鄧格拉斯回覆，「對僕人來說，您明白……」

「是啊，對您的下人來說您是老爺。對記者來說您是先生。對您的選民來說您是公民。這些差異在憲制政府統治下是非常適用的。我完全懂得。」

194 Lafayette（一七五七—一八三四），原是侯爵，後積極參加美國的獨立戰爭以及一七八九年的法國大革命。

鄧格拉斯緊咬著嘴脣。他看出，在這個戰場上他不是基督山的對手。於是，他試圖回到他得心應手的場域上。

「請容許我向您告知，伯爵先生。」他欠身說，「我收到湯姆森—弗倫奇公司的一份通知書。」

「我很榮幸能聽您說，男爵先生。請允許我像您的下人那樣稱呼您。以頭銜稱呼對方是我的一個壞習慣，這是從尚有男爵存在，但又偏偏不再另封男爵的國家裡學來的。我說過，我非常榮幸，我無須再作自我介紹了，因為那樣總是使人頗為尷尬。您剛才說，您收到一份通知書？」

「是的，」鄧格拉斯說，「不過我得向您承認，我還不完全明白其中的意思。」

「是嗎？」

「我甚至去過尊府想請您解釋。」

「請說吧，先生，我在這裡聽著。您的意思我會明白的。」

「這份通知書，」鄧格拉斯說，「我想，我帶在身上（他在口袋裡尋找），是的，在這裡。這份通知書要我的銀行替基督山伯爵先生開一個無限貸款的戶頭。」

「那麼，男爵先生，您在通知書裡發現有什麼不明之處嗎？」

「只是，無限這兩個字，似乎有點……」

「這詞在法國不也該明白嗎？書寫者是英德混血，您知道的。」

「哦，通知書寫得很好。從文法的角度看，沒有什麼可說的。但是，從會計的角度看，就不是這麼一回事了。」

「有可能嗎？」基督山盡量裝出天真的神情問，「難道湯姆森—弗倫奇公司不可靠嗎？懇請您告訴我您的想法，男爵先生，這讓我很不安。我有一大筆資產在他們的公司裡。」

「湯姆森—弗倫奇公司可是信譽卓著的。」鄧格拉斯帶著幾乎嘲諷的微笑作答，「不過從財務的角度上說，無限兩個字的意義太空泛……」

「其意義就是沒有限制，不是嗎？」基督山說。

「我想說的正是如此，先生。空泛，就是不明確，而智者說過，『不明確，不要做』。」

「這就表明，」基督山接著說，「即使湯姆森—弗倫奇公司有魄力作出驚人之舉，然而，鄧格拉斯男爵卻無魄力去仿效了。」

「不是這樣的。」

「很明確的，湯姆森和弗倫奇兩位先生的業務可以是無限的，但是，鄧格拉斯先生的業務卻是有限的。正如他說過的那樣，他是位智者。」

「先生，」銀行家自傲地說，「至今尚無人敢小看我的資金。」

「這麼說來，」基督山冷冷地回答，「似乎我會是第一位了。」

「憑藉什麼呢，先生？」

「憑藉著您剛提出的話題以及要我作出解釋的要求。這明顯地代表著某些涵義。」

鄧格拉斯咬緊嘴脣，這是他第二個回合敗於此人之手了。而且，這一次是在自己的陣地上失敗的。他帶著嘲諷意味的禮儀完全是裝出來的，此刻已發展到極限，也就是幾乎近於無禮了。

基督山卻相反，他從容不迫地微笑著，而且如果他願意，還可以表現出天真無邪的神情，這使他占盡優勢。

「那麼，先生，」鄧格拉斯沉默了片刻之後說，「我請您親口把您打算在我這裡提取的款數告訴我，好讓我盡量去理解無限的含義。」

「為什麼呢？」基督山決定，在討論中寸土不讓，接著說，「我之所以要求『無限』信用，就因為我自己也不能確定會需要用多少錢。」

銀行家以為他採取主動的時刻終於到了，便躺倒在他的椅子上，露出粗俗而傲慢的笑容。

「啊！先生，」他說，「大膽地提吧。您完全可以相信，鄧格拉斯銀行的資金雖然是有限的，但保證能滿足您最大的需求，即使您提出要一百萬……」

「對不起，請再說一遍？」基督山問

「我說一百萬。」鄧格拉斯傻傻地重複。

「我拿一百萬能有什麼用呢？」伯爵說，「親愛的先生，如果我只需要一百萬，就不會為區區這點數目去開個戶頭了。一百萬？在我的皮夾裡或是旅行用品盒裡隨時都有啊。」

說著，基督山從他放名片的記事本裡抽出兩張每張面值五十萬法郎的匯票，持有者可隨時向國家銀行支取現金。

若說這句話僅僅刺激了像鄧格拉斯這樣的人顯然是不夠的，應該說是把他擊倒了。這一記重錘產生了效果——銀行家頭暈目眩，搖搖欲墜；他木然地看著基督山，眼睛可怕地睜著。

「算了，算了！」基督山說，「承認吧，您對湯姆森—弗倫奇公司就是不夠信任。我早已預料到可能會發生這種事。雖說我對此項業務不甚清楚，但也做了一些準備。

「這裡是另外兩封通知書，與剛才給您的那一封完全一樣。一封是維也納的阿雷斯坦—埃斯科勒公司具名給德．羅斯希爾德男爵的。另一封是倫敦的巴林公司具名給拉菲特先生的。您只要說一句話，先生，我就免除您的一切煩惱，到那兩家銀行中的任何一家去登門拜訪。」

一切都已結束，鄧格拉斯徹底失敗了。他用明顯顫抖著的手，打開伯爵用指尖遞過來的兩份通知書，仔細地辨認簽名的真偽。如果基督山不是已經注意到銀行家的精神已有些失常的話，對他辨字的認真程度是會覺得受到侮辱的。

「哦！先生。」鄧格拉斯說，在他已確認文件的權威性後，站了起來，彷彿是為了向在他眼前化身為金錢力量的男子頂禮膜拜似的。

「三張無限信貸的委託書！雖然我已不再有疑問，但請原諒我，親愛的伯爵，我實在太驚訝了。」

「啊！」基督山彬彬有禮地說，「像您們這樣的一家大銀行可不該如此大驚小怪的。這麼說來，您能夠送交一點錢給我了，是嗎？」

「完全隨您的意，親愛的伯爵先生。我悉聽吩咐。」

「這樣，」基督山接著說，「我想，我們在這件事上已彼此的理解了，是嗎？」

鄧格拉斯點頭表示同意。

「您不再有任何疑問了嗎？」基督山繼續問。

「啊！親愛的伯爵先生！」銀行家大聲說，「我從未對您心生過質疑啊。」

「沒有，您只想確認一下就是了。現在，我們彼此信任了，而您也沒有可擔心的事了。若您願意，就為第一年定個總數吧，譬如說六百萬。」

「六百萬！」被嚇壞的鄧格拉斯激動地說，「就這樣吧。」

「如果我以後還需要錢的話，」基督山不動聲色地說，「我們再追加。不過，我在法國只打算待一年，這一年內，我不認為會超過這個數目。總之，再看看吧。麻煩您在明天派人先送五十萬法郎給我。我在正午之前都在家，若我不在，我會把收據交給我的管家的。」

「您提出的錢在明天上午十點會送到貴府，親愛的伯爵先生。」鄧格拉斯答，「請問您想要金幣、現鈔還是銀幣呢？」

「若您方便，那就金幣和現鈔請各給一半吧。」

說完，伯爵就站了起來。

「我得向您承認，伯爵先生，」鄧格拉斯說，「我原以為對歐洲的所有大富豪都已了若指掌，然而，看來您的資金十分雄厚，我必須說，我對您完全不了解。您是最近才致富的嗎？」

「這份家產有著久遠的歷史。」基督山答覆。

「這筆財產一直是被禁止動用的，在長年的利息累積之下，使財富增長了雙倍。在數年前，遺囑立具人規定的期限才過，因此，我也才享用了幾年。您對這件事不了解是很自然的，再說，未來的某個時刻您就會知道得更清楚的。」

伯爵說完這幾句話後慘然一笑，這樣的笑容曾使弗朗茲·德·埃皮奈嚇得毛骨悚然。

「如果您有興趣和願望的話，先生。」鄧格拉斯繼續說，「可以憑藉著您的財富極盡奢侈揮霍之能事，把我們這些小小的百萬富翁都壓倒的。

「您似乎是一位藝術愛好者，當我進來時，看見您在觀賞我的畫。因此，我想請您賞光，允許我再讓您看看我的畫廊。那裡陳列的都是古代精品，一些大師的真跡，因為我不喜歡現代的東西。」

「您說得對，先生。一般說來，現代作品都有一個重大的缺陷，就是尚未有足夠的時間變成古代的作品。」

「我以後能給您看幾尊托瓦森[195]、巴爾托洛尼[196]和卡諾瓦[197]的雕塑嗎？他們都是外國的藝術家。您也看出來了，我對法國藝術家評價不高。」

「您有權對他們不公正，先生，他們是您的同胞。」

「當我們更加熟悉之後再去看吧。今天，若您願賞光，我只想把您介紹給鄧格拉斯男爵夫人。請原諒我的性急，親愛的伯爵，不過，像您這樣一位顧客幾乎就是我們家的一員了。」

基督山欠了欠身，表示他接受銀行家給予他的殊榮。

鄧格拉斯拉了拉鈴，一個穿著華美制服的僕人走了進來。

「男爵夫人在房裡嗎？」鄧格拉斯問。

195 Thorwaldsen（一七七〇—一八四四），丹麥雕塑家。
196 Bartoloni（一七七七—一八五〇），義大利雕塑家。
197 Canova（一七五七—一八二二），義大利雕塑家。

「是的，大人。」僕人答。

「一個人嗎？」

「不，大人，夫人有客人。」

「把您介紹給夫人與她的客人，您不會反對？或是您想保有隱私呢？」

「不，當然不。」基督山微笑著說，「我還不至於自大到認為有這個權利。」

「誰在夫人身邊？德布雷先生？」鄧格拉斯裝出和顏悅色的神情問。

這不禁讓基督山微笑，他已經打聽到銀行家家中公開的祕密了。

「是的，大人。」僕人答。

鄧格拉斯點了一下頭。接著，他又轉向基督山。

「羅新．德布雷先生，」他說，「是我家的老朋友。他是內務大臣的機要祕書。至於我的夫人，她嫁給我是紆尊降貴的，因為她出身於名門世家，原是塞爾維厄家族的小姐。她的第一次婚姻嫁給上校德．納爾戈恩侯爵先生，後來孀居了。」

「我還沒有榮幸認識鄧格拉斯夫人，不過，我已經見過羅新．德布雷先生了。」

「是嗎！」鄧格拉斯說，「在哪裡？」

「在德．馬瑟夫先生府上。」

「啊！您認識年輕的子爵先生？」鄧格拉斯問。

「我們一起在羅馬度過了狂歡節。」

「哦！對了，」鄧格拉斯說，「我聽說，他在廢墟裡與強盜、小偷不期而遇之類的事情，後來，他又奇跡般地逃出來了。我想，他從義大利回來後，與我的夫人和女兒提到過這件事。」

「男爵夫人恭候兩位先生。」僕人返身回來說。

「我走在前面為您引路。」鄧格拉斯欠身說。

「請便，我跟著您。」基督山說。

第四十七章　斑紋灰馬

男爵帶著伯爵，穿過一間間套房。這些房間都布置得金碧輝煌、美輪美奐，但又俗不可耐。最後，他走進鄧格拉斯夫人的小客廳。

小房間呈八角形，掛著玫瑰色綾緞和印度平紋細布的雙層門簾與帷幔。扶手椅是骨董雕工與材質。幾道門上畫著布歇[198]風格的田園風光。最後，還有兩張橢圓形的漂亮的粉彩畫，與傢俱擺設渾然一體，相映生輝，使得這個房間成為府邸裡唯一一間尚有特色的小會客室。

府邸是由鄧格拉斯和帝國時代一位負有盛名的設計師監工設計與裝飾的。然而，這間小客廳卻沒讓他們插手，而是由男爵夫人和羅新．德布雷親手布置起來的。鄧格拉斯先生為古代藝術的偉大鑒賞家，不過是以督政府時期的風格[199]作類比。因此，他對這間簡單優雅的小客廳很不以為然。此外，在一般情況下，除非他帶著會讓人感到愉快的客人，並連連表示歉意時，才會得到許可，在那裡受到接待。所以，以事實來說，不是鄧格拉斯引見客人，倒是客人引見他了。至於他將被尊為上賓還是受到冷遇，就要看來訪者的臉是讓男爵夫人見了開心還是掃興而定了。

198　Boucher（一七〇三—一七七〇），法國畫家，專畫鄉土裝飾畫。
199　一七八九年法國大革命後七年間在法國流行的服裝、傢俱和裝潢風格。這裡是一句諷刺話。

鄧格拉斯夫人——她雖然已過了青春正盛的年紀，但風韻猶存——坐在鋼琴前面，那架鋼琴也算是細木鑲嵌工藝的傑作。羅新·德布雷則坐在一張寫字臺前面翻看相冊。在伯爵到達之前，羅新已經利用時間把有關伯爵的一些事講給男爵夫人聽了。讀者已經知道了，基督山在艾伯特家用早餐時，他讓賓客們產生了多麼強烈的印象。德布雷雖然是一個不易受感動的人，然而那天的印象在他腦海裡是無法抹去的。他在向男爵夫人談論伯爵時甚至把自己的想法也加了進去。鄧格拉斯夫人以前聽了馬瑟夫的細述，已經興趣盎然，現在，又聽了羅新的補充，更是好奇到了極點。所以，安排彈琴和看相冊的場面只是耍點社交場上的小詭計而已。他們想藉此來掩飾他們著急不耐的心情。

男爵夫人對鄧格拉斯先生以微笑相迎，對她來說，這樣的姿態是不常有的。至於伯爵，他的鞠躬致意換來了男爵夫人的全套禮儀和敬意。羅新以點頭之交的方式與伯爵彼此打了個招呼；對鄧格拉斯則隨便地揮了一下手。

「男爵夫人，」鄧格拉斯說，「請允許我向您介紹基督山伯爵。他是由我在羅馬的同行極為熱情地介紹給我的。

「對他，我只有一句話要說，而這句話即將會使他成為我們所有貴婦的寵兒。我要說，他來巴黎想住一年，在這一年裡會花費六百萬。這能使他舉行一系列的舞會、宴請和夜間活動。

「我希望，在這些活動中，伯爵先生不會忘掉我們，就如我們在舉辦小小的宴會時，也不會把他忘了一樣。」

雖然這一番恭維的介紹顯得不是很得體，但就一般而言，隻身來到巴黎，在一年時間裡要花掉一名親王擁有的財產也實為罕見。因此，鄧格拉斯夫人忍不住對伯爵看了一眼，眼神中透漏著某種興趣。

「您何時到的，先生？」男爵夫人問。

「昨天上午，夫人。」

「聽人對我說，按照您的習慣，您是從地球的盡頭來的？」

「這次直接從加的斯來，夫人。」

「啊！您在一個可怕的季節到來。巴黎的夏天非常可惡。在這時節，既沒有舞會、聚會，也沒有歡宴活動。義大利歌劇在倫敦上演，法國歌劇到處登台，就是巴黎除外。至於法國的戲劇，您知道，哪兒都不演。

「因此，剩下唯一可消遣的，也僅僅是在瑪斯廣場和在沙托裡[200]舉行的那幾場不怎麼精彩的賽馬了。您也參加賽馬嗎，伯爵先生？」

「假使我有幸能找到一個人可以恰如其分地跟我介紹法國人的風俗習慣的話，我將會參加您們所參與的一切。」

「您喜愛馬嗎，伯爵先生？」

「我生命中重要的一部分是在東方度過的，夫人。您知道，在世上，東方人只看重兩樣東西——名種馬和美女。」

200　Satory，巴黎凡爾賽宮西南面的一個軍校場。

「啊！伯爵先生，」男爵夫人說，「您大概會多情地把女人放在首位吧。」

「是的，您看，夫人，剛才我希望有一位教師來指導我適應法國的習俗，我想得沒錯吧。」

這時，鄧格拉斯男爵夫人所寵愛的侍女走進來，到她女主人身邊，在她的耳邊輕輕地說了幾句話。鄧格拉斯夫人臉色陡變。

「不可能！」她說。

「這是千真萬確的，夫人。」侍女答。

鄧格拉斯夫人把臉轉向她的丈夫。

「是真的嗎，先生？」

「什麼事，夫人？」鄧格拉斯問，顯得非常緊張。

「這個女僕對我說的……」

「她向您說什麼了？」

「她對我說，正當我的車伕要把我的馬套在車上時，發現馬不在馬廄裡。這是怎麼回事，我請教您？」

「夫人，」鄧格拉斯說，「請聽我說。」

「是的！我會聽，先生，因為我對您將說的話十分好奇。我讓這兩位先生做我倆的裁判。我先把這件事的背景對這兩位先生說吧。」

男爵夫人繼續說：「先生們，鄧格拉斯男爵在馬廄裡有十匹馬。在這十匹馬中，有兩匹是屬於我的，都是很精良也是巴黎最俊美的馬。您知道牠們的，德布雷先生，就是我那兩匹美麗的斑紋灰馬！

「嗨！我答應德．維爾福夫人明天要把馬車借給她去布洛涅森林的，可就在這時，兩匹馬卻不翼而飛了！鄧格拉斯先生也許能在這筆買賣上賺上幾千法郎，於是他就把兩匹馬賣掉了。哦！多麼令人厭惡的一群人，這些投機商啊！」

「夫人，」鄧格拉斯答道，「那些馬太暴烈了，牠們剛滿四歲，已經使我為您驚懼萬分了。」

「胡扯，」男爵夫人說，「您不可能對此擔心受怕。因為您很清楚，一個月之前，我已雇用了巴黎最能幹的車伕。不過，您或許也把他與那幾匹馬一起賣了吧？」

「我親愛的，懇請您別再提起牠們了。我保證會為您找到兩匹一模一樣的馬。只要有可能，甚至可以找到比牠們更漂亮，性情也更溫和馴服的馬。」

男爵夫人帶著極度輕蔑的神色聳了聳肩。而鄧格拉斯則裝著沒看見這不像夫婦之間該有的動作，轉過臉面向基督山。

「說真的，我很遺憾沒有及早認識您，伯爵先生，」他說，「您正在添購您的所需吧？」

「是的。」伯爵回答。

「那我早該把那幾匹馬讓給您了。我是照原價把馬讓給人家的。再者，正如我對您說的，我早就想趕走那幾匹馬，牠們是給年輕人騎的。」

「先生，」伯爵說，「我感謝您。今天上午，我也買了兩匹相當優良的馬，而且不太貴。

哦，德布雷先生，來看看吧，我想您是一位鑒賞家，是嗎？」

德布雷向窗戶走去時；鄧格拉斯卻走向他的妻子。

「您考慮一下吧，夫人。」他輕聲對她說，「有人出了高得嚇人的價格買下那兩匹馬。我真不知道那個瘋子是誰，他大概想要破產才在今天上午派他的管家來跟我談。事實是，我在這筆交易上淨賺一萬六千法郎。所以，別生氣了，我從中將分給您四千，給歐仁妮兩千。」

鄧格拉斯夫人向她的丈夫狠狠地瞪了一眼。

「啊！我的天！」德布雷嚷道。

「什麼事？」男爵夫人問。

「我可沒看錯，那是您的馬。您的馬，現在套在伯爵的馬車上了。」

「我的兩匹斑紋灰馬！」鄧格拉斯夫人大聲說。

說著，她衝向窗口。「果真，是這兩匹。」她說。

鄧格拉斯目瞪口呆。

「有可能嗎？」基督山問，故作驚訝狀。

「簡直不能想像。」銀行家喃喃自語。

男爵夫人向德布雷耳語了兩句，這次輪到他走近基督山了。

「男爵夫人讓我來問您，她的丈夫把馬賣給您多少錢。」

「我不太清楚，」伯爵說，「是由我的管家經手。他是想讓我吃驚的。我想大概是三萬法郎吧。」

德布雷走去把答覆轉告男爵夫人。

鄧格拉斯面無血色、手足無措。伯爵裝出一副憐憫的神情。

「哎呀，」基督山對他說，「女人真是不知感謝。您的好意絲毫沒感動男爵夫人。『不知感謝』說得還不到位，我幾乎想說是瘋了。可有什麼辦法呢，她們總是喜歡破壞性的東西。「因此，最簡便的辦法，親愛的男爵，就是讓她們隨心所欲吧。如果她們碰得頭破血流，天哪，至少她們只能怪罪自己。」

鄧格拉斯一言不發，他預料不一會兒就要大戰一場。男爵夫人的眉頭愈皺愈緊了，如同奧林匹斯的朱庇特動怒，預示風暴即將來臨一樣。德布雷感到烏雲密布，推託說有事要辦，告辭了。基督山暗忖，如再待下去，會有損於他期望得到的效果，便向鄧格拉斯夫人躬身致意，也退了出去，把男爵交給他那怒氣沖沖的妻子。

「好啊！」基督山走出來時心裡想，「我達到了預期的目的。現在他家的安寧全掌握在我的手中了，而且，還要一下子爭取到先生和夫人的心。多麼幸福啊！」

他接著想：「不過，在這次會面中，他們沒有把我介紹給歐仁妮．鄧格拉斯小姐，可是我倒十分想結識結識她。」

他露出特有的微笑又想：「我們都在巴黎，將來有的是時間，那就以後再說吧！」

想到這裡，伯爵登上馬車，回家去了。

兩個小時之後，鄧格拉斯夫人收到基督山伯爵一封措辭動聽的信，在信中，他對她說，他不願剛踏入巴黎社交界就讓一位美麗的夫人生氣，他請求她收回那兩匹馬。兩匹馬被原封不動地送回給他們了，就是她上午看到的那兩匹。不過，在馬的雙耳間垂掛著玫瑰花結的中央，伯爵特地讓人繫上一顆鑽石。

鄧格拉斯也收到一封信。伯爵在信中請求男爵允許他滿足男爵夫人作為擁有百萬家產的夫人的一次任性，並請求他原諒自己以東方式的禮儀把馬送還給他。

當天晚上，基督山出發到奧特伊去，阿里隨同前往。次日，將近午後三點鐘，阿里聽見鈴聲響了一下，走進伯爵的書房。

「阿里，」伯爵對他說，「過去我常聽說您擅長套馬。」

阿里示意是這樣，並且洋洋得意地把身子挺得筆直。

「好！您用馬索能套上一頭牛嗎？」

阿里示意能行。

「套一頭老虎呢？」

阿里作出了同樣的表示。

「一頭獅子呢？」

阿里做出了個拋繩索的動作，又學著脖子被勒緊的獅子那樣咆哮了一聲。

「好！我明白了，」基督山說，「您獵到過一頭獅子？」

阿里驕傲地點了點頭。

「那麼您能套住在狂奔中的兩匹烈性馬嗎？」

阿里笑了。

「很好！聽著，」基督山說，「待會兒，有一輛馬車要經過這裡，由兩匹斑紋灰馬拉著，就是我昨天買下的那兩匹。您即使被踩死，也得讓馬車停在我家門口。」

阿里下樓走到街上，在家門前的路面上畫出一條線，之後，他又回到屋裡，向伯爵指指那條線，其實後者剛才一直在看著他。伯爵輕輕地拍了拍他的肩膀，這是他感謝阿里的特有的方式。接著，阿里就走到房子與街道轉角處，坐在一塊界石上抽起他的長筒菸來，而基督山則回到房中不再操心這件事了。

將近五點鐘，即伯爵預測馬車該駛來的時刻，從一些幾乎難以覺察的跡象上，可以看出伯爵顯得有點不耐煩了。他在臨街的一個房間裡踱來踱去，每隔一段時間就側耳傾聽，又不時地走近窗戶往外望出去。他看見阿里在很有規律地噴煙，這說明他已作好一切準備來完成這項重要的使命。突然，遠處傳來了馬車行駛的聲音，而且以迅雷之勢逼近過來。接著，一輛華麗的四輪馬車出現了，兩匹馬豎起鬃毛，嘶叫著，以超乎尋常的衝力狂跳著向前衝刺。車伕試圖加以遏制，但是毫無效果。

車廂裡有一名少婦和一個七、八歲的孩子，他們緊緊地摟在一起，由於驚嚇過度，連呼喊的氣力也沒有了。這時，只要車輪絆上一顆石子，或是絆到一棵樹，就會翻車，車子就會散了。馬車行駛在街道中央，街上的人看見馬車飛駛過來都嚇壞了，呼叫聲四起。

突然，阿里放下菸筒，從兜裡拿出套索，拋過去，在左面的那匹馬的兩條前蹄上繞了三圈，自己也在衝力下被拉出三、四步遠，被套住的馬踉蹌跑了三、四步，摔倒在車轅上，把車轅壓斷了，並使另一匹要再往前跑的馬也使不出勁來，站住了。車伕利用這間歇的時刻從座位上跳下來，不過阿里用他的鐵腕已搶先拉住了另一匹馬的鼻子，那匹馬痛苦地嘶鳴了一聲，痙攣著躺倒在牠的同伴身旁。

這整個過程僅用了子彈射中靶心的這點時間。

就在此時，出事地點對面那座別墅裡的一個人帶著幾名僕人衝出來。在車伕打開車門之際，他便從車廂裡抱出少婦。少婦一隻手緊緊抓著坐墊，另一隻手牢牢地把嚇暈的兒子摟在胸間。基督山把他倆抱到客廳裡，放在一張長沙發上。

「別再害怕了，夫人，」他說，「您們得救了。」

少婦神志清醒過來，一句話也沒說，只是向他指了指她的兒子，其眼神比所有的祈求更令人感動。孩子一直昏迷不醒。

「是的，夫人，我明白，」伯爵一面注視著孩子一面說，「不過，放心吧，他沒什麼危險，只是受點驚嚇才會這樣的。」

「哦！先生，」母親大聲說，「別說這些安慰我了好不好？您瞧，他臉色有多蒼白！我的兒子！我的孩子！我的愛德華！聽見媽媽說話沒有？啊！先生！派人找醫生去吧。誰能救活我的兒子，我把我的財產都給他！」

基督山做了個手勢，示意驚恐萬分的母親平靜下來。他打開一個櫃子，從裡面取出一個波希米亞產的鑲金小瓶，裡面盛著像血似的紅色液體，他只倒了一滴在孩子的嘴脣上。孩子雖然臉上仍然沒有血色，但立即睜開了眼睛。

母親看見這情景，高興得幾乎暈過去。

「我在哪兒？」她大聲說，「我們大難不死，是誰使我們如此幸運呢？」

「夫人，」基督山回答，「能使您免於擔驚受怕是我的無上榮幸，您就在寒舍。」

「啊！該詛咒的好奇心！」夫人說，「全巴黎的人都在談論鄧格拉斯夫人的那兩匹駿馬，我居然瘋到想試試看。」

「什麼！」伯爵精準地裝出驚訝的神色大聲說，「那兩匹馬是男爵夫人的？」

「是的，先生，您認識她嗎？」

「鄧格拉斯夫人？我有幸認識她了。剛才那兩匹馬使您險遭不測，能看見您倖免於難真是加倍的高興。因為說起來，這場驚險還該歸罪於我。我在昨天向男爵買下了那兩匹馬，可是，男爵夫人顯得非常惋惜，於是，我又在昨天奉還了她，並請她作為我的禮物收下。」

「這麼說來，您就是基督山伯爵了？關於您，昨天埃米娜向我說了好多好多。」

「是的，夫人。」伯爵說。

「先生，我是埃洛伊絲．德．維爾福夫人。」

伯爵鞠躬致意，似乎他對眼前自報家門的那個姓氏完全是前所未聞。

「啊！德．維爾福先生將會感謝不盡的！」埃洛伊絲接著說。

「事實上，您是為他救了我們兩人的命。您把他的妻子和兒子還給他了。可以肯定地說，如果沒有您那位見義勇為的僕人，這可愛的孩子和我，我們必死無疑了。」

「天哪！夫人！我想到您們剛才的狀況還是心有餘悸。」

「哦！我希望您允許我對那個人的忠誠好好回報一下。」

「夫人，」基督山答道，「別寵壞阿里了，我求您了。不必稱讚他，也不必酬謝他，我不願意他養成這個習慣。阿里是我的奴隸，他救了您們的命，就是為我效勞，而為我效勞是他的職責。」

「他可是冒著生命危險啊。」德．維爾福夫人說，剛才主人威嚴的口氣讓她留下了很奇特的印象。

「我救過那個人的命，夫人。」基督山說，「因此，他的生命是屬於我的。」

德．維爾福夫人不出聲了，也許她在思考，為什麼這個人從一開始就給別人以如此深刻的印象。

趁此沉默的片刻，伯爵可以安詳從容地端詳這個孩子，他的母親不停地在吻著他。孩子長得比同齡瘦小而且異常白皙。他的一頭濃密烏黑直髮即使再燙也鬈曲不起來，蓋住了他隆起的額頭，一直垂落到肩部，使他那對狡黠、奸詐、充滿生氣卻又歹毒的眼睛顯得更加靈活。他剛剛恢復血色的嘴，寬且大，嘴唇很薄。這八歲的孩子，看上去至少有十二歲的模樣了。他醒來後的第一個動作，便是猛然一下掙脫了母親的手臂，跑去打開伯爵剛才取出小藥罐的櫃子，接著，也不徵詢任何人的同意，像被寵壞了的孩子那樣，立即又把裡面的一個藥瓶蓋打開。

「別碰這些東西，我的小朋友，」伯爵趕緊說，「有幾瓶藥水很危險，不僅不能喝，甚至不能嗅。」

德．維爾福夫人臉色突變，擋住他兒子的手臂，把他拉向自己的身邊。不過，當她驚嚇過後，又朝那個櫃子迅速且富於表情地瞥了一眼。伯爵及時地攫住了她的目光。這時，阿里走了進來。德．維爾福夫人興奮得悸動了一下，把孩子摟得更緊了。

「愛德華，」她說，「您看見這名善良的僕人了吧。他剛才可勇敢了，因為他冒著生命危險攔住了拖著我們馬車的那兩匹馬，又避免了撞壞馬車。好好感謝他吧，因為沒有他，也許此刻我倆都沒命了。」

孩子噘起嘴脣，傲慢地轉過頭去。

「他長得太醜了。」他說。

伯爵笑了，彷彿孩子剛才滿足了他的一個希望似的。至於德．維爾福夫人，她責備了孩子幾句，但非常溫和，如果小愛德華換了愛彌兒的話，讓雅克．盧梭[201]肯定不賞識這樣的家教。

「這位夫人，」伯爵用阿拉伯語對阿里說，「她請兒子謝謝您救了他倆的命，而孩子回答說您太醜了。」

阿里把他那顆聰明的腦袋轉向孩子，毫無表情地看了他一眼。不過，他的鼻子翕動了一下，基督山知道這位阿拉伯人的自尊心受到了傷害。

「先生，」德．維爾福夫人邊起身告辭邊問，「這棟別墅是您平時的寓所嗎？」

「不，夫人，」伯爵答道，「這是我買下作為臨時休息用的。我住在香榭麗舍大街三十號。我看出，您已經復原了，可以離開了。我已下達命令，讓他們把那兩匹馬套在我的馬車上。阿里，這個長得很醜的僕人，」他對孩子微笑地說，「還將有幸把您們送回家。」

201 Jean-Jacques Rousseau（一七一二—一七七八），十八世紀歐洲最偉大的思想家之一，也是傑出的作家。《愛彌兒》是他的代表作之一，書名亦即書中主人公的名字。

「您們的車伕就留在這裡照料修車吧。這個工作是不可少的，一旦他做完後，我就派一輛馬車直接把他送回到鄧格拉斯夫人府上。」

「可是，」德．維爾福夫人說，「我再也不敢用原來的兩匹馬了。」

「啊！您待會兒就會看見的，夫人。」基督山說，「馬在阿里手上，會像羔羊那樣溫順的。」

僕人稍先已困難重重地讓馬站立起來了。阿里走近兩匹馬，手上拿著一塊浸漬著香醋的海綿，用它在牠們汗水淋漓、口吐白沫的鼻孔和額角上擦了擦。幾乎同時，兩匹馬開始呼呼地喘著粗氣，渾身顫抖了數秒鐘。馬車的殘骸以及意外事故引起的喧嘩聲，早把一大群人吸引到伯爵的家門口來了。阿里在眾目睽睽之下，把兩匹馬套在伯爵的馬車上，收攏韁繩，坐上車伕的座位。圍觀者早先曾看過這兩匹馬像被旋風捲進去的那樣狂怒暴躁的，現在見到阿里居然用鞭子使勁地抽打趕牠們走，都驚訝不已。不過，這次，兩匹著名的斑紋灰馬已變得遲鈍發呆、死氣沉沉的了，即使挨了鞭打也只會有氣無力、踉踉蹌蹌地小步慢跑。以至於德．維爾福夫人用了將近兩個小時才到回到她居住的聖奧諾雷區。

她剛進家門，在家人一陣驚嘆平息之後，就給鄧格拉斯夫人寫下了如下的一封信：

親愛的埃米娜：

剛才，我與我的兒子被那位基督山伯爵奇蹟般地救了一命。我們昨晚對他談論得很多，但我萬萬沒想到我今天會見到他。昨天，您向我說到他時，興致勃勃的，我見識有限，禁不住大大笑話了您一番。可是今天，我覺得您對此人的興趣還是遠遠不夠的。您的馬跑到拉納拉街就像發了瘋似的狂奔亂跳。當時車子如果撞到路旁的樹或是村莊的界石上，我可憐的愛德華和我就會粉身碎骨。突然一個阿拉伯人，或者說一個黑人，一個努比亞人，總之，在伯爵手下的一個黑皮膚的人，我想是在他的示意之下吧，不顧自己被碾死的危險，遏制住了馬的瘋勁。他本人倖免於死就是一個真正的奇蹟了。這時，伯爵跑上來，把愛德華和我抱到他的府上。在他家，他又讓我的兒子清醒過來。我就是坐他的馬車回到家裡的。您的車子明天送回給您。在這次事故之後，您會發現您那兩匹馬非常虛弱，牠們像是變呆滯了，彷彿不能原諒自己竟讓一個人馴得服服貼貼似的。伯爵委託我告訴您，那兩匹馬只要在墊草上休息兩天，並只要飼以大麥，牠們就會像以前那樣活蹦亂跳，換句話說，就會像昨天那樣可怕了。

再見了！我不想為我的這次兜風感謝您，不過轉念一想，要是為了您的馬性子升起就對您耿耿於懷，那簡直是忘恩負義了。再說，就因為馬的脾性發作，我才得以一睹基督山伯爵的風采。那位傑出的陌生人除了擁有百萬資財外，似乎還是個非常令人好奇、十分耐人尋味的謎。我打算不惜一切代價來解開這個謎，即便我再用您那兩匹馬逛一次布洛涅森林也在所不惜。

愛德華遇險時表現出驚人的勇敢。他暈過去了，但這之前沒有叫喊一聲，醒來後也沒有落一滴眼淚。您又會對我說，我的母愛使我盲目了。不過，這可憐的小傢伙雖然那麼瘦弱，那麼嬌嫩，卻有極為堅強的意志啊。

我們親愛的瓦朗蒂娜時常叨念您們可愛的歐仁妮。我衷心地擁抱您。

埃洛伊絲・德・維爾福

又及：不管以什麼方式，請讓我在您府上見見基督山伯爵，我絕對想再重新見到他。再說，我剛剛請德・維爾福先生去拜訪他一次。我希望伯爵能來回訪。

當晚，奧特伊發生的那件意外事故成了眾人談話的主題。艾伯特對他的母親講了。夏托・勒諾在賽馬俱樂部講了。德布雷在大臣的客廳裡講了。博尚親自提筆，在他報紙上，寫了二十多行文字對伯爵恭維了一番，使這位高尚的外國人在所有貴婦心目中變成了大英雄。許多人都到德・維爾福夫人的府上留下名片，希望能在適當的時候再去拜訪，想聽她親口說說這次富有傳奇色彩的遭遇與所有細節。

至於德・維爾福先生，正如埃洛伊絲所說，他穿上了黑色禮服，戴上一副白手套，帶上穿著最漂亮的僕從，登上華麗的四輪馬車，於當天傍晚就把馬車停在香榭麗舍大街三十號那幢房子的大門前了。

第四十八章　意識形態

如果基督山伯爵在巴黎的上流社會生活過很長一段時間的話，他是會對德．維爾福先生對他做出的姿態有更佳的評價。

不論在朝國王是長子支系還是次子支系，不論執政的大臣是空談派、自由派還是保守派，德．維爾福先生在宮廷裡總是很得寵。就如人們通常公認的，在政治上從未遭受過失敗的人是有本領的人一樣，所有人都公認他是個人才。有許多人憎恨他，但總有那麼幾個人會起勁地保護他，儘管沒有人會真正喜歡他。總之，德．維爾福先生在司法界地位很高，並且能像阿爾萊[202]和莫萊[203]那樣始終保住這個位子。他的沙龍在年輕妻子和第一任妻子所生芳齡十八的千金經營下，成為巴黎最正統的沙龍之一。在那裡，賓主尊崇傳統，拘於禮儀，一絲不苟。對政府的各項政策恭而敬之，忠貞不渝。對理論和理論家深深地蔑視，對思想觀念體系深惡痛絕，這樣構成了德．維爾福先生的內心世界，也是他公開標榜的人生哲學。

德．維爾福先生不僅是位檢察官，而且幾乎稱得上是外交家。他談到舊朝時總是帶著恭敬和肅穆的態度，與它保持著千絲萬縷的關係。這些都使他受到新朝的尊重。他知道的事情

202 Harlay（一五三六—一六一九），巴黎高等法院第一任主席，曾對抗吉斯公爵，忠於王朝。
203 Mole（一七八一—一八五五），法國路易-菲利浦當朝時的首相。

太多了，所以不僅當朝的人總是遷就他，有時甚至還要找他諮詢。如果他們能夠除掉德．維爾福先生，或許情況就不會像現在這個樣子了。但他就像那些敢於違抗君命的封建領主，他也住在一個不可攻克的堡壘裡。這個堡壘，就是他那個檢察官的職位。

他巧妙地利用了這個職位為自己獲取所有利益，即使他離開此職，也只是為了競選議員，以反對派來替代中立的立場。一般而言，德．維爾福很少外出訪客或回訪，都是由他的妻子代勞。在社交界，他這個做法也被認可了。大家都認為他身為檢察官，重任在身，諸事繁冗，其實，這只是擺架子，展現一種貴族氣派。總之，他運用了**「做出受人尊重的樣子，便會受人尊重」**那句格言。這句話在我們的社會可比希臘人的那句**「認識您自己吧」**管用百倍。而後一句格言，我們今日早已用更為簡便、更為有利的**認識旁人的藝術**取代了。

德．維爾福先生對他的朋友是強有力的保護者。對敵人，是不動聲色的厲害對手。對與他沒有利害關係的人，他便是一尊法律雕塑的化身。他待人高傲、鐵面無情、眼神時而黯淡無光，時而又鋒利多疑，這就是此人的面目。接二連三、巧妙銜接起來的四次革命起先塑造了這個人，繼而又為他的社會地位打下了堅實的基礎。德．維爾福先生名聲在外，是法國最不好奇，最沒有低級趣味的人。他每年在家中舉辦一次舞會，但在舞會上僅露面一刻鐘，換句話說，比國王在宮中舉辦的舞會上露面的時間還要少四十五分鐘。人們從來沒有在劇院、音樂會，或是任何公共場合下看見過他。有時，他也打幾副惠斯特牌[204]，但只是偶爾為之。

204 Whist，英國人玩的一種牌戲，是橋牌的前身。

這時，他的朋友就為他精選幾位與他般配的牌友。這些人不外乎是某位大使、某位主教、某位親王、某位部門總管，最後，還有某位孀居的公爵夫人。

剛剛停在基督山府上大門口的那輛馬車的主人就是這個人。

正當伯爵傾身在一張大桌子上，試圖在一張地圖上尋找從聖彼德堡到中國的路線時，貼身侍僕稟報德．維爾福先生到。

檢察官用他進入法庭時的同樣莊嚴而適度的步伐走了進來。他還是原來那個人，或者更確切地說，是我們在馬賽見過的那個代理檢察官的延續。大自然及其規律是始終不渝的，沒有發生任何變化，它們對檢察官也同樣起作用。他本來身體就單薄，現在變得更瘦了。原來的白臉變黃了，深陷的眼睛凹得更深，金絲邊眼鏡架在鼻梁上，似乎成了他臉的一部分。除了白領帶之外，他的衣服是全套黑色，唯一不同於這身喪服顏色的是一條從鈕孔中伸出幾乎難以覺察的紅絲帶。它們就像是用朱筆畫出來的一條血印。

基督山雖極有自制力，但他向檢察官致意的同時，也不禁帶著明顯的好奇心端詳著他，檢察官本來就習慣對一切都持懷疑態度，特別對社會上的傳聞不願輕信。此時，他認為**那位高貴的外國人**——人們已經這樣稱呼基督山了——是一個來開發新領域的創辦事業的冒險家，一個違反放逐令的壞傢伙，而不是一位來自聖地[205]的親王，或是《一千零一夜》裡的蘇丹。

「先生，您昨天給予我妻子和兒子極大的幫助。」檢察官們在發言時總愛尖聲急叫，於

205 在梵蒂岡之前教皇的臨時領地。

是在平日交談時，也不能，或者說也不願再改變語調了。此時，維爾福就是用這種聲調說話。「我覺得有義務前來感謝您。所以，現在我來盡這樣的義務，並向您表示我衷心的感謝。」

檢察官在說這幾句話時，嚴肅的眼神裡絲毫沒有失去他平時的驕矜傲氣。剛才的那句話，他是一字一頓地說出來，儼然拿出檢察官的聲調。他的脖子和肩膀都是僵硬的。就如我們反覆說過的那樣，這些都使那些對他逢迎拍馬的人說他是法律的化身。

「先生，」伯爵也冷冰冰地回敬，「我能讓母親留下她的兒子是我無上的光榮。因為人們常說，母愛是感情中最神聖的。先生，我既得到了這樣的榮幸，您的義務就可免了。當然，您盡了義務更使我受寵若驚，因為我知道，德．維爾福先生對我已經過分重視了。然而，這份重視即使再珍貴，對我來說，也不能與我內心的滿足相比。」

維爾福沒有預料到伯爵會說出這番話，聽了大吃一驚，如同戰士感覺到對手在他披的鎧甲上猛擊一下似的打了個寒顫。他那露出輕蔑表情的嘴唇微微牽動一下，說明從此刻起，他不再把基督山伯爵看成是一名謙謙君子了。他向四周掃視了一下，想把中斷了並且似乎已進行不下去的談話轉移到某個題目上去。他看見了走進來時基督山在查找的地圖，於是便接著說：「您在研究地理嗎，先生？這是一門很豐富的學問，尤其對您，聽人肯定地說過，凡是地圖上標出的地方，您都去過了。」

「是的，先生。」伯爵答道，「我想把人類作為整體來進行生理上的研究。而您是每天都在處理個別的案件。我想，我從整體到個別的研究比從個別到整體的研究要方便得多。根據代數公理，我們應該從已知來推算未知，而不是從未知推算已知……哦，請坐吧，先生，請。」

說著，基督山用手指著一張椅子，檢察官不得不走過去，而他自己則順勢坐在原來的椅子上，就是檢察官進來時，他單膝跪著的那張。這樣一來，伯爵只是向他的客人半側著身子，而背對著窗口，手臂支在地圖上，此刻，這張地圖成了他們的話題。這場談話也如在馬瑟夫和在鄧格拉斯府上的談話一樣，其表達方式大同小異，只是環境，當然還有人物不同罷了。

「喔！您在探討哲學。」維爾福沉默了一會兒後說，在此期間，他像運動員遇見頑強的對手那樣，又聚集了力量。

「很好，先生，說真的，假使我也像您這樣無所事事的話，我會找一些更有趣的學問來研究的。」

「是嗎，事實上，先生，」基督山接著說，「如果把人放在日光顯微鏡下研究，那麼能看到的只是一條醜陋的毛蟲。不過我想，您剛才已經說了，我無所事事。是的，先生，可您真的認為您在**做事**嗎？或者說得更直接些，您以為您所做的可以稱得上是**正事**？」

維爾福被這位古怪的對手第二次狠狠地打擊，更為驚訝了。長久以來，檢察官沒有聽到別人說過這樣強硬的怪異談論，或者更確切地說，他平生第一次聽到這樣的話。檢察官立即集中思緒考慮該如何作答。

「先生，」他回應說，「您是外國人，我想，您本人也這樣說過，您有部分生活是在東方諸國度過的。所以您不知道，人類的正義在那些野蠻的地方實行起來有多麼果斷迅速。但是，在我們的國家卻必須小心謹慎的查明與研究。」

「是的，說得對，先生。這是古代的刑事條款，我非常清楚。因為我研究的正是世界各國的法律。我曾把所有民族的刑事條例與自然法進行比較，而我應該說，先生，我覺得還是原始民族的法律，也就是同等報復的法則，是最符合上帝之法。」

「假設這個法則被大家接受了，先生，」檢察官說，「就大大簡化了我們的法典。果真如此，正如您剛才說的，檢察官與法官們就真的沒多少事情可做了。」

「也許有一天會實現的。」基督山說，「您知道，人類的發明是從複雜到簡單，而簡單，永遠是完美的。」

「請等等，先生。」檢察官說，「我們的法典已經有了，其互有抵觸的條文是從高盧人的習慣法、羅曼人的成文法和法蘭克人的慣例法中提取出來的。然而，您想必也會同意，了解這些法律，非一日可及，想要獲得這門知識需要長時間的研究才行。而且，即使掌握了，還需要有很強的記憶力來記住它。」

「我同意您的看法，先生。不過，您所知道有關法國法典的一切，我也熟知，而且，不僅這部法典，我還知道所有民族的法典。我對英國、土耳其、日本以及印度的法律和對法國的法律一樣熟悉。

「因此，我有理由說，相對而言，您知道，一切都是相對的，先生，相對於我所做的工作而言，您要做的其實很少。相反的，相對於我所學得的一切而言，您還有不少東西可學。」

「您學這些知識目的何在呢？」維爾福訝異地接著問。

基督山笑了。

「是這樣的，先生。」他說，「我看得出，雖然人們把您讚譽為傑出之人，但是，您看待一切事物還是抱著社會上流行的世俗觀點——從人出發又回到了人。換句話說，是持著人類智慧所允許範圍內最局限、最狹隘的觀點。」

「請解釋一下，先生，」維爾福說，他顯得越來越驚訝了。「您的意思，我不太明白。」

「我是說，先生，您的眼睛專注在各民族的社會結構上。您只看見這部機器在運轉，卻看不見操縱它使它轉動的技師。我指的是，您只承認在您面前和周圍存在的那些獲得由大臣們或是由國王頒發證書的官員。對於那些上帝把他們置於官員、大臣和國王之上，使他們去完成使命，而非僅是填補空缺的人，卻都從您目光短淺的視野下消失了。

「人類的軟弱與失敗就是來自這些衰弱與缺陷的器官。托比[206]將使他雙眼復明的天使看成是普通的年輕人。諸民族把即將消滅他們的阿提拉[207]看成是與其他勝利者相仿的一般征服者。人們要認識他們，必須先領悟出他們是帶著上天的使命而來。

「他倆之中的一位說：『我是上帝派來的天使』。另一位說：『我是上帝之鞭』。如此做，才能揭示了他們的神性。」

「這麼說來，」維爾福說，他越來越驚奇了，以為自己是在跟一位宗教狂熱者或是瘋子在說話。「您把自己歸類於您所列舉的特殊人物之中了？」

「為什麼不是呢？」基督山冷冷地說。

206 Tobias，傳說中的以色列人，以憐憫聞名。他晚年失明，在拉斐爾天使的指導下，由兒子治癒復明。

207 Attila（約三九五—四五三），匈奴王，在位時經常四出侵擾，被稱為「上帝之鞭」。

「對不起，先生，」維爾福有些過度驚愕，接著說，「請您原諒，我在登門拜訪時，並不知道我會與一位知識和見解都遠遠超出常人的人會面。

「我們都是被文明腐蝕了的可憐人。在我們這裡，像您這樣擁有巨大財富的紳士，至少別人是這麼說的。請注意，我並不是在查問您的財富，而是重複別人的話。像您這樣的人通常是不會這樣去想的。

「我是說，在我們這裡，擁有資產的特權者一般不會浪費時間去進行社會現象的探討與哲學的思辨。因為這最多只能安慰那些命途多舛，不能享有社會財富的人。」

「真的嗎，先生？」伯爵接著說，「像您這樣顯要地位之人，難道沒想到，甚至沒有遇見過例外嗎？您的眼力需要極度的敏銳與精確，以您的眼光，難道從未有過您一眼就能看穿的人嗎？

「一名檢察官是法律最理想的執行者，也是撲朔迷離案件中最明智的解析者。難道，他不也該是可探測人心的金屬探測儀或是一塊試金石，可以測試每個或多或少參有雜質的靈魂之中的含金量嗎？」

「先生，」維爾福說，「說真的，您把我弄糊塗了。我從未聽過任何人發表像您這樣的高論。」

「那是因為您始終自錮在**一般情況**的圈子裡。您從不敢振翅高飛，讓自己達到更高的境界。上帝在那裡培育了許多看不見、特殊的生命。」

「您認為，先生，這個境界確實存在，而特殊的、無形的人物真的與我們共處嗎？」

「為什麼不呢？沒有空氣您就不能生存，難道您看得見您呼吸的空氣嗎？」

「這麼說，我們看不見您所說的這些人了？」

「可以看見，只要上帝允許他們變成實體，您就看見。您可以觸碰到他們，撫摸到他們，與他們說話，他們還會跟您應答。」

「啊！」維爾福笑著說，「如果真有這樣的人要與我接觸，我承認，我希望預先能得到通知。」

「您已經如願以償了，先生，因為您剛才已被通知過了。現在，我還在通知您。」

「這麼說，您本人就是了？」

「我就是其中一個特殊之人，是的，先生。而且我認為，在此之前，沒有任何人曾達到像我這般的地位。國王們的疆域有限，它們不是被群山、河流所阻，竟是為習俗和語言的差異變化所限。

「而我的王國和世界一樣遼闊。因為，我既不是義大利人、法國人、印度人，也不是美國人、西班牙人，而是一個以四海為家的人。任何一個國家都不能說我是在那兒誕生的。只有上帝才知道我將死於何地。

「我能適應所有國家的習俗，也能說所有民族的語言。我說法語時與您同樣流利、道地。您以為我是法國人，是嗎？那好！我的黑奴阿里會以為我是阿拉伯人。我的管家貝爾圖喬會以為我是羅馬人。我的女奴海蒂會以為我是希臘人。

「因此，您應該明白，我沒有任何國籍，不要求任何政府保護，不承認任何人是我的弟兄。妨礙強者的種種顧慮，或是使弱者無法行動的種種阻礙，都不能妨礙我、阻止我。

「我只有兩個對手。我不是指兩名征服者，因為我只要鍥而不捨，便能制服他們。我說的是**距離**和**時間**。

「還有第三個對手，他是最可怕的，就是，我作為人遲早要死去的事實。唯有**死亡**才能在我達到既定目標之前，在我前進的道路上阻攔我，而其他一切，我都算定了。

「人們所謂的命運——破產、變故和意外——我都已預見到了。其中的情況或許會侵襲我，但是，絕對無法將我擊潰。除非我死了，否則，我永遠會是現在的狀態。

「所以，我對您說的一些事，您前所未聞，甚至從國王的嘴裡您也沒聽說過。那是因為國王需要您，而其他人則畏懼您。在我們這個架構如此可笑的社會組織裡，有誰不曾想過：『有朝一日，我將有求於國王的檢察官呢！』」

「而您本人，先生，您也會說這句話的。因為，自從您在法國居住後，您就自然而然地受到法國法律的約束了。」

「這我知道，先生，」基督山答道，「不過當我要到某一個國家時，就會利用一切我所能進行的方法，開始研究所有我對他們懷有希望或是必須提防的人。最終，我確定能認清他們，甚至可能比他們對自己的認識更為深刻。這會伴隨一個結果，就是國王的檢察官，不管他是誰，只要與我交談、會面過，他的處境就會比我來得尷尬。」

「也就是說，」維爾福吞吞吐吐地接著說，「人類的本性是軟弱的，按您的說法，任何人都犯過錯誤？」

「錯誤或是罪行。」基督山漫不經心地回答。

「如您剛才所說，您不承認任何人是您的兄弟。」維爾福接著說，他的聲調微微有些變樣了。「那麼，在所有的人之中，只有您一人才是完美無缺嗎？」

「不能說完美無缺，」伯爵答道，「而是難以捉摸，如此而已。嗨，如果這個話題不能令您愉快的話，那就到此為止吧，先生。您的法律沒有威脅到我，正如我的雙重見解沒有威脅到您一樣。」

「沒有，沒有，先生！」維爾福趕緊說，他似乎擔心自己像是自棄陣地似的。「絕不！您這一番傑出的，幾乎是崇高的談論把我提高到常人的水準之上。我們並非空談，而是在進行理論探討。

「然而，您知道，有許多坐在巴黎大學的交椅上的神學家，或是在辯論之中的哲學家，有時也會說出殘酷的真理。就算我們在談論社會神學和宗教哲學吧，我還是要對您說幾句話，儘管看似粗魯：我的兄弟，您有自負之嫌了。您高於常人，可是，在您之上還有上帝。」

「上帝在所有人之上，先生。」基督山說，他的語調深沉，使維爾福不由自主地打了一個寒顫。

「我對人類傲然以待，因為他們像蛇一樣總是準備昂起頭來攻擊超過他們，卻沒有用腳踩到他們的人。不過，在上帝面前我不會自負，因為，祂把我從一無所有之中解救出來，造就了我現在的樣子。」

「這麼說來，伯爵先生，我敬佩您。」維爾福說。他在這場非比尋常的對話中，對他一直稱之為先生的陌生人第一次使用了貴族的頭銜。

「是的，我對您說，假使您真的是一名強者，一個超凡之人，一位聖人或是不可捉摸的人，那麼您說得對，不可捉摸與聖人幾乎是可以等同的。請儘管保持您的優越感吧，先生。這是統治的法則。不過，您肯定有什麼遠大的志向了？」

「有一個，先生。」

「會是什麼呢？」

「任何人在一生中都會遇見一次。我曾被撒旦劫持到地球上最高的一座山峰。到了那裡，牠向我指著山下的芸芸眾生，就如牠對基督說過的那樣，也對我說：『看吧，人類的孩子，您要怎樣才會崇拜我呢？』

「我想了一段時間，因為長久以來一個可怕的野心確實在吞噬著我的心靈。我回答他：『聽著，我一直聽人提到上帝，可是，我從沒看見過，也沒見過與之相像的人，這使我相信上帝是不存在的。我願意成為上帝，因為就我所知，世上最美好、最偉大、最崇高的事，就是報恩和懲罰。』

「但是撒旦低下頭，嘆了一口氣說：『您錯了，上帝是存在的。不過，您沒有見到祂就是了，因為上帝的孩子與他的聖父一樣是不可見的。您沒有見過有誰與祂相像，那是因為祂行動神祕，走著隱蔽之路。我所能為您做的一切，就是讓您成為上帝的一名使者。』

「交易做成了，只是，我恐將失去我的靈魂，但沒關係，」基督山緊接著說，「即使是重新交易，我還是作此選擇。」

維爾福望著基督山，驚訝至極。

「伯爵先生，」他說，「您有親戚嗎？」

「沒有，先生，世上就我孤身一人。」

「那真是不幸！」

「為什麼？」基督山問。

「因為您可能會看到一個能摧毀您自負的場景。您只懼怕死亡，您是這樣說的嗎？」

「我沒說我懼怕死亡。我說，只有死亡才能阻止我。」

「衰老呢？」

「我在進入老年之前，我的使命已經完成了。」

「發瘋呢？」

「我差一點變瘋過。您知道有句格言叫 **no bis in iaem**[208] 吧。這是犯罪學上的一句格言，所以是在您的管轄範圍之內了。」

「先生，」維爾福接著說，「除了死亡、衰老或是發瘋之外，還有其他事需要懼怕的，譬如說，中風。

「它是閃電般的一擊，向您襲來，卻不會消滅您，只是，一切都完了。您還是您，但您又不再是您了。

208　拉丁文，一事不重罰。

「您以前像愛瑞兒[209]那樣舉手可觸摸到天使；現在您只是一塊無生命的頑石，像卡利班[210]一樣與牲畜為伍。就如我對您說的，用人類的語言，就叫中風。

「伯爵先生，如有一天您有意會見一位能理解您的對手，渴望被人駁倒的話，請您下次到我家裡繼續這場談話吧。我會把我的父親，諾瓦第埃·德·維爾福先生介紹給您。

「他是法國大革命時期最狂熱的雅各賓派份子之一，換句話說，他曾是最有力的社會組織中最英勇無畏的人。

「他和您一樣，也許沒有看盡世上所有王國，但曾幫助推翻最強大的王朝之一。他和您一樣，也自認是一名使者，不是上帝的使者，而是至尊神靈的使者，不是上帝的使者，而是命運的使者。

「只是，先生，在腦葉上破裂了一根血管把這一切都摧毀了。不是一天或一小時，而是僅用了一分鐘。前一天晚上，諾瓦第埃先生，這位前雅各賓派分子、前參議院議員、前燒炭黨人，還對斷頭臺、大炮和匕首的話題談笑風生。

「諾瓦第埃先生，他把革命當兒戲。諾瓦第埃先生，在他看來法國只是一塊大棋盤，而棋盤上的小卒、城堡、騎士和王后都該消失，最後把國王將死。總之，總是**令人生畏的諾瓦第埃先生**，到了第二天，成了**可憐的諾瓦第埃先生**，一個不能動彈的老人。

「他只能讓家中最弱小的人，也就是他的孫女瓦朗蒂娜照護著。他彷彿變成了一具無聲、

209 Ariel，莎士比亞《暴風雨》一劇中的精靈。
210 Caliban，亦是莎士比亞這個劇本中的人物，醜陋兇殘的奴僕，他是暴力的化身，但被迫屈服于一種更強的力量。

僵冷的屍體。他麻木地活著，只是讓時間悄然無聲地慢慢腐蝕他全部的機體罷了。」

「喔！先生，」基督山說，「這個場景既不會使我的眼睛，也不會使我的思想感到奇怪。我也算得上是名醫師，跟我的同業一樣，不止一次在活人或是死人身上尋找靈魂。

「靈魂和上帝一樣存在於我的心間，可是肉眼仍然是看不見的。從蘇格拉底[211]、塞內加[212]、聖奧古斯坦[213]到高爾[214]，有一百位作家曾反覆辯證過您剛才做的比較。然而，我能明白，一位父親的痛苦能使兒子的心靈產生巨大的變化。

「先生，既然您邀請我去府上，那我一定會去看看這個可怕的場景，也有利於使我變得謙虛些。我想這個變故一定使您的府上充滿憂傷吧。」

「如果上帝沒有給我足夠補償，那麼事實大約就會如您說的了。相反的，老人雖一步步在走向墳墓，卻有兩個孩子走進了我們的生命中——一個是瓦朗蒂娜，她是我第一次婚姻，與德．聖米蘭小姐所生下的女兒。另一個是愛德華，我的兒子，您救了他的命。」

「對這樣的補償，您的結論是什麼呢，先生？」基督山問。

「我的結論是，先生，」維爾福回答，「我的父親被狂熱衝昏了頭，犯了某些錯誤。他雖然逃脫了人類法律的懲處，卻受到上帝的審判。上帝要懲罰的只有一個人，因此也只讓他一

211 Socrates（西元前四七〇—前三九九），希臘偉大的哲學家。
212 Seneca（約西元前四—西元六十五），古羅馬雄辯家。
213 St. Augustine（三五四—四三〇），拉丁教最傑出的教父，著作頗豐。
214 Gall（一七八五—一八二八），德國醫生，骨相術的創始人，留下許多著作。

個人遭受打擊而已。」

基督山嘴角上帶著微笑，卻從心底發出一聲咆哮，若維爾福能聽見，一定會把他嚇跑的。

「再見，先生。」檢察官接著說，他已起身並且站著講了好一會兒了。「我告辭了，並且帶走了對您的敬意。當您進一步了解我之後，希望我對您的敬意會使您高興，因為我絕不是一個易動感情的人，遠遠不是。況且，您在德．維爾福夫人的心目中已是一位永久的朋友了。」

伯爵躬身致意，但只是把他送到書房門口。維爾福由兩名僕人引路，走到馬車前，僕人看見他們的主人的一個手勢，便匆匆忙忙前去為他打開車門。

檢察官的馬車消失了。

基督山從他感到壓抑的內心裡痛痛快快地呼出一口氣，微笑著說，「現在，我的心裡已充滿了毒液，必須去找解藥了。」

說著，他在銅鈴上敲了一下。

「我上樓去夫人房間，」他對阿里說，「讓他們在半小時內把車備好！」

第四十九章 海蒂

讀者該記得基督山伯爵在梅斯萊街有新知或者更確切的說有著舊識。他們就是馬西米蘭，裘莉和伊曼紐爾。他想到他將作一次愉快的訪問，想到他就要度過一小段幸福的時刻，想到天堂之光將要投射進他自願陷入的地獄裡，維爾福就從他的眼中消失了。他的臉上散發出了開朗、安詳的光輝。阿里聽見鈴響跑來，忠實的僕人看見主人臉上洋溢著平時罕見的喜悅之情，便踮著腳尖，凝息屏氣地安靜退出，不願驚動主人的愉快想像。

時值正午，伯爵為自己空出一小時上樓去看望海蒂。儘管他壓抑的靈魂無法全然敞開心去感受單純而純淨的喜悅，卻需要逐步接續的平靜與溫情好讓他漸漸能夠迎接完全的幸福。如同靈魂在承受激烈的感情衝撞之前也需要有所準備一樣。

我們說過了，年輕的希臘女子的套房與伯爵的套房完全分開。這間套房完全按照著東方的情調布置。地板上鋪著厚厚的土耳其地毯而小花織錦絲緞沿著牆面垂落下來。在每一個房間的四面都圍著一圈寬大的長沙發，上面放著軟墊，可以按照使用者的需要隨意挪動。海蒂有三名法國侍女和一名希臘侍女。法國侍女住在第一個房間裡，只要小金鈴一響，她們能隨傳隨到，並接受希臘侍女的指令，她會說法語，足以轉達女主人對這三名女僕的指示。基督山早已對她們吩咐過，要像伺候女王一般服侍海蒂。

少女住在套房最裡面的房間，即類似貴族女子專用小客廳的一個圓形房間裡。房間僅從上方採光，日光只能透過玫瑰色的玻璃窗射進來。她躺在地毯上，下面鋪墊著銀絲藍錦緞軟墊。頭微微抬起枕在長沙發上，右臂微微彎曲，托住了她的頭，而左手扶住嘴裡銜著的珊瑚長菸筒。菸筒裡插入一根富有彈性的水菸管，她輕輕地把被芳香之水熏發的芬芳蒸汽吸入自己的嘴中。作為東方女子，她的姿態是極為自然的，但如換成法國女子，也許就顯得有點兒矯揉造作了。

她的衣著，完全是埃皮魯斯[215]女人的裝扮。她身穿一條繡著玫瑰花的白色錦緞中褲，露出一雙嬌小玲瓏的腳。要不是她的雙腳在撥動兩隻鞋尖翹起、繡著金絲和點綴著彩珠的小拖鞋的話，它們看起來就像用帕羅斯[216]的大理石雕刻而成的。她上身穿了一件藍白相間的條紋短衫，袖子寬大開縫，露出兩隻玉臂。鈕扣是一顆顆現成的珍珠用銀絲縫上。她在短衫外套了一件背心，前上方開了一個雞心狀的衣口，露出了頸脖和高聳的酥胸。胸部下方由三顆鑽石鈕扣鎖住開口。背心與中褲的接合處，繫著一條色彩鮮豔、掛著長長絲質流蘇的腰帶。這身裝扮連高雅的巴黎女子看了也會羨慕不已。

她的頭上斜戴著一頂繡金無邊圓帽，帽檐上綴滿了珍珠。在帽檐傾斜的一邊，別著一朵豔麗的、紅得發紫的新鮮玫瑰花，上面夾雜著一綹烏得發藍的秀髮，顯得格外耀眼。她的面容之美，完全是無可挑剔的典型希臘美女。她的一對眼睛又黑又大，睫毛濃密，鼻子挺直，嘴唇紅豔如珊瑚，牙齒就像一顆顆珍珠，完全呈現出她所屬民族的特點。除卻完美的樣貌，

215 Epirus，古希臘地區名。
216 Parian，希臘的一個島嶼名稱。

她正值青春洋溢、明亮動人的豆蔻年華。海蒂尚未度過她第二十個夏日。

基督山叫來了希臘侍女，讓她去詢問她的女主人是否樂意接待他。

海蒂並不作答，只是示意侍女撩起門前的掛毯。方形的門框把臥躺著的少女勾勒成一幅迷人的油畫。基督山走上前去。海蒂用拿著菸筒的那隻手支起半身，她一面向伯爵伸出手去，一面用微笑歡迎他。

「為什麼？」她以斯巴達和雅典少女的清脆的語言說，「為什麼您要讓人來問我是否同意您進入我的房間呢？難道您不再是我的主人；我不再是您的女奴了嗎？」

基督山也笑了。

「海蒂，」他說，「您知道的。」

「為什麼您以如此冷淡又疏遠的方式稱呼我呢？」年輕的希臘女子打斷他的話說，「難道我犯了什麼錯嗎？如果是這樣，應該懲罰我才對。請不要，不要用如此正式和勉強的語氣與態度對我說話。」

「海蒂，」伯爵接著說，「您知道，我們在法國，您自由了。」

「什麼自由？」少女問。

「自由地離開我。」

「離開您！我為什麼要離開您？」

「這就不是我能決定的。不過，我們現在該融入這裡的社交環境，會出門拜訪以及被拜訪。」

「我除了您之外並不想見任何人。」

「假使在他們之中，有誰能博得您的喜歡，我不會不公平到……」

「我從沒有見過能比您更加讓我喜歡的人。我一生只愛過我的父親和您兩個男人。」

「我可憐的孩子，」基督山說，「這是因為幾乎只有您父親和我這兩個男人跟您說過話。」

「我不想要其他人跟我說話。我的父親稱我為他的喜悅；您稱我為您的**愛**。而您們兩人都稱呼我為您們的孩子。」

「您記得您的父親嗎，海蒂？」

少女笑了。

「他在這裡，在這裡。」她說著把手放在她的眼睛和心上。

「那麼我在哪裡？」基督山微笑著問。

「您？」她說，「您無處不在。」

基督山提起海蒂的手，欲吻上去，然而，天真的孩子抽回了手，把她的額頭傾向前。

「現在，海蒂，」他對她說，「您知道，您已經自由了。您是女主人，是女王。您能隨心所欲地穿上或者脫去您的衣服。您願意留下就留下，想走就走。永遠會有一輛套著馬的馬車等候著您。您到哪兒都會由阿里和彌爾朵陪著您，並聽候您的吩咐。不過，有一件事我要請您答應。」

「說吧。」

「對您的出身守口如瓶，對您的過去隻字不提。在任何情況下都別說出您那大名鼎鼎的父親和可憐的母親的名字。」

「我已經對您說過了，大人，我不見任何人。」

「聽著，海蒂，這種純東方式的隱居生活在巴黎或許是行不通的。您就繼續學習我們北部國家的生活習俗吧。如同您在羅馬、佛羅倫斯、米蘭和馬德里做的那樣，它會使您受用不盡的。不管您將來決定繼續留在這裡，還是想回到東方去，都是這樣。」

少女用濕潤的大眼睛望著基督山說：「不如說『還是將來**我們**回到東方去』，您是想這麼說的，是嗎，大人？」

「是的，我的孩子。」基督山說，「您很明白，絕不會是我要離開您。正如不是樹要離開花一樣，相反的，是花要離開樹。」

「我永遠也不離開您，大人。」海蒂說，「因為我相信，沒有您我是活不下去的。」

「可憐的孩子！再過十年，我就老了；而再過十年，您還年輕。」

「我的父親長著又白又長的鬍鬚，但並不妨礙我愛他。我的父親已經六十歲了，但在我看來他仍比我所見過的所有年輕人都英俊。」

「那麼，告訴我，海蒂，您認為您可以適應這裡的生活嗎？」

「我能看見您嗎？」

「每天。」

「那麼您在擔心什麼，大人？」

「我怕您會厭倦。」

「不會的，大人。在早晨，我會想您就要來了；到了晚上，我會想到您已來過了。再說，當我孤獨時，可以回憶很多往事，會重新見到風景如畫的大地和廣闊無垠的地平線，以及遠處聳立著品都斯山和奧林匹斯山。此外，我心中藏有三種情感，它們使我永遠不會厭倦，那就是——悲傷、愛和感激。」

「您不愧身為埃皮魯斯的女兒，海蒂。您既親切又富有詩意，看得出，您是那位誕生在您國家裡女神的後裔。放心吧，我將盡一切努力不讓您虛度青春年華。如果您還像愛您的父親那樣愛我的話，我也會像愛我的孩子那樣愛您的。」

「您錯了，大人。我對我父親的愛與對您的愛是完全不同的。我對您的愛是另一種感情。我的父親過世了，但我不會死去。您若不在人間，我也無法活下去了。」

伯爵帶著無限溫柔的微笑向少女伸出手去。她像往常那樣把雙唇貼在他的手上。伯爵在與摩萊爾和他的一家會面之前，已作好心理準備，於是他出門時低吟著品達[217]的詩句：

青春是花，愛情是果……
幸哉集擷人，靜待其漸熟。

遵照伯爵的命令，馬車已經備妥。他登上車，馬車一如往常，疾馳而去。

---

217 Pindar（西元前五一八—約前四三八），古希臘詩人，所寫頌詩是西元前五世紀希臘合唱抒情詩的高峰。

第五十章 摩萊爾一家

幾分鐘後，伯爵抵達了梅斯萊街七號。

房子是白色的，令人賞心悅目，前面有一個庭院，庭院裡栽著兩小簇樹叢，上面開著非常美麗的鮮花。伯爵一眼就看出，為他開門的守門人就是老科克萊斯。讀者該記得，他僅有一隻眼睛，九年來，這只眼睛的視力已大不如前，因此科克萊斯認不出伯爵來了。馬車要停到大門的入口處，必須繞過一個小噴泉。泉水是從一個石塊砌成的池塘裡噴出來的，這個小景點曾使全區人羨慕不已，這也就是人們把這座房子稱之為**小凡爾賽宮**的由來。想當然，在池塘裡還游動著許多紅色和金色的小魚。

住房有層地下室，是廚房和地窖，地面上有三層，除了底層之外，還有二樓與頂樓。年輕人當年買下這座樓房時，連附屬的建築物一起買下了，附屬建築包括一個巨大的工廠、花園盡頭的兩座小樓和花園本身。伊曼紐爾一眼就看出這樣的布局有利可圖，他留下了主樓，半個花園，並且畫了一道界線，也就是說在他家與工廠之間築了一堵牆。他把工廠連同兩座小樓，以及附帶的半個花園又長期租了出去。所以，他沒花多少錢便能住得舒舒服服的，而且他家與聖日爾曼區最謹慎的府邸一樣獨門進出。

餐廳四周是橡木板壁。客廳是桃心木板壁，並懸掛著藍色天鵝絨帷幔。臥室是檸檬木的板壁，並懸掛著綠色錦緞帷幔。除此之外，伊曼紐爾還有一間工作室，儘管他並不在那兒工作。裘莉有一間音樂室，儘管她也不是音樂家。三樓全歸馬西米蘭所有，他房間的格局簡直就是他妹妹房間的翻版，所不同的是，他把餐廳改造成了一間撞球間，在那裡與朋友聚會。當伯爵的馬車停在大門口時，他正抽著雪茄，在花園的入口處看著僕人洗刷他的馬。

我們剛才說過了，是科克萊斯開的門，而巴蒂斯坦一個箭步從座位上跳下來，詢問埃爾博先生夫婦和馬西米蘭．摩萊爾先生是否願意接見基督山伯爵。

「基督山伯爵！」摩萊爾扔掉雪茄，邊跑向他的來賓說，「我們當然要見！啊！謝謝，非常感謝，伯爵先生，您還沒忘記您的承諾。」

年輕軍官相當熱情地緊握著伯爵的手，讓基督山不致於懷疑他的真心誠意。伯爵看得很清楚，對方早已焦急地等待著他，並且欣喜地準備接待他。

「請進，請進，」馬西米蘭說，「我願意作您的引見人。像您這樣的人物是不該由僕人來通報的。

「我妹妹在花園裡，她正在摘除枯萎的玫瑰花；妹夫在讀他那兩份報紙──《新聞報》和《論壇報》，就待在離她約六步遠的地方。不管埃爾博夫人在哪裡，在她周圍四碼之內必定可以見到伊曼紐爾先生，而且，如同巴黎綜合工科學校的學生所說的，『反之亦然』。」

一位年方二十歲到二十五歲之間的少婦聽見腳步聲抬起頭來，她身穿一件絲質晨袍，正極為專心地為一株深褐色的玫瑰摘除殘葉枯花。這位少婦，就是我們的小裘莉。正如湯姆森─弗倫奇公司的代理人所預言的那樣，她現在已成為伊曼紐爾．埃爾博夫人了。她看見一名陌生人走來，驚呼了一聲。馬西米蘭禁不住笑了。

「沒事，沒事的，妹妹。」他說，「伯爵先生雖然在兩、三天前才來到巴黎，但他已經知道沼澤派[218]的悠閒女子是什麼樣的了。假如他還不清楚，您可以示範讓他看。」

「啊！先生，」裘莉說，「我哥哥把您直接帶來真太不講情義了，他一點都不知道照顧他可憐的妹妹。佩納隆！佩納隆！」

一位老人正在一個長著孟加拉玫瑰花的花壇裡翻土。他把鏟子插在泥地上，走上前來。他手中拿著鴨舌帽，盡可能地把剛才丟進嘴巴裡的一塊嚼菸草藏得深深的。他的一頭厚髮中已雜有幾簇銀絲，而黝黑的皮膚與果敢、靈活的眼神表明了他以前曾是一名經過赤道烈日曝曬和暴風雨吹打使皮膚變得黑又粗糙的老水手。

「我想您是在叫我，裘莉小姐，」他說，「我在這裡呢。」佩納隆仍像以往那樣稱呼他東家的女兒為「裘莉小姐」，始終改不了口稱她為「埃爾博夫人」。

「佩納隆，」裘莉說，「請去告訴伊曼紐爾先生，說是有貴客來訪；馬西米蘭先生現在就會帶伯爵先生進客廳去。」

然後，她轉身面向基督山，說：「先生能允許我暫時離開一下嗎？」她也不等伯爵的同意，就跑到一叢樹的後面，走著一條側徑回屋裡去了。

「我很遺憾地發現，」基督山對摩萊爾說，「我似乎在府上引起騷亂了。」

218　十八世紀法國資產階級革命時期國民公會中的中間派。

「看吧，看吧，」馬西米蘭笑著說，「您看見她的丈夫正在那裡脫下便裝換上禮服嗎？啊！這是因為您在梅斯萊街無人不知、無人不曉。我們早就知道您了，懇請您相信這一點。」

「先生，看來您有一個幸福的家庭。」伯爵說，他道出了自己內心的想法。

「是的！沒錯，這點我可以向您保證，伯爵先生。還能要求什麼呢？他們已具備了幸福的一切條件。他們年輕、性格開朗且互敬互愛。儘管他們以前也見識過身邊的巨大家產，但現在每年的二萬五千法郎收入，就能讓他們覺得像羅斯希爾德一樣有錢了。」

「二萬五千法郎的年金實在不算多。」基督山溫和而體貼地說，如同一位慈父的聲音直鑽入馬西米蘭的心扉。

「不過他們不會就此滿足，我們這兩位年輕人也會成為百萬富翁的。您的妹夫是律師還是醫生？」

「他是商人，伯爵先生。他繼承了我那可憐父親的公司。摩萊爾先生去世時留下了五十萬法郎的遺產。我分得了一半，我妹妹則分得另一半，因為他只有我和裘莉二個孩子。

「她的丈夫娶她時，除了有高貴誠實的品行、第一流的才能與毫無瑕疵的聲譽之外，其他一無所有。他想擁有與妻子一樣多的財產，所以，他足足用了六年時間積累了二十五萬法郎。

「這兩個孩子一直克勤克儉、齊心合力，完全靠著自己的能力爭取更好的境遇。他們不願意改革先父公司的陳規舊習，於是花了六年時間才完成了一般新式作法能在兩、三年內就能完成的業績。不過我向您發誓，伯爵先生，這真的是相當感動人心的表現。

「因此，馬賽人至今還對他倆的堅毅和克己精神讚不絕口，他們該是受之無愧的。之後有一天，伊曼紐爾來看他的妻子，裘莉也付清了到期的期票。

「『裘莉，』他說，『我們早先確定二十五萬法郎為我們財產的限額，這裡是科克萊斯交給我的最後一疊一百法郎的鈔票，因而補足了數目。我們守著這筆小小家財，您認為足夠嗎？聽我說，公司每年要做一百萬的營業額，我們可以有四萬法郎的利潤。

「『假使我們願意，我們在一小時內就可向買主以三十萬法郎賣出。這裡有德洛內先生的一封信，他願出這樣的價錢把我們的產業與他的合併。您有何看法呢？』

「『我的朋友，』我妹妹說，『摩萊爾父與子公司只能由摩萊爾家的人經營。這樣，我們就能永遠避免使我父親的姓氏遭到厄運，這不就已經值三十萬法郎了嗎？』

「『我也是這麼認為。』伊曼紐爾答道，『我只是想聽聽您的想法。』

「『那好，我的朋友，我就是這麼想的。我們的帳都收齊了，債也償清了。我們可以在月中截止，結清帳目，閉門歇業。我們就定出期限，整個結束吧。』

「這件事說做就做了。當時是三點鐘，在三點一刻時，有一名顧客來公司要為兩艘船買出航保險。這筆生意原本可以淨賺一萬五千法郎現款。

「可是伊曼紐爾說：『先生，請您與我們的同業德洛內先生洽談這筆保險吧，因為我們已經歇業了。』

「『什麼時候的事情？』顧客驚訝地問。

「『一刻鐘之前。』

「就這樣，先生，」馬西米蘭微笑著繼續說，「我妹妹和妹夫每年才只有二萬五千法郎的收入。」

馬西米蘭說這番話時，伯爵聽了內心越來越充滿了喜悅。馬西米蘭的聲音才剛落，伊曼紐爾已轉身返回。這此，他戴著禮帽，穿著一套禮服。他早已得知來訪者的身分，便向伯爵鞠躬致意。接著，他領著伯爵在鮮花盛開的小花圃裡轉了一圈，把他帶到屋裡。

客廳裡放著一只碩大的日本花瓶，瓶耳造型很樸素。花瓶裡插滿了鮮花，使整個客廳香氣四溢。裘莉穿著得體，頭髮梳得非常俏麗（她用了十分鐘裝扮了一番）。她站在門口恭候伯爵。附近的一個鳥籠裡傳來了鳥的啁啾聲。一叢叢金雀花和粉紅色的刺槐以其繁花綠葉點綴著藍色天鵝絨帷幔。在這個可愛迷人的小客廳裡，有鳥聲伴唱與主人們的微笑，營造出使人感覺溫馨和靜謐的氣氛。伯爵一走進客廳，就已經沉浸在幸福之中。他沉默靜思，居然忘了主人在寒暄之後正等著他接話。他發覺再不說話就有失禮儀了，於是努力把自己從遐想中擺脫出來。

「夫人，」他終於說，「您已經對我在這裡享受到的寧靜和幸福習以為常了。我表現出的激動也許會讓您詫異，要請您先原諒。對我來說，在人們的臉上看到心滿意足的表情，是新鮮之事。因此，我對您們──您和您的丈夫真是看不夠。」

「我們真的非常幸福，先生。」裘莉回答道，「可是，我們也遭受過不幸，很少有人經歷過我們曾遇到的痛苦。」

伯爵的臉上露出了驚訝的神色。

「哦！就如夏托．勒諾那天對您說過的，這是一整部家史。」馬西米蘭接著說。

「對於您來說，伯爵先生，您已對大災大難、榮華富貴習以為常了，因此，您對我們家庭內部的小場面不會有多大興趣的。然而，就如裘莉剛才跟您說的，在我們的小天地內也曾受盡了痛苦。」

「那麼上帝是否如同祂為大家做的那樣，也給您們的痛苦帶來了慰藉呢？」基督山問。

「是的，伯爵先生。」裘莉說，「我們可以這樣說。因為，祂施與我們的恩澤是只有他的信徒才能享受得到的──祂派了一位天使到我們家來了。」

伯爵的臉頰上泛起了紅暈。他輕咳一聲，用手帕摀住嘴，以掩飾他的激動。

「那些出生在高貴、富有的家庭，欲望得到充分滿足的人，是不會懂得幸福生活的真意。」伊曼紐爾說。

「就像，那些從未抱著四塊木板在咆哮大海上漂蕩的人，也不會知道晴朗的天空有多麼珍貴。」

基督山站起來，一言不發。因為，他此刻若是說話，他顫抖的聲音會暴露出他內心的激動，於是，他開始在客廳裡踱步。

「我們這麼誇大讓您見笑了吧，伯爵先生。」馬西米蘭說，他的視線一直在追隨著基督山。

「沒有，不是的。」基督山回說。

他的臉色非常蒼白，一隻手壓住心臟狂跳的胸口，另一隻手則向年輕人指著一隻水晶玻璃的球形罩子。罩子下面有一個絲質錢袋，端端正正地躺在一塊黑天鵝絨墊布上面。

「我只在想，這個錢袋是作什麼用的呢？它的一端似乎放著一張紙，另一端有一顆十分漂亮的鑽石。」

馬西米蘭神色莊重地答道：「這件東西，伯爵先生，是我們最珍貴的傳家寶。」

「這顆鑽石確實十分漂亮。」基督山說。

「啊！雖然這顆鑽石價值十萬法郎，不過，我哥哥對您說的話，並不是指這顆鑽石的價值，伯爵先生。他只是想告訴您，這錢袋裡的東西是我們剛才向您提到那位天使留下的珍貴紀念品。」

「我不是很明白您的意思。不過，我不該多問的，夫人。」基督山欠身回答。

「請原諒，我不是有意失禮的。」

「您說您失禮？喔！恰恰相反，伯爵先生。您給了我們一次回憶的機會。我們真的感到十分欣慰。

「我們若是想把這個錢袋所蘊含的一次善行深藏的話，我們就不會把它放在顯眼的地方了。是的！我們真想能到處展出這件東西，好驚動我們那位不知名的恩人，讓我們能把他找出來。」

「喔，是嗎？」基督山壓低了聲音說。

「先生，」馬西米蘭掀開水晶玻璃罩，虔誠地在絲質錢袋上吻了吻說，「這件東西觸碰過那個人的手。因為他，我的父親才得以從死亡中被挽救出來。我們才免於破產。我們的姓氏沒有含垢蒙羞。

「我們這些可憐的孩子本來註定要挨貧受苦，以淚度日的，多虧他，今天才能聽見人們對我們的幸福稱羨不已。這封信，」說著，馬西米蘭從錢袋裡抽出一張紙，交給伯爵。「是那個人在我父親決心走上絕路那天寫的，而這顆鑽石是由這位不知名的施捨者送給我妹妹作嫁妝的。」

基督山打開信，以難以言述的欣悅表情讀著。這張字條，我們的讀者並不陌生，是寫給裘莉，署名為水手辛巴達。

「您說不知道此人的姓名？這麼說來，您們至今都不知道幫過您們忙的人是誰了？」

「是的，先生。我們一直沒能有幸地握一握他的手。但是，我們請求上帝賜予我們這個恩惠是沒有錯的。」馬西米蘭接著說。

「總之，這次奇遇自始至終似乎都有一種神祕的力量在指引。我們對此尚不能理解，這一切都像是有一隻無形、有力的手在引導，就像魔術師的手那樣。」

「是的！」裘莉說，「就像我吻過那隻手觸摸過的錢袋那樣，總有一天能親吻到他的手的。對此我並沒有失去希望。

「四年前，佩納隆在的里雅斯特。說到佩納隆，伯爵先生，就是您看見手裡拿著鏟子的那位誠實的水手。他原來是名水手長，後來改行當園丁的。

「這位佩納隆，當時在的里雅斯特，在碼頭上看見過一個英國人走上一艘遊艇。他認出那個人就是一八二九年六月五日到我父親那裡，並且在九月五日把這張紙條交給我的人。他確信，是同一人，但他不敢與他說話。」

「一個英國人？」基督山若有所思地說，他對裘莉向他望去的每一道目光都深感不安。

「您是說一個英國人嗎？」

「是的，」馬西米蘭接著說，「一個英國人。他是作為羅馬湯姆森—弗倫奇公司的代理人到我們家來的。這就是為什麼那天在德．馬瑟夫家裡，當您說到湯姆森先生和弗倫奇先生是您的銀行擔保人時，我那麼驚訝的原因了。

「我以上天的名義發誓，先生，就如我們已說過的，那事發生在一八二九年。您認識那位英國人嗎？」

「可是您不也對我說過，湯姆森—弗倫奇公司始終否認幫了您們這個忙嗎？」

「是的。」

「這麼說來，您的父親有可能曾為那位英國人做了一件好事。他本人忘卻了，但是，那位英國人卻感恩在心，於是，就找了這個說辭回報他。」

「一切都可以設想，先生。在那樣的情況下，甚至都可以想成是一個奇蹟。」

「他叫什麼名字？」基督山問。

「他沒有告訴我們他的名字，」裘莉誠摯地凝視著伯爵回答，「只是在那張紙的下方署名：水手辛巴達。」

「顯然這不是他的真名，而是化名。」

伯爵發現他的話使裘莉受到打擊。於是他繼續說：「告訴我，他是否與我差不多高，也許還比我高些，稍瘦一些，繫著一個大領結，衣服密扣緊身，手上老是拿著一支鉛筆？」

「啊！那麼您認識他了？」裘莉大聲說，雙眼閃現出興奮的光芒。

「不，」基督山答道，「我只是假設而已。我認識一個名叫威爾莫勛爵的人，他是很樂善好施的。」

「但是卻隱姓埋名？」

「這個人有些古怪，他不相信世上有知恩圖報之事。」

「哦！」裘莉帶著優美的聲調，緊握雙手大聲說，「那麼他相信什麼呢？這個不幸的人！」

「至少在我認識他的那個年代，他什麼都不信。」基督山說。她發自靈魂深處的聲音震撼了他的每一根神經。

「但從那以後，也許他得到某些證明，相信感恩是存在於人間的。」

「那麼您認識他嗎，先生？」伊曼紐爾問。

「啊！您若認識他，先生，」裘莉大聲說，「請告訴我們，請說吧。您能把我們帶到他那裡，並把我們介紹給他。或是，能告訴我們他在哪裡嗎？

「哦，馬西米蘭，哦，伊曼紐爾！如果我們有一天能找到他，一定要讓他相信，人心是知道感恩的啊！」

基督山感覺到有兩顆淚珠在他眼眶裡滾動；他又在客廳裡邁了幾步。

「我以上天的名義求您了，先生。」馬西米蘭說，「您若知道此人的一些情況，請把您所知道的告訴我們吧。」

「假設您的恩人真的是威爾莫勛爵的話，我擔心您永遠也見不著他了。」基督山壓抑住激動的聲調說。兩、三年前我在巴勒莫與他分手後，他就出發到世界上最富有傳奇色彩的那些國家去了。因此，我想他再也不回來了。」

「啊！先生，您是多麼無情！」裘莉驚恐地大聲說。少婦的眼睛裡充滿了淚水。

「夫人，如果威爾莫勛爵看見我剛才看到的情景，他也許會再熱愛生活的。」基督山目光炯炯地看著裘莉臉頰上滾落的兩顆清澈淚珠，神色莊重地說。

「因為您流下的淚水會使他與人類重歸於好的。」

說著，他向裘莉伸出手去，她被伯爵的眼神和聲調所感動，也把手伸給他。

「不過這位威爾莫勛爵，」她抱著最後一線希望說，「他總有祖國、家庭和親人吧？總之，總有人知道他吧？我們難道不能……」

「哦！別再苦思了，夫人。」伯爵說。

「我不慎冒出了一句話，您就別為了這句話胡思亂想了。不，也許威爾莫勛爵不是您要找的那個人。他是我的朋友，我知道他的所有隱私，所以，如果真有這件事的話，他早已告訴我了。」

「他什麼也沒對您說過嗎？」裘莉大聲問。

「什麼也沒說。」

「他從沒說過一句暗示您的話？」

「從來沒有。」

「可是您一下子就提到他了。」

「啊！您知道……在這樣的情況下，我是隨便猜猜的。」

「妹妹，妹妹，」馬西米蘭為伯爵解圍，他說，「先生言之有理。您回憶一下我們的好父親常常對我們說的話吧。他說救我們的不是英國人。」

基督山打了一個冷顫。

「令尊曾對您說什麼呢，摩萊爾先生？」他急切地接著問。

「先生，家父以為這件事是一個奇蹟。家父認為恩人是從墳墓裡出來拯救我們的。啊！這是多麼激動人心的妄想，先生。我雖然不相信他說的話，但我也絕不想摧毀他高尚心靈中的信念。

「因此，有好多次當他叨念著一個很親切的朋友、一個死去的朋友的名字時，他真是感概萬千。在他彌留之際，在他走向永恆的時候，他的靈魂裡閃現出地獄的光輝，於是，在此之前僅是一種猜測，突然間成了一種信念。

「他在臨終前說的話是這樣的：『馬西米蘭，他是愛德蒙．鄧蒂斯！』」

幾秒鐘之前，伯爵的臉就開始越來越蒼白了，此刻，他聽了這句話後，臉上已全無血色。他所有的血都湧到了心間，使他說不出話來。他掏出懷錶，彷彿是他忘了時間一般，立刻拿起帽子，同時，很突兀、很不自然地向埃爾博夫人說了句恭維話，又握了握伊曼紐爾和馬西米蘭的手。

「夫人，」他說，「請允許我還能再來拜訪您們。我喜歡您們的家庭，並對您們的熱情招待深表感謝。多年來，這還是我第一次這麼克制不了自己的感情。」

說完，他疾步如飛地走出門去。

「這位基督山伯爵真是個怪人。」伊曼紐爾說。

「是的，」馬西米蘭說，「不過我覺得他的心地十分善良，我相信他喜歡我們。」

「至於我！」裘莉說，「他的聲音一直鑽進我的心坎裡，有兩、三次，我似乎覺得我不是第一次聽到他的聲音。」

第五十一章　皮拉姆斯和西斯貝[219]

聖奧諾雷區是富人居住的地區，一幢幢豪華的住宅星羅棋布。在靠近此區的中間，在一棟同樣出眾的華美的豪宅後面，有一大片花園。花園裡枝繁葉茂的栗樹從高如城牆的巨大的圍牆上探出頭來。當春天來臨時，粉紅色和白色的鮮花紛紛飄下，落在分別放在兩根四方形立柱上的兩只有凹槽的石花盆裡。一道路易十三時代的大鐵門的兩端就嵌在這兩根立柱裡面。這棟豪宅前有一個庭院，裡面種植著樹木，面向聖奧諾雷區。其後有一個花園，由這道鐵門鎖閉著，鐵門外面便是一片面積有一阿爾邦的菜園，亦屬這府邸主人所有。

在很久以前，自從這府邸的主人把產業緊縮小在房子、庭院和花園範圍內之後。雖然，色彩斑斕的天竺葵仍在這兩只石花盆裡茁壯成長，翠綠的樹葉和紫紅色的花仍在隨風搖曳，但是，這道漂亮的鐵柵門就開始廢棄不用了。投機分子開始在菜園的另一邊劃出一條界線，準備修建一條路，並在路邊安插了一塊雪亮的鐵牌子。於是，這條街在形成之前，就有了名字。投機商的如意算盤是想把這塊菜園賣出，在臨街區塊大興土木，如此一來，就能與人稱

219　羅馬詩人奧維德的《變形記》中的男女主人公。這對情人約定在一棵桑樹下相會並私奔。西斯貝先到，聽到母獅的吼聲嚇跑了，丟掉了面紗，面紗被母獅撕得粉碎，沾上了牛血。皮拉姆斯認定她已被母獅吞食，舉刀自刎。當西斯貝回來時，發現愛人已死，也自殺身亡。

聖奧諾雷區的這條巴黎大動脈連成一片了。

從事投機事業，謀事在人，成事在錢。這條街雖然已被命名，但還未修成便腰斬了。原因是這片菜園的買主把錢付清之後，卻賣不出他想要的價格。他以為總有一天能以高價出售，以彌補他因投資和資金閒置而造成的虧損。於是他一邊等著，一邊暫且把這塊地以每年五百法郎的價格出租給種菜人。實際上，他的投資每年只收回了千分之五的租金。這個租金在那年代不算高，因為在當時，以百分之五十的年息放債的人為數不少，而且還認為收益不高。

就如我們剛才說到的，以往通往菜園的這道花園鐵柵門已經廢棄不用了，鐵銹已經腐蝕了門上的鉸鏈。此外，府邸主人為了不讓低賤的種菜人用他們粗鄙的視線玷汙這個貴族領地的內部，更在鐵柵門上又釘上了一道六呎高的木板。事實上，木板與木板間拼合得很不嚴實，從縫隙中仍舊能窺探到裡面。不過，這座府邸是莊嚴肅穆的，所以，不必擔心有什麼冒失鬼來偷窺。

這塊菜園裡沒有種植包心菜、胡蘿蔔、洋花蘿蔔、豌豆和西瓜，而是生長著高大的苜蓿。這唯一的作物說明了，還有人想到到了這塊被荒棄的土地。菜園有一道低矮的小門，面朝一條計畫中要鋪建的街道。通過這道門可以進入這塊被四周高牆所隔絕的園地，不過，菜園的租戶嫌這塊土地貧瘠，最近也不再承租了。結果，在一星期前，業主還能得到千分之五的租金，現在卻一個銅板也回收不到了。

從府邸的這一面看，我們剛才說到的一排栗樹探出了牆頭，但這並不妨礙其他茂盛、花朵滿枝的樹木把它們渴望空氣的枝葉伸進栗樹隙縫之間。在花園的一個角落裡，樹葉格外繁密，日光難以鑽入，那裡放置著一張寬大的石凳和幾張花園坐椅。說明著這是情人的幽會之處，或是住在百步之外大宅裡的某位主人所喜愛的休憩之地。通過四周圍起的蓊郁樹木，還是能窺探到這座府邸。總之，選擇這樣一個神祕的棲息地自有它的道理，因為這裡不僅缺少陽光，即便在盛夏酷暑之日也常年蔭涼。在府邸裡能聽見小鳥的啁啾，加上它遠離住宅和街道，也就遠離了塵囂和喧鬧。

春天仍繼續賜予巴黎市民溫暖的白天，就在這樣一日的傍晚時分，石凳上多了一本書、一把遮陽傘、一個針線籃子和一塊剛剛著手刺繡的細麻布手帕。在離石凳不遠處的鐵柵門附近，一位少女站在木板前，眼睛貼著板壁，視線透過板縫一直延伸到我們已熟悉的那個荒蕪的菜園裡。幾乎同時，菜園的那道小門悄無聲響地打開了，一個高大健壯的年輕人，向四周迅速掃了一眼，確信沒有人在窺視他之後，便通過這道門，然後把門闔上，又急匆匆地走向那道鐵門。他身穿一件粗布工裝，頭戴一頂絨布鴨舌帽，但他臉上的頰鬚、短髭和一頭梳理得光潔的黑髮卻與這身平民裝扮有點不協調。

少女看見了她正在等待的年輕男子，但發現他一身的穿著後，嚇了一跳，向後退去。年輕男子用情人才有的視線，穿過門的縫隙，已經看見了少女那身飄動的白裙和長長的藍色腰帶。他衝向隔板，把嘴貼在一條縫隙上。

「別害怕，瓦朗蒂娜，」他說，「是我。」

少女向他走去。

「啊！先生，」她說，「今天您為什麼來得這麼晚？您可知道，我們馬上要開飯了。我的繼母老是在偷窺我；我的貼身侍女一直在跟蹤我；我的弟弟又不停地在折磨我。

「我剛才費盡口舌，才能急匆匆擺脫他們，來到這裡做我的針線活，我很擔心，他們會懷疑，為什麼我這點工作老是做不完呢？

「現在，您先講講您遲到的原因，隨後再告訴我，您為什麼要穿這套新衣服。我差點為此而不敢認您了。」

「親愛的瓦朗蒂娜，」年輕人說，「我倆身分的差距使我害怕對您說出我的愛是褻瀆了您。但是，在您面前，我的一片赤誠使我無法不告訴您，我是多麼愛慕著您。

「這些甜蜜的時光在我離開您後將成為撫慰我心的記憶。現在，我得感謝您責備我。您的責問真是十分動聽，因為這些話向我表明您在想著我。

「但是，我不敢說您在等著我。您想知道我遲到的原因和換裝的動機嗎？我這就對您說，我希望能得到您的原諒，我改行了。」

「改行！喔，馬西米蘭，在我們的處境還很為難時，為何您還有心思開玩笑呢？」

「哦！」年輕人說，「上帝絕不允許我拿視為自己生命的東西開玩笑。聽我說吧，瓦朗蒂娜，我會跟您解釋一切的。我在田野裡跑也跑累了，牆也爬膩了，想到您上次提到說不定哪天您的父親會把我當成賊，就使我不寒而慄。這指控真是有損整個法國軍隊的榮譽。

「而且一想到有人會發現一名北非騎兵軍團的上尉，老在這塊無堡壘可攻、無城牆可守的荒地裡出現，會因此驚愕不已，我也同樣地感到憂心。於是，我把自己打扮成一個菜農的模樣，穿上了這身符合我改行後身分的衣服。」

「您真是異想天開，馬西米蘭！」

「異想天開？請別用這樣的詞彙來評斷我認為是我一生中最聰明的妙計。因為這樣可使我們的會面免於被質疑甚至遭遇危險的狀況。」

「我懇求您停止輕浮的態度，請您告訴我您真正的意思吧。」

「好吧！我先去找了菜園的主人，他與原先租用戶的期限已到，所以我向他重新承租了這個菜園。您現在看到的這塊地已經屬於我的了，瓦朗蒂娜。誰也阻止不了我在這堆荒草裡搭一個木棚，此後我就住在離您僅二十步遠的地方了。」

「啊！我的快樂和幸福，我真的壓抑不住了。您明白了嗎，瓦朗蒂娜？我居然用錢把快樂和幸福買來了！」

「不可能是嗎？是的，我原本願以十年的生命換取這分快樂和幸福，現在您猜猜我是花了多少錢買下來的？每年五百法郎，每季支付一次。」

「您瞧，就這樣，我們從此以後沒什麼可擔心的了。這裡就是我的家，我可以隨時把梯子擱在我自己的牆上，從上面望進去，也不必擔心巡邏隊會來找我的麻煩。」

「只要您聽見一個身穿工裝、頭戴鴨舌帽的可憐的農工從嘴裡說出**『我愛您』**時自尊心不會受到傷害的話，那麼我就有權向您說這句話了。」

瓦朗蒂娜驚喜地輕叫了一聲。

「天哪！馬西米蘭，」她突然又悲傷地說，好似飄來一片嫉妒的烏雲突然地遮沒了照亮她心間的陽光似的，「現在，我們將過分自由了。我們的幸福將會使我們去冒險。我們會因安全而忘卻警戒。最後，我們的安心大意反而會毀了我們。」

「自從我認識您之後，我每天都在向您證明，我已把我的思想與生命隸屬於您的思想與生命之下。您怎麼能對我說出這樣的話呢，我的朋友？是誰讓您信任我的呢？是我的幸福不是嗎？

「當您對我說，一種模糊的直覺使您相信，您大難在即，我就會以我的愛為您效勞，並且不期望得到其他的回報，僅僅是想得到為您效勞的欣喜而已。從那以後，難道我有一句話或一個動作，讓您後悔不該在樂意為您獻上生命的人們中選上我嗎？

「我的瓦朗蒂娜，您曾對我說，您已許配給德．埃皮奈先生了，是您父親的決定，也就是說，這門婚姻已經是說定的了。因為，德．維爾福先生想要做的事，沒有一件是辦不到的。

「於是，我只好如您所願，待在暗處，等待一切。不是等待我的意志，也不是您的心意，而是期待天意和上帝的旨意可以站在我這邊，能成全我們的願望。

「在這段延遲與痛苦的期間，有什麼能撫慰我呢？瓦朗蒂娜，只要您親口對我說過的，**您愛我，您憐憫我**。如果您能時時刻刻對我重複這些話，我就能忍受這一切。」

「喔！馬西米蘭，這些就是使您膽大妄為，也是使我的生活既甜蜜又不幸了的原因。以至於，我常常捫心自問：我繼母過去對我的無情、對她自己孩子盲目的溺愛給我造成的悲傷與我看見您時感受到充滿危險的幸福，兩者之間究竟哪一種感情對我更好一些呢？」

「我不會承認那些字的！」馬西米蘭大聲說，「您怎能說出這樣無情而不公正的話呢？您曾見過一個比我更順從的奴隸嗎？您允許我有時可以對您說話，瓦朗蒂娜，可您卻禁止我跟隨在您的左右。這些我都服從了。

「自從我想到辦法躲進這個菜園，可以隔著這道門與您交談，雖然不能看見您，但終於能接近您之後，請對我說，我是否曾把手伸過鐵柵門去碰過一下您衣裙的下擺呢？我是否曾多邁出一步以便越過這堵牆嗎？

「這堵牆對於像我這樣一個年輕力壯的人來說根本是不值一提的可笑障礙物啊！我對您的嚴厲從無怨言，對您從沒有過度的要求。我如同古代的騎士那樣一直都是說到做到的。至少請您承認這些，以免使我認為您待我不公吧。」

「您說得沒錯。」瓦朗蒂娜邊說邊把一隻纖細的手指從兩塊木板縫中伸過去，馬西米蘭的嘴脣貼了上去。

「您是一個可以信賴的朋友。可是，說到底，您只是出於自身的利益和感情才這樣去做的，我親愛的馬西米蘭。您很明白，奴隸一旦變得有所要求，他就該失去一切了。

「我沒有朋友，父親不關心我，繼母虐待我，我唯一的慰藉只是一名不會動、不會說、冷冰冰的長輩。他的手不能握住我的手，只有眼睛才會與我對話。他的心臟還有一點餘溫，無疑也只是為了他可憐的孫兒才跳動的。

「因此，您答應像哥哥一樣對待我。哦，我的命運是多麼的苦澀，它使我成了那些比我強的人們眼中的敵人或是受害者。而我唯一的朋友與精神支柱卻是一名癱瘓之人。

「哦！說真的，馬西米蘭，我再向您重複一遍，我真是不幸呢，您應該是為了我，而不是為了自己愛我才對。」

「瓦朗蒂娜，」年輕人深為感動地說，「我不能說世上我只愛您一個人，因為我也愛我的妹妹和妹夫，可是那是一種溫和而平靜的愛，與我對您的感情是截然不同的。

「每當我想到您，我的血液就沸騰，我的胸膛就膨脹，我就會心花怒放。可是，這分力量、這分熱情、這分驚人的威力，我將都用來全心全意地愛您，直到哪一天，您命令我用來為您竭盡犬馬之勞為止。

「聽說，德．埃皮奈先生將要外出一年，那麼在這一年之中，會出現多少幸運能為我們所用，會發生多少事情來幫助我們呢？因此，讓我們抱持希望吧。這個希望是多麼美好，多麼溫馨啊。

「可是現在，您，瓦朗蒂娜，您責備我自私，而您又是如何對待我的呢？您只是一尊美麗而冷峻的維納斯雕像罷了。而您對我的忠貞、我的順從、我的克制，又承諾了我什麼呢？什麼也沒有。您給了我什麼呢？少得可憐。

「您向我說到德．埃皮奈先生、您的未婚夫時，您想到總有一天屬於他時，只是嘆了一口氣而已。您瞧，瓦朗蒂娜，難道您的靈魂裡僅有這些嗎？

「我把生命交給您，我把靈魂交給您，我要為您獻身，我的心臟每一次最微弱的跳動，我的一切都是為了您。在我輕聲對自己說若是失去您，我也要去死時，您卻並不害怕，因為，您一心想著您是屬於另一個人的！

「啊！瓦朗蒂娜，瓦朗蒂娜，假使我與您交換，假使我感到您對我的愛就如您相信我對您的愛一樣強烈的話，我就會上百次地把手從鐵柵門的兩根鐵條之間伸過來，緊握著可憐的馬西米蘭的手，對他說：『我屬於您，不論在人間還是在地獄，我都屬於您一個人，馬西米蘭。』」

瓦朗蒂娜默不作聲，然而年輕人聽見她在嘆息，在哭泣。

馬西米蘭的反應極為迅速。

「哦！」他大聲嚷道，「瓦朗蒂娜！瓦朗蒂娜！假使在我的話中有什麼地方刺傷了您的話，請您忘掉它們吧。」

「不，」她說，「您說得對，我是一個可憐、無助的人，在一個對我來說幾乎陌生的家庭裡是個棄兒，因為我的父親對我形同陌生人。十年來，他鋼鐵的意志一天天、一小時一小時、一分鐘一分鐘地壓迫著我，幾乎使我粉碎。沒有人看的到我承受的痛苦有多深，除了您我沒對任何人說起過。

「從表面上看，在外人的眼中，我們家一切都很溫情美好，家人都愛著我。實際上，他們無一不憎恨我。外人都說：『德．維爾福先生過於莊重，過於嚴肅了，對他的女兒不夠溫和，可是，她至少能從德．維爾福夫人那兒得到第二次母愛。』

「錯了！他們都想錯了，我的父親對我冷漠毫不關心，而我的繼母卻是強烈地憎恨我。只是她永遠面帶微笑，把她的仇恨都掩飾起來了，所以就顯得更加可怕。」

「憎恨您！您，瓦朗蒂娜！怎麼可能有人憎恨您呢？」

「有的！」瓦朗蒂娜啜泣著說，「我不得不承認，她對我的仇恨是出於一種天生的情感。她鍾愛她的兒子，我的弟弟愛德華。」

「怎麼會如此呢？」

「我不知道，但是，我覺得我們捲進了人們稱之為錢財問題的漩渦之中。我只能說這麼多了。我想她的仇恨至少是從這件事上引起的。

「她本人沒有什麼財產，而我，我從我母親那邊得到了一筆遺產，這些財富加上德．聖米蘭先生和夫人的家財，可能會加上不止一倍，因為他們的財產有一天也是歸我所有的。

「我想，她是嫉妒我的。天啊！我若是能把這筆財富分一半給她，能讓我在德．維爾福府上像一個女兒生活在自己父親家中一樣的話，我願意馬上就這樣去做。」

「可憐的瓦朗蒂娜！」

「是的，我覺得自己被拴住了，同時我也意識到自己的軟弱。因為，我覺得這點親屬關係還在維繫著我，害怕把它們扯斷後會使我無助地墜落。還有，若有任何人想違抗我父親的命令，必然會受到懲罰。他要對付我綽綽有餘，對付您也不費吹灰之力。

「他甚至能反對國王本人，只因他有著一段無可挑剔的光榮的歷史，占著一個幾乎無懈可擊的地位。這兩者都已成了他的護身符。親愛的馬西米蘭！我向您發誓，我不做抗爭了，因為我擔心在這場鬥爭中被粉碎的將是您，還有我。」

「可是，瓦朗蒂娜，」馬西米蘭接著說，「為什麼您總是做最壞的打算，將前途看得如此黯淡呢？」

「因為我是根據過去的經驗來判斷的。」

「那麼，我們也要分析一下才好。若從貴族的觀點看，我的確不是一個理想的婚配對象，只是從許多方面來衡量，我還是屬於您生活的圈子之中。

「法國中有著兩個世界的時代已經不復存在了。君主王朝中最顯赫的家族已經融合到帝國時代新貴的家庭之中。因為，連手執長矛的貴族都已與會放大炮的上等人聯姻了。

「那好！我屬於後者。我在軍隊前途光明，雖然我享有的財產有限，但可以自由支配。在我們的家鄉，人們懷念我的父親，把他尊為有史以來最誠實的商人之一。我說我們的家鄉，瓦朗蒂娜，因為您幾乎也是馬賽人了。」

「別對我提起馬賽了，我求您了，馬西米蘭。這個城市使我想起我的母親，我那如天使般的母親。對我與其他認識他的人而言，她過世的太早，儘管如此，在世間短暫停留的她對女兒是關懷備至的。

「我強烈地希望，她雖生活在天國裡，仍照看著我。哦！假使我可憐的母親還活著，馬西米蘭，我就什麼都不怕了。我會對她說，我愛您，而她會保護我們的。」

「我擔心！瓦朗蒂娜，」馬西米蘭接著說，「假使她還活著，我大概就無法與您相識了。因為如您所說，她若還活著，您就會非常幸福，而幸福的瓦朗蒂娜是富貴尊榮、高高在上的，是會瞧不起我的。」

「現在是您不公正了，馬西米蘭。」瓦朗蒂娜大聲說，「不過，我有一件事想知道。」

「是什麼呢？」馬西米蘭看見瓦朗蒂娜欲言又止，接著問。

「請老實告訴我，馬西米蘭，從前在馬賽的時候，您的父親和我的父親曾有過不愉快的事情嗎？」

「就我所知沒有。」馬西米蘭回答，「除非，他們之間的分歧是因為您的父親狂熱地擁戴波旁王朝，而我的父親卻效忠皇帝。除此之外，他們之間應該不會有歧見才對。但是，您為什麼要提出這個問題來呢？」

「我會告訴你的。」少女接著說，「因為您本該了解一切。是這樣的，那天，您被任命為榮譽軍團的軍官的消息見報時，我們都在我的祖父諾瓦第埃先生的房間裡，當時鄧格拉斯先生也在場。

「他就是那位銀行家，在前天，他的幾匹馬差一點把我的繼母和我的弟弟摔死，您知道這件事嗎？我大聲為我的祖父讀報時，那幾位先生正在談論鄧格拉斯小姐的婚事。

「我讀到了有關您的那一段，其實我早就看過了，因為前一天夜裡，您已經把這個好消息告訴我了。我說，當我讀到有關您的那一段時，我內心充滿了喜悅，但也有些膽怯，因為我必須大聲念出您的名字。若不是我擔心他們對我中途停頓會產生誤解的話，我肯定會把這一段跳過去不唸的。所以我只好鼓足勇氣往下念。」

「親愛的瓦朗蒂娜！

「但是您相信嗎？當我念出您的名字後，我的父親立刻把頭轉了過來。我就像個傻瓜似的，覺得在場的人聽到這個名字都像我一樣受到影響。我不意外看到我的父親顫抖了一下，甚至，我相信，這是一個幻覺，連鄧格拉斯先生也如此。

「『摩萊爾，摩萊爾。』我父親大聲說，『請停一下！』他的眉頭深深皺起。他說『是不是馬賽的那個摩萊爾家的人？他們一家都狂熱地擁護拿破崙，在一八一五年給我們帶來不少麻煩。』

「『是的，』鄧格拉斯答道，『我相信他就是那個老船主的兒子。』」

「當真！」馬西米蘭說，「那您的父親之後有再說什麼嗎？說吧，瓦朗蒂娜。」

「啊！都是可怕的事，我都不敢對您述說了。」

「永遠都對我直言無諱吧！」馬西米蘭微笑著說。

「『他們崇拜的那個皇帝，』他繼續皺著眉頭說，『懂得如何利用這些狂熱分子，他稱他們為砲灰。這也是他們唯一配得上的稱呼。我高興地看到，新政府繼續執行著有效的原則。若說政府是為此而去守衛阿爾及利亞的話，我衷心擁護這樣的安排，儘管我們付出的代價大了一些。』」

「我必須承認，那是粗暴的政策。」馬西米蘭說，「可是，親愛的，請別為德．維爾福先生說的這一番話貼上嚴肅重要的標籤。關於這一點，我那誠實的父親是絕不讓步的，他常常說：『皇帝做了那麼多的好事，為什麼他不讓法官和律師組成一個軍團，並且也把他們送到火線上去呢？』

「您瞧，親愛的，說到措辭之生動，思想之宏闊，兩派是不相上下的。那麼鄧格拉斯先生，他對檢察官的這番議論有什麼看法呢？」

「啊！他只是陰險地笑了，這是他特有的笑容，使我覺得很冷酷。接著，他們就起身，出門去了。這時，我看見我那好心的祖父異常激動。應該告訴您，馬西米蘭，只有我一個人才能猜出這位可憐癱瘓者激動的原因，我甚至猜想，這次他們在他的面前的談話——因為沒有人注意他，可憐的老祖父——給了他強烈的刺激。因為他們說了他皇帝的壞話，看上去他也曾是皇帝的狂熱擁戴者。」

「他的確是帝國顯赫一時的人物。」馬西米蘭說，「他曾是參議員，還有，您或許知道，或許不知道，瓦朗蒂娜，在復辟時期由拿破崙支持者組織的所有的陰謀活動中，他幾乎都有份。」

「是的，有幾次我聽見他悄悄地說起過這些事，我覺得最奇怪的是：父親是拿破崙支持者；兒子是保王黨人。是什麼原因造成兩個極端的政治傾向呢？重新回到我的故事。於是我轉向祖父，想詢問他使他情緒激動的原因。他直直地看著那份我剛在閱讀的報紙。

『您怎麼了，爺爺？』我對他說，『您高興嗎？』

「他用眼神示意：是的。

『您是高興我父親剛才說那番話嗎？』我問。

「他示意：不是的。

『那是鄧格拉斯先生說的話嗎？』

「他示意：不是的。

『那麼是對摩萊爾先生，我不敢說出馬西米蘭，被任命為榮譽軍團軍官一事高興嗎？』

「他示意：是的。

「想得到嗎？可憐的長輩對您被任命為榮譽軍團軍官一事表示滿意，但是您對他卻還是全然陌生的人。也許他在退化吧，人們說，他進入第二孩童期。但是我卻因他對您的興趣而更加愛他了。」

「真是不可思議。」馬西米蘭喃喃得說，「您的父親憎恨我，而您的祖父卻相反……人們對政治的情感真是高深莫測！」

「噓！」瓦朗蒂娜突然說，「快躲起來，走吧，有人來了！」

馬西米蘭跑去拿鏟子，開始起勁地翻起泥土來了。

「小姐！小姐！」樹叢後面有人大聲喊叫，「德．維爾福夫人到處在找您；客廳裡有位客人來訪。」

「一位訪客？」瓦朗蒂娜激動地說，「是誰呢？」

「據說是一位顯赫的爵爺，一位親王，是基督山伯爵先生。」

「我這就來了。」瓦朗蒂娜大聲回應。

每次瓦朗蒂娜與馬西米蘭幽會結束時，都以**我就來了**做為告別語，這一次，「基督山」這個名字使鐵門另一端的人如觸電般大吃一驚。

「現在！」馬西米蘭把身子支撐在鏟子上思索著，「我要好好了解一下，基督山伯爵怎麼會認識德．維爾福先生的呢？」

第五十二章　毒物學

來訪者果然是基督山伯爵。他剛剛走進德．維爾福夫人的府邸，目的是對檢察官先生進行回訪，無需贅述，全家人聽到這個名字都十分激動。當僕人通報伯爵來訪時，德．維爾福夫人正在客廳裡，她立即把她的兒子叫來，好讓孩子再次對伯爵表示感謝。兩天以來，愛德華不斷聽見別人說起這個偉大的人物的種種逸事，於是便急急忙忙地跑來了。他不是聽從母親的吩咐，也不是為了向伯爵致謝，而是出於好奇。

還有。他還想表現一下，說幾句刻薄話，好讓母親說他：「哦，這個壞孩子！不過我該原諒他，他太聰明啦！」

寒暄過後，伯爵就詢問起德．維爾福先生。

「我的丈夫到大法官府上赴宴去了，」少婦回答，「他剛剛走，我相信，他錯過了有幸會見您的機會，會十分惋惜的。」

在伯爵到達之前已有兩位客人在客廳裡，他們正睜著眼直盯著他看，半是禮貌半是好奇，他們拖延了一陣，才向主人告辭。

「對了，您的姐姐瓦朗蒂娜在幹什麼？」德．維爾福夫人對愛德華說，「派人去叫她，讓我可以榮幸地把她介紹給伯爵先生。」

「您還有一個女兒，夫人？」伯爵問，「她大概還是個孩子吧？」

「她是德．維爾福先生的女兒，」少婦回答，「他第一次婚姻生下的女兒，是個漂亮的小姐。」

「可是多愁善感，」小愛德華插嘴說，他正在拔一隻漂亮的大鸚鵡尾巴上的羽毛，想拿來做他帽子上的羽飾，鸚鵡在它鍍金的棲架上痛得呱呱亂叫。

德．維爾福夫人只是說：「別鬧了，愛德華！這個小冒失鬼說得也有點道理，他常常聽見我痛苦地說出這句話，現在不過複述一遍而已。可不是，我們雖然盡量想讓德．維爾福小姐高興，可她天性憂鬱，不愛說話，這常常使她的美貌減色。唉，怎麼還不來；愛德華，去看看怎麼回事。」

「他們找錯地方。」

「他們到哪兒去找她了？」

「到諾瓦第埃爺爺那裡。」

「您認為她不在那裡嗎？」

「不，不，不，不，不，她不在那兒。」愛德華像哼小調似的回答。

「那麼她在哪裡？如果您知道就說出來。」

「她在一棵大栗樹下面。」壞孩子接著說，他也不顧母親的叫喊，拿活蒼蠅去餵鸚鵡，鸚鵡似乎對這種飛蟲也十分感興趣。

德．維爾福夫人伸手去拉鈴，想告訴貼身侍女去哪裡去找瓦朗蒂娜，但就在這時，瓦朗蒂娜走了進來。她果然顯得很憂鬱，若仔細端詳她的話，甚至能看到她眼睛裡尚有些許淚痕。

出於故事發展的需要，我們已匆忙地把瓦朗蒂娜介紹給讀者了，卻還沒有仔細描述她的模樣。她是一位身材高挑的姑娘，今年十九歲，有著一頭淺棕色的頭髮，深藍色的眼睛。她的神態憂鬱，秀外慧中，繼承了她母親的特點。她的雙手白皙而纖細，頸脖如白玉般的潤滑，雙頰白裡透紅。乍一看，好似美麗的英國少女。人們曾詩意般地形容她們的儀態酷似水中倒映的天鵝。她走了進來，看見母親身旁那位她常聽人說起的陌生人，便欠身致意，既沒有少女常有的矯情，也沒有垂下眼簾，她質樸大方的舉止更引起了伯爵的關注。

伯爵站了起來。

「德．維爾福小姐，我的繼女。」德．維爾福夫人一面靠在沙發上，一面用手指著瓦朗蒂娜向基督山說。

「這位是德．基督山伯爵先生，中國的國王，交趾支那的皇帝。」小調皮鬼說，向他的姐姐詭祕地看了一眼。

德．維爾福夫人臉色陡然變白，幾乎要對這個名叫愛德華的家庭災星動怒了。然而伯爵卻恰恰相反，他面露微笑，似乎還和顏悅色地看著孩子，這使他的母親喜不自勝，興奮之至。

「可是，夫人，」基督山輪流著看著德．維爾福夫人和瓦朗蒂娜，接著話題又說，「我是不是已經有幸在哪裡見過您們了呢，您和小姐？剛才，我就已經在想了。當小姐進來時，我一看見她，混亂的記憶裡似乎又閃亮了一下，請原諒我這麼說話。」

「不大可能吧，先生。德．維爾福小姐不怎麼愛交際，我們很少出門。」少婦說。

「我並不是在社交場合上見過小姐的，也沒在那裡見過夫人和這個可愛的小傢伙。再說，我對巴黎的社交界還相當陌生，因為我曾有幸對您說過了，我來巴黎才幾天。不，請允許我再想想……請等等……」

伯爵把手放在前額上，彷彿是在努力回憶似的。

「不，那是在戶外……是在……我不知道……可是，我覺得這個記憶與晴天麗日，與一個什麼宗教節日聯繫在一起的……小姐手上拿著花；孩子在花園裡尾隨著一隻孔雀在跑，而您，夫人，您在一個綠蔭蔽日的葡萄架下面……請幫幫忙吧，夫人，難道我說的這些細節您一點也記不得了嗎？」

「真的記不得，」德·維爾福夫人回答，「不過，先生，我覺得要是我在哪裡遇見過您，對您的印象一定會深深印在我腦海之中的。」

「伯爵先生也許在義大利看見過我們。」瓦朗蒂娜怯生生地說。

「是的，在義大利。義大利是極有可能的。」基督山回覆說，「您在義大利旅遊過嗎，小姐？」

「兩年前，夫人和我，我們去過那裡。醫生擔心我肺部不好，建議我們到那不勒斯去呼吸新鮮空氣。我們路過博洛尼亞[220]、佩魯賈[221]和羅馬。」

「啊！不錯，小姐，」基督山大聲說，彷彿她這個簡單的提示足以勾起他全部記憶似的，

220 Bologna，義大利城市。
221 Perugia，義大利城市。

「是在佩魯賈，在聖體瞻禮節那天，就在拉波斯特旅館的花園裡，機緣使我們相遇；您，小姐，您的兒子和我，我記得有幸見過您們。」

「我完全記得佩魯賈，先生，還有拉波斯特旅館，以及您對我說起的那個節日。」德·維爾福夫人說，「可是我想來想去，我記性這麼不好真難為情，竟然想不起來有幸看見過您。」

「真奇怪，我也沒有想起來。」瓦朗蒂娜用他美麗的雙眼看著基督山說。

「啊！我、我全都還記得。」愛德華插話說。

「我來幫助您回復記憶，夫人。」伯爵接著說，「那天天氣炎熱，您們在等馬車，因為節日的緣故，馬車來不了。小姐去花園的幽深處散步，而您的兒子追逐小鳥，也走遠了。」

「我逮到鳥的，媽媽。您知道，」愛德華說，「我在鳥尾巴上拔下三根毛。」

「至於您，夫人，您待在葡萄藤涼棚下面。您不記得了嗎？您坐在一張石凳上，如我剛才說的，當德·維爾福小姐和您的兒子不在時，您與一個人還長時間地交談過。」

「是的，不錯，是這樣。」少婦漲紅了臉說，「我記起來了。我的確與一位穿著長呢披風的男子交談過……我想是位醫生。」

「沒錯，夫人。這個人就是我。我在這家旅館已經住了半個月，治癒了我貼身男僕的發燒和旅館主人的黃疸病，所以他們把我當成了醫術精湛的醫師了。」

「我們談了很久，夫人，什麼都談，談到了佩魯吉諾[222]、拉斐爾[223]，談到了風俗、衣

222 Perugino（約一四五〇—一五二三）：義大利畫家。
223 Raffaelle（一四八三—一五二〇）：文藝復興盛期義大利藝術發展的最高水準的傑出代表。

飾，還有著名的托法娜毒藥水[224]。我想曾有人也對您提起過的，至今還有幾個人在佩魯賈藏有其祕方。」

「啊！真的，」德．維爾福夫人有些不安地急忙說，「我想起來了。」

「我想不起您對我說的具體內容了，夫人。」伯爵非常平靜地接著說。「可是我記得很清楚，您也如大家一樣錯誤地估計了我的專業，因此您向我詢問起德．維爾福小姐的健康狀況。」

「可是，先生，您的確是位醫生啊，」德．維爾福夫人說，「既然您已治癒了好幾個病人。」

「莫里哀或是博馬舍[225]會回答您說，『夫人，正因為我不是醫生，所以不是我治好患者的病，而是患者不治而愈了。』我只想對您說，我對藥物化學和自然科學曾作過深入的研究，不過是業餘愛好……您能理解。」

這時，鐘敲六點整。

「六點鐘了，」德．維爾福夫人說，她顯得十分急躁，「瓦朗蒂娜，您不去看看您的祖父是否準備用餐嗎？」

瓦朗蒂娜起身，向伯爵欠身致意，默默地走出房間。

「哦！夫人，您是因為我您才讓德．維爾福小姐走的嗎？」當瓦朗蒂娜出去後，伯爵說。

224 Aqutofana，托法娜是十七世紀中葉的一個義大利女人，曾發明一種當時極為著名的慢性毒藥水。最後她供認她的毒藥水曾毒死過六百多人。

225 Beaumarchais（一七三二—一七九九）：法國戲劇家，主要作品有：《塞維勒的理髮師》、《費加羅的婚姻》等。

「完全不是的，」少婦急忙說，「到時間了，我們該讓人伺候諾瓦第埃先生吃飯了。他吃那點東西僅夠勉強維持他苟延殘喘的生命，您知道，先生，我的公公的身體狀況有多糟糕嗎？」

「知道，夫人，德．維爾福先生已經對我說過了。我想他是癱瘓了吧。」

「天哪！是的，這位可憐的老人完全不能動彈了。在他的身體機能中只有大腦尚有知覺，但也是極其微弱，如同一盞即將熄滅的油燈。哦，先生，請原諒我與您嘮嘮叨叨地談論種種不如意的家事。我打斷您的話了。您剛才不是說到您是一位能幹的藥物學家嗎。」

「哦！我不是這樣說的，夫人。」伯爵面帶微笑答道，「正好相反，我研究藥物學是因為我決定一生的大半時光要在東方度過。我想以米特裡達梯國王[226]為榜樣。」

「**米特裡達梯，本都王朝的國王。**」那個冒失小鬼說，他在一本精美的畫冊上把圖案一張張剪下來，「就是那個每天早晨吃一杯加奶油毒汁的人吧。」

「愛德華！不聽話的孩子！」德．維爾福夫人從孩子的手中奪下殘缺不全的畫冊大聲說。「您真讓人受不了，讓我們厭煩了。您走吧，到您的諾瓦第埃爺爺那裡去找您的姐姐去吧。」

「畫冊。」愛德華說。

「您是什麼意思？畫冊？」

226 Mithridates（西元前一三二—前六十三），黑海南岸本都王朝的國王。他是羅馬人的死敵。年輕時屢遭暗算，於是便自己服毒，逐漸加大劑量，最後自身就具備了抗毒能力。

「我要畫冊。」

「您怎能把畫剪下來呢？」

「喔，我覺得好玩。」

「走開！去吧！」

「您不把畫冊給我，我就是不走。」孩子嚷嚷著，在一張扶手椅上坐定，像往常那樣不肯讓步。

「拿去吧，讓我們安靜些。」德．維爾福夫人說。

說著，她把畫冊交給愛德華，他在母親的陪同下走開了。

伯爵的眼睛隨著德．維爾福夫人。

「看吧，看她是否隨後把門關上。」他喃喃自語道。

德．維爾福夫人極為細心地在孩子身後把門關上；伯爵裝作沒有注意到。

接著，少婦向四周又看了一眼，走回去坐在她那張橢圓形的雙人沙發上。

「請允許我向您指出一點，夫人，」伯爵帶著我們熟悉的溫和的神色說，「您對這個可愛的小調皮過於嚴厲了。」

「就該這樣，先生。」德．維爾福夫人擺出真正做母親的架勢說。

「愛德華先生剛才關於米特裡達梯國王的話是高爾納利烏斯．奈波斯[227]說的。」伯爵說。

227 Nepos，西元前一世紀的拉丁文作家。

「他在背誦時，您打斷了他。他的背誦說明他的教師在他身上沒有浪費時間，您的兒子在他的年齡上算懂得很多的了。」

「伯爵先生，事實上他吸收能力很強，想學什麼一學就會。」母親受到這番巧妙的恭維後回答。

「他只有一個缺點，就是太任性。嗨，提到他剛才說的，伯爵先生，您是否認為米特裡達梯真的採用過這種預防措施，而這種預防措施確實有效呢？」

「我非常相信，夫人。我可以向您擔保，我也曾使用過這個方法，以免自己在那不勒斯、巴勒莫和士麥那被人毒死。也就是說，在那三個地方如果我不預先防備的話，很可能我早就命喪那裡了。」

「這個辦法成功了嗎？」

「完全成功。」

「是的，沒錯，我記得您在佩魯賈已經對我提過類似的事情。」

「當真？」伯爵說，他非常巧妙地裝出驚訝的樣子，「我可記不得了。」

「我那時問您，北方人和南方人服用這種毒汁是否會起同樣的作用，藥力相當。您還回答我說，北方人的氣質冷峻遲鈍；南方人的天性熱情剛毅。兩者的吸收能力是不同的。」

「是這樣的，」基督山說，「我看見俄國人大量服用植物性毒素，也不見得有什麼不適，但是，若使一個那不勒斯人或是一個阿拉伯人食用，就必死無疑了。」

「這麼說來，您相信，這種毒汁對我們來說比東方人更可靠了？一個常年生活在多霧和多雨地帶的人，比起熱帶人來說，更容易漸漸吸收這種毒汁了？」

「沒錯，不過服用毒汁的人要先有心理準備，然後才能慢慢適應。」

「是的，我了解。那麼，您是如何調適，或者更確切地說，您是如何已經適應呢？」

「這很簡單。假設您事先知道別人會用什麼毒藥來害您，例如，假定毒藥是馬錢子鹼吧……」

「我想，馬錢子鹼是從安古斯都拉樹皮裡提取出來的，是嗎？」德．維爾福夫人問。

「完全正確，夫人。」基督山回答，「我想，我沒有什麼可以告訴您的了。請接受我的祝賀，因為能掌握這門學問的女人真還不多見。」

「哦！我承認，」德．維爾福夫人說，「我對神祕學有著濃厚的興趣。這門學問像詩一樣用想像的語言，又像代數方程式那樣可以用代號與數字推算出來。不過，請繼續吧，我求您了。您說的話引起我極大的興趣。」

「好吧。」基督山接著說，「假設這毒是馬錢子鹼，那麼，第一天，您服了一毫克，第二天兩毫克，如此下去，到了十天，您可以服一毫克了。

「之後，您每天再加上一毫克，二十天過後，您就能服用三毫克，也就是說，您可以服下一個劑量而不會產生不適。

「然而，這對另外一個沒有採取同樣預防措施的人來說卻是相當危險的。

「一個月過後，若您與另一個人喝了由同一個玻璃瓶裡倒出的水，您就會毒死那位與您同時喝水的人，而您僅會有些不適，因此，並不會被人質疑水是否被下了毒。」

「您還知道其他抗毒的辦法嗎？」

「我不知道。」

「我常常一遍又一遍地讀米特裡達梯的傳記，」德．維爾福夫人邊想邊說，「我覺得他的故事近於荒唐。」

「不是的，夫人，與一般的傳記不同，它是事實。不過，夫人，您對我說的這些事，以及您詢問我的問題，應該不是閒談吧。因為在兩年前，您已經問過我同樣的問題了，而現在您說，您對米特裡達梯的傳奇長久以來一直念念不忘。」

「的確如此，先生。我最喜歡學習研究的兩種科目，就是植物學與礦物學。後來我知道，草藥的使用往往可以解釋一個民族的全部歷史，以及東方人的一生，就如花能表現出自身的愛戀。我很遺憾不是生為男子，做不成像弗拉邁爾[228]、封塔納[229]和古巴尼那樣的人。」

「還有，夫人，」基督山接著說，「東方人不像米特裡達梯那樣局限於把毒藥當作護胸甲，他們還讓它成為匕首。科學在他們手中不僅是件防禦性護具，而且常常還是進攻性武器。護具用於防止皮肉受苦，而武器用於攻擊敵人。

「他們用鴉片、顛茄、安古斯都拉樹皮、蛇木、桂櫻使清醒的人昏昏欲睡。在您們這裡稱作好心女人的埃及女子、土耳其女子或是希臘女子中，沒有一個不懂得如何在藥物學上使醫生驚訝得目瞪口呆，以及在心理學上使聆聽告誡的神父瞠目結舌。」

228 Flamel（一三三〇—一四一八），古代巴黎大學的錄事，相傳深諳煉金術。

229 Fontana（一七三〇—一八〇五），義大利解剖學家和生理學家。對 蛇的毒液頗有研究。

「真的！」德．維爾福夫人說，她聽了這番評論後，眼睛裡閃出奇異的光芒。

「哦！是的，夫人，」基督山繼續說，「東方神祕的戲劇始於令人心醉神迷的春藥；結束於讓人命喪黃泉的劇毒。最初是先打開天堂之門，最終卻把人推下地獄。

「正如人類肉體和精神上變化無常、各有不同，這些藥物同樣種類繁多、差異甚巨。我甚至還想說，這些化學家的藝術在於懂得利用解毒劑和毒藥巧妙地為他們愛情的需要與復仇的願望提供服務。」

「可是，先生，」少婦接著說，「您曾在東方社會裡生活過一段時間，這些地方真的那麼浪漫多彩，如同他們美麗的國家所流傳出來的神話故事那樣神奇嗎？在那裡，會有人被他人隨心所欲地暗害嗎？這不就是《一千零一夜》裡的巴格達和巴士拉[230]嗎？

「蘇丹們和大臣們在他們統治的社會中，建立了我們在法國稱之為政府的組織，他們是真正的哈裡發和大祭司。他們不僅寬恕下毒者，而且只要作案巧妙，甚是可以讓他當上首相。在這種情況下，為了供他們消遣取樂，他們還命人把這些人的故事用金子寫下來，是嗎？」

「不是的，夫人。這類荒唐事在東方已不復存在了。現在，他們也有警長、預審法官、檢察官和專家，只是用了別的名稱，穿著別種服裝罷了。

「在那裡，他們非常輕鬆地吊死罪犯，砍下他們腦袋，或是對他們處以木樁刑。但是，那些罪犯都是狡獪的詐騙犯。他們懂得如何躲過法庭，並以奸巧的手段達到他們的目的。

230 Bassora，伊拉克的一個城市。

「在我們這裡，一個愚民被仇恨和貪婪的魔鬼附身，當他要除掉一名敵人或是要殺害一位親人，他會去一家雜貨店，報上假名。可是，他不知道這會比真名更容易被發現。他以家裡有老鼠吵得他不得安睡為藉口，買了五、六克砒霜。

「假使他的頭腦靈活，就會到五、六家雜貨店去購買，但結果是，他被認出的可能性也增加了五、六倍。當他得到了毒藥之後，就讓他的敵人、長輩服用，劑量大到甚至能毒死一頭猛獁或是一頭大象。

「他毫無意義地造成被毒者痛得大叫大嚷，驚動了左右鄰居。於是，來了一大幫警察和憲兵。他們派人去找醫生，醫生為死者解剖，從他的胃和內臟裡取出的砒霜可以用湯匙來舀。

「次日，上百家報紙登載了這條消息，並公布了死者和殺人犯的名字。當天晚上，一家或是多家雜貨店的主人就會跑來說：『是我把砒霜賣給這位先生的。』別說是一位購買者，即使有二十個人他們也認得出。

「最終，那名犯罪的傻瓜被抓住，關起來，受審，對質。他無言以對，被判吊刑或是上斷頭臺。假使，罪犯是個稍有身分的女人時，就會被終身監禁。這就是您們北方人對化學的理解，夫人。我不得不承認，德呂[231]高明多了。」

「有什麼辦法呢，先生。」少婦笑著說，「我們只能量力而行。並不是所有的人都掌握美第奇或是波吉亞的祕方啊。」

231 Desrues，法國歷史上一個有名的謀殺犯。此人一七四四年生於夏爾特爾，一七七七年在巴黎被處死。

「現在，」伯爵聳聳肩說，「您願意我對您說這些荒謬行為的起因嗎？這是因為在您們的劇院裡——至少在我讀到那些戲劇的劇本上是這樣的——常常會見到某些演員吞下一瓶液體，或是咬一下戒指上的寶石，然後就直挺挺地死了。

「五分鐘後，帷幕降下，觀眾四散，無人知道謀殺的結局如何。他們既看不到披掛綬帶的警官，也看不到帶著四個人的伍長，這會讓許多頭腦簡單的人以為事情就這樣結束了。

「可是，您只要離開法國，去阿萊普[232]、開羅甚至只去到那不勒斯和羅馬，您就會看見街上走著一群腰杆挺直、精神飽滿、面色紅潤的人。如果那時瘸腿魔鬼[233]向您迎面走來，他的披風擦過您，您會說：『這位先生已經中毒三個星期，再過一個月他就要死了。』」

「這麼說來，」德．維爾福夫人說，「他們找到了著名的托法娜毒藥的祕方了？有人對我說，這配方在佩魯賈已經失傳了。」

「哦，夫人，在人間有什麼能失傳呢？各種技藝都會各自傳遞，並且周遊世界。它們只是改變名稱而已。一般人因此被矇騙，但是結果是一樣的。

「尤其是毒藥，它不是在這個器官便是在那個器官裡發生作用。藥性發作在胃，大腦，或是在腸子裡。舉例來說，有的毒藥使人咳嗽，咳嗽會引起肺部發炎，也可以引起另一種在醫書上記載的某種疾病。

232 Aleppo，敘利亞的一個城市。
233 法國作家勒薩日寫的一本同名諷刺小說（一七〇七年）的主人公，他把居民家的屋頂一一掀起，讓讀者看到裡面形形色色的場面。

「但是，這並不能使中毒者免於一死，即便不死，感謝那些庸醫，一般說他們都是蹩腳的化學家。不論他們有意還是無意，會給患者開一些藥，然後把他置於死地。這個人就被殺得非常巧妙，並且一切順乎常理，法律也無可置喙。這些事是一名可怕的化學家、我的一位朋友說的。他是西西里島達奧米納[234]修道院中可敬的阿德爾蒙特神父。他對這些具有民族性的現象有過深入的研究。」

「這既可怕又有趣，」少婦說，她一動不動，凝神屏氣地聽著，「我承認，我以前一直認為這些故事都是中世紀的創作。」

「毫無疑問，是的，但這些創作在我們的時代已大有改善。若不是為了使社會日臻完美，那麼，時間、鼓勵、勳章、十字章和蒙蒂翁獎金又有什麼用呢？只是，人類只有懂得和上帝一樣善於創造和破壞才能變得完美。他已經懂得破壞，因此至少已經走了一半的路程了。」

「所以說，」德．維爾福夫人說，不放棄地回到她的主題，「波吉亞、美第奇、勒內、呂吉埃裡，也許以後還有德．特朗克男爵的毒藥，都被現代愛情戲劇，還有小說大大地引用了。」

「這些毒物都是工藝品，夫人，僅此而已。」伯爵說，「您認為真正的學者只會平庸地與人交往嗎？不是的。科學喜歡反覆試驗、測量、比較和異想天開，如果我們可以這樣說的話。關於這一點，我剛才提過那位傑出的阿德爾蒙特神父就做過驚人的試驗。」

234 Taormina，義大利西西里島上城市，有古代廢墟。

「當真！」

「是的，我只想向您舉出其中的一個例子。他有一座相當漂亮的花園，裡面種植了蔬菜、鮮花和水果。以蔬菜來說，他選擇了一種大家都愛吃的包心菜。接連三天，他用砒霜溶液澆灌這棵包心菜，到了第三天，包心菜病了，顏色變黃，這時他就把它摘下來。

「在所有人眼中，這棵菜似乎是成熟了，外表長得不錯，只有阿德爾蒙特神父一個人知道，包心菜有毒。

「於是，他把這棵包心菜帶回家，抱來一隻兔子，順便補充，阿德爾蒙特神父收集兔子、貓和豚鼠，其數量絕不比他的蔬菜、鮮花和水果少。阿德爾蒙特神父抱來了一隻兔子，讓牠吃那棵包心菜的葉子。兔子死了。有哪位預審法官敢對此提出質問呢？有哪位檢察官會因馬讓迪[235]先生或是弗盧昂斯[236]先生殺死幾隻兔子、幾隻豚鼠和幾隻貓而將他們起訴呢？沒有人。

「兔子死了，法庭絕不會過問。兔子死後，阿德爾蒙特神父讓廚娘把牠破膛，把牠的腸子扔在一堆廄肥上。廄肥上有一隻母雞，母雞啄這些腸子，也病倒了，次日就死了。

「正當牠在臨死掙扎時，一隻禿鷲到了，在阿德爾蒙特的家鄉有很多禿鷲，牠衝向母雞屍體，把牠叼到一塊岩石上，飽餐一頓。不幸的禿鷲自從吃了那一餐後一直感到不舒服，三天後在雲端上感到頭昏，從空中栽下，沉沉地落到您的魚塘裡。

235 馬讓迪（一八三—一八五五），法國生理學家。

236 弗盧昂斯（一七九四—一八六七），法國生理學家。

「於是，白斑狗魚、鰻魚和海鱔都貪婪地去爭食，您是知道的，牠們把禿鷲吃了個精光。好的！假設第二天，在您的餐桌上放上了這條鰻，白斑狗魚或是海鱔，這已是被毒死的第四批了，那麼您的客人就是第五批中毒者。他經受了八天或是十天的腸胃劇痛、心臟難受和幽門膿腫之後，也死了。於是，有人會將他解剖，而醫生會說：『患者死於肝腫瘤或是傷寒熱。』」

「您把這一連串事件都銜接在一起了。」德．維爾福夫人說，「可是，隨便出現一個意外就會破壞這些因果關係的。禿鷲也可能那時候沒有發現母雞，或者掉在魚塘百米之外的地方。」

「啊！藝術就巧妙在這裡。想成為東方的一位偉大化學家，就要懂得把握偶然，並且學會駕御它。」

德．維爾福夫人陷入深思，認真聽著。

「可是，」她說，「砒霜是不會消失的。不論用什麼方法吸收它，只要它的用量足以置人於死地，就會在體內留下痕跡。」

「是的！」基督山大聲說，「這正是我向好心的阿德爾蒙特提出的問題。

「他想了想，笑了，說了一句西西里諺語回答我，我想這也是一句法國諺語：『**我的孩子，世界不是在一天之內造成的，而是要用七天。星期天再來吧。**』

「到了下一個星期天，我又去了。這次，他不再用砒霜澆灌包心菜，而是由番木虌鹼製成的鹽溶液去澆灌。這次，包心菜看上去健康，因此兔子也毫不畏懼。

「不過，五分鐘過後兔子死了。母雞啄了死兔子，次日也死了。這時我們代替禿鷲，帶走了母雞，為牠解剖。這一次，所有異常症狀都消失了，只留下一般病兆。

「在牠的所有的器官裡沒有任何特殊的病徵，只有神經系統紊亂而已。只有腦溢血的跡象，僅此而已。看來母雞不是被下毒，而是死於中風。我當然清楚，這種病狀發生在母雞身上是罕見的，但在人的身上卻非常普通。」

德．維爾福夫人聽得越來越出神了。

「這類的物質也只能由化學家配製，真是萬幸。」她說，「否則，人類的一半人要毒殺另一半人了。」

「是由化學家或是由對化學感興趣的人配製的。」基督山漫不經心地應答道。

「不過，」德．維爾福夫人努力想擺脫自己的念頭，說，「無論犯罪的手段有多高明，罪行總是罪行。即使它能逃脫人間的追究，也逃不過上帝的眼睛。在意識方面，東方人比我們強，他們小心翼翼地取消了地獄的觀念，如此而已。」

「夫人，在像您這樣高尚的人，頭腦裡有這種顧慮是非常自然的。可是，分析之後，這種顧慮也就毫無根據了。人類思想的醜惡可以用雅克．盧梭的這一句話來總結，您無疑也是知道的：『**在五千里外舉一舉手指便能殺死一個滿清的大官**。』

「人的一生就是在這一類事情上度過的，他們竭盡心力、搜索枯腸地想這些方法。真的傻傻地把刀子插進同類的心臟，或是為了使他從地球上消失，讓他服下我們剛才說的一定數量砒霜的人是極少的。

「若是那樣做，真的是怪誕和愚蠢至極的行為了。要做出那樣的事，體溫至少要升至攝氏三十八度，脈搏要跳到九十次，情緒也必須亢奮到超越常人的極限。

「可是，如果我們玩弄語言學，換上稍微溫和的同義詞，您只是簡簡單單除掉一個人。假設您只是乾淨俐落地把擋住您去路的人挪動一下地方，那麼，您大可不必進行卑劣的謀殺勾當。

「不必發生衝突，不用暴力，不使用使人痛苦的器具，因為，那些手段會使人備受折磨，讓犧牲者變為殉難者。而且，也不必使用在嚴格定義下 car-nifex[237] 的那些刑具。

「假使不見血，沒有慘叫聲，也無掙扎，特別是在結束後沒有慘狀或是不會在第一眼時造成不良影響的景象，您就可逃脫人間法律的追究。

「法官們只會對您說：『別干擾社會吧！』

「這就是東方人如何作案並取得成功的經驗。他們都是一些嚴肅而冷漠的人，在處理這麼一件重大事情上是會計較時間的。」

「還有良知呢？」德．維爾福夫人憋住氣，聲音激動地說。

「是的，」基督山說，「還好仍有良知，否則人就太不幸了。在這些多少帶點暴力的行動之後，還有良知來拯救我們。因為，良知能使我們找出一千種理由來為自己解釋。只有我們自己才能判斷這些理由是否成立。

「這些理由不管如何冠冕堂皇，都能使我們安然入睡。但是在法庭上，想要保全我們的

237 拉丁文，刑吏，劊子手。

生命也許是遠遠不夠的。舉例來說，理查三世在除掉愛德華四世的兩個孩子後，良知就對他起了極大的作用。

「當然，他可以對自己說：『這是一個殘忍而暴虐的國王所生的兩個孩子，他倆繼承了父親的惡習，只有我一個人才在他們幼小的天性上看出徵兆。這兩個孩子會妨礙我為英國人民造福，而他們只會使英國人處於萬劫不復的苦難之中。』

「同樣，良知也大大幫助了馬克白[238]夫人，不管莎士比亞如何說，她都是使盡方法為了她的兒子，而不是為她的丈夫得到到王位。啊！母愛是偉大的德性，是一種強大的動力，可以使許多事情得到原諒。因此，在鄧肯死後，如果馬克白斯夫人沒有良知來平衡，真會傷心欲絕的。」

伯爵以他特有的聽似天真，實含諷刺的口吻把這些可怕的格言和恐怖的理論娓娓道來。德．維爾福夫人貪婪地聽著，心領神會。

沉默了片刻之後，她說：「您知道，伯爵先生，您是一位可怕的辯論家。您帶著多少有點無情的眼光看待這世界！難道您是把世界通過蒸餾器和蒸餾罐濾過後才判斷人性是現在這樣子的嗎？因為您說得很對，您是個偉大的化學家。您給我孩子用的藥劑，使他如此快速地清醒過來……」

238 這是莎士比亞在一六〇五年寫的一個劇本。一天夜間，馬克白在妻子的慫恿下暗殺了在他家熟睡的鄧肯國王。但他後來內心不安，似乎老看見幽靈在他眼前晃動。而馬克白夫人則總以為自己雙手沾滿了鄧肯國王的鮮血，在幻覺中自殺而死，馬克白也在一次戰鬥裡喪生。

「哦！可別迷信這東西，夫人。」基督山說。

「一滴藥劑足以使您那奄奄一息的孩子恢復生命。可是，三滴就就能使血液湧入他的肺部，加劇他的心跳。六滴就可能中斷他的呼吸，使他昏迷不醒，情況要比他當時嚴重得多。十滴就會給他以致命的打擊。您看見了，夫人，當他無意間要觸碰那些藥瓶時，我是如何著急地把他擋開了。」

「那麼那是一種劇毒了？」

「喔！不是的。首先，我們必須同意一點，就是『**毒藥**』這個字眼是不存在的。因為在醫學上，醫生使用的藥品要毒得多，不過只要遵照他們開出的劑量，這些藥品就會變成能治病的良藥。」

「那麼是什麼呢？」

「是我的朋友、那位高明的阿德爾蒙特神父精心配製的。他教會我如何使用。」

「啊！」德．維爾福夫人說，「那大概是一種非常有效的鎮靜劑了。」

「沒錯，夫人，您已經親眼看到。」伯爵回答。「我經常使用，當然，我用得極為謹慎。」他笑著補充。

「這我相信。」德．維爾福夫人以同樣的聲調答道，「說到我，我特別敏感，容易昏厥，我還真需要像阿德爾蒙特這樣的學者發明一些藥以使我能呼吸暢通，不必老是擔心受怕某天會突然窒息而死。

「既然這藥品在法國難以尋覓，而您的神父可能也不會為了我來法國來一趟，我現在只能繼續服用布朗什先生開出的鎮靜劑。薄荷精和霍夫曼藥水對我很有效。瞧，這就是我讓他特地為我配製的藥丸，用雙倍劑量服用。」

基督山把少婦遞上來的一隻玳瑁盒子打開，像一名識貨的業餘行家那樣嗅了嗅藥丸的氣味。

「這藥丸很精緻，」他說，「但必須吞服。這對已昏死過去的人難以做到。我更喜歡我的特效藥。」

「這是當然的。我也是。我已經親眼見識過您藥的效力，當然也更喜歡了。只是，它應該是一個祕方，我向您索取不也就太過冒失了嗎？」

「可是，夫人，」基督山起身說，「我很樂意助人，願意把它獻給您。」

「啊！先生。」

「不過，請您時時謹記，劑量小時，它是一帖良藥；劑量大時，就是一種毒藥。就如您所見，一滴藥水能救活一個人，但是，只要五、六滴就能將人致死。尤為可怕的是，把這種藥水摻進一杯葡萄酒裡，酒也不會變味。我不能多說了，夫人，我幾乎是在為您開藥了。」

六點半的鐘響剛剛敲過，僕人通報德．維爾福夫人的一位女友到訪。她是來與女主人共進晚餐的。

「如果我已經有幸見過您三、四次，伯爵先生，而不是才第二次，」德．維爾福夫人說，「如果我有幸是您的受恩之人，我就會堅持留您吃飯了，而且不會第一次開口就讓您回絕的。」

「我感恩不盡，夫人。」基督山答道，「可是在下也已有約在先，不能食言。我答應帶我的一位女性友人去看戲的。她是一位希臘公主，還沒去過皇家學院歌劇院。她希望我能帶她去見識見識。」

「去吧，先生，可是別忘了我的藥方。」

「怎麼會呢，夫人！要忘掉這件事，就必須先遺忘我在您身邊度過的那場談話時間，但這是不可能的。」

基督山躬身致敬，走出房門。

德．維爾福夫人仍在出神地想著。

「真是一個怪人。」她說，「在我看來，他的教名恐怕是就叫阿德爾蒙特。」

基督山呢，結果已經大大超過他的預料。

「好啊！」他邊走邊說，「這是一塊沃土，我相信把種子撒在上面是不會結不出果子來的。」

次日，他信守諾言，把夫人所要的藥方送去了。

第五十三章 《惡魔羅貝爾》[239]

要去皇家學院歌劇院觀戲，倒是個很好的理由，因為當天晚上，在這座音樂的聖殿裡，有勒瓦瑟爾[240]的隆重的演出。他前一陣子身體一直不舒服，這次重返舞臺就扮演貝特朗[241]這個角色。像以往一樣，當紅大作曲家的作品總是能吸引巴黎上層社會的精英去觀看的。

馬瑟夫如同大多數有錢的貴公子，在正廳租有單人座位，而且，他至少可以在熟人租有的十多個包廂中至少得到一個座位，還不算他有權進入名人的包廂。夏托．勒諾在正廳也有一個座位，就在他的旁邊。博尚以記者的身分自然成了正廳的主人，到處都有座位。那天晚上，羅新．德布雷可以用大臣的包廂，可是他獻給了德．馬瑟夫伯爵。後因美茜蒂絲不去，伯爵又送給了鄧格拉斯，並讓人轉告他，男爵夫人和她的女兒若是願意接受他向她倆提供的包廂，當晚他就可能去拜訪這兩位女士。兩位女士是絕對不會拒絕的，因為任何人也不會像一位百萬富翁那樣強烈希望得到一個免費的包廂。

至於鄧格拉斯，他早已聲稱，他的政治原則和反對派議員的身分使他不能去占有大臣的

239 《惡魔羅貝爾》是一齣五幕歌劇，首演於一八三一年。
240 Levasseur（一七九一——一八七一），法國歌唱家。由他主演的《惡魔羅貝爾》在當時曾紅極一時。
241 Bertrand，《惡魔羅貝爾》一劇中的主角，當時由勒瓦瑟爾扮演。

包廂。因此，男爵夫人寫信給羅新，請他去接她，因為她不便單獨與歐仁妮去劇院。事實也是如此，如果這兩名女子沒有紳士陪同而單獨前往看戲，人們肯定會對此說短論長的。但是若有她母親的情人一起，鄧格拉斯小姐就能反駁人們惡意的蜚言流語——人總得因地制宜的。

帷幕升起，如同往常一樣，大廳幾乎空無一人。演出開始後才走進戲院，這又是我們巴黎一種時興的風氣。因此，當第一場演出時，先到一步的觀眾絕不是在聽戲或看戲，而是在注意陸續進場的觀眾，而且，除了關門、開門和談話的聲音之外，什麼也聽不見。

「看啊！」艾伯特看見第一排的側面包廂的門開啟時，突然說，「是G伯爵夫人！」

「G伯爵夫人是誰？」夏托．勒諾問。

「哦！哎呀！男爵，您提出這個問題，我就不能原諒您了。您居然問G伯爵夫人是誰？」

「讓我確定一下，」夏托．勒諾說，「是那位迷人的威尼斯女子嗎？」

「正是她。」

這時，G伯爵夫人瞧見艾伯特，與他彼此交換了微笑。

「您認識她？」夏托．勒諾問。

「是的，」艾伯特說，「在羅馬時是弗朗茲把我介紹給她的。」

「您願意像弗朗茲在羅馬幫您那樣，在巴黎也幫我同樣的忙嗎？」

「非常樂意。」

「噓！」觀眾叫了起來。

兩位年輕人繼續交談，毫不顧及到正廳後排觀眾看來想聽音樂的願望。

「她剛才到瑪斯廣場去看賽馬了。」夏托·勒諾說。

「今天？」

「是的。」

「什麼！我居然忘了還有賽馬。您下賭注了嗎？」

「哦！小意思，五十個路易。」

「哪一匹贏了？」

「諾蒂呂斯。我把押注在這匹馬上。」

「可是有三場賽馬，是嗎？」

「是的。賽馬俱樂部設了一個獎，獎品是一只金杯。甚至還發生了一件古怪的事情。」

「什麼事？」

「喔，閉嘴！」觀眾又叫喊起來。

「什麼事？」艾伯特又追問了一句。

「在這場比賽中得勝的那匹馬和那個騎師，大家都從未見過。」

「怎麼回事？」

「我確定。誰也沒注意到一匹名叫萬帕的參賽馬和名叫約布的騎師。突然，觀眾們看見一匹漂亮的栗色馬和一個如您拳頭一般大的騎師走過來了。人們不得不在他的口袋裡塞進二十磅鉛才夠分量，但他仍然首先到達終點，超過同時比賽的阿里埃爾和巴爾巴羅三個馬身。」

「您們還沒有打聽出這匹馬和那個騎師歸誰所有嗎？」

「沒有。」

「您說這匹馬參賽時所使用的名字是，萬帕？」

「正是。」

「這麼說，」艾伯特說，「我比您知道得還多些呢，我知道他的東家是誰。」

「那邊的閉嘴！」後排觀眾第三次叫喊起來。

這一次，抗議的聲勢強烈，兩名年輕人終於發現觀眾是衝著他們喊的。他們回過頭，想在觀眾中找出領頭喊叫的人。他們認為這種抗議是有失禮貌的。然而，沒有人迎接這種挑戰，於是他們又把臉轉向舞臺。這時，大臣的包廂門開了，鄧格拉斯夫人、她的女兒和羅新·德布雷在各自的座位上坐下。

「哈！哈！」夏托·勒諾說，「這些人都是您的熟識，子爵。您往右邊張望什麼？人家在找您呢。」

艾伯特轉過臉來，他的眼睛果真與鄧格拉斯男爵夫人的眼睛相遇了，後者揮動扇子向他微微致意。至於歐仁妮小姐，要使她屈尊那對黑色的大眼睛往下朝正廳看一看也是極為勉強的。

「說真的，親愛的朋友，」夏托·勒諾說，「我實在不理解您對鄧格拉斯小姐有什麼不滿意之處，除了門不當戶不對這項，何況，我也不認為您在乎這件事。說實話，她真是相當漂亮的好女孩。」

「相當漂亮，當然了。」艾伯特說，「可是，我得向您承認，比起美貌，我倒更喜歡溫柔些、甜美些，總之更富有女性氣質的女子。」

「這樣啊，」夏托．勒諾說，他以三十歲男子的資格，對馬瑟夫擺出一副父輩的架勢。「年輕人啊，從來不會滿足的。怎麼，親愛的朋友！有人為您找來了一位能與狩獵女神狄安娜媲美的未婚妻，您竟然還不滿意！」

「不是的，我更喜歡像米羅和卡普[242]的維納斯那樣的女人。這位狩獵女神狄安娜成天生活在山妖水仙之中，真讓我有點害怕。我擔心她把我當成阿克泰翁[243]對待了。」

事實正是如此，您只要向那位少女看上一眼便能理解馬瑟夫剛才說的話其中的涵義。鄧格拉斯小姐的確很美，但就如艾伯特所說的，她的美貌帶著冷峻。她的頭髮又黑又亮，但自然鬈曲的波浪卻總是拒絕讓人任意改變髮型。她的眼睛與頭髮一般黑，上面有兩道彎彎的眉毛，但也有一個缺陷，就是時而緊皺。眼睛的特徵是目光堅毅，人們常會驚奇女人如何會露出這樣的眼神。她的鼻子很勻稱，完全可擔任雕塑家塑造朱諾[244]時的模特兒。她的嘴巴稍大了些，但有著一口漂亮的白齒，在雙唇的襯托下顯得格外醒目。而那兩片紅唇有些過紅，與她蒼白的臉形成鮮明的對比。最後，她嘴角上的黑痣，比大自然為常人的點綴要大一些，使她的臉龐最終顯示出堅定與剛毅的個性，不能不使馬瑟夫有點望而生畏。

歐仁妮的其他部位也與我們剛才試圖描述的頭部感覺相仿。正如夏托．勒諾所說的，她就是活生生的狩獵女神狄安娜，但她的美貌中有一種更堅韌、更剛勁的氣質。說到她所接受

---

242 Milo，米羅是愛琴海上的一個希臘島嶼，米羅的維納斯像是一八二〇年發現的。卡普為義大利一城市，該城博物館中的維納斯像也聞名於世界。

243 Actaeon，是個獵人，因看到仙女洗澡激怒了仙女，被變成一頭鹿，後又被自家的狗吞食。

244 Juno，朱庇特的妻子，詩人把她形容為一個高傲、好妒忌、報復心強的女人。

的教育，一如她容貌上的某些特徵一樣，若要真的指出瑕疵，那就是似乎太男性化了一點。事實上，她能說兩、三種語言，畫工也不錯，也能寫詩譜曲。她對作曲似乎更感興趣。她與她寄宿學校的一位同窗女友一起鑽研音樂。

那位朋友沒有財產，但聽人說，她具有一切天賦，可以成為一名出色的女高音歌唱家。也聽說，一位偉大的作曲家對她帶有一種近乎父愛的關注，鼓勵她努力上進，希望她有朝一日憑藉她的嗓子致富。那位年輕的女才子名叫路易絲·德·阿爾米依小姐。她的確有朝一日可能會登上舞臺，所以鄧格拉斯小姐雖然在她家中照樣接待她，但從不與她在公開場合一起露面。路易絲作為一名女性友人，在銀行家的府邸裡卻沒有獨立的地位，不過，她的待遇總比一般的家庭女教師略勝一籌。

鄧格拉斯夫人進入包廂後幾秒鐘，帷幕落下，幕間休息時間很長，觀眾可以在這半小時之內到休息室裡走動，或是去看望熟人，所以正廳前座的觀眾幾乎走光了。馬瑟夫和夏托·勒諾首先走出去。鄧格拉斯夫人看到艾伯特如此匆忙，認為他是要前來向她倆問候，於是便傾身對她的女兒耳語說他要來訪了，但後者只是笑著搖搖頭。此時，彷彿為了證明歐仁妮的反應是有根據的，馬瑟夫出現在第一排側面的包廂裡了。正是G伯爵夫人的包廂。

「啊！是您呀，旅行家先生，」女子像個老朋友那樣，極為親切自然地向他伸出手去，「您還認得我可真是太好了，特別是您是第一位來訪者真讓我高興。」

「請相信，夫人，」艾伯特回答，「如果我早知道您來到巴黎，並知道您的地址的話，我絕不會等得這麼久的。哦，請允許我向您介紹我的朋友夏托·勒諾伯爵先生。他是法國尚存為數不多的世家子弟，還是他剛剛告訴我，您觀看了瑪斯廣場的賽馬了？」

夏托．勒諾躬身致意。

「啊！您也看賽馬，先生？」伯爵夫人立即詢問。

「是的，夫人。」

「哦！」G夫人又急於問，「您能告訴我贏得賽馬俱樂部獎盃的那匹馬的主人是誰嗎？」

「不知道，夫人，」夏托．勒諾說，「剛才我向艾伯特也提過這個問題了。」

「您急於想知道嗎，伯爵夫人？」艾伯特問。

「知道什麼？」

「想知道馬的主人是誰？」

「非常迫切。您們仔細想想，那麼您或許知道他是誰了，子爵？」

「夫人，您剛才想要講一段趣聞吧，因為您說『您們仔細想想』。」

「是啊！您們想想，我第一眼看見那匹漂亮的栗色馬和身穿粉紅色綢上衣的英俊小騎師，就對他們產生了強烈的好感。我為那匹馬和騎師許願，彷彿我真的在他們身上把我的一半財產押上去似的。因此，當我看見他們到達終點，並且超過其他選手三個馬身距離時，我真是欣喜若狂，情不自禁地鼓起掌來。

「我回家時，在樓梯上遇見了那位身穿粉紅色綢上衣的小騎師。您們想想我有多麼驚訝啊！我想這位賽馬的得勝者或許也與我住在同一座樓裡，可當我打開我客廳的門時，首先映入我眼簾的居然是那匹不知名的馬和騎師贏得的獎品——一只金盃。金盃裡有一張小紙，上面寫著：G伯爵夫人惠存，魯思文勛爵敬贈。」

「就是這麼一回事。」馬瑟夫說。

「什麼，就是這麼一回事？您是什麼意思呢？」

「我想說，他就是魯思文勛爵本人。」

「哪個魯思文勛爵？」

「我們在阿根廷劇院看見的那位，我們稱之為吸血鬼的人。」

「當真！」伯爵夫人大聲說，「那麼他在這裡了？」

「完全正確。」

「您看見過他了？您接待過他了？您到他家去過了？」

「他是我的密友。夏托．勒諾先生也有幸親自結識他。」

「但是您怎能如此確定是他贏得賽馬俱樂部獎盃？」

「那匹獲勝的馬是用萬帕的名字參賽的。」

「那又如何呢？」

「怎麼，難道您忘記派人脅持我那位大名鼎鼎強盜的名字嗎？」

「哦！沒錯。」

「您忘了伯爵奇跡般地從他手中把我救出來的那件事情了？」

「完全記得。」

「他就叫萬帕。您瞧，這就是伯爵用這個名字的證明。」

「那麼他為什麼要把獎盃送給我呢？」

「首先，伯爵夫人，因為我對他多次提過您。您完全可以相信這一點。其次，因為他很樂意能找到一位同鄉，並且慶幸這位女同鄉對他表現出的熱情。」

「我希望您從沒有和他談過我們議論他時的那些胡言亂語吧！」

「天哪，我不敢保證。他以魯思文勛爵的名義贈送獎盃給您，這說明……」

「這太可怕了，他要恨死我了。」

「他的做法是敵視的行為嗎？」

「不是的，我承認。」

「就是了！」

「那麼說，他在巴黎了？」

「是的。」

「他引起的反響如何？」

「哦，」艾伯特說，「大家對他議論了整整一個星期，然後又把注意力轉向英國女王的加冕典禮和瑪律斯小姐的鑽石失竊案。後來就只談論這兩件事情了。」

「親愛的朋友，」夏托·勒諾說，「看得出來，伯爵是您的朋友，您對他也另眼相看。請別相信艾伯特對您說的一番話，伯爵夫人。相反的，現在，巴黎還是基督山伯爵的天下。

「他開始引起注意是贈送鄧格拉斯夫人價值三萬法郎的兩匹馬。後來，他又救了德·維爾福夫人一命。再後來，似乎是他贏得了賽馬俱樂部賽馬的頭獎。不管馬瑟夫怎麼說，我堅持與他持相反意見，我認為，此刻大家還在關心著那位伯爵。

「假使他想繼續標新立異的話，在一個月之內，他仍將是大家關注的目標，再說，他日常生活的方式似乎就是喜歡出奇制勝。」

「有可能吧，」馬瑟夫說，「不過請先告訴我，是誰在使用俄國大使的包廂呢？」

「哪個包廂？」伯爵夫人問。

「第一排兩根立柱中間的那個。我覺得包廂完全整修一新了。」

「真是的，」夏托．勒諾說，「在第一幕演出時有人在裡面嗎？」

「哪裡？」

「在那個包廂裡。」

「沒有，」伯爵夫人說，「我沒看見有什麼人。這麼說來，」她又回到第一個話題繼續說，「您認為贏得獎盃的是您那位基督山伯爵了？」

「我確信無疑。」

「也就是他把這只金盃送給我的嗎？」

「毫無疑問。」

「可是我不認識他啊。」伯爵夫人說，「我非常希望把獎盃還給他。」

「啊！千萬別這麼做。否則，他又會送您另一只獎盃，並且是用整塊藍寶石或是用整塊紅寶石雕鏤成的。這就是他的處世風格。有什麼辦法呢，他就是這樣的人。」

這時，鈴聲響起，表示第二幕就要開始了。艾伯特起身想回到自己的座位上。

「我還能見到您嗎？」伯爵夫人問。

「您恩准的話，在幕間休息時，我再來詢問您，我在巴黎還能為您做些什麼。」

「先生們，」伯爵夫人說，「每個週末晚上，我會在家接待客人，地址是裡伏利街二十二號。我這就是正式通知您們了。」

兩位年輕人鞠躬，走出包廂。他倆走進正廳時，看見正廳後排的觀眾都站起來，眼睛盯著正廳的一處看。他倆的目光也隨觀眾望去，停留在以前俄國大使所有的包廂裡。一名男子，約莫三十五到四十歲，穿著全套黑色禮服，剛與一位身著東方服飾的女子走了進去。那女子美豔絕倫，衣著奢華，就如我們剛才說的，所有人都把目光轉向她了。

「哦！」艾伯特說，「是基督山與他的希臘美女。」

果然，來者就是伯爵和海蒂。

頃刻間，少女不僅成了正廳後排觀眾，也成了整個正廳觀眾的注視目標。貴婦們把頭伸出包廂想一睹那在吊燈照耀下、她戴著那一串串流光溢彩的鑽石。第二幕就在一片嗡嗡的絮叨聲中結束了，這說明她在觀眾中已引起轟動。沒有人再想著呼喊大家保持安靜。女子是如此年輕、美麗、光彩奪目，無疑是人們所能見到的最吸引視線的景物。

這一次，鄧格拉斯夫人做了一個手勢，向艾伯特明確表示，男爵夫人希望他在下一次幕間休息時去看她。當別人對馬瑟夫明白無誤地指出，有人在等他時，他出於修養和禮貌，是不願意讓人久等的。因此第二幕結束後，他就趕緊上樓到側面的一個包廂裡去了。他向兩位女士躬身致意，又把手伸向德布雷。男爵夫人以迷人的微笑迎接他，而歐仁妮則保持著往常的冷漠神色。

「天哪，親愛的朋友，」德布雷說，「我已被逼得走投無路了，正想請您來解救我。這位夫人問了一連串有關伯爵的問題，真把我壓得透不過氣來了。

「她要我說出他是哪國人，從哪兒來，到哪兒去。天哪，我又不是卡利奧斯特羅[245]。為了擺脫困窘，我只能說：『去問馬瑟夫吧，他對他的基督山了若指掌呢。』於是，她就召喚您了。」

「真是不可想像，」男爵夫人說，「有人可以動用五十萬祕密基金，居然對此人所知不多。」

「夫人，」羅新說，「我請您相信，即使我有五十萬可以任意支配，我也不會用來去打聽基督山先生的身世的。依我看，他也沒有什麼功德可言，只是比印度大財主加倍富有罷了。不過，還是讓我的朋友馬瑟夫說話吧，您問問他，這件事真的我無關。」

「即使是一位大財主，肯定也不會送我一對價值三萬法郎的馬，馬耳朵上還掛著每顆值五千法郎的四顆鑽石的。」

「哦，送鑽石，」馬瑟夫笑著說，「我想是他的嗜好。我想他像波將金[246]那樣，衣服總是

245 Cagliostro（一七四三—一七九五），義大利江湖騙子、魔術師和冒險家。曾在巴黎上流社會紅極一時，給人算命，兜售一種「長生不老」藥。

246 Potemkin（一七三九—一七九一），俄國政治家。曾給女皇葉卡捷琳娜二世做了兩年情夫，有十七年時間是帝國最有權勢的人物。

戴著鑽石，並像小拇指[247]一路撒石子那樣，他也會一路撒鑽石的。」

「他大概挖到什麼金礦了。」鄧格拉斯夫人說，「您知道他在男爵的銀行裡開了一個無限貸款的戶頭嗎？」

「我不知道，」艾伯特答道，「但有此可能。」

「不只如此，他向鄧格拉斯聲稱，他打算在巴黎待一年，會花費六百萬。」

「這是隱姓埋名的波斯沙赫[248]的排場了。」

「那名少女，羅新先生，」歐仁妮說，「您沒發現她貌美驚人嗎？」

「說真的，小姐，在眾女子之中，我只承認您才配得上美女的稱號。」

羅新把單片眼鏡夾在他的眼睛上。「非常迷人。」他說。

「那名女子，德．馬瑟夫先生知道她是誰嗎？」

「小姐，」對這個幾乎直截了當的問題，艾伯特回答，「如同我們所關心的神祕人物一樣，我對她也只知道一點點。她是希臘人。」

「從她的服裝一眼便可看出來了，而您所說的，全部的觀眾也知道得像我們一樣清楚。」

「我為當了一個無知的引導感到十分遺憾，」馬瑟夫說，「不過我得承認，我所知道的也僅限於此了。我還知道她是一位音樂家，因為某天我在伯爵屋裡用早餐時，聽見了單弦提琴的聲音。我肯定是她在演奏。」

247 Tom Thumb，法國作家佩羅（一六二八——一七〇三）的同名童話故事中的主人公。

248 Shah of Persia，波斯國王的稱號。

「他也接待客人，您那伯爵？」鄧格拉斯夫人問。

「我向您發誓，闊綽之極。」

「我得慫恿鄧格拉斯邀請他吃頓飯，跳次舞，好讓他回請我們。」

「什麼，您要到他府上去？」德布雷笑著問。

「為什麼不？我會與我的丈夫同去。」

「可那位神祕的伯爵，還是一個單身漢啊。」

「您明明看到了不是這麼回事。」這次輪到男爵夫人指著希臘美女笑著說。

「他親口告訴過我們，她是女奴，您記得嗎，馬瑟夫，在您家吃早餐的那次？」

「親愛的羅新，」男爵夫人說，「不如說她像一位公主，您不會不同意吧。」

「《一千零一夜》裡的公主。」

「我不是說《一千零一夜》裡的公主。然而，是什麼東西讓女人變成公主的呢，親愛的？不就是鑽石嗎，而她全身掛滿了鑽石。」

「她甚至掛得太多了，」歐仁妮說，「沒有那些東西她會顯得更漂亮的。因為，那樣就可以讓人看見她極美的頸子和手腕了。」

「哦！真是藝術家。聽著，」鄧格拉斯夫人說，「您們看她興致多高昂？」

「所有美的人事物我都喜歡。」歐仁妮說。

「那麼您對伯爵的印象如何呢？」德布雷說，「我覺得他也不遜色。」

「伯爵？」歐仁妮說，彷彿她根本沒有想到注意他似的，「至於伯爵，他很蒼白。」

「說得對，」馬瑟夫說，「我們就是在探究他臉色蒼白的祕密。您知道，G伯爵夫人說他像個吸血鬼。」

「她回來了，G伯爵夫人？」男爵夫人問。

「就在側面的包廂裡，」歐仁妮說，「幾乎坐在我們的正對面，母親。那個有一頭漂亮的金色頭髮女子，就是她。」

「哦！是的，」鄧格拉斯夫人說，「您不知道現在您該做什麼嗎，馬瑟夫？」

「請吩咐吧，夫人。」

「您該去拜望一下基督山伯爵，並且把他帶過來。」

「為什麼呢？」歐仁妮問。

「為了讓我們可以與他說話呀。難道您沒興趣見見他嗎？」

「一點興趣也沒有。」

「古怪的孩子！」男爵夫人輕聲說。

「哦！」馬瑟夫說，「也許他會自己來的。瞧，他看見您了，夫人，他在向您致意呢。」

男爵夫人嫣然一笑，以此回敬伯爵。

「好了，」馬瑟夫說，「我豁出去了。我這就去，看看有什麼機會與他說上話。」

「直接去他的包廂，不是挺簡單的嗎？」

「可沒人介紹我呀。」

「介紹給誰？」

「希臘美女。」

「您不是說她是一個女奴嗎？」

「是的，可您自己也說，她是一位女王，起碼是位公主。不，我希望當他看見我離開時，他也會走出來。」

「有可能的，去吧！」

「我走了。」

馬瑟夫躬身致意，走出包廂。果然，正當他在伯爵的包廂前走過時，門開啟了，伯爵向站在走廊上的阿里說了幾句阿拉伯語，然後挽住馬瑟夫的手臂。阿里重新關上了門，在門前站定。走廊上有一圈人圍著這個努比亞黑人看。

「說真的，」基督山說，「您們的巴黎真是一個古怪的城市，而您們巴黎人也是特殊的人，好像這些人第一次看見努比亞黑人似的。您瞧圍在可憐的阿里身邊的那些人吧，阿里都不知道這是什麼意思呢。不過，有一件事情我可以向您保證，就是，若一個巴黎人去突尼斯、君士坦丁堡、巴格達或是開羅，那裡的人可不會去圍觀他的。」

「那是因為您們東方人很明智。他們只看一些值得他們看的東西。不過請您相信我，阿里擁有觀眾只是因為他是屬於您的。現在，您可是個新聞人物。」

「當真！我如何會得到這樣的榮幸？」

「無須多說，都是您自己造成的。您贈送價值一千路易的兩匹馬。您救出檢察官兩名家人的生命。您以布拉克少校的名義讓純種馬和個子小得像南美洲狨猴的騎師參加比賽。最後，您贏得了金盃，又把它送給了漂亮的女子。」

「天啊！是誰向您講了這些奇談怪論的？」

「第一件是鄧格拉斯夫人說的。她此刻待在包廂裡想見您想得發瘋了。或者該說，還有其他人也想在那兒見到您。第二件是博尚在報上說的。第三件是我自己猜的。假設您想隱姓埋名，那麼為什麼您把您的馬命名為萬帕呢？」

「啊！您說得是！」伯爵說，「我真粗心大意。可是，請您告訴我，難道德．馬瑟夫伯爵從不上劇院嗎？我到處找他，就是沒見到他。」

「他今晚就會來。」

「在哪裡？」

「我想在男爵夫人的包廂裡。」

「與她在一起的那位美麗的女孩是她的女兒嗎？」

「是的。」

「我祝賀您了。」

馬瑟夫笑了笑。

「這件事我們以後再談吧，可以詳談。」他說，「您認為樂曲如何？」

「什麼樂曲？」

「您剛才聽的音樂。」

「我說，既然這支樂曲是由人間的作曲家譜成，並如已故的第歐根尼[249]說的，由不長羽毛的兩腳鳥兒唱出來的，當然很美妙了。」

「這樣看來，親愛的伯爵，您似乎想聽天堂裡的七種和聲就能聽見似的。」

「差不多，如給我想聽美妙的樂曲，子爵，當我聽到凡夫俗子從來沒聽見過的樂曲時，我就會入睡。」

「哦！您在這裡挺好的。所以，睡吧，親愛的伯爵，睡吧，創作歌劇就是讓人安眠的。」

「不行的，謝謝您。您們的樂隊太嘈雜了。我如要睡得安穩，如我對您說的那樣，就需要安穩和靜謐的環境，此外，還要作一些準備……」

「我知道！是著名的印度大麻。」

「正是如此。所以，親愛的子爵，假使您想聽音樂，就到我家用晚餐吧。」

「不過，上次去您那兒用早飯時，我已經聽過了。」馬瑟夫說。

「在羅馬？」

「是的。」

「啊！那是海蒂在演奏單弦提琴。是的，可憐的女流亡者有時也愛為我彈奏幾首她家鄉的樂曲。」

馬瑟夫不想再追問下去，伯爵一時也沉默不語。

249 Diogenes（西元前四〇四—前三二三），古希臘犬儒派哲學家。他蔑視財富和社會習俗，終年穿粗衣，吃劣食，露宿街頭或廊下，據說還棲身在大甕裡。

此時，鈴聲又響起來。

「您能原諒我離開您嗎？」伯爵邊說邊向他的包廂走去。

「怎麼了？您要走了？」

「懇請您代表吸血鬼向G伯爵夫人請安，並多說些好話。」

「向男爵夫人說什麼呢？」

「請轉告她，若她願看重我，我將有幸於今晚親自去向她表達敬意。」

第三幕開始了。在第三幕演出期間，德．馬瑟夫伯爵如同他承諾的那樣，到了鄧格拉斯夫人身邊。德．馬瑟夫伯爵可不是能在正廳裡引起轟動的那一類人，因此，除了他走進的包廂裡的幾個人注意到他之外，誰也沒發現他。不過，基督山一直看著他，嘴角上露出淺淺的笑意。至於海蒂，只要帷幕升起，她就目不轉睛地盯著舞臺。如同所有天性純潔的人一樣，她崇尚著可以用聽覺和視覺對話的一切。

第三幕結束了。諾布萊、朱利阿、勒魯小姐像平時一樣表演起足尖舞。羅貝爾．里奧向德．格勒納德王子挑戰。最後，您們所熟知的那位威武的國王手拉著他的女兒繞場一周，掀起他天鵝絨的披風。接著，帷幕降下，正廳觀眾立即擁向休息室和走廊。

伯爵走出包廂，不久就走進鄧格拉斯男爵夫人的包廂裡。

男爵夫人驚訝中微帶喜悅，輕呼一聲。

「啊！請過來，伯爵先生！」她大聲說，「因為我寫給您的那封感謝信是遠遠不夠的。我真的著急於想親口再向您表達衷心的謝意。」

「哦！夫人，」伯爵說，「區區小事，何足掛齒。我早把它忘了。」

「是的。不過，萬萬不能忘記的，伯爵先生，就是次日，您又救了我的好朋友，德·維爾福夫人。那兩匹馬使她險遭不測啊。」

「這一次，夫人，我還是不配接受您的謝意。那是我的努比亞人阿里的造化，使他能為德·維爾福夫人效勞。」

「把我兒子從羅馬強盜手中救出來的也是這位阿里嗎？」德·馬瑟夫伯爵問。

「不是的，伯爵先生，」基督山握著將軍伸過來的手說，「不是的。那一次，我對您的感謝就受之無愧了。不過，您已經謝過了，我也心領了。您要還是繼續感謝，我就實不敢當了。男爵夫人，請開恩把我介紹給令嬡吧，我求您了。」

「哦！您早已被介紹過了，至少對您的大名並不陌生。因為這兩天，我們一直在談論您。歐仁妮，」男爵夫人向她的女兒轉過臉去繼續說，「這位是基督山伯爵先生。」

伯爵欠身致意；鄧格拉斯小姐微微點了一下頭。

「您與一位風姿綽約的小姐在一起，伯爵先生，」歐仁妮說，「她是您的女兒嗎？」

「不是的，小姐。」基督山說，他對她的冷靜與直率感到非常驚訝。「她是一名可憐的希臘少女。我是她的保護人。」

「她叫什麼名字？」

「海蒂。」基督山回答。

「一個希臘人！」德·馬瑟夫伯爵喃喃說。

「是的，伯爵先生，」鄧格拉斯夫人說，「您曾功績卓越地為阿里．臺佩萊納王朝效力過。請您告訴我，您在那裡是否見過一套比我們眼前見到的更華麗的衣飾呢。」

「我沒聽錯吧，伯爵先生，」基督山說，「您在約阿尼納[250]服役過，伯爵先生？」

「我曾擔任帕夏軍隊的監察長。」馬瑟夫答道，「我也不隱瞞，我的一點點產業也多虧這位傑出的阿爾巴尼亞統帥的慷慨。」

「請看哪！」鄧格拉斯夫人驚呼。

「看哪裡？」馬瑟夫囁嚅地問。

「那裡！」基督山說。

說著，他用手臂抱住伯爵，拉他一起把頭探出包廂。

這時，海蒂在用目光搜尋伯爵，看見他蒼白的臉與他抱住的馬瑟夫的臉靠在一起。這個景象使少女幾乎像是突然看見梅杜莎的頭，她把上身向前傾去，想把他倆看個明白，然而，幾乎同時，她又猛地往後一縮，輕輕地驚呼了一聲。聲音雖然輕，但在她附近的觀眾一定會聽見的，阿里也聽見了，他立即打開了門。

「看哪，」歐仁妮說，「您監護的少女怎麼了，伯爵先生？好像她不舒服。」

「確實如此，」伯爵說，「但請您別害怕，小姐，海蒂有些神經質，因此對氣味非常敏感。她一聞到不合適的香水就會頭昏。不過，」伯爵從口袋裡掏出一個小瓶子補充說，「我有

250 Yanina，阿尼納是希臘的一個城市。阿里．臺佩萊納任土耳其蘇丹屬下的大帕夏區總督後，吞併阿爾巴尼亞部分地區，並將該城市定為大帕夏區首府。

醒藥。」

說完，他同時向男爵夫人和她的女兒鞠了一躬，再與伯爵和德布雷握手後，便走出鄧格拉斯夫人的包廂。當他回到自己的包廂，海蒂的臉上仍然沒有恢復血色。他剛回來，她就抓住他的手。基督山發現少女的雙手都是汗水而且冰涼。

「您與誰在交談，大人？」少女問。

「與德．馬瑟夫伯爵。」基督山回答，「他曾在您大名鼎鼎的父親麾下服役過。他承認多虧您的父親他才致富的。」

「啊！無恥之徒！」海蒂大聲說，「就是他把我父親出賣給土耳其人的。這筆財富是他背叛的報酬。難道這些您都不知道嗎，我親愛的大人？」

「關於這段歷史，我在伊庇魯斯曾聽人提起過。」基督山說，「但我不知道其中詳情。來吧，我的孩子，詳細地說給我聽。我很好奇，同時也覺得會相當有趣。」

「哦！是的，走吧，走吧。我覺得如果我面對這個人的時間過長，我似乎就會死去的。」

說著，海蒂迅速站起來，裹上她那件鑲著珍珠和珊瑚的白色喀什米爾斗篷，在帷幕升起之際匆匆走出去了。

「瞧，這個人就是與眾不同！」G伯爵夫人向回到她身邊的艾伯特說，「他聽《羅貝爾》的第三幕時還聚精會神的，但是在第四幕即將開始時，他卻走了。」

第五十四章　股市的起伏

這次會面之後過沒幾天，艾伯特．德．馬瑟夫就到基督山伯爵在香榭麗舍大道上的寓所去拜訪他了。伯爵憑著他無盡的財富，早已把那幢只是用做臨時落腳處的住屋改造得相當具有宮殿的氣派。子爵是來替鄧格拉斯夫人再次向伯爵表示感謝的。稍早之前，鄧格拉斯夫人已寫信向伯爵道謝過一次，署名為鄧格拉斯男爵夫人，閨名埃米妮．德．塞爾維厄。艾伯特是由朋友羅新．德布雷陪伴前來。德布雷與他的朋友先跟伯爵寒暄後，又說了幾句極度恭維的話。伯爵以他敏銳的眼光，不難猜出這些稱讚之詞的緣由。他甚至覺得羅新的到訪是帶著雙重的好奇心，而其中的一半來自昂坦堤道街。他能以價值三萬法郎的馬相贈，帶一名希臘女奴去觀劇，而這名女奴還戴著價值百萬的鑽石。伯爵根本不擔心自己是否猜錯。他完全可以推估，鄧格拉斯夫人既然不能親眼看穿他的底細，於是就像往常那樣借用別人的眼睛去觀察，之後再向她提供有關他的內部情況。不過，伯爵裝得若無其事，似乎毫不懷疑羅新的來訪與男爵夫人的好奇心之間有什麼關聯。

「您與鄧格拉斯男爵一直有來往嗎？」他向艾伯特．德．馬瑟夫詢問。

「哦！是的，伯爵先生。您知道的。我已對您說過了。」

「一直維持著嗎？」

「比以往更密切了，」羅新說，「那件事已經定下來了。」

說完，羅新大概覺得他在談話中補充了這麼一句，接著就有權成為局外人不須再加入談話，於是便把他的玳瑁單片眼鏡夾在一隻眼睛上，咬著他手杖上的金質球飾，開始在房間裡參觀，端詳每件武器和油畫。

「真的嗎？」基督山說，「聽您這麼說，我以前還真沒想到那件事會決定得如此迅速。」

「有什麼辦法呢？事情的發展有時是難以預料的。您不去想它，但它會想到您。當您回過頭一看，就會驚訝事情怎麼會走到這一步了。家父和鄧格拉斯先生曾一起在西班牙服役過。當時家父在作戰部隊，而鄧格拉斯先生在後勤部門。家父在大革命中破了產。鄧格拉斯先生本來就沒有祖業。他倆都在那裡發跡。家父在政治和軍事上功績卓著，為前途鋪平了路。鄧格拉斯先生則在政治和經濟上成果豐碩，有了美好的前程。」

「是的，確實如此。」基督山說，「我想，在我拜訪他時，鄧格拉斯先生對我談起過這段往事。那麼，」他對正在翻閱畫冊的羅新瞥了一眼，繼續說，「她很美嗎，歐仁妮小姐？我記得她的名字是歐仁妮。」

「很漂亮，更確切地說，很美。」艾伯特答覆，「不過，我欣賞不了這樣的美貌。我真是個不識抬舉的人啊！」

「您用這種口氣說話，好像您已經是她的丈夫了。」

「哦！」艾伯特輕喚了一聲，向四周望了望，同時想看看羅新在做什麼。

「您知道嗎，」基督山壓低了聲音說，「在我看來您似乎對這門親事不怎麼熱心呢。」

「對我來說，鄧格拉斯小姐太富有了。」馬瑟夫說，「這讓我害怕。」

「是嗎？」基督山說，「這理由還真是充分。您自己的資產也不差啊？」

「家父大約有五萬法郎的年金，在我結婚後也許會給我一萬或一萬二千。」

「這確實有點少，」伯爵說，「尤其是在巴黎。但是，在當今的世界，財富不代表一切。有一個良好的家世和崇高的社會地位也很重要。您的門第是顯赫的，地位是優越的，再說，德·馬瑟夫伯爵是一名軍人。人們喜歡看到正直的巴亞爾與貧窮的迪·蓋克蘭聯姻。無私是一束最明亮的陽光，而一柄高貴的劍在它的照耀下會發出耀眼的光輝。所以，我的看法正好相反，我認為這門聯姻再適合不過了。鄧格拉斯小姐能使您富有，而您能使她變得高貴。」

艾伯特搖搖頭，心事重重。

「還有其他的不便。」他說。

「我承認，我難以理解您對一位年輕貌美的女子竟會有這樣的反感。」基督山接著說。

「啊！」馬瑟夫說，「如果能說是反感的話，那麼這種反感並不都是出於我的緣故。」

「那麼還會是什麼原因呢？因為您對我說，令尊是主張這門婚事的。」

「是因為家母的緣故。家母的眼光審慎而且可靠。然而，她對這門婚事反應冷淡。我不知道為什麼，但她對鄧格拉斯一家有些成見。」

「哦！」伯爵用一種有點勉強的口氣說，「那是可以理解的。德·馬瑟夫伯爵夫人才貌出眾，具有貴族血統，而且敏感纖細。要她與一個粗俗的平民之家結親總會有些顧慮的，這很自然。」

「我真的不知道是不是這麼回事。」艾伯特說，「我所知道的，就是我覺得如果這門親事成為事實，她會痛苦的。六個星期前，他們本來要見面商談具體事宜，可是，我犯了暈病……」

「真的嗎？」伯爵面帶微笑問。

「啊！當然是真的，我確定是過於焦慮……於是，他們把商談推遲了兩個月。您明白，根本不用急著確定，我還不到二十一歲，而歐仁妮才十七。只是到下星期，兩個月的期限就到了，應該要做出決定了。親愛的伯爵先生，您不能想像，我有多為難。啊！您是自由人，該有多麼幸福呢！」

「這樣的話，為何您不能也一樣自由呢？是誰妨礙您了呢？」

「哦！如果我不娶鄧格拉斯小姐，家父就會太失望了。」

「那麼娶她吧。」伯爵意味深長地聳聳肩說。

「是的，」馬瑟夫說，「但是對家母來說，就不只是失望，而是痛苦了。」

「這樣的話，就別娶她了。」伯爵說。

「再看看吧。我會試著再想想有沒有更好的方式來解決。您會給我建議的，是嗎？您有可能幫我從左右為難的困境中擺脫出來的，是吧？我想，只要不再讓我親愛的母親受苦，即使我與伯爵先生鬧翻也在所不惜。」

基督山轉過身子，似乎有些激動。

「哦！」他對德布雷說，後者正坐在客廳一端的扶手椅上，右手拿著一支鉛筆，左手拿著一個記事本。「您在做什麼呢，在臨摹普森[251]的畫嗎？」

「喔，不是的。」他平靜地說，「我太過喜歡畫了，以至於無法實際作畫。我正在計算。」

「計算？」

「是的，我在計算，這對您間接有些關係，子爵。我在算鄧格拉斯家族最近在海地的一次多頭交易中賺了多少錢。公債在三天之內從二〇六上漲到四〇九，而這位精明的銀行家在二〇六時買進很多。他應能賺上三十萬法郎。」

「這還不是他最漂亮的一次交易。」馬瑟夫說，「今年，他在西班牙證券上不是賺了一百萬嗎？」

「聽著，親愛的朋友，」羅新說，「基督山伯爵先生在這裡，他會像義大利人那樣回答您：『Danaro e santia, Metà della Metà[252].』所以說，每當別人對我談起這類事情時，我總是聳聳肩膀，不發表言論。」

「可是您剛才說到了海地？」基督山問。

「啊！海地，那是另一回事了。海地，那是法國公債投機買賣中的『愛卡爾代』[253]。我

251 Pussin（一五九四—一六六五），法國畫家，一生中大部分時間在羅馬度過。
252 金錢與聖潔，一半對一半。
253 Ecarte，一種兩人玩的紙牌遊戲。

們或許愛玩『布約』[254]，鍾情『惠斯特』，迷戀『波士頓』[255]，但遲早都會玩膩的。到最後，我們還是會回去玩『愛卡爾代』。那不只是一場遊戲，而是一道開胃菜。因此，鄧格拉斯先生昨天以四〇九賣出，又賺進三十萬法郎。如果他等到今天，公債又跌至二〇五，那麼，他不是賺進三十萬法郎，而是虧了二萬或是二萬五千了。」

「為什麼公債從四〇九回跌至二〇五呢？」基督山問，「我請您原諒，我對交易所的狀況一無所知。」

「因為資訊接二連三地匯集，而且隨時在變化。」艾伯特笑著說。

「喔，」伯爵說，「所以，鄧格拉斯先生在一天之內就做了一筆輸贏達三十萬法郎的交易。他一定是極度富有了。」

「玩牌的還不是他！」羅新趕緊說，「是鄧格拉斯夫人。她是真正的大膽。」

「可您是很理智的人，羅新。您有資訊來源，也知道訊息是很不可靠的，您總該勸阻她才好。」馬瑟夫微笑著說。

「連她的丈夫都說動不了她，我又怎能辦到呢？」羅新問，「您是了解這位男爵夫人的脾氣，誰也左右不了她。她想怎麼做，就一定要那麼去做。」

「哦！假如我在您的位子……」艾伯特說。

「如何？」

254 Bouillotte，一種紙牌遊戲。
255 Boston，一種舊時紙牌遊戲。

「我會糾正她，這也是幫她未來的女婿一個忙呢。」

「此話怎講？」

「喔！這還不容易。我會給她一次教訓。」

「一次教訓？」

「是的。既然您身居大臣機要祕書的要職，您的訊息就有很大的公信力。您只要一開金口，那些證券投機客就會以最快的速度把您的話記下來。就讓她一次又一次地接連輸掉十萬法郎，她就會學乖了。」

「我不明白。」羅新嘟噥地說。

「這可再清楚不過啦。」年輕人毫不做作、天真地說，「某天早上，您向她透露一個驚人的消息，一個最新的電報，而且只有您一個人知道。譬如說，昨天有人看到亨利四世[256]在加布麗爾[257]的府上，於是公債行情就看漲。她根據這個行情就會買進。可是到了第二天，博尚又在他的報紙上說：『消息靈通人士稱有人目睹亨利四世在前天駕臨加布麗埃爾府。此說純屬誤傳，國王陛下根本沒走出新橋[258]一步。』於是她就必虧無疑了。」

羅新勉強笑了笑。基督山伯爵雖說表面上無動於衷，但對他們的交談，一句話也沒漏聽。憑他銳利的眼光，他覺得已看透機要祕書這種尷尬的原由了。雖然艾伯特對羅新的窘態毫無

256 亨利四世（一五五三—一六一〇），法國波旁王朝的第一代國王。此處系比喻說法。
257 Gabirelle（一五七一—一五九九），即博福公爵夫人，相傳是亨利四世的情婦。
258 新橋曾是巴黎最繁華的地方之一，這裡指未離開首都一步。

察覺，然而羅新自覺無趣，就急於告辭。

他顯然感到很不舒服。伯爵送他走時，輕聲對他說了幾句話，他答覆：「我很樂意，伯爵先生，我接受了。」

伯爵回到年輕的德．馬瑟夫身邊。「認真想想，」他對年輕人說，「您不認為當著德布雷先生的面，像您剛才那樣議論您的岳母會有所不當嗎？」

「聽著，伯爵先生，」馬瑟夫說，「我求求您了，別提前用『岳母』這個稱呼好嗎？」

「請不要誇大其詞。伯爵夫人真的對這門婚事如此反感嗎？」

「反感到了男爵夫人很少來我家作客。我想，家母在她有生以來去鄧格拉斯夫人家也不到兩次。」

「這麼說來，我就斗膽開誠布公地對您進言了。」伯爵說，「鄧格拉斯先生是與我有業務往來的銀行家。德．維爾福先生為感謝我偶爾有幸幫過他一次忙而對我相當客氣有禮。我猜想，在這樣的背景下，鄧格拉斯先生也會不斷邀請我去他家吃飯或赴宴的。然而，我不想對這一切慷慨的回贈顯得受之無愧，或者說我想體面地搶先一步。假使您願意，我打算在我奧特伊的房子裡與鄧格拉斯夫婦和德．維爾福夫婦聚一聚。

「如果我也邀請您與德．馬瑟夫伯爵先生和伯爵夫人一起用餐，這樣反而顯得像是有意安排親家的會面，至少德．馬瑟夫伯爵夫人可能會這樣看。尤其是當鄧格拉斯男爵先生抬舉我，把他的千金也帶來，事情不就更明顯了嗎？這樣，令堂就會對我產生反感，這是我絕對不願意看到的。我十分希望能在她的心目中保持良好的印象。不論何時，如有機會，請把我的意思轉告給她。」

「當然啦，伯爵先生，」馬瑟夫說，「我很感謝您對我直言不諱。我接受您的建議，就把我排除在外吧。您說您希望讓家母對您保持良好的印象，其實她對您的想法已經再好不過了。」

「您這麼想？」基督山很感興趣地問。

「哦！我敢肯定。那天您離開我家之後，我們談論您足足有一個小時。喔，我們回過頭再來說說剛才談的事情吧。家母若能知道您的細心周到，這一點我會壯膽對她說，我相信她會對您感激不盡的。當然，就家父而言，他會生氣的。」

伯爵笑了起來。

「就這樣吧！」他對馬瑟夫說，「我算是預先告訴您了。不過，我想生氣的不止是令尊吧，鄧格拉斯夫婦也會把我看成是一個非常不懂禮貌的人。他們知道我與您有點交情，況且，您算是我在巴黎相識最早的朋友。他們在我家沒看見您，就會問我為什麼不邀請您來。您至少得想好您已另有約會在先的理由，並且要真實可信些，然後寫個字條給我。您知道，與銀行家打交道，只有書面文字才算數的。」

「我會做得比這個辦法更徹底，伯爵先生。」艾伯特說，「家母想到海邊去呼吸新鮮空氣，所以，您哪天宴客？」

「星期六。」

「今天是星期二，可以，明天晚上我們就出發，後天上午我們就到特雷波爾[259]了。您知道嗎，伯爵先生，您真是個富有魅力的人，使大家各得其所。」

「說真的，您把我看得比實際高得多了。我希望您心情愉快，就這樣。」

「您什麼時候發出請柬？」

「就在今天。」

「好的！我現在就到鄧格拉斯先生家去，告訴他家母與我，我們明天離開巴黎。我沒見過您，因此，我對您想宴客之事一無所知。」

「您簡直瘋了！德布雷先生不是剛才在我家還看見您嗎？」

「啊，這倒是真的。」

「您應該對他們說，我就在這裡會見過您，並且非正式地邀請過您了。但是，您卻立即回答我說不能來作客，因為您們要到特雷波爾去。」

「好吧！就這麼說定了。請問您在明天之前能來見見家母嗎？」

「明天之前有困難，再說，您們出發前要忙著準備，我也不合適拜訪。」

「哦！好事做到底吧。剛才您只是一個富有魅力的人，若是這樣做，您就成為一個受人崇拜的人了。」

「我該做什麼才能獲得這樣的盛譽呢？」

259 Treport，法國北部瀕臨英吉利海峽的一個市鎮，有海濱浴場。

「您該做什麼嗎？」

「我正在請教您。」

「今天您像空氣一樣的自由，那就到我家去吃飯吧。您，家母和我，就我們三人小聚。您以前只是大致見過家母。這一次，您就可以仔細看看她了。她是一名很出色的女子，只有一件事頗為可惜，那就是，找不到比她年輕二十歲又像她一樣的女人。如果有，我向您發誓，很快就會有一位德．馬瑟夫伯爵夫人和一位德．馬瑟夫子爵夫人了。

「至於家父，您見不到他的，今晚他有公事在身，要到掌璽大臣那裡吃飯。來吧，我們一起談談我們的旅遊計畫。您周遊了世界，可以對我們說說您的奇遇趣聞，可以對我們講講那位希臘美女的身世。就是那天晚上與您一起看戲的那位。您說她是您的女奴，可您把她侍候得像一位公主。我們還可以用義大利語和西班牙語交談。懇請您，接受吧，家母會感謝您的。」

「我不勝感激，」伯爵說，「您的邀請再親切不過了，可是我非常遺憾，實難接受。我並不如您想的那樣自由，相反的，我必須去赴一個很重要的約會。」

「啊！請留神，關於請客，剛才您還教會我如何婉拒了。所以我得有一個證據。我幸而不像鄧格拉斯先生那樣是位銀行家。但我該預先告訴您，我也像他一樣不易輕信的。」

「這麼說，我得給您一個證據了。」伯爵說。他敲了敲鈴。

「是的。」馬瑟夫說，「您已經兩次拒絕與家母共餐了，這是故意回避，伯爵先生。」

基督山伯爵稍稍一震。

「是嗎，您不相信？」他說，「我的證人到了。」

巴蒂斯坦走進來，站定在門口，等候吩咐。

「我事先並不知道您要來訪是嗎？」

「天曉得！您這個人太不同尋常了，這我可不能確定。」

「那麼我至少猜不出您會邀請我餐敘吧。」

「啊！至於這點，有可能吧。」

「那好！聽著，巴蒂斯坦，今天上午，我把您叫到我的書房裡來時，我對您說什麼呢？」

「五點鐘一過，就讓僕人把伯爵先生的門關上謝客。」

「還有呢？」

「哦！伯爵先生……」艾伯特說。

「不，不，我絕對需要消除您強加給我的『神祕』聲名，親愛的子爵先生。永遠扮演曼弗雷德這個角色的確太困難了。我希望自己生活在一座透明的房子裡。還有呢？說下去，巴蒂斯坦。」

「然後您說，您只接待巴爾托洛梅奧．卡瓦爾坎第少校先生及他的公子。」

「您聽見了，巴爾托洛梅奧．卡瓦爾坎第少校先生是義大利最古老的一個貴族世家的後裔。但丁為研究這個家族，都親自當過一次奧吉埃。他在《地獄篇》的第十章裡有述及到，不過，您記得與否無關緊要。此外，他的兒子是一個可愛的年輕人，與您的年齡相仿，應該是子爵，與您享有同樣的爵位。他帶著他父親的百萬家財將要踏入巴黎的上流社會。少校今晚要把他的兒子安德烈亞，就如我們在義大利說的那位contino[260]帶來。他把兒子暫時託付給我。若是他有些長處的話，我將盡力舉薦他。您也會幫助我的，是嗎？」

「這點您無須懷疑！這麼說來，這位卡瓦爾坎第少校是您的老朋友囉？」艾伯特問。

「完全不是。他是一位注重禮節，謙虛謹慎且令人尊敬的老爺。像他這樣的人在義大利為數眾多，他們都是歷史悠久的古老家族的後代。我見過他好幾次，在佛羅倫斯、博洛尼亞和盧卡[261]都見過。他事先告訴我他要來了。在旅途上認識的朋友，他們的期望都是很高的。只要您偶爾與他們友好相處過，無論在哪裡，他們都希望您能繼續這樣的友誼。其實，文明人與任何人融洽相處幾小時，總是有他私下的打算。這位誠實的卡瓦爾坎第少校想再次看看巴黎。在帝國時代時，他到莫斯科去受凍的途中，只是匆匆路過巴黎。因此，我將設盛宴款待他，他的兒子也會留在我這裡。我答應照顧他的兒子，也會讓他隨心所欲地遊玩。這樣我也就有個交待了。」

「太好了！」艾伯特說，「我看得出您是一位不可多得的良師益友。那麼再見吧，星期天我們就回來。哦，對了！我得到弗朗茲的消息了。」

「哦，真的嗎？」基督山問，「他還在義大利悠哉快活嗎？」

「我想是的，不過他在那裡老是惦記您。他說您是羅馬的太陽，沒有您，羅馬的天都是陰沉沉的。我甚至不知道他以後是否會說出，沒有您，那裡老是在下雨。」

---

260 義大利文，繼承人。

261 Lucca，義大利中部城市，有六世紀的羅馬式大教堂。

「那麼他對我的看法有所改變了，您的朋友弗朗茲？」

「恰恰相反，他堅持認為您是**頭號不可思議人物**。所以，他才會如此想念您。」

「可愛的年輕人。」基督山說，「我第一次看見他的晚上，他正在找什麼吃的，並欣然同意到寒舍用餐，那時，我就對他產生好感了。我想他是德．埃皮奈將軍的兒子吧？」

「是的。」

「就是在一八一五年慘遭殺害的那位將軍嗎？」

「被擁護拿破崙的人暗殺。」

「是的。我真的相當喜歡他。他有訂親的對象嗎？」

「有的，他大概會娶德．維爾福小姐為妻。」

「真的？」

「就如我要娶鄧格拉斯小姐一樣真實。」艾伯特笑著說。

「您在笑……」

「是的。」

「為什麼要笑？」

「我笑是因為我似乎覺得他們那邊與鄧格拉斯小姐跟我都是有難言的苦衷。不過，說實在的，親愛的伯爵，我們議論女人就如女人議論男人一樣，都是不可原諒的！」

艾伯特站了起來。

「您要離開了？」

「問得真好。我打擾了您兩個小時，而您卻彬彬有禮地問我是否要走了。說真的，伯爵先生，您是世界上最注重禮節的人了。還有您的僕人，他們多有教養啊，特別是巴蒂斯坦先生！我手下就從來沒有一個像他那樣的人。我的僕人似乎都以法國舞臺上的下人為榜樣。正因為他們只有一、兩句話要說，因此總是站在樓梯欄杆邊上說完了事。如果您要解雇巴蒂斯坦先生的話，我先訂下他了。」

「就這麼說定了，子爵先生。」

「我還沒說完呢，請等一下。請向您那位謹慎的少校，卡瓦爾坎第家族的卡瓦爾坎第爵爺代為致意。假設他湊巧也想為其公子操辦婚事的話，請您為他找一位至少從她母系來說是富有而高貴的，而從她父系來看是位男爵小姐的女子。為此我會幫助您的。」

「喔，說真的，」基督山答道，「您能辦到嗎？」

「能。」

「喔，什麼事都不能說得太絕。」

「啊！伯爵先生，」馬瑟夫大聲說，「若是多虧您，我還能再當個十年的單身漢，也算是幫了我一個大忙了。那樣的話，我會百倍地更加敬愛您的。」

「一切都有可能。」基督山神情嚴肅地說。

說完，他就與艾伯特告別了，繼而回到自己房間，在銅鈴上敲了三下。

貝爾圖喬出現了。

「貝爾圖喬先生，」他說，「您必須知道，星期六我要在奧特伊的房子請客。」

貝爾圖喬微微顫抖了一下。

「我需要您，」伯爵繼續說，「把一切都安排妥當。那幢房子非常漂亮，至少，可以說是相當漂亮的。」

「應該把一切改頭換面才能達到這個要求，伯爵先生，因為門簾窗帷都已陳舊了。」

「那麼就都換了吧，但只有一處門簾窗帷除外，就是掛紅色錦緞帷幔的那間臥室。您甚至要讓它完全保持原樣。」

貝爾圖喬欠了欠身子。

「花園您也別動。至於庭院，就隨您布置了，讓它變得面目全非才合我心意。」

「我將盡我所能令伯爵先生滿意。假使伯爵先生願意對我說出這次宴請的意圖，我就更能理解了。」

「說真的，親愛的貝爾圖喬先生，」伯爵說，「自從您來巴黎之後，我發現您很不安心，辦事縮手縮腳的。難道您對我不再了解了嗎？」

「但是，仍然希望大人能告訴我，您想宴請哪些人呢？」

「我自己都還不確定，況且您也不需要知道這些。反正，到盧庫魯斯家裡吃飯的總是盧庫魯斯吧。」

貝爾圖喬躬身致意，退了出去。

（第二冊　完）

高寶書版集團
gobooks.com.tw

RR 005

基督山恩仇記 第二冊

Le Comte de Monte-Cristo Vol.2

作　　者　大仲馬 (Alexandre Dumas)
譯　　者　韓滬麟、周克希
編　　輯　曾士珊
排　　版　趙小芳
封面設計　陳威伸
出　　版　英屬維京群島商高寶國際有限公司台灣分公司
　　　　　Global Group Holdings, Ltd.
地　　址　台北市內湖區洲子街88號3樓
網　　址　gobooks.com.tw
電　　話　(02) 27992788
電　　郵　readers@g obooks.com.tw（讀者服務部）
　　　　　pr@gobooks.com.tw（公關諮詢部）
傳　　真　出版部 (02) 27990909　行銷部 (02) 27993088
郵政劃撥　19394552
戶　　名　英屬維京群島商高寶國際有限公司台灣分公司
發　　行　希代多媒體書版股份有限公司/Printed in Taiwan
初　　版　2013年1月
二　　版　2017年12月

國家圖書館出版品預行編目(CIP)資料

基督山恩仇記 第二冊 / 大仲馬 (Alexandre Dumas)著 ;
韓滬麟、周克希 譯. -- 初版. -- 臺北市 : 高寶國際出版 :
希代多媒體發行, 2013.1
　面 ;　公分. -- (Retime; RR 005)
譯自 : Le Comte de Monte-Cristo Vol.2
ISBN 978-986-185-801-2(第2冊 : 平裝)

876.57　　101027618